愛呦文創

愛吻文創

驚！說好的選秀綜藝竟然 2

Colosseum-Escape Show

目　錄
CONTENT

【第一章】等你獲勝而歸，我會親自替你解開面具

早上八點。上課鈴在基地響起。

睡飽之後再度精力十足的佐伊一眼從人群裡認出巫瑾，頗為感慨，「小巫昨天睡得夠沉，敲門幾次都沒聽見。」

巫瑾面具後耳根微紅，只能支支吾吾跟著點頭。

理論課導師照例遲到。

巫瑾在終端繼續翻找，冷不丁佐伊眼神關愛地湊了過來。

「禮物？小巫要給誰送禮物？」

巫瑾趕緊解釋：「一個朋友，」他立時想起佐伊見多識廣，問道：「佐伊哥，有沒有什麼禮物，可以送給容易……饑餓的人？」

佐伊露出看傻子的眼神，「吃的。」

巫瑾連忙搖頭，右手下意識摸上已經不存在的頸部創口，「……最好可以用來磨牙。」

佐伊：「嬰兒磨牙棒？」

巫瑾補充：「成年人！」

佐伊嘖嘖稱奇：「這年頭還有要用嬰兒奶棒磨牙的成年人？」

巫瑾憤憤鼓起了臉頰，最後下單了堅果、硬糖、小饅頭等一系列零食大禮包。

佐伊感慨：「果然是小朋友啊，吃這麼多。不過咱小巫還在長身體。」

星網網購下單後，終端徑直回到首頁。由於切換了多次搜尋引擎，巫瑾的首頁不知被哪個亂七八糟的網站劫持，根據搜索記錄推送出一系列亂七八糟的內容。

佐伊心照不宣地看過去，許久後驚異開口：「怎麼沒有小廣告？」

巫瑾：「什麼小廣告……」

佐伊：「……小巫你難道平時不看……咳……」

巫瑾一臉茫然。

佐伊拍了拍他的肩膀，「找不到資源吧？回去傳給你。喔還有凱撒……凱撒存了六百個TB，精盡人亡他也看不完，真是倉鼠腦子。」

佐伊說著，順便掃了一眼巫瑾的推送頁，冷不丁跳出來一條搜索記錄相關。

《帝少祕戀：我成了他的神祕未婚妻》更新一〇〇七章

章節梗概：舞會的第二天，王喝醉了酒，抓住我的手，逼迫我為他摘下面具，熾熱的吻落在我臉頰，我大喊著不要，可是他卻霸道地把我扔到了床上，問我是愛他還是愛第二執法官，或者第三執法官，或者第四執法官……以下內容付費閱讀。

巫瑾：「……」

佐伊：「……」

巫瑾迅速解釋：「不是我，我沒有，我沒看，不可能……」

佐伊沉默許久，最終斟酌開口：「小巫，男孩子喜歡看這個也沒什麼大不了。如果你覺得不好意思，我保證不告訴別人。」

巫瑾絕望地瞪大了眼睛。

第二堂理論課後，實戰訓練終於再度擠滿課表，畢竟結業考試的地下逃殺賽場上——是兩個人以命相搏，而非你一邊我一邊，坐在賽場兩端寫試卷。

之後的三天內，屬於巫瑾的A073訓練室始終在清晨七點開啟，二十三點熄燈時關閉。大佬送的十二支修復劑剛好夠四天訓練全程，而阿俊老師又額外送了六支。

巫瑾自始至終沒有想明白，阿俊老師為什麼要向他「道歉」。

在強力訓練資源的累積下，巫瑾的戰術閃避幾乎脫胎換骨。

副本難度在第二天換成了中高，並在第三天換成了高級。六套戰術動作深入骨髓，被肌肉牢牢記憶。佐伊甚至有幾次看到巫瑾盛個飯，拿個勺兒也琢磨著怎麼戰術銜接。

最後兩人組隊訓練時，就連佐伊都嘆為觀止。有的人天賦未必是最好，但絕對是你身邊最努力的那個。

訓練基地外，浮空城迷霧日復一日。

當夜晚也絢爛如白晝時，巫瑾才恍然意識到在浮空城的第一個週末已經到來。

訓練基地破天荒的放了兩個小時假，又被巫瑾不假思索地貢獻給了A073訓練室，兔子精和蟲獸們高高興興擠作一團。

三天地獄訓練後，巫瑾甚至覺得把自己的臥室布置成這樣也沒有任何問題！

第二個小時，佐伊終於忍不住把巫瑾從訓練室拎了出來，一起研究克洛森秀的最新動態。

週末來臨昭示著克洛森秀的假期已經過去一半。

薄傳火為了拉票，在星博PO出了薄覆水給他煎的第二個蛋。

佐伊：「薄覆水這騷男是不是只會煎蛋？這兩個蛋是不是一模一樣？」

巫瑾：「……第二個蛋是愛心形的，應該加了模具。」

魏衍毫無動靜。

佐伊：「過。」

克洛森秀主辦方已經開始準備第三輪淘汰賽的布置，被幕布遮擋的建築布滿了六芒星圖案，贊助商的聯動星網頁面也在裝修之中。

佐伊：「看上去有點像那種……魔法神壇？下次淘汰賽主題有點難猜，魔法少年小巫？」

巫瑾反駁：「魔法少年佐伊！」

佐伊：「行吧，決定就是你了，魔法少年凱撒。」

兩人一路研究下來，最後還剩下二十分鐘，佐伊決定去寢室補覺。

巫瑾則再次打開星網，研究堅果、硬糖和小饅頭。

距離下一節一對一指導課只有半天，然而星網上愣是沒有任何商家敢發貨到浮空城。

只要巫瑾一私敲，對面立刻抖抖索索提出「太危險」、「不提供一次性快遞員」等各種理由。原本打算送給大佬的零食大禮包……只能暫時擱淺。

兩小時「假期」結束，巫瑾頂著鈴聲衝入佐伊宿舍，把睡得昏天黑地的狙擊手拖了出來，再回到理論教室時，課表已是煥然一新。

持續了三天的戰術躲避課程結束，之後的特訓內容只剩下一樣——槍械基礎。

佐伊猛然想起什麼，深深看了眼巫瑾。

槍械訓練室外，兩人一前一後拿號測評。佐伊等了近二十分鐘，巫瑾才被槍械導師放了出來。戴著白色面具的少年微微耷拉著腦袋，佐伊拍了拍他的肩膀，示意等下再說。

進入訓練室後，兩位導師的談話斷續傳來。

「剛才那位學員……預判力夠了，問題是沒有攻擊性，打不出槍感。玩玩動態靶還可以，真正近戰剛槍劣勢太大。」

「外傾性只有E，如果加大訓練量，也不會有明顯效果，是性格本身問題。結業考核就在兩天後。讓他簽L63應激訓練吧。」

「直接上應激訓練？」

「嗯。他來這裡，不突破極限就沒有任何意義。」

正準備拿槍的佐伊一頓。

五分鐘後，在走廊上正準備簽字的巫瑾被佐伊打斷。

「小巫！」

巫瑾揚起腦袋。

佐伊迅速開口：「我沒想到是應激訓練——聯邦幾十年前就禁止了，蔚藍深空竟然保留到現在。刺激潛意識本身不合法，你有權拒絕。」

巫瑾眨眼，「謝謝佐伊哥……我還是想試試。」

下一場淘汰賽規則弱化，地圖縮小，近戰剛槍機率大增。如果無法突破，保級都會成為問題。

佐伊頓了幾秒，看向巫瑾手裡的訓練須知。

「應激分驚覺、阻抗、衰竭三階段……心率、血壓、體溫、代謝水準變化由甲方（浮空XX訓練基地）負責，劣性應激導致心理疾病由乙方（學員）自行承擔……」

右下角已是簽上了巫瑾的名字。

佐伊：「真的決定了？」

巫瑾點頭。

白月光狙擊手不再阻止，而是給了巫瑾一個簡短的擁抱，「加油，撐不下去別硬撐，這東西刺激大腦皮層，晚上睡不著隨時來找你佐伊哥。」

巫瑾笑咪咪點頭。

兩小時後，巫瑾在A073訓練室預熱動態靶射擊完畢，換上應激訓練防護服，打開了通往基地地下二層的大門。

一位穿制服的女性助教探究地看了他一眼，示意他戴上一系列體徵檢測設備。

兩人在昏暗的走廊穿梭，期間女助教語速平板飛快：「每個人因為性格、背景、生長環境等要素，在應激下會產生完全不同的反應。槍給我。」

巫瑾立刻將訓練槍遞了出去。

緊接著下一瞬，女助教在電光石火之間拉下槍枝保險，手指卡入扳機，將槍管直挺挺對向巫瑾的腦袋。

巫瑾瞳孔驟縮。三天來形成的肌肉記憶迅速湧上，比意識反應更快向附近牆體撤去。

女助教忽然放下了槍。

「做個示範。」她冷冰冰道：「有的人可以毫無心理障礙處決目標對象，比如我。有的人會毫無警惕心把槍遞給陌生人，第一反應永遠是逃跑，不是奪槍。比如你。」

巫瑾一驚：「我其實……」

女助教打斷：「性格沒有對錯。戰鬥應激一方面影響你的進攻性、野心、主觀能動性，另一方面決定了你的承壓能力。」

「大到戰爭衰竭，炮彈休克，小到焦躁不安。如果你的性格和你即將面對的戰鬥環境不匹配，那麼比起在戰場或者賽場上畏畏縮縮，我們更建議通過大腦皮層刺激，提前讓你適應模擬情境。」

「到了。」高跟鞋的聲音一頓，女助教把槍還給他，「你的應激訓練室。距離結業考試還剩兩天不到，你的初步目標是能在裡面待半個小時不被嚇暈。」

巫瑾：「……」

女助教：「明後天的目標是能通過初級副本。」她交代完畢，看了一眼終端便把人推進去，重重關上了訓練室的大門。

房間內漆黑一片。腳下的地板材質不明，帶著令人毛骨悚然的冰涼滑膩，一腳踩下去似乎還微微陷入。

巫瑾戴上全息設備，視野中再度投影出訓練合約。

劣性應激……由乙方（學員）自行承擔……

繼而是規章制度。

如需嘔吐，出門右轉洗手間。違規者收納清潔費六百信用點。

如需教官監護（強烈建議），左側收費機器刷卡，每小時一千信用點，十次卡八折，包月半價。

巫瑾一呆，腦海裡迅速閃過大佬的身影，趕緊翻到下一頁。

初級場景選擇：

A、三〇〇一年《我愛南十字星》電影中的經典反侵略戰役。

B、二九一二年《天鷹座喪屍潮》戀愛攻略遊戲中被玩家投訴最多的戰爭場景。

巫瑾微微好奇，在第二個選項上輕觸。

周圍場景終於亮起。

巫瑾低頭的第一眼，只覺胃部一陣翻滾，腳下根本不是什麼地板，而是無數黏膩的血肉、生物組織。帶著黏液的低級喪屍在屍體中翻找，看到巫瑾出現，迅速躥上他的小腿，如同吸血的水蛭。

他毫不猶豫一個槍柄砸下去，立時便要往掩體撤退——

然而場景中，根本不存在任何掩體。

巫瑾瞳孔驟縮，這似乎是喪屍潮的正中心，遠處是無數被黏液腐蝕的高樓。十公尺外的防禦線破開，低級喪屍從中脫出。

還有接近人形的高級喪屍，與其說是人形，更像是被剝了皮的怪獸，露出糾結的紅色肉塊和裸露在外的筋脈。

這玩意兒還拿著槍。

子彈倏忽順著巫瑾耳側擦過，他一手捂住胃，一手拎起戰鬥槍，極速喘息向著對面射擊。慌亂之中準心偏離，黏糊糊的高級喪屍已是搶占先機，一子彈把巫瑾崩到地上。

血塊、黏液的惡臭撲鼻而來，巫瑾的臉色一秒比一秒慘白。

「叮」的提示音響起：「最高紀錄：二十四秒。」

巫瑾掙扎著站起，然而還沒來得及站穩，下一輪再度開始。

怪物重置到二十公尺內，依然沒有掩體。應激訓練的目的只有一個——就是逼迫他去剛槍。

這一次他卻比剛才支撐得更短。十六秒。

巫瑾再也忍不住，按住下肋骨極速喘息。

與動態靶訓練室不同，過於模擬的五感像是綿綿不斷的刺激源，似乎是巫瑾操作不對，不僅沒有逼迫出他的戰鬥欲，反而嚴重影響了他的邏輯判斷能力。

場景再次刷新。

巫瑾麻木的舉起槍，卻是被隨機刷新在背後的喪屍一個背刺。

「啊啊啊啊啊啊！」

巫瑾一頭埋在了面前的血泥中。

神特麼《天鷹座喪屍潮》！還戀愛攻略遊戲！怎麼會有這種戰爭場景！

正此時，剝了皮的異形高級喪屍再度襲來，眼看就要和巫瑾來個貼面——

喪屍被軍靴一腳踹開。

巫瑾用胳膊捂著眼睛，舉起槍就是一通亂射。

來人：「……」

巫瑾察覺不對，胳膊肘子下滑，露出警惕的半隻眼睛。

衛時漠然開口：「你就這麼想省一千信用點？」

男人俯身，把兔子精皺成一團的作戰外套扒開，從內扣裡抽出他的訓練卡，不容分說刷在了訓練室左側的收費機上。

「滴，」提示音響起：「應激訓練，教官監護包月套餐。已啟動。」

收費機響起了愉悅的刷卡聲。

緊接著虛擬場景一變，刷新後的「應激訓練使用說明」投影在全息螢幕中。

感謝您選擇教官監護包月套餐，浮空城XX訓練基地是您成長路上的忠實陪伴。教官職責涵蓋關愛學員心理、指導學員訓練、讓學員感受溫暖。劣性應激責任將由教官代替乙方（學員）承擔……

包月卡啟動後，學員將獲得最多一天八小時的教官指導，不禁止給付教官服務費以及小費。以下為當月推薦教官列表……首次選擇不收指名費（好消息，金牌教官阿俊老師限時指名費半價）……

巫瑾睜大眼睛看過去。幾十位教官列表在虛空中密密麻麻亮起，有熟悉的阿俊老師，也有剛才冷豔的女助教，每個頭像下都標注好評率和建議小費，加上高昂的指導價格，幾乎把壓榨學員信用點做到極致。

螢幕「啪」的一聲被關上。

衛時冷淡威懾：「你想指名誰？」

巫瑾一呆，使勁兒搖頭，「沒沒沒沒有……」

衛時：「過來。」

巫瑾嗖地一聲躥起，在衛時對面立正站好。

衛時命令：「坐。」

全息訓練室內，用於模擬場景地形的可塑樹脂軟膠逐漸平展，給兩人騰出可以坐下的地方。

男人隨意坐下，修長筆直的腿一側屈起，一側肆意伸展，光滑鋥亮的黑色軍靴讓巫瑾又忍不住看了一眼……自己穿的還是訓練用基礎小白鞋，氣場高下立判。

此時騰出的休憩區只有方寸大小，兩人不可避免的需要挨在一起。

巫瑾努力縮小自己占用的體積，一面眼神晶晶亮看向大佬，「大哥，我們從哪個知識點開始……」

男人微微低頭，直到巫瑾蓬鬆小捲毛逐漸僵硬才移開視線。

雷射筆漫不經心指向投影中的教官職責，衛時理所應當地說：「從關愛學員心理開始。」

巫瑾：「……啊？」

衛時：「你對應激訓練瞭解多少？」

巫瑾擠了半天，把助教說過的複述了一遍，又結合了之前戰隊經理的教導：「……通過模擬應激環境，提前適應驚覺、阻抗，改變性格外傾性……」

大佬嗯了一聲。

巫瑾立刻安靜，揚起腦袋認真聆訓。

「應激訓練，全稱認知—情感控制應激訓練。」衛時解釋，語速平緩有力：「追溯到古中世紀，最早被稱為『觸摸死亡』。」

巫瑾睜大了眼睛。

「戰爭環境，士兵產生巨大心理壓力，預防比病後干涉更有效率。全息技術發展進一步完備應激訓練條件，不過在四十年前被聯邦人權協會禁止。」衛時道：「因為副作用頻發。絕大多數受訓者，達不到A以上的心理承壓。」

巫瑾稍微鬆了口氣，他的性格評測上，與外傾性E相對的，是A級心理承壓能力。然緊接著大佬又道：「還有……」

巫瑾再度豎起耳朵。

衛時掃了他一眼，「缺乏經驗豐富的訓練監督者。」

巫瑾眨眼，趕緊狗腿的往大佬身邊又挪了挪。

衛時揚眉，任由兔子精拱來拱去，「克洛森秀不存在出現需要應激訓練的場景，也是和星際聯賽的顯著區別之一。如果你的目標只是出道位，我可以帶你回動態靶訓練室。」

巫瑾一頓，許久有些不好意思開口：「……我想……成為聯賽職業選手。」

外傾性E，經驗淺薄，戰術基礎只有兩天，動態靶平均七環。即便在練習生中，巫瑾也基本墊底。克洛森秀的出道位僅有十個，越往後角逐越激烈，在出道都不能保證的情況下妄言星際聯賽，就連白月光戰隊經理都未必會支持巫瑾。

但面前坐的是大佬。巫瑾對衛時有著出乎尋常的信任和坦誠。包括坦誠他的野心。

第一次簽約練習生時，巫瑾的目標是成為能激勵粉絲的頂尖愛豆。

那麼第二次簽練習生，他的眼光就不可能局限於出道位。

距離意外穿越已經接近兩個月，起初巫瑾參加克洛森秀的目的還是保住工作，不用挖礦，兩個月後，再次審視已然不同。

從複賽表演，到極溫賽場、細胞迷宮，槍械一開始讓他恐懼，往後卻成為他最熟稔的戰友之一。

如果說克洛森秀主題曲圓了他穿越前的舞臺夢想，逃殺秀已經在潛移默化間成為了巫瑾所渴望的第二個舞臺。

臺上是精雕細琢的逃殺遊戲，臺下是為他搖旗吶喊的應援粉絲。

巫瑾話剛出口，臉頰微微泛紅，連忙補充：「我是說，如果能出道的話……」

粗糙帶著槍繭的手掌忽然按在了少年的小捲毛上。

衛時嘖了一聲：「職業選手，差得有點遠了。」

巫瑾的眼睛倏忽耷拉，卻又聽大佬說道：「再練個七、八個月，還差強可以。」

手掌下溫熱的小軟毛陡然開心揚起。

衛時隨手把槍扔給他，示意一驚一乍的兔子精去副本中間站好，又想起一事，「還有，應激訓練不是為了改變性格傾向。」

巫瑾愣愣道：「那外傾性E……」

衛時揚眉，「E有E的打法。應激訓練，是要讓受訓者在極端狀況下也能做出理智判斷。往右站站。」

巫瑾趕緊往右站好立正，原本微微壓抑的心情像是被奇妙解開加鎖，忍不住再次開口：「大哥，我真的不用改嗎？」

光線暗淡的訓練室中，少年臉頰微紅，神色忐忑，抱著槍像是拿起蘿蔔想吃又不敢吃的兔子。

衛時瞇眼看了許久，開口：「不用，你就是你。」

巫瑾立刻揚起臉，露出開開心心的小白牙，就跟被蓋戳兒發了合格證的兔子似的。

衛時的目光在已經消失的戳兒上微微游移，藥物修復後的脖頸白嫩嫩發光，任何痕跡都消失不見。

男人視線逡巡，少頃移開。

副本指示燈再次亮起時，巫瑾已是全副武裝備戰。

衛時迅速翻看他慘不忍睹的記錄資料，做出戰術指導，吩咐道：「記住，你的目的是在應激中做出合理預判。不需要硬撐，應激訓練不是體能測試。只要往我的方向看一眼，就能隨時暫停副本。」

巫瑾點頭點頭，倏忽想起，大哥豈不是要一直盯著他……這樣多不好意思！

巫瑾忙道：「謝謝大哥，不用……」

衛時瞇眼，「還是說，你想準備一個安全詞？」

巫瑾毫無所覺，表情茫然，「什麼詞？應該也……也行。」

衛時喉嚨微動。

巫瑾還沒來得及轉過彎，《天鷹座喪屍潮》副本已是再度開啟。

約莫是被頒發了兔子合格證，巫瑾比單獨訓練時更能沉得住氣。二十四秒的記錄再度被刷新，三十二秒後卻依然難抵被喪屍絕望包圍的命運。巫瑾趕緊看向大佬。高級喪屍即將伸向巫瑾的邪惡雙手在半空中凝滯。

男人從看臺上跳下，軍氅帶起涼颼颼的風，低下倨傲的下頷向巫瑾伸出手，在一群血肉模糊的喪屍中簡直如同雙眼救贖。

衛時面無表情看向被喪屍潮欺負傻了的巫兔子，「站位，重心。應激條件下韋佛式射擊會因為肌肉緊張自動調整為對等三角設計姿勢，雙腳分開。」

男人用軍靴抵住巫瑾的小白鞋，示意他右腳外挪。

黑色鉻鞣皮革與鋥亮的膠邊逼著巫瑾蹭蹭蹭往後退，強侵略性的氣息讓他控制不住向衛時看去。

「身體前傾，抵消後座力。」男人聲音低沉，布滿槍繭的手在巫瑾右肩調整。

巫瑾下意識應了一聲。

衛時忽然低頭，淡淡開口：「集中注意，你的視線應該用來預判敵人走位。」

正呆呆盯著大佬的巫瑾倏忽反應過來，趕緊站穩。

副本中一片昏暗，男人因為糾正動作與他靠得極近，側身時腰帶無意間擦過。

深棕色皮革騎兵武裝帶。鎏金內扣，沒入軍氅一端配馬掌刀。金屬與皮革往下是筆直沒入軍靴的雙腿。

「脊背挺直。」男人略帶沙啞的音色再度從身側傳來。

熾熱的吐息打在少年的脖頸上，染上生理性淺淡的紅暈。

巫瑾嗖地一下脊背繃直，無可避免地再度對上衛時的視線。

表情冷淡，五官如刀削斧鑿。

「行了。」衛時頷首，把兔子精往副本中央一丟，重啟副本。

喪屍再度撲來。巫瑾頓了一秒才反應過來，耳朵不受控制泛紅。

大哥……長得真好看。

就是……就是……

背後一聲嘶嚎。

巫瑾瞳孔驟縮，虛擬子彈與他擦肩而過，往右接連翻滾了兩次才躲過喪屍攻擊，握緊扳機的手臂迅速找到槍感。

一面心中使勁兒唾棄自己。

每小時一千信用點的教官指導！大佬還是在百忙之中抽出時間過來！自己不僅沒有集中注意，還盯著大哥一直看！簡直太……太不認真了啊啊啊！

看臺一側，衛時眼神深邃，嘴角線條似乎有一瞬柔和，轉瞬又恢復冷硬。

半小時後，巫瑾終於適應了血液、腦漿滿地炸開的喪屍場景。走位、預判逐漸向動態靶成績靠攏。

衛時滿意點頭，毫不猶豫切向下一個副本——面色慘白的幽靈從少年身後憑空冒出。

巫瑾：「啊！」

射擊準心再度偏離到三環以外。

衛時：「記住，這些都不能構成干擾你預判的條件。」

巫瑾使勁喘息，心跳終於平復，看著慘不忍睹的女鬼依然無法下手。

衛時：「應激副本難度不會高於動態靶，想想金屬果凍史萊姆。」

巫瑾：「……」

衛時冷漠：「活潑可愛。」

碰的一聲，女鬼被呼吸急促的少年擊斃。

場景轉換。

沼澤巨鱷，巫瑾廢了九牛二虎之力才艱難逃生。

外星異形——二十分鐘，巫瑾一腳踹翻向他肚皮鑽去的寄生幼體，捂著胃打通副本。

兩小時已是一晃而過。

不等衛時指示，巫瑾單膝觸地，用衝鋒步槍支撐，雙目緊閉，止不住地深呼吸，他幾乎把所有恐怖電影都輪了一遍。

虛擬景物終於消失。巫瑾勉力站起，睜開眼睛正待迎戰，接著驚訝張大了嘴巴，緊繃的身體終於放鬆。

軟膠地板逐漸蠕動著恢復原形，視野從昏暗亮起，露出訓練室材質特殊的邊緣、閃爍的收費機、武器架、防具櫥櫃以及十幾公尺外的看臺。

初級訓練場景，全部通關。小圓臉迅速揚起，美滋滋地冒泡。

衛時挑眉，把水和修復劑遞了過去。

伸手的一瞬，巫瑾臉頰倏忽一燙，腦海中迅速閃過大哥為他調整站位的情形。

每小時一千信用點的教官指導遠遠比單獨訓練來得有效率，大佬經驗老辣，任何時候一眼就能看出問題。

衛時靜靜看著巫瑾嚥下修復劑，示意他伸出右手。

「心率一分鐘一百三十次。」衛時問道：「還在害怕？」

男人俯身，面無表情看向巫瑾，右手拇指在少年最脆弱的脈搏處摩挲，軍靴再次與小白鞋相抵。

巫瑾下意識後縮，「……沒、沒怕……」

衛時提醒：「一分鐘一百四十次。」

巫瑾使勁兒搖頭，「……沒沒沒！喪屍之後就不怕了……」

衛時：「一百四十九。」

巫瑾耳後通紅，絲毫沒有意識到自己整個兒都貼到了牆上，面前的男人端的是囂張跋扈。

軍靴終於放開了對小白鞋的桎梏。

衛時頷首，放開巫瑾右腕，雷射筆再次指向教官職責投影。

「讓學員感受溫暖」。

效果離奇之好，只是原本暖烘烘的兔子球差點沒變成烤兔。

衛時看了眼時間，從收費機旁抽出一張回饋表遞了過去，示意巫瑾填寫。

教官指導回饋（必填）：打分零至十。

一、關愛學員心理。

巫瑾趕緊填上十分。

二、指導學員訓練。

巫瑾恨不得填上十二分！

三、讓學員感受溫暖。

巫瑾猶豫了一下，最終同樣寫上十。

四、是否延期續費為包年指導？

巫瑾微微猶豫，筆尖一頓。

正在分析應激訓練記錄的衛時似有所覺，不帶溫度的視線掃來，氣場如山雨欲摧。長腿一跨，軍靴再度毫不客氣抵住小白鞋，肆意威懾：「不願意，嗯？」

衛時明明面無表情，卻是氣焰極盛。

巫瑾一個哆嗦，慌不迭在選項後打了個胖乎乎的鉤。光看筆跡已是慫成了鵪鶉。

表單被恭恭敬敬送達到大佬手上，衛時順手投入收費機——只聽「叮」的一聲，自動劃卡成功，再度響起甜膩的提示音。

巫瑾的小眼神一路順著問卷左右飄忽，在扣款的一瞬微微一縮。

教官指導，每小時一千信用點。

包月、包年、加服務費、指名費、小費……眼前昏然一暗。似乎已經回到了白月光娛樂大廈。

佐伊一臉痛心，「小巫，怎麼這麼能花錢呢！」

凱撒嚷嚷：「小巫！誰把你信用點搶走了！哥給你出頭，揍他丫的！」

曲祕書憐惜搖頭，說：「小巫，你上個月的工資，為什麼買了點堅果、硬糖、小饅頭，就沒有了呢……」

衛時見兔子精縮在牆角，無聲發出貧窮的嗚咽，看眼神已然傻了，不由嘖了一聲。

「過來。」男人命令。

巫瑾一溜小跑湊過去，看向大佬手裡的應激訓練評測表單。密密麻麻的訓練資料下畫著簡明易懂的曲線圖。兩小時訓練中，阻抗時間減少最快，其次是驚覺時間，代表訓練者已基本適應初級應激場景。與進步顯著的反應線相對——代表「應激進犯性」的曲線卻始終走低。

簡而言之，進攻意識薄弱，開槍不利索。

無需生成報告，巫瑾隱約也能察覺自己的訓練瓶頸。

衛時從巫瑾手裡抽出剛才填表的筆，在「應激進犯性」上畫了個圈，「說說看。」

巫瑾猶豫，摸索著開口：「……好像，主要表現在槍感。剛才訓練的時候……甚至平時訓練，都很難找到槍感……」

衛時嗯了一聲。

打從在海選開始，見到兔子精傻乎乎黏在樹墩上，衛時就知道他從沒摸過槍。在絕大多數聯邦居民的意識裡，槍始終和進犯性、暴力、戰爭畫上等號。能克服心理障礙選擇逃殺秀為職業生涯的，多數具有與之相符的外傾性。

從巫瑾的性格、生長背景推測，他能磨出槍感，遠遠比其他練習生要困難得多。

眼見兔子精又開始胡思亂想，衛時開口：「我說過，E有E的打法。」

巫瑾抬起頭，眼神晶晶亮亮。

訓練室的武器庫轟然打開。

巫瑾跟在後面，時不時探出腦袋，只見大佬從中挑出了一把最普通的獵槍，遞了過去，「試試。」

巫瑾點頭，動態靶在訓練室另一端亮起。他屏息瞄準，驟然扣下扳機，果不其然如每次練習的第一槍，日常偏離。

槍感是由無數次射擊的手感堆起來的。動態射擊中，選手通常會一槍比一槍精準。實戰卻完全不會留有時間預熱，更不存在墊槍的機會。

巫瑾乖巧把獵槍還回，衛時沒有開口，徑直接過槍枝，對著靶位精準一狙。

巫瑾心臟猛烈一跳，無意識睜大了眼睛。這不是他第一次見到大佬開槍，乾淨俐落，身體每一寸肌肉、骨骼都像是為扣住扳機的那一瞬服務，瞇眼瞄準時要了命的吸引人視線停駐。

白煙從槍口冒出，男人掃了一眼巫瑾，「什麼感覺？」

巫瑾下意識開口：「像在發光……」他迅速嚥下後半句話，理智回歸：「預瞄到位，彈道控制精準……」

衛時打斷：「你開槍的時候，沒有光。」

男人的視線微低，將巫瑾緊緊鎖住。

少年微微一愣，腦海中似有東西零碎閃過：「什、什麼……」

衛時：「畏懼的時候，光會消失。」

巫瑾一呆。

緊接著衛時做出了一個他意料之外的舉動——訓練室六盞強光頂燈同時被打開，光源熾熱明亮，整個房間明亮如白晝。

這不是訓練室該有的燈光。

在巫瑾反應過來之前，血液已經先理智一步沸騰，比肌肉記憶更快將他推送到一個極端熟悉、亢奮的意識。

這確實不是普通頂燈。比起頂燈，它們更應該被稱為投光燈、洗牆燈，或者舞臺燈。

衛時揚眉，在少年身後開口：「你最擅長的位置，舞臺。」

巫瑾呼吸一窒，迅速轉頭。

衛時：「練舞多少年了？」

巫瑾下意識開口：「十一年……」緊接愕然著看向衛時，琥珀色瞳孔布滿茫然，「大、大哥怎麼知道？」

強烈的頂光下，被陡然戳穿的兔子精傻愣愣站著。

衛時簡短分析：「主題曲編舞，柔韌性好，跳舞比你隊友拿槍都利索。」他淡淡總結：「你大哥不瞎。」

巫瑾：「……」

衛時的臉上似乎閃過一瞬勉強可稱之為被取悅的情緒，倏忽被冷硬的線條蓋過。

衛時：「學過什麼舞？」

巫瑾終於反應過來，如夢初醒：「古典舞、hip-hop、爵士、breaking、locking……」

衛時把槍扔給他，「先從breaking開始。」

巫瑾一呆，猶豫看向地板，準備騰個地兒給大佬獻舞……

衛時看了他一眼，「怎麼學的，學了幾年？」

巫瑾磕磕絆絆：「……兩年，先學開肩和拉韌帶，然後接圈、風車，學combo（連貫動作）、freeze（凍結）炸場……」

衛時把兔子精拎過來，示意他在動態靶前站好，「行了，開肩。」

巫瑾下意識肩膀後擴，直到衛時喊停，「差不多。以後照這個感覺，別開槍的肩膀開度不如跳舞。」

巫瑾趕緊哎了一聲，迅速醒悟——自己開槍時基本縮成鵪鶉，大哥說的的確在理……

衛時繼續命令：「E102，SE150兩個靶位，打個combo，SW225打完打擊後，撤掩體半個身位freeze。」

巫瑾一愣，趕緊過了一遍大腦翻譯：連擊兩個目標，回掩體停止……

等到少年突突突打完，衛時漠然掃了一眼，「舞是這麼跳的？」

巫瑾：「好像不是……」

衛時嘖了一聲：「打一槍縮回去一次，跳的是地板舞還是地鼠舞？」

巫瑾可憐巴巴瞪眼，「呃……」

衛時：「繼續。」

動態靶再次重置，開槍前，巫瑾閉眼微一思索終於將思路理順，再度出擊時扼制住了開槍後回縮的本能，已經比剛才好上太多。

不料大佬繼續挑剔，「重心不對。」

巫瑾茫然睜眼。

「槍。」衛時終於開口：「這套動作裡，沒有槍。」

巫瑾一怔。

下一瞬，男人徑直走到他面前，把獵槍又往他手裡塞了塞，示意他抱住獵槍，粗糙布滿槍繭的手將少年捧著槍柄的五指對著冷硬的金屬扣合，「練了十一年舞，對吧？」

巫瑾輕微點頭。

衛時頷首，下巴在蓬鬆的小軟毛上無意識擦過：「肌肉記憶、重心、注意力都會形成慣性。」他繼續道：「手上多出一把槍的時候，慣性會下意識排斥。」

巫瑾陡然愣住。

「要改，很難。」衛時分析：「把槍拿好，就當學個新舞。記著，不要讓身體慣性干擾槍，它是你的捍衛者，是你身體延伸出來的一部分。」

強烈的舞臺光下，巫瑾下意識抬頭，正與衛時目光相接。

男人眼部輪廓深邃，慣於陰影分明的臉上向來沒什麼情緒，把槍塞到少年懷裡時卻像是輕輕在心跳上叩了一下。

巫瑾許久才遲緩的應了一聲，耳後不自覺發燙。

「再練一次。」衛時揚眉開口：「集中注意。槍感可以慢慢磨，你要做的第一步，是不去排斥它。」

巫瑾終於反應過來，卻是露出了有點傻乎乎的笑容，「好！」

男人嘴角線條微微鬆融。

第三次動態靶連擊比巫瑾想像的更為艱難，摒棄十一年的肌肉記憶、乃至本能幾乎要調動每一塊肌肉，兩聲槍響後，SE150靶位準心偏開嚴重。

衛時沉默看著。

亮如白晝的燈光下，略顯笨拙的兔子精已經自發重置靶位，抱著蘿蔔槍再度上場。

第四次，E102，SE150靶位全脫，巫瑾卻忽然鬆了口氣。

偏離兩次、三次。

第五次，全部命中。

第八次，動作開始連貫。

第十二次，巫瑾開始隨機靶位方向，目標不再固定於兩個位置，不可控因素直線上升。

衛時看向資料監測，偶爾開口調整巫瑾射擊姿勢。

下課鈴響了兩次。訓練室內，兩人恍若未聞。直到零點的鐘聲敲響。

近乎麻木的少年一頓，艱難重構的肌肉記憶在數百次訓練後已經完全純熟，動作流暢銜接。這一次，靶位同時出現在周身三個方向。

巫瑾瞇起眼，在半秒鐘內完成全部預判——扳機連扣三次。

靶場頂端的燈光陡然亮起。

全清。

巫瑾一愣，繼而是狂喜，第一反應就是看向大哥——

男人直直看向被汗水浸濕的少年，瞳孔正中亮起一鮮活躍動簇光。

「恭喜，」他緩緩開口：「你炸場了。」

巫瑾的小圓臉陡然揚起，因為過於燦爛的笑容而散發出蓬勃的少年氣。

衛時伸手，示意他上來擊掌。

巫瑾連蹦帶跳衝到看臺，嗷嗚一聲躍上，像活力充沛的幼豹崽子，興奮地到處亂撞，繼而狠狠給大哥來了個擁抱。

衛時一頓，毫不猶豫把右臂收緊，將送上門的兔子精重重按在懷裡。

訓練基地的大門從內打開。浮空城的霓虹燈影隔了一層薄霧，基地後花園飄來淺淡的白蘭香。

巫瑾剛沖了個戰鬥澡，沒吹乾的小捲毛濕漉漉耷拉，洗澡前還蹦蹦躂躂快活得很，沾了水立刻理智回歸。

剛剛衝上去抱住大哥的時候，才訓練完，汗涔涔，沒洗澡……還有，大佬好像只是要和他擊掌來著……可自己就這麼衝上去了！完全沒有過問大佬意願！

從換衣間出來的少年臉頰被熱氣蒸騰到微紅，濕漉漉的軟毛下，眼睛時不時瞅向衛時。

當年在學校打籃球的時候，三分投中，汗流浹背和隊友撞肩擁抱不在少數，但大家都清一色背心短褲曬成小黑炭，亂七八糟又擠又蹭毫無不妥。

但大哥——制式浮空城軍裝，皮靴、騎兵腰帶，面具徽章帶金色流蘇，外配漆黑軍氅。軍靴、皮帶金屬扣和高挺的鼻梁在燈下亮處，其他沒入陰影。站在基地外昏暗潮濕的空氣裡就像半邊雪亮的刺刀。

巫瑾內心嗚咽一聲，幾乎能想像，剛才自己像橡皮糖一樣扒拉上去，得如何摧毀風景！衛時看了巫瑾一眼，示意人麻溜兒跟著。

洗完澡的兔子精散發淡淡的沐浴露味兒，小圓臉被蒸得軟乎乎的，稍微動一下就帶起甜絲絲一陣風。

見大佬並不在意，巫瑾才終於放心。

一直走到大佬的懸浮車前，巫瑾還在不斷咕嘰咕嘰抒發訓練感想，濕噠噠的小捲毛被夜風吹得半乾，亂七八糟翹起來雀躍昂揚。

「明天晚上的畢業考試……大哥會來嗎？」巫瑾忽然問道。

衛時看向燈下的少年，點頭，「會。好好練。」

巫瑾趕緊應下。

訓練基地旁，一直目送大佬開車離開，巫瑾故作鎮定的表情陡然歡快。插入右邊口袋的手，指尖在槍柄上微微摩挲。

剛才在訓練室裡，衝破心理屏障的一刻幾乎如洪水宣洩爆發。始終模模糊糊隔了一層的槍感決堤湧出。

三連射精準狙擊。

開槍射擊一氣呵成，只有比目標行動更快，才能逼迫對方改變彈道，先發制人。

巫瑾深吸一口氣，抑制住沸騰的血液。雖然面對的僅僅是動態靶，但是他在兩個月後，第一次學會剛槍。

路燈為巫瑾半乾的頭髮鍍上一層淺棕色，少年向寢室走了幾步，終於耐不住嘴角揚起，幾步一蹦躂地向寢室樓撒歡奔去。

少年身後。衛時從後視鏡移開視線，緩慢滑翔的懸浮車終於加速，帶出一閃而逝的尾光。

巫瑾回到寢室已是接近深夜十二點。有了畢業考試的殘暴壓力，基地學員睡得比平日更晚。路過佐伊房間時，裡面傳來自家隊友嘩啦啦的洗澡聲。

巫瑾打開自己的房門，拉下作戰服外套，從內扣裡抽出訓練卡取電。

外套裡一共放了兩張訓練卡，一張是白月光給的五日特訓卡，一張是大佬送的綁定卡。在來浮空城之前，戰隊經理反覆強調過訓練卡的珍貴。第一張卡只有五天期限，故而在用完之前巫瑾並未啟動第二張。

按照他的打算，後天就把嶄新的訓練卡帶回去，和大佬送的大兔子、小兔子、面具徽章等小玩意兒擺在一起。

拿出訓練卡的一瞬，巫瑾再次想起教官督導包年的巨額欠款。只是比起幾小時前，他已然鎮靜許多。

再給克洛森秀跳幾次主題曲，努力晉級到最後決賽……還是、應該、差不多，有可能還上的！

巫瑾做好心理建設，迅速把訓練卡往讀卡機上一劃拉——

「歡迎學員【匿名】。」

「封閉式槍械訓練。訓練時長：五天。還剩：一天。」

「一週消費額度：四百八十三信用點。」

巫瑾一愣。四百八十三信用點……只一小時教官指導就遠不止這點，更何況還有價格高昂的修復劑。

他迅速點開消費明細，其中竟然只有午飯、用電、訓練服等寥寥幾項。

巫瑾驟然似有所覺，呆呆的從作戰服裡拿出另一張訓練卡。

訓練卡綁定教官ID：0001。

卡片放入插槽，意料之外，代表「已啟動」的綠燈亮起。

「歡迎學員【匿名】。」

「一週消費額度：一百八十二萬五千信用點（綁定教官主卡已劃款還清）。」

巫瑾：「……」

巫瑾：「主、主卡……」他迅速看向卡背上的教官ID，繼而嗷嗚一聲蹦起。

卡是大哥刷的，信用點……竟然也是大哥付的。

大哥還過來給他上課——怎麼會有這麼關懷下屬的大哥！

巫瑾感動得無以復加，一面為自己的貧窮再次愧疚。應激訓練、槍感課程，加上大哥兩個月前送的香檳。

滴水之恩湧泉相報，無論能不能出道都要加倍工作，努力賺取信用點報答大哥！

房間隔壁，洗完澡的佐伊忽然一愣，匆忙戴了個面具就砰砰砰敲門，「小巫怎麼了？什麼聲音？跳起來撞到頭了？」

巫瑾一僵，立刻愧疚開門。

佐伊見人沒事，微微鬆了口氣。應激訓練影響受訓者潛意識，在人權報告中產生激烈副作用的也有過不少，而小巫——

他定睛一看。瞳孔大小正常，沒驚懼、沒恐慌、沒抑鬱，沒……整個人看上去美滋滋、樂顛顛。

佐伊呼吸一塞，原本以為是受不了訓練壓力在寢室發洩，沒想到是在撒歡撞天花板！

「晚上訓練怎麼樣？」佐伊猶疑開口：「出了什麼事要跟哥講。」

巫瑾立刻搖頭，眼神感激，「沒事！訓練效果很好，謝謝佐伊哥。」

佐伊：「都進了哪些場景？」

巫瑾掰手指，「喪屍，厲鬼，鯊魚……」

佐伊：「……小巫看著挺高興哈！」

巫瑾笑咪咪仰起臉。心臟因為愉悅而鼓脹跳動。他有全星際最好的大哥！還有佐伊哥、凱撒哥……只可惜不能和他們分享！

佐伊最後確認自家小隊員沒事，拍了拍他的肩膀，「早點睡，明天畢業考核肯定有一場硬仗要打。等結束了休息半天，再回公司補補。」

「克洛森秀的新副本提示也出來了，後天回去咱一起研究。」

「先不用多想，一切等考核過了再說。」

兩人互道晚安。少頃燈光熄滅，巫瑾在被子上滾了兩滾，揪住一個角，沉沉陷入夢鄉。

基地第二天的清晨比以往更早。

畢業考核從下午四點開始，天濛濛亮就有學員斷續進入訓練室做最後衝刺。

四天的戰術、槍械集訓近乎讓每個人都脫胎換骨，然而考核項目仍像一把利劍懸在每個學員頭頂。

四點開始，會有專車將他們送入蔚藍深空主城，將這幾天僅僅在靶場開過槍的學員們送上地下逃殺的賽場，用敵人或者自己的鮮血做訓練後開刃。

只有在毫無防護的情況下打滿三個回合並活著下來，才能最終拿到畢業證書。

下午三點。

巫瑾洗完澡，喝下最後一管修復劑，臨走前再次看了一眼A073訓練室。

大門砰的一聲關上，幾分鐘後佐伊出現，兩人提好行李，踏上了去往地下逃殺賽場的單程票。

窗外風景飛馳。浮空城的薄霧逐漸散去，大巴抵達城市邊緣。

巫瑾趴在窗戶上，終於近距離目見了圍繞城池的天然裂谷。直插入地底的葉岩斷層陷落，平地似被一把巨斧劈成兩塊，腳下是黑黢黢的森寒深淵。浮空城就依據裂谷建造，加上經年不散的霧氣，易守難攻。

理論課導師站在大巴的最前面，拿著本導遊解說詞照本宣科朗讀。一眾學員都顯憂心忡忡，聽進去的顯然不多。

理論導師乾脆搬了個箱子，往每人手裡塞旅遊宣傳手冊。

佐伊勉強打起精神，「浮空城旅遊業發展得不錯啊……」

導師一拍大腿，「可不。這兩年只有聯邦貴族來，外面那些抹黑我們形象的，傳得亂七八糟的……什麼想進浮空城先割一個腎？搞笑！我們收集那麼多腰子作甚？可不得把事實多宣傳宣傳嘛！以後你們再介紹人過來培訓，拿旅遊手冊的給打九八折哈。再等一年，說不定快遞也能通了……」

佐伊接了旅遊手冊，給巫瑾遞了一本。

過了兩分鐘，他僵硬地扭頭，「小巫緊張不？」

巫瑾嚥了一口口水，「有點……」

佐伊趕緊拿出白月光C位的氣場安慰：「一會兒雖然沒有救生艙，培訓機構肯定不會放任我們死在臺上。」

巫瑾點頭點頭，分析：「應該沒事，要不然不會給我們發旅遊手冊……浪費紙。」

佐伊思索：「咱們箱子留在車上，萬一出事也是能把宣傳冊回收再利用。」

巫瑾：「……」

佐伊立刻閉嘴。

又過了兩分鐘，佐伊再次僵硬扭頭，「小、小巫緊張不？」

巫瑾搖搖頭，「比剛才好點……佐伊哥緊張？」

佐伊嚴肅反駁，手心出汗，故作鎮定說：「我怎麼會緊張？小巫，你要不還是講講上次看到的那本什麼什麼小說，給咱緩解一下氣氛……就那本浮空王揭下面具，女主和四個執行官曖昧給他戴綠帽的。」

巫瑾一呆，使勁兒辯解：「我我我真沒看過……佐伊哥你信我啊啊啊！」

大巴緩緩駛入蔚藍深空主城。

臨近傍晚，天邊雲霞翻滾。當十六號街區的地下逃殺賽場出現時，幾乎所有人都表情微怔。

暗色磚牆，明亮的穹頂，霸占四個街區的建築如恢弘神殿，神殿之下卻廝殺如修羅地獄。賽場外還插著佐伊、巫瑾一個月前見過的標識牌與銀色篆刻。

「十六號街區，隸屬浮空城所有。」

巫瑾低頭看向旅遊手冊。浮空城三大經濟命脈，逃殺秀曾經位居第一，在近幾年被基因產業超過。

一眾學員沉默下車，臨走時巫瑾甚至看到有人在紙上寫遺言……然而很快就被導師拎出，強行將紙筆換成語音輸入，防止寫遺書耽誤大家時間。

該學員顯然已經傻了。

跟隨理論導師身後，時隔一個月，巫瑾再次進入這座地下賽場。他還記得賽場下深不見底的祕密基地，低頭看去，大理石地磚整齊鋪就，絲毫看不出端倪。

門口接待觀眾的小妹子又換了一個人，穿著同一款式的蓬蓬裙，嗑著形狀相似的瓜子。見到一群學員過來，她立刻了然點頭把人領走，操作熟練門兒清，「終端必須關閉喔，請配合檢查。我報到號碼的人，跟我去後面準備，其他在這裡等著……」

第一批出來十個人，佐伊赫然就在其中。

佐伊：「小小小巫巫巫……你等著哥哥哥……」

巫瑾給了他一個擁抱，在他耳邊小聲說了什麼。白月光狙擊手終於平緩心情，「小巫說得對，咱是專業的……」繼而給巫瑾做了個手勢，毅然踏入畢業考核。

二十分鐘後，小妹子再次出現，手上瓜子嗑完，換了一袋杏仁，「行了，下一批準備，A073號……」

巫瑾深吸一口氣，進入準備間。

重重帷幕將狹窄的隔間包圍，巫瑾迅速換上作戰服，左手在右腕微微一探，的確沒有救生艙的痕跡——地下逃殺賽，果然是以命搏命。

用於比賽的面具也換成了嶄新的材質，輕薄貼服，確保選手頭打飛了也不會被認出身分。面具後的繩索只剩下兩道，更多起裝飾作用，打個蝴蝶結都沒有問題。

距離考核開始只有十分鐘。

巫瑾最後檢查了一遍裝備，反覆掂量之後挑了一把突擊步槍。

還剩五分鐘。

場內歡呼聲驟起，有人跌跌撞撞向隔壁房間走去，刺鼻的血腥味傳來。

巫瑾微微一頓，迅速深呼吸平復心情。

兩分鐘。

巫瑾閉著眼睛，最後在腦海中閃過射擊、校準、戰術躲避、槍感，在彎腰拿槍的前一瞬，伸手確認面具牢固無誤。

背後的帷幔被推開。巫瑾訝然回頭。

「低頭。」熟悉的聲音低沉響起。

巫瑾趕緊低頭，興奮出聲：「大哥——」

衛時在昏暗的光線中伸手，粗糙的手指在捲髮上穿過，將面具暗釦扣起，打了個繩結。

「我會站在這裡。」衛時開口：「和訓練的時候一樣，只要你往我的方向看一眼，隨時可以停下。」

巫瑾哎了一聲，卻是小幅度搖了搖頭。

衛時看向黑暗中的兔子精，「決定好了？」

巫瑾：「嗯！」

這是他的畢業考試。如果站在大佬背後，就算四天特訓收穫頗豐，也無法跨過這道坎。

最後一分鐘。

有工作人員向這裡快速走來，觀眾席一片喧嘩，似乎在期待下一輪選手。巫瑾抱起槍，下意識摸向面具後複雜的繩結，「大哥！這個怎麼解開？」

衛時直直看向他，「你不用知道。」

巫瑾迷茫。

衛時：「等你獲勝而歸，我會親自替你解開。」

巫瑾一愣。

正此時，帷幔驟然揭開，耀眼的燈光將走向賽場中心的路點亮，幾百個觀眾在看臺上肆意歡呼，上一場的勝利者正在賽場中央，凶悍看向巫瑾出場的方向。

少年眼神陡然鋒利。他打開槍枝保險，最後和大佬打了個手勢，迎著燈光毫無猶豫向前走去。

地下逃殺秀場。

拜占庭式的穹頂像是倒扣的碗。碗口下雄偉如神殿般的建築內，除了一眼望不到邊際的地下聯賽主會場，其餘空間如蜂巢一般被細密分割。

每一個六邊形都是獨立的賽場，深色的帷幔將邊緣遮蓋。

場地正中是雙目赤紅、不斷暴躁喘息的選手。

圍繞著選手與表演區，奢華的觀眾席從第二層向上延伸，在耀眼的水晶燈下呈現出復古的淡棕色澤。

每一層席位都有自己名字：元老、長官、祭祀、貴族，不同區域代表截然不同的票價。牆壁上光影浮動，雕刻著角鬥士、戰車、猛獸。

以及賽場主題——Colosseo 古羅馬鬥獸場（B.C.72）。

看臺上衣香鬢影。從聯邦各處前來蔚藍深空享樂的貴族紳士小姐在中場間隙輕聲交談，談及激動之處眼中光芒湛湛。

侍者在人群中穿梭，將濃茶、雞尾酒與三層塔點心送上，間或又有穿著淺色制服的青年捧著籌碼盤路過。

一群言笑晏晏的貴族女士向侍者招招手，他立刻走近，禮貌彎腰。

「是的，美麗的小姐，現在已經可以下注了。」

這一個角落頓時嘰嘰喳喳，熱情高亢。

「下一位選手什麼時候出來？」

帷幕驟然拉開。

戴著白色面具的少年走入場內，略顯纖細的身軀在暖光裡泛著的蜜色與水光，握住突擊步槍的手臂帶著薄薄的肌肉曲線，緊繃時在燈下異常耀眼。

還在猶豫下注的少女一愣，迅速打開終端，「勞駕，一萬信用點押這位小哥哥。」

周圍頓時一片哄鬧，少女卻大方一笑。

「確實沒有他的對手健壯，不過非常可愛，像是家裡養的那隻小獵豹……」

「比起勝負，我倒是更好奇面具之下的樣子……如果可以……」

「一會兒我可以點酒送給他嗎？當然，價格不是問題……」

侍者遺憾搖頭，「抱歉，只有這位不行。如果您想點酒的話，不妨考慮其他選手。」

少女似乎有些疑惑，然而隨著燈光熄滅，賽場中央亮起，看臺迅速恢復了寂靜。

【第二章】

第三場淘汰賽：測試你們的戀愛相性

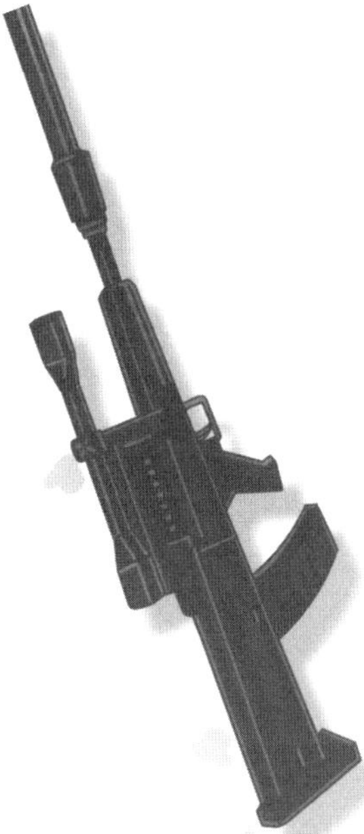

表演區。

巫瑾深吸一口氣，在他的初始點站定，視線迅速鎖住面前的對手。

那人與他相仿，虎背熊腰臂膀粗壯，身上有幾處不明顯的傷口，同樣持突擊步槍。兩人相距約百公尺，目光相觸時如有刀鋒交接迸出火光。

他與他只有一人能留到最後。

對手忽然呲牙，發出恐嚇似的低吼，如同將敵人驅逐出地盤的獸。牙槽的一側有凝固的鮮血，像是剛剛咬斷過誰的喉嚨。

巫瑾驟然想起了帷幕之後的血腥味和敗北者被抬回時的吃痛慘叫。

觀眾席卻在對面呲牙的一瞬再度沸騰，為形如野獸的角鬥士爆發出歡呼。

燈光熄滅的一瞬，表演區內迅速升起高聳如圍牆的掩體，重疊如迷宮，在兩人相距的百公尺間遮擋視線。

巫瑾將食指扣入扳機，瞇眼、靜心，逐漸適應看臺上嘈雜的聲音分貝。

直到燈光再次亮起。

原本空曠的視野被磚石、泥土砌成的掩體遮擋，視野逼仄狹隘，對手的呼吸聲輕不可聞，雙方都在竭盡全力隱匿。

在倒數計時十五分鐘內，掩體會不斷下降，直至雙方避無可避。當舞臺變為平地——如果依然無人被狙倒，兩位選手將進入白刃戰，在空曠狹窄的空間裡不死不休。

看臺上驟然響起一陣驚呼。

被眾人以為會採取防守姿態的少年，竟然先一步主動出擊，端著突擊槍就向對面逼去。

剛剛為他下注的少女眼神亮起，「很有勇氣，清晰的判斷能力。他一定猜到剛才那位選手是怎麼下場的，所以選擇在前十分鐘打巷戰，而不是在掩體消失後跟那個瘋子搏擊……等等，他們快遇上了！」

某個逼仄的角落兩端，少年與瘋狂的角鬥士分從兩個方向摸來。兩人僅僅相隔一道掩體，腳步聲輕不可聞，從神情來看，誰也沒有察覺到對方的存在。

直到行至轉彎處，剛剛對著敗北者撕咬的角鬥士身形一沉，突然閃入牆後埋伏，凶悍而輕蔑地看向巫瑾即將出現的方位。

幾乎所有人都在這一刻屏住呼吸。角鬥士無疑已經發現了對方，這場巷戰初始平衡已然傾斜，變成誘捕與伏擊。

巫瑾果然一腳踏入包圍。

看臺上的少女低低壓抑住尖叫，甚至有人優雅捂住了眼睛，下一刻槍聲響起，指縫中的視線驟然呆住。

出乎所有人意料，首先開槍的，竟然是戴白色面具的少年。

就連場控都沒有反應過來，槍聲響起後，才鏡頭迅速向反方向拉近。

慘白的面具泛著金屬般無機質的冷光，露出的雙眼呈溫暖的琥珀色，卻因為蓬勃的戰意而燃起耀眼的火簇。

靠近埋伏時，他鬆散的腳步成功蒙蔽了對手的認知，甚至連手臂都是極端放鬆的，直到踏入埋伏的前一刻。

少年行動驟變。作戰服因過快的動作撩起一角，介於牛奶色與蜜色之間的後腰窩在鏡頭前一閃即隱。

下一秒就是開槍——俐落，凶狠。

鏡頭正對著少年揚起的下巴，反伏擊時他一個跳狙如同高傲的豹。明明身形柔韌，急停後卻迸發出硬朗蠻橫的凶悍氣勢，眼中火簇燃起滔天氣焰。

跳起、開槍、連狙補刀一氣呵成！

面具下的臉約莫也是冷淡繃著，暖色的琥珀瞳孔漠然直視前方，像吸入整個舞臺光一般讓人止不住看去。

看臺上終於為他爆發出震天尖叫。

賽場內，形勢已然逆轉。

原本的獵物奪走了獵手身分，上一場的勝利者被打中右肋骨，子彈出槍膛的一刻巫瑾心思電轉。

不是克洛森秀慣用的實心彈。

彈丸中心軸線一通到底，頭部激波阻力大大減小，初速度高、迅速衰減，彈頭尖利，前三分之一處意外加粗，在對手身上劃開一道血口就停止侵徹——改裝管式彈。

巫瑾劇烈的心跳終於平復。

浮空訓練基地果然還是保證了選手安全。

改裝管式彈大大削弱了集中速度以及侵徹性，僅彈頭前三分之一的鋒刃造成傷害，即便沒有救生艙，就算狙中要害也不過皮肉之傷。

昏暗的燈光下，掩體已經從高處下降到與兩人身高相近。

巫瑾抬起槍口，這一次指向的是對手的咽喉。

角鬥士瞳孔驟縮，聽聲預判，在掩體旁一個翻滾勉強躲過，毫不猶豫抽槍對剛。

短短三分鐘，二十公尺之內，白刃戰提前開啟。

所有觀眾的心跳都一併加速，包括之前的十幾場在內，幾乎沒有任何戰勢進展得如此飛快。但事態發展又出奇合理，像是一切都在計算之中。

巷戰，埋伏，反埋伏——明顯不擅長近戰的面具少年幾乎利用了所有優勢，將原本處於劣勢的拉鋸戰硬生生掰成了突擊速戰。

即便上一場的勝利者體力還在，此時卻是劣勢明顯。面具少年在爭奪中搶占了剛才開槍的掩體，流彈激飛中兩人身上皆有血花綻開，但更占上風的，始終是少年。

管式彈的刺入讓巫瑾生生抽疼，不過仍在能夠忍受的範圍內。

疼痛甚至將他的邏輯預判能力推得比往常更為警覺，狙擊步槍和他的手臂融為一體，捉摸不定的彈道終於和視野判斷重合。

砰——乾脆俐落。

裁判席上的綠燈終於亮起。

那位角鬥士被衝擊力擊中肺部，咳出一口血沫，狠狠向巫瑾剜了一眼，推開工作人員的攙扶，跌跌撞撞地朝帷幔後走去。

看臺上歡呼如轟鳴，甚至有前排貴族小姐們將鮮花、手鏈等手中物扔到舞臺內，在燈光中拋下盈盈秋波。

工作人員早已熟門熟路，趕緊下場把貴重物品撿起歸還，沒想幾秒後卻是氣氛更烈。

少年從舞臺的一端接過遞給他的繃帶，撕下被彈頭劃破的防護服，露出薄薄一層流暢卻具有極端爆發性的肌肉曲線。繃帶在肩臂創口麻利纏起，因為無法用力，他不得不微微揭開面具一端，用牙齒咬住繃帶——

鮮血、少年、槍與荷爾蒙。

臺下尖叫聲響成一片，侍者不得不輪番出動解釋「無法告知姓名」、「請尊重選手戴上面具的選擇」、「無法為選手提供香檳」、「沒有理由……就是上面管理層規定」……

帷幔後。

男人喉嚨動了動，伸手在槍膛上輕輕摩挲。

當年在海選叢林裡隨手抓到的兔子精，原來已經長出了一口白生生的小獠牙。

五分鐘後，巫瑾的第二輪選手被送到臺上。

臺下如同一場盛筵，由於場館禁止，無人敢拿出終端拍攝，私底下的議論卻一分不少。

「臥槽，我想給他生猴子！不知道名字，代號也要給一個啊啊啊！今天還是第一次見到，是來下場玩玩還是常駐地下逃殺秀？求給個說法！」

「包紮傷口為什麼可以這麼炫酷！想起來前兩年王還沒有退隱的時候，也是一模一樣的繃帶，當年被王帥一臉，今天又被小哥哥……剛才差點哭粗來啊！好像時光倒流，看到了六年前年輕的王！」

「看著可能二十左右或者不到二十歲，作戰風格也有生疏，槍法帶有明顯缺陷，而且這裡是初級場……我記得當年王一出現打的就是精英場？不過，聽你這麼一說確實神似，特別是包紮的時候……」

「又怕他受傷，可看到他受傷了又按捺不住血液沸騰！啊啊啊糾結！」

燈光再次亮起。

這一次，巫瑾將戰線從五分鐘拉到了十分鐘。對手約莫是克洛森秀練習生C至B水準，如果是佐伊定然能在三分鐘內解決。但自己已是有了明顯體力透支的跡象。

對手遠比蔚藍深空外的克洛森練習生出手要毒辣。在看到巫瑾右肩的傷口後狙擊角度異常刁鑽。

巫瑾甚至不得不將步槍換到左手，吸著冷氣，精準預瞄後再開槍對剛。直到掩體下降到膝蓋，兩人甚至先後亮出步槍頂端的刺刀。巫瑾藉著出刀的動作掩飾，驟然開槍，對手被強衝擊力摜倒在地，綠燈終於點亮。

距離他的畢業考試，只剩下最後一場。

帷幔暗處，衛時的眉微微擰起，按住槍管的右手指節收緊。

舞臺中央，巫瑾撐著膝蓋，汗水將小軟毛完全浸濕，順著面具與下頜滑落。他的身上又比剛才多出了三處子彈劃痕，右肩因為被狙了兩次而傷勢嚴重。

但他始終沒有往帷幔的方向看一眼。

帷幔後，侍者恭敬地向衛時躬身，把一瓶水給臺上的少年送去，又低聲說了幾句。

巫瑾眼神一亮，繼而卻是搖頭。再站起時，他向臺下觀眾微微頷首示意，抹了把額頭的汗水，已是戰意蓬勃。

看臺有一瞬安靜，緊接著再度爆發出掌聲與歡呼。

考核第三場，遠遠比前兩場想像的要艱難。

對手比之前兩位勝率更低，但恰好是在巫瑾體力的最低谷撿漏。為了恢復體力，巫瑾不得不將快速突擊改為纏鬥。

失血過多狠狠刺激著巫瑾的神經中樞，起初還能用痛覺保持思維清醒，到第六分鐘掩體下降可以輕易被選手跨過。他再抬頭時，視野已是微微發暗。

第一場中，他也是把對手逼迫到了這般境地。

巫瑾狠狠咬住舌尖，強行逼迫理智回歸，用於捕捉彈道的視線無意中劃過帷幕。

人影一閃而過。

巫瑾迅速移開目光，眼神依然冷冽，僵直的肩膀卻終於放鬆。

有人在等著他凱旋。

身側，觀眾席上嘈雜的喧囂聲被感官過濾，如潮水退去，巫瑾瞇起眼睛，抬手按住扳機時嗅到了濃厚的血腥味。

像是回到了克洛森秀的第一場淘汰賽。炎熱、虛脫、體力耗盡，但這些都不足以成為淘汰他的理由。

一天前應激訓練的場景再次浮現。所有感官刺激被摒去，意志力終於再占上風。

正此時，一顆流彈向巫瑾襲來。

小腿腹部刺啦劃開。

巫瑾瞳孔中驟然閃過一道光。捕捉，預判，連擊——

肌肉驟然繃緊，如同從落魄回歸矯健的豹。兩次開槍點射，近乎完美復現了訓練室中第一次找到槍感的一幕！

敵人應聲擊倒。

然後呢——

巫瑾微微閉眼，再度睜開時，被濾去的喧囂、吶喊、掌聲逐一歸來，綠燈再次亮起，明晃晃的燈光從穹頂上傾瀉而下。

明亮到近乎眩暈。

他甚至一時分不清是在訓練場還是在逃殺秀，記憶裡的大佬似乎在遙遠的方向開口：「恭喜，你炸場了。」

意識陡然回歸。

對手被工作人員拉起，向巫瑾打了個致敬的手勢，向著帷幕後走去。觀眾席再度爆發。

巫瑾握住了手裡的狙擊步槍，最後一道心理障礙越過。

肌肉記憶和槍體完美融合，似乎只要他想，隨時可以精準狙擊，槍感隨時都在手上，或者說，此時握住槍柄的手才是真正的利器。

舞臺中央的少年終於露出了笑容。

緊接著他做了一個讓所有人都意料不到的動作——低頭在槍膛親吻。汗水、鮮血與代表著征服的槍枝糾纏，在穹頂之下迸發出讓人窒息的暴力美感。

在觀眾反應過來之前，巫瑾俐落收了槍，按住強制保險。逆著燈光向帷幔背後闊步走去。光芒照射不到的暗處，衛時無聲站著。

巫瑾跌跌撞撞向他走來，進來的一瞬，帷幔驟然放下，擋住了觀眾席無數探究、好奇、仰慕、熾熱的目光。

少年一直走到他的面前才停下。

衛時伸出布滿槍繭的右手，強迫少年抬頭，指尖在被汗水浸濕的小軟毛上插入，在複雜的繩結前停滯，眼神像是下一秒就要把人拆吃入腹一般危險。

「我解開了？」男人聲音低沉，帶著些微沙啞。

巫瑾眼神晶晶亮亮地點頭，把槍扔到一邊，就要等著大佬給他一個鼓勵的擁抱。

男人眼神驟暗。

繩結被繁複手法抽開，巫瑾臉上一涼，面具被摘下，粗糙的指尖在他脖頸、臉頰摩挲，避開所有細小的傷口，示意他下巴揚起。

少年被牢牢箍住，凱旋的英雄仰起脆弱的脖頸，像是無意識的獻祭。

男人低頭，在他的額頭落下熾烈一吻。

巫瑾呼吸一滯。

重重疊疊的帷幕遮住了光，強侵略性的氣息如騰然躍起的烈火，被迫仰起的脖頸被男人粗糙的手挾制，像在面對用強權鎮壓一切的王。

少年在黑暗中急促喘息，陡然緊張的肩臂繃起了半秒，又在軀體完全熟稔的氣息下逐漸放鬆，脖頸甚至無意識地蹭了一下衛時的手。

親吻額頭。

巫瑾驟然反應過來，腦海中對一千年後的禮儀一無所知，但從情形推測——大哥，大概，是在獎勵他！

原本茫然的少年倏忽了然，明明渾身傷痕精疲力竭，卻因為忽然而至的嘉許而興奮雀躍！這一認知讓巫瑾的心跳再次加速，就像站在燈光璀璨的賽場一般，鼓脹起異乎尋常的情緒。

少年渾身被汗水浸透，在黑暗的帷幕後散發涼意，唯有額頭的吻乾燥熾熱，將平靜的血液再次燃燒至沸騰。

一吻而收。

布滿槍繭的手掌在少年的頸側摩挲，發燙的掌心在消失無跡的標記旁徘徊。

然而巫瑾全然無暇思考，異常喜悅的情緒迫使他急切抬頭想和衛時的視線相撞。

映入眼簾的是微動的喉結，刀削般冷峻的下頷曲線。繼而是光影分明的輪廓，高挺的鼻梁，還有光芒躍動的漆黑瞳孔，低頭看向少年時，原本的俊朗陡然爆發出強烈的侵犯性，像視野中雪亮的刺刀讓人克制不住去追隨。

倨傲的王終於低下他的冠冕，嘉獎他凱旋的騎士。

巫瑾呆呆看著衛時的瞳孔，明明帷幕後暗淡無光，卻像是有無數頂燈照耀一般目眩神迷。

王……真好看。

思維中，無數亂七八糟的片段上湧，失血過多和心跳加速讓他口乾舌燥，他甚至有種想要奉上一切榮耀的衝動，從脖頸到臉頰，寸寸緋紅。

衛時的聲音比剛才更沙啞，像是從天邊傳來：「在想什麼？」

巫瑾下意識開口：「我我我……」

衛時：「傻了？」

巫瑾呆呆搖頭。

用於桎梏少年脖頸的手下移，在右肩的傷口旁微頓。

「疼不疼？」男人低聲問。

巫瑾把頭搖成撥浪鼓，下一瞬溫涼的修復液體灑在創口上，原本近乎麻木的鈍痛一滯。

繼而是右臂、腰腹。

男人示意他把防護服撩起，窄細的腰因為信賴而肌肉放鬆，露出微微凹陷的腰窩和軟乎乎的小肚皮。

藥劑快速緩解痛感，繼而躥上的是微微涼意。巫瑾的臉卻是比剛才更紅。

細密的感知神經布滿腰腹，巫瑾幾乎用了全身自制力才不至於戳一下，抖三抖。殊不知紅暈已經向半邊身子蔓延。

男人的目光依然在後背傷口逡巡，腰窩附近視線灼燒，就跟被十根軟乎乎的羽毛捅了一般讓巫瑾力氣綿軟，在空氣中微微發顫。

大佬上藥俐落熟稔，被按住的少年卻像是案板上的魚，或是翻出白肚皮的豹，許久之後終於靈光一閃，理智回歸，「大、大哥，我自己就可以……」

衛時瞥了他一眼。

視線如冰火交織，巫瑾不知為何驟然發怵。

衛時：「疼就喊出來。」

巫瑾：「沒沒沒——」

大佬站在他的背後，巫瑾看不見人臉上的表情，唯有整個人被籠在陰影裡，從矯健的豹，一秒變回瑟瑟發抖的兔子精。

直到撩起的作戰服放下。

巫瑾終於鬆了口氣，冷不丁對上男人晦暗莫名的目光。還沒等巫瑾反應過來，衛時忽然俯身，查看少年腿上的傷口。

巫瑾一驚：「我、我自己來就行……」

衛時冷淡命令：「站著別動。」

右腿兩處槍傷、一處刀傷，左腿三處槍傷。

男人單膝撐地，毫無猶豫替巫瑾捲起破破爛爛的褲腳，傷勢嚴重之處甚至直接撕開，冰涼的藥劑覆上。

巫瑾呆呆低頭。這是他第一次低頭看向大佬——即便他處於低處，氣勢也分毫不能蓋過。

上藥之後是繃帶。

防水繃帶被衛時俐落撕開，把白白嫩嫩的兔子腿包成了半個木乃伊。

衛時起身，看著依然呆滯的兔子精。

巫瑾的視線卻始終看向腳腕的繃帶。腦海中無數場景翻過，有海選地圖的小叢林、白月光訓練室、克洛森秀靶場，深空主城遊樂園，到浮空城訓練基地，應激訓練場，數個身影彙聚，最終重疊在昏暗的帷幔之後，單膝著地為他包紮的男人身上。

帷幕外的震天歡呼，原本就是兩個人的榮耀。

心臟驟然猛烈跳動。

巫瑾怔怔開口：「大哥——」

衛時起身，瞇眼看向他。

兔子精愣怔著站在那裡，眼中光芒閃爍，似乎有什麼情緒下一秒就要噴薄而出。

巫瑾忽然一個躍起，狠狠衝到衛時懷裡，給了他一個充滿少年氣息的擁抱，就像他從賽場上下來，所期待的那樣。

濡濕的小捲毛抵在男人的下巴上，血腥味因為創口清理淡去，明明是汗涔涔的兔子，蹭過來的一刻卻甜得像剝開來的奶糖。

巫瑾顯然興奮得過了頭。像隻小獸一般發洩著感激和過甚的精力，撲進去之後就開始嗷嗷亂叫，想要再親密點又不知如何是好。

那廂，被抱住的衛時甚至有幾秒表情空白。

冷硬的面部線條因為溫軟的觸感而鬆融，滿懷都是鮮活的少年氣兒。

他下意識低頭。少年琥珀色的瞳孔裡一片赤誠，暖洋洋像是恒星光，絲毫不摻一點雜質，就像表達信賴的動物幼崽。

衛時一頓，壓下所有思緒，利索避開少年肩臂的傷口，還了他一個毫無雜念的擁抱。

蔚藍深空主城，地下逃殺秀賽場。

最後一名訓練學員從秀場出來，甫一進入帷幕就撲通一聲力竭倒地。

在一旁嗑杏仁的小妹子歡快喊來醫務機器人，將學員往修復艙內一塞，四個輪子滴溜溜地就把人往後勤區推去。

金屬門應聲而開，浮空基地的理論導師回頭，「怎麼個結果？」

小妹子甜甜回答：「兩勝一負！」

理論導師贊許點頭，「還湊活，不像剛才那個，一上場就嚇傻了……」

他一面說著一面把人撈出來，對著學員卡編號，在終端蓋了個「考試通過」的戳兒。

那學員渾渾噩噩從修復艙爬出，一睜眼就看到幾十雙視線齊刷刷望向他。

理論導師清了清嗓子，「下面，讓我們為最後一位順利畢業的同學鼓掌！」

掌聲啪啪啪響成一片，唯有一人左顧右盼坐立不安。

理論導師繼續發表致辭：「在過去的四天半裡，你們團結友愛，積極進取，勤奮好學，尊敬師長……」似乎剛才嗑了太多杏仁，他停下來打了個嗝，繼續說道：「在基地的六十五位學員中，有十五人拿到了三場連勝的好成績，二十六人兩勝一負，十四人一勝兩負，浮空城XX訓練基地將為你們頒發珍貴的畢業證書。」

「當然，沒有畢業的學員不用灰心。我們XX訓練基地秉承入學門檻低、學費合理、拿證快、學歷正規可查的一貫理念，只需再繳納XX信用點，即可無憂重學。另外推薦僅有七天的簽約保過拿證班，你的未來，由我們基地保駕護航……」

臺下，眼見過來送人的小妹子就要關門離開，佐伊終於忍不住離開座位，迅速追上，「這位小姐，勞駕……」

小妹子疑惑回頭。

佐伊忙道：「抱歉，是所有學員都到齊了嗎？我沒有看到一起過來的同伴。」

小妹子略一思索，「有人拿了證書就出去玩啦。你們終端都在我這裡收著，要不要試著聯繫他？」

佐伊立刻點頭，在拿回終端後終於鬆了口氣。

巫瑾果然已經在十分鐘前離開了，只是定位飄忽莫測。

小妹子嫣然一笑，「行了，後面還有半天假，好好享受……喏，還有這個，你連勝三場的獎勵。」

佐伊一愣，終端已是顯示「三百深空點」到帳。

佐伊：「這是？」

小妹子笑咪咪解釋：「在臺上打了三場，咱們也是要給你表演費的。臺下有觀眾反應不錯，以後要是閒了沒事，拿學員卡再回來打比賽也行。說起來今天有一位選手真真是人氣爆棚……」

「哎呀，你問深空點？能買信用點買不到的東西啊。包括槍、違禁藥品，還有失足的小可愛……」

佐伊：「……」

小妹子小手一揮，「行了，出去玩吧！有緣再見！」

佐伊：「請問您是否知道剛才那位選手去了哪裡？」

小妹子眨了眨眼，奇怪：「我怎麼會知道？假期只有半天，你們直男還要手把手一起逛街不成？」

佐伊：「……不、我不是這個意思！」

蔚藍深空主城，二十號街區。

懸浮車在明亮如白晝的夜晚劃過，停在一處小巷入口。

衛時替巫瑾打開車門，兩人戴著紋路相似的淡藍色面具，在擁擠的人群中毫不顯眼。

訓練基地的假期只有半天，從考試結束到凌晨四點為止，屆時停在港口的星船將把身分各異的學員們逐一送回。

小巷入口狹窄，燈光昏暗，周圍行人神色匆匆。

直到轉入某個胡同，視線驟然明亮，沿街是鮮豔的人造光源，燈穗迎風飄揚，數不清的小攤在路邊擺起，吆喝聲連成一片。

胡同上方，比外面更密集的執法智能來回帶槍巡視，薔薇、銀色面具、沙蜥等標識不斷閃爍，無一不昭示著此處是監管重地。

幾乎每間店鋪門口都貼著標識：僅接受深空點交易。

巫瑾下意識看向一座座敞開的攤位——火箭炮、重機槍、中子武器、麻醉槍、袖箭、高壓電擊鋼筆……

巫瑾：「哇啊啊啊！」

任何一件放到蔚藍深空之外都是違禁品，就算PO到星網上，這些商品名目不打分隔符號也會被和諧成框框。

終端上剛被劃入的三百深空點頓時成了燙手山芋，巫瑾趕緊看了一眼大佬，無比後悔剛才誇下海口，說要在今晚把深空點全部用掉。

衛時掃了眼藍色面具下揚起的小圓臉，把人領到某軍械連鎖店門口認槍具。

銀色的槍枝部件在掌心泛著涼意，巫瑾一秒認出，「自適溫瞄準補償器！」

繼而是深色匕首。

「BMQ匕首麻醉槍！」

「VKS微聲狙擊步槍托腮板。」

「Alpha13單兵中子輻射輕機槍。」

巫瑾的瞳孔在燈光下不斷閃爍，在浮空城地下軍械庫沒有過足的眼癮在此刻終於饜足。約莫是找到了槍感的緣故，將每一把槍拿起掂量時，手臂肌肉也會輕微跟隨調整，似乎下一秒就能精準狙擊。

連鎖店店主原本坐在籐椅上搖著扇子看電視，見巫瑾年齡不大也沒當回事。然而隨著人拿槍的姿勢越來越利索，店主一愣，立刻上來熱情推銷。

「買槍送彈，會員卡九折。這兩天七夕燈會預熱，咱們再送一項特別服務！槍柄免費刻字！每一次開槍都能摸到戀人的名字。」

巫瑾一愣，連忙擺手，「我沒沒……」

衛時在小軟毛上摸了一把，巫瑾立刻抬頭。

「聽他說完。」男人命令：「以後有需要再來買。」

巫瑾一呆，明顯還沒反應過來，兔子捲毛已經在粗糙的手掌下蓬鬆柔軟，呆呆說道：

「……欸？欸好……」

店主熱情洋溢地介紹了當紅刻字套餐。巫瑾這才了然，除了戀人姓名之外，該連鎖店也提供其他槍柄刻字服務，例如：「贈聯邦的朋友」、「刮開有獎」、「大清嘉慶年間敕造」、

「我的青春熱血飛揚」云云。

聽到此處，巫瑾忍不住心念微動。加起來，大佬一共送了他三把槍！自己的三百信用點全依賴大佬的教導，不如送一把「祝大哥身體健康」……

巫瑾迅速瞄向最低檔價格，原本晶晶亮亮的眼神卻一秒崩塌——

四百深空點（套餐A：HK78手槍刻字包裝七夕特價）

巫瑾悄無聲息打開終端，就要查詢深空點兌信用點的匯率，卻被衛時制止。

「等你定下順手的武器再來。」男人開口：「買兩把一樣的，帶過來刻字。」

巫瑾瞬間反應過來。

——買兩把一樣的，和大哥一人一把！

小捲毛倏忽揚起，似乎也不知道在瞎興奮個什麼勁。和大哥用一樣的槍——在巫瑾的潛意識裡已經激動非常，還要再加上相似的刻字！

「祝大哥身體健康」、「祝小巫學習進步」！

或者再有文采一點——

「祝大哥萬壽無疆」、「祝小巫天天向上」！

衛時掃了他一眼，徑直和店主說了幾句，買了件不知名的武器，才把眼珠轉悠個不停的巫瑾領走。

小巷內燈火通明，兩人一路走一路逛，巫瑾始終緊巴著他的三百深空點，因深知賺取不易，生怕一不小心用掉了湊不齊刻字兒。

衛時領著窮苦的兔子精左轉右轉，在複雜的胡同內穿梭，似乎進來時就找好了目的地。

「深空點和信用點的匯率在一比六十左右。」衛時忽然開口：「兌換有價無市。能在這裡買到的，比蔚藍深空外面品質更優。」

巫瑾一呆，品質更優……蔚藍深空裡面除了槍還有其他非違禁品？

此時兩人已是走進一條小路，露天攤販漸少，行人不再擁擠，似乎這一處鮮有人光顧。

衛時在一扇微合的門前停下，示意巫瑾進去。

巫瑾看向終端，有些不好意思，「大哥，我、我想留著刻字……」

面具下，男人的眼神微微一動，「以後還會有的。現在進去，花光你所有的深空點。」

巫瑾微愣，下意識推開門。

下一秒他陡然睜圓了眼睛，倒吸一口氣，血液近乎沸騰。

幽暗的燈光下，音樂從唱片機裡傾瀉而出，似是某種鄉村民謠。店主戴著副眼鏡在給樂器調弦，見到有客人進門，笑咪咪看了過來。

貨架、牆壁，幾乎每一處都掛滿了大大小小的吉他、貝斯、提琴、烏克麗麗，琴弦在頂燈下泛著光，共鳴箱、背板的木材散發出幽幽清香。

巫瑾卻沒有立即蹦躂進去，他第一反應就是回頭。

男人迎光而站，向他揚了揚下巴。

巫瑾眼角彎彎，紋路相似的面具被蘋果肌撐起，似乎已經笑成了一隻傻兔。

凌晨三點半。

巫瑾連蹦帶跳到星港，與剛剛抵達的佐伊會合。

佐伊見到巫瑾，立刻放下心來。即便明知小巫在秀場贏了三個回合，這位白月光狙擊手仍是直覺擔憂自家小隊友被偷走。

見到巫瑾背了個黑色的樂器盒，佐伊一愣，「吉他？」繼而欣慰點頭，「小巫還年輕，別每天泡在訓練室裡，發展發展愛好不錯。」

巫瑾笑咪咪揚起腦袋。

佐伊同樣向巫瑾展示了自己的戰利品，某槍枝手辦、某狙擊手視力保護補品、某眼部按摩儀……剛好把三百深空點用盡。

「小巫就買了吉他？」

巫瑾搖頭，「還有兩個手抓餅……很好吃！」

佐伊了然，至少小巫沒被騙財！至於騙色——星船檢票的間隙，佐伊再三向巫瑾確認。

「沒給別人留終端號？」

巫瑾答得極快：「沒！」

「沒讓陌生人揭下面具？」

大哥當然不是陌生人！巫瑾：「沒！」

「沒傻乎乎被人逼婚——比如，被騙揭下別人面具？」

大哥也不是別人！巫瑾搖頭搖頭。至於逼婚，在蔚藍深空的四天半裡，除了訓練就是考試，連妹子都沒有見到幾個！當然沒有機會被逼婚！

佐伊拍了拍他的肩膀，深表贊許。

星船緩緩上升，在深黑的夜幕中衝出大氣層，熾熱的表面防漆脫落，在隕石帶中微微打旋，隨即消失不見。

巫瑾趴在視窗，最後望了一眼下午離開的地方——被霧靄籠罩的浮空城。背後，佐伊舒適地靠在沙發上，看表情幾乎是從地獄脫身。

四天的槍械特訓幾乎磨掉了兩人一層皮，也讓兩人脫胎換骨。如果再有一次選位測評，佐伊有百分之九十的機率能幹過薄傳火那騷男。而巫瑾的進步，則更為駭人。

「小巫，」佐伊將終端投影到虛擬螢幕上，「下一次比賽的提示出來了。」

巫瑾立刻轉身湊了過去。

投影中正是克洛森秀投票主頁，「第三場淘汰賽聯動應援頁面」的按鈕在正中不斷閃爍。佐伊好奇點開，兩人的表情驀然一僵。

克洛森秀第三場淘汰賽聯動應援頁面。一片粉紅飄揚。

三百個選手的卡通頭像被透明愛心框起，在六芒星背景下不斷冒出粉色泡泡。

上書幾行大字——

克洛森占卜屋·測試你和小哥哥們的戀愛相性！

神祕·玄學·預知·命運·愛情

十信用點即可占卜一次！一百信用點占卜十一次！點亮你和小哥哥的姻緣線！每占卜一次等同一票！你的Pick，由你攻略！

巫瑾及佐伊：「……」

隨著游標移動，頁面上的三百名選手依次產生交互動作。

魏衍冷靜的跟隨游標走動，薄傳火扛起自拍杆對著游標戳來戳去，三頭身的巫瑾頂著一隻小白兔蹦蹦跳跳——

巫瑾一呆。

佐伊哈哈大笑：「還挺像……」

笑聲戛然而止。排在投票順位第二行的卡通佐伊刷的一下扔了狙擊槍，冒著「Pick Me」的文字泡泡向游標狂奔而去。

「……」佐伊火速擋住頁面，「什麼亂七八糟的比賽提示！」

巫瑾微一思索：「是占卜，下一場淘汰賽的主題是占卜。」

頁面標題，粉紅色背景下六芒星熠熠發光，「克洛森占卜屋」幾個大字不斷閃爍，頁面最底端寫著新贊助商機構——半人馬座玄學命理占師協會。

佐伊一愣。

逃殺秀的贊助商通常來自幾個固定行業，其中又以星航、戶外裝備、運動、旅遊、軍民用火器居多，每一場比賽播出都能拉一波銷量，毫不虧本。

此時「占師協會」的贊助就顯得極其可疑。

隨著聯邦科技飛速發展，與科學相悖的「玄學」在幾百年間逐漸式微，佐伊本身也是無神論者，如何都想像不出所謂的「占師協會」能一次性拿出大把投資砸在一個選秀節目身上。

正此時，巫瑾已是飛快在終端鍵入「半人馬座玄學命理占師協會」詞條，刷刷刷出現幾百萬個相關條目，置頂是該協會的搜尋引擎競價廣告。

「……」兩人皆是一呆，佐伊更是被火速打臉。

這根本不是一個貧窮的野雞協會。

總部設在半人馬座，七千個分部遍布聯邦，除占卜業務外，還開展心靈禪修、玄學體驗課、開光家具售賣、心理諮詢、婚戀糾紛調解等一系列業務，幾乎是半人馬座的招牌產業之一。

佐伊乾巴巴開口：「這、這麼賺錢？」

巫瑾示意他看向克洛森秀首頁。右側留言牆上，一眾觀眾激動非常，紛紛將投票贈送的占卜結果截屏炫耀。

「您和【薄傳火】的愛情匹配指數：70，親情匹配指數：90，友情匹配指數：95。男閨蜜瞭解下！」

「您和【巫瑾】的愛情匹配指數：60，親情匹配指數：95，友情匹配指數：80。乖巧黏人的弟弟瞭解下！」

「您和【毛秋葵】的愛情匹配指數……」

從票池規模看來，即便黑心克洛森秀將價格漲到了一張票十信用點，觀眾的熱情卻益發高亢。

此時的選手票數已經做隱藏處理，排序仍是按照上一次投票順位。巫瑾努力抑制住把投票頁拉到最後一行的渴望，在回程的星船中和佐伊討論淘汰賽賽制。

「賽場是巨大水晶球？或者八卦盤？」佐伊思忖。

巫瑾迅速搖頭，「地基形狀不對。」

佐伊：「小巫怎麼看？」

經過兩輪淘汰賽，白月光隊內幾乎都默認了巫瑾的團隊大腦擔當。雖然經驗尚淺還做不了指揮位，分析問題的能力卻是一流。

巫瑾抽出紙筆，迅速整理已知條件。

「第三場淘汰賽，按照克洛森秀往年慣例，側重點在槍械，五十公尺以內短距離剛槍。賽場中應該存在不少用於製造賽點的封閉環境。」

「從北塔地基來看，占地在六公頃左右。公布規則是團隊賽，三百名選手淘汰五十人，賽程十二小時。」

巫瑾在白紙上簡單勾畫出地基，轉了個方向遞到佐伊面前。

佐伊驀然靈光一閃，「選手密度！」

巫瑾點頭，「對。第二場淘汰賽是七公頃，四百人，多數小隊甚至在出局前都沒有打過遭遇戰。如果第三場淘汰賽內是要迫使選手剛槍，選手密度應該上升而不是降低，除非……」

巫瑾略微思索，寫下兩個可能。

賽場中僅存在少量安全區，迫使選手聚到一起。

或者，小隊隊員將被某種條件拆散，遭遇戰機率大大上升。

佐伊思考了許久，終於點頭。

他又看向六芒星，「那比賽主題能推測嗎？」

巫瑾搖搖頭，「已知條件太少，需要回到克洛森基地再看課表。」他頓了一下，又開口安慰：「佐伊哥，比賽形式只是規則表現的一種。如果規則和玄學相關，至少所有練習生都在同一水平線上。」

佐伊了然。逃殺秀選手的專業五花八門，但也從來沒聽說過哪個練習生主修是看手相和算牌。

星船緩緩穿過星海，暗淡的恒星光終於被港口的領航燈代替，視野驟然劃亮。兩人繫好安全帶，在灼熱的大氣衝擊中降落。

佐伊首先起身，伸了個愜意無比的懶腰，五天的地獄特訓終於被拋在腦後。

「小巫，咱到家了！」

清晨六點的白月光大樓在熹微晨光中閃耀，懸浮車把兩人丟在門口，曲祕書笑咪咪給了巫瑾一個擁抱，然後向佐伊點了點頭。

佐伊：「……」

幾人快速穿過空無一人的走廊，曲祕書邊走邊向兩人輕聲交代過去這五天發生的事：「小巫買的堅果到了，昨天晚上幫你收的快遞。公司戰隊去封閉式複盤了，凱撒還在旅遊，明天回來……」

佐伊一愣：「凱撒去旅遊了？不是說這幾天在公司給他補課補腦嗎？考試不合格不讓走──我看好像還有好幾套卷子，數學試卷都做完了？」

曲祕書點頭點頭。

佐伊：「試卷給我拷貝一份。」

幾秒後，終端圖片傳入。曲祕書還在笑咪咪給巫瑾說著什麼，走在最後的佐伊驟然一頓。

立體幾何圓錐曲線第二大題。

解：（親愛的，這題我不確定，你再算一遍，麼麼噠）畫連接線BF和AG，根據公式……

佐伊把試卷展示給曲祕書。

曲祕書：「咦……括弧裡是什麼？」

佐伊冷漠地說道：「這不是凱撒做的，這是他女朋友做的。工資獎金先扣一遍，等人回來再叫我。」

巫瑾伸頭瞅了兩眼，忍不住在心底給凱撒點了一根來自單身狗的蠟燭。

佐伊伸手，在認真點蠟的巫瑾頭頂摸了兩把，心道果然還是小巫省心。

在浮空城訓練了一個白天，在地下逃殺秀鏖戰三場，又買了個吉他、和大佬一起吃了手抓餅，再回到白月光宿舍時，巫瑾已是昏昏欲睡。

他迷迷糊糊擼了把兔，把大佬新送的兩把槍放好，最後笑咪咪解下背著的吉他。

兔子歪著腦袋蹲在枕頭旁，似乎是在等巫瑾把牠抱起。

少年卻是嗷嗚叫著撲到鬆軟的床上，小心翼翼揭開被子，把吉他往裡面一塞，心滿意足摟著睡去。

月光透過窗簾的縫隙灑在床上。兔子三下兩下跳到少年微溫的臂彎和上弦枕的夾縫內，找了個位置舒舒服服窩好。

約莫是生理時鐘的緣故，巫瑾在六個小時後準時清醒。

克洛森秀的一週假期即將結束，懸浮車會在三小時後將四位練習生送回基地。

凱撒遲遲未歸，曲祕書已經在著手訂購第二只兒童防走失監控腕錶芯片。

巫瑾趕了個早午飯就再次進入評測室。

四十分鐘後，送他出來的白月光考官神色恍惚。

「還記得當時我把你招來的時候不？」考官一聲咳嗽，問道。

巫瑾笑咪咪點頭。

考官也繃不住笑容，在他肩膀拍了拍，「好好幹，不要只盯著出道位，咱們戰隊還等著你去打星際聯賽。」

評測表上，基礎槍械一欄終於從E上升到了B。考官在表單下簽了個名，遞還到巫瑾手裡。

走廊拐角，佐伊也向他豎起了大拇指。正聚在一起圍觀考核資料的其他練習生，見到巫瑾出來皆是露出驚訝表情。

文麟給巫瑾遞了一杯水，輕輕一笑。

走出訓練室時，這位白月光未來輔助說道：「當時小巫進來的時候，咱公司都說招了個長得好看的。今天以後就不一樣了。」

巫瑾揚起小圓臉，「怎麼？」

文麟正經：「長得好看又能打的。」

佐伊感慨：「咱小巫長大了啊。對了，小巫回克洛森基地先藏個拙，比賽時嚇他丫的！」

一直到懸浮車不斷催促，外出旅遊的凱撒才得意洋洋回歸。

佐伊冷漠地看人進去後座，冷漠跨入，冷漠堵上門。

向克洛森秀駛去的懸浮車內驟然爆發吃痛的嚎叫。

佐伊行使完C位職責，繼續翻看克洛森秀的投票頁。

即便節目組掩去了具體得票，仍是能從大螢幕的應援彈幕推測各個選手的票數狀況。

巫瑾、魏衍穩居第一梯隊，薄傳火緊咬其後，佐伊和卓瑪戰隊的秦金寶都在第三梯隊——凱撒愣是掉得沒了影兒。

佐伊怒問：「怎麼回事？」

凱撒豪邁解釋：「投票占卜姻緣，氪金最多的能和選手那啥……在網頁裡手把手，這不我老婆不喜歡，把我資料都改了……」

幻影凱撒（白月光娛樂）

身高：一百五十公分

體重：兩百公斤

愛好：吃、睡

這他媽能有觀眾投票就有鬼了！

佐伊的拳頭動了動，終於按捺不住再次暴揍凱撒的欲望，凱撒則爆發出直男怒吼，為維護自己的資料而出手反抗。

文麟機智地拉下隔板，把兩人擋在後座。

巫瑾那廂卻是迅速打開終端。

果不其然，每位選手點開後，頁面右側展示「投票排行榜」，被各個土豪雄赳赳霸占。觀眾為選手氪金投票，隨機回饋「占卜」結果，並根據所謂的「愛情相性」增加攻略進度。為單名選手投票最多的觀眾視為攻略滿格，可挑選立繪和選手立繪手牽手。

克洛森秀這一手極其有效，幾位人氣選手的頁面硝煙一片，榜首競爭極其激烈，牽手立繪一幀一幀變動幾乎形成虛影。

巫瑾順著選手頁面依次點開，多數選手立繪都並不孤單。然而拉到最後一頁，有零星幾個從未在鏡頭前露臉的，投票榜上空空如也。

巫瑾動作一頓，悄悄地切換到小號。

第二輪淘汰賽的投票已經刷新清零，原本開的……守護貴族也被清空。他迅速又往裡面充了信用點，輸入選手姓名，點擊粉紅色的投票按鈕。

「您和【衛時】的愛情匹配指數99，親情匹配指數：99，友情匹配指數：99。靈魂伴侶瞭解下！」

空無一人的排行榜上嗖地一聲多了個小兔子頭像。

巫瑾迅速在內心批評克洛森秀——原來榜首就是三個九十九分！為了騙取觀眾信用點，節目組真是不惜一切代價！太壞啦！

登入貢獻榜首後，巫瑾果不其然獲得了一次選擇牽手形象的機會。

巫瑾耳根微紅，迅速點選了默認形象，繼而又怕暴露，把小號的兔子頭像換成了小雪豹。

頁面中央，小雪豹和大哥手牽手，就像兩個快樂的小朋友。

這樣大哥就不會孤單了！

巫瑾高高興興切號。

後車廂終於打完，三百斤的凱撒以豐富突擊位經驗取得勝利，冷不丁一抬眼，「欸小巫你在給誰投票？給哥看看，看看嘛就看一眼……」

巫瑾一頓，慌不迭藏起終端，懸浮車內再次亂成一團。

幾人抵達克洛森秀時已是黃昏。

雙子塔在夕陽中投下陰影，平時選手散步嘮嗑兒的操場上，有工作人員在指揮機器人用粉筆標點。

「喔，就你們拍攝MV時候的站位啊。」工作人員解釋。

操場背後小樹林裡，應湘湘又挑了一串幸運的練習生，笑咪咪拉著去糾正舞蹈。

薄傳火就在小樹林旁邊蹲著，每次跳舞的時候「嗖」的一下躥過去，當個C位，下一輪又「嗖」的一聲躥過去，在一群幸運的練習生中顯得神采飛揚。

旁邊有個劇務在邊啃西瓜邊幫他舉自拍杆，應湘湘也樂得有個臨時領舞。

白月光四人下了懸浮車，慢吞吞走向新張貼的課表。

「什麼玩意兒？」凱撒首先嚷嚷：「基礎槍械三十課時，占卜兩課時……」

巫瑾卻是視線一頓。

公示欄裡，新贊助商已經貼了出來。連著發布的還有一條關於第三次淘汰賽的線索——

找到你，遮蔽你，加冕你，是你遙遠的過去，是你近的過去，是你的將來，是你的真心，是你的牢籠，是你的期望與恐懼……是你揭開的命運。

——金色曙光結社 一八八八

「啥玩意兒？什麼加冕？什麼揭開的命運？小巫查到沒？」

次日清晨，巫瑾與凱撒從雙子塔走出，急匆匆去食堂打包了早餐，踩著上課鈴往教室奔去。

凱撒進門時拎了一袋子肉夾饃，香氣四溢，引得不少練習生伸頭張望。

佐伊和文麟在前排給兩人留了座。經過兩輪淘汰賽，五百個練習生只剩下三百人，原本擁擠的教室終於能舒展開肩臂。

練習生的目光循著肉香探來，很快又鎖定在了巫瑾身上。

亮色的等級標識貼在他的訓練外套腰間，燙金的「A」字熠熠發光。

第二輪淘汰賽冠軍，克洛森秀主題曲C位，沒人能料到這個因為顏值而被節目組錄取的練習生，竟然在兩個月內風頭大盛，甚至在排名上直逼魏衍。

「……白月光娛樂的，擅長推理……不過槍械只有動態靶七環……」

「……再拿一次冠軍就能晉級到S，不過R碼娛樂……」

低聲議論從後排傳來，又在帶有肉夾饃香味的空氣裡消散。

巫瑾沒有仔細去聽，視線於教室中掃過，在幾個A等級練習生的身上微微停頓。

此時的三百名選手已經根據上一輪淘汰賽再次排序，S依然只有魏衍一人，A等級二十二人。其中，順位前十的選手算作半隻腳踏入出道位，他們的等級字母燙金，與其他練習生的銀色等級鮮明區分開來。

已經刷新過的前十人中，R碼娛樂一人，白月光巫瑾、佐伊兩人，卓瑪娛樂兩人，井儀娛樂兩人，蔚藍人民娛樂兩人，以及一位從D晉級的小型經紀公司選手。

巫瑾粗略估算了一下，形式遠比他想像得嚴峻。

上一輪淘汰賽的「細胞自動機」規則複雜，比賽中多數選手仍是運氣成分居多。包括兩敗俱傷的薄傳火、凱撒以及被毒傻了的秦金寶，不少原本可以衝擊出道位的實力悍將，此時都被排除在前十之外。

銀絲卷全軍覆沒。卓瑪、井儀娛樂發揮穩定，入圍人數不變，僅卓瑪掉了一個秦金寶，位置卻很快被同公司練習生補上。

至於蔚藍人民娛樂，這家經紀公司的名稱極其顯眼，咋一看不像三〇一八反倒像二〇一八。巫瑾清楚記得，上一輪淘汰賽之前這家「人民娛樂」僅有一名練習生入圍，此時已經增加到了兩名。

再加上隱藏實力的大佬、大佬座下小弟紅毛，還有排名穩步上升的文麟，最終出道位的角逐將日益激烈。

凱撒人高馬大，一眼在人群裡瞅到佐伊，扯著巫瑾就從走道躥過去，「還有那什麼金色曙光大會……」

巫瑾努力吞嚥著最後一小塊烙餅，含糊道：「線索解不出來，有點像咒語或者占卜指導……金色曙光結社倒是能查到資料。」

凱撒頓喜。

巫瑾：「金色曙光是一八八八年英國倫敦成立的一個巫術結社，貫徹西方神祕學和宗教學，以占星、塔羅、煉金術著稱，代表人物有愛德華．韋特……」

凱撒一拍大腿，不懂就問：「英國是哪個星球的？」

巫瑾兩眼一黑：「……」

兩人迅速經過走道，抵達佐伊所在。

白月光狙擊手靠牆占了兩座兒，又多空出來一個，加起來正好空了三把椅子。凱撒毫不猶豫把巫瑾推到佐伊旁邊，免得佐伊突發奇想要查自己的課堂筆記。

講臺前，虛擬光幕上正投射課程主題：神祕占卜。

課程講師還沒出現，教室大門處，剛回家看完老婆孩子的血鴿正在和什麼人說話。血鴿秉承了逃殺秀職業選手的一貫特徵，骨架子大，把來人擋得嚴嚴實實，只能看到一角白袍和花白斑駁的頭髮。

巫瑾的注意力卻被放置在桌上的東西吸引。包括佐伊、凱撒在內，每一名練習生的桌上都放了個約莫巴掌大的紙盒，也就是這節課的教具。

佐伊面前的紙盒已被打開，露出幾十張工工整整擺放的紙牌，牌背花紋精緻繁瑣，盒子內還擺了一張說明書——愛德華．韋特，金色曙光結社。

凱撒三兩下吞下肉夾饃，用油膩膩的大手拆開自己面前的教具，「欸小巫，這不是你說的那誰……」

巫瑾點點頭，補充道：「愛德華．韋特，塔羅牌占卜的奠基者。」

一盒紙牌約莫七、八十張，牌面繪畫古拙精細，從背景浮雕到人物神態都栩栩如生。

巫瑾隨機抽出一張——雲霧之中四隻帶翼的異獸展翅翻騰，正中是旋轉的羅盤，下書一行小字：命運之輪。

他依次把其餘每一張翻開，牌面有女皇、有祭祀、有死神，也有帶著羅馬數字的小牌，有的能從圖案推測含義，有的卻晦澀難辨。

佐伊低聲問：「看出什麼了嗎？」

正在數牌的巫瑾微微搖頭，少頃開口：「七十八張。我在想……占卜課為什麼是第一節，而不是比賽前最後一節。」

佐伊一愣。

巫瑾思索：「有可能……是為了讓我們有足夠時間把七十八張牌都背下來。不出意外，第三輪淘汰賽和塔羅牌有關。」

門外，和血鴿說話的男人笑著點頭，緩步走進教室。

同時從後門彎腰進來的還有遲到的紅毛——凱撒一拍椅背，熱情好客，一揮手就把紅毛招到了旁邊的空座上。

巫瑾揚起腦袋跟紅毛打了個招呼，瞄了兩眼後微微失落，大佬顯然秉承了一貫的蹺課作風，將缺席貫徹到底。

紅毛心照不宣，嘿嘿嘿笑了起來。

直到導師走上講臺，眾人才恍然發覺此人根本不是頭髮斑白的老者，而是染了一腦袋奶奶灰的潮流青年。

他穿著的占師袍在巫瑾看來風格詭譎，整體剪裁像教堂裡的牧師，外面又纏了圈布，加上肩扣不倫不類，似乎要模仿古希臘的賢者。

胸口的「半人馬座玄學命理占師協會」LOGO閃閃發光。

與一身潮派穿搭不同，這位占卜師開口時，語調輕柔，似涓涓細流般能撫平人心。

「我叫辛拉，來自半人馬座，主修古西方命理星象。」

「很高興見到你們，也很高興能帶領你們走上玄妙的塔羅之旅。在進入教室的那一刻，我已經感受到了你們的力量，這由內心生發的、蓬勃的、充滿生機的力量。」

「讓我來仔細看看……三百名練習生，」他輕輕伸手，像是要觸摸空氣中神祕的乙太能量，「我隱約能夠看到，最後將有二十二人進行出道位角逐，這之中又會有六人在未來進入星際聯賽。」

教室驟然一頓，原本將信將疑的練習生們瞬間嚴肅起來，認真聆聽。

辛拉繼續用虛無縹緲的語氣說道：「我在你們背後看到了玄妙的星象……吶，四十五隻英勇的小獅子，其次是三十二位睿智的天蠍，三十名熱情的射手……」

凱撒一愣：「坐這兒的狙擊手不只三十個啊！」

佐伊：「……閉嘴，人家說的是星座。」

凱撒恍然：「哎喲，我獅子座啊！」

佐伊煩不勝煩，低頭小聲和巫瑾交談：「有點厲害……三百個練習生的星座，看一眼就能算出來？」

巫瑾猶猶豫豫：「我覺得……應該是剛才血鴿老師把報名表給他看了，上面登記了每個人的生日。」

「……」佐伊艱難開口：「所以都是神棍套路？先用有關大家未來的預言吸引注意，然後開始裝逼……」

巫瑾用氣聲悄悄回答：「也很厲害啊，大家都信了。」

教室中，果不其然，不少練習生都直愣愣盯著講臺。也有部分保持清醒——魏衍神色冷漠地看向窗外，面前的塔羅牌拆都沒拆，明顯是堅定的無神論者。

坐在他附近的是反例薄傳火，此人就差沒把臉貼到講臺上，恨不得立刻拉住導師的小手讓他給看個事業線。

一旁的凱撒則和紅毛聊得熱火朝天。

巫瑾起初以為凱撒對玄學興致不高，少頃才反應過來，凱撒是對上課開小差興致太高。

講臺上，占卜師辛拉結束了開場詞，示意練習生拆開面前的紙牌。

「塔羅牌，起源於十五世紀，並從十九世紀開始廣為流傳，它既是占卜的工具，也是引領心靈思考的工具。直至三十一世紀，這一神祕學卡牌體系已經延伸出了包括花影塔羅、貓塔羅、晶體塔羅在內的數千個分支。不過，這兩週內，我建議大家的學習，以韋特塔羅為主，也就是放在你們面前的這套牌。」

「它的作者是著名的金色曙光結社成員，愛德華．韋特。」

佐伊和巫瑾交換了一個眼神。無論淘汰賽規則如何，背下牌面含義顯然至關重要。

「七十八張塔羅牌，由二十二張大阿卡那和五十六張小阿卡那組成，大阿卡那用於解釋命運的大致軌跡，從上翻開，包括愚者、魔術師、女祭司……我們將在接下來的課程裡，著重講解這二十二張。」

「小阿卡那分為權杖、星幣、聖杯、寶劍四種牌色，每種牌色內分數由一至十，以及四張宮廷人物牌……」

一節課轉瞬而過。

第二節課中，這位占卜師教導了一種最基礎的牌陣。所有練習生抽出三張卡依次排開，分別解讀為過去、現在、未來。

教室內一片熙熙攘攘，眾人紛紛死磕說明書絞盡腦汁解牌。

「線索已經給得相當多了，」佐伊一面看說明書，一面琢磨，「剩下的問題，比賽裡塔羅牌代表什麼？」

巫瑾點頭，「還有那句提示詞，『找到你，遮蔽你，加冕你』。可能只有到賽場才會知道，和上一輪比賽一樣。」

佐伊點頭，忽有所覺抬頭看向巫瑾身側。

「組隊解牌」的凱撒紅毛正玩得不亦樂乎。

「一對三！」凱撒啪啪扔下兩張牌。

紅毛迅速跟進，「一對六！」

凱撒得意洋洋，「四個四，炸彈！」

紅毛哈哈一笑，「四個A，我再炸！」

佐伊：「……」

兩分鐘後，白月光三人迅速投票，以兩贊成一棄投的結果通過決議，沒收了凱撒的五十六張小阿卡那數字牌。

凱撒不得不委屈自己跟著學解牌，牌意背得一塌糊塗，「死神」能解成騎士，「月亮」能解成太陽，倒是「戀人」解得不錯。

然而一套牌只有一張「戀人」。

凱撒微一思忖，忽然一拍桌子，找巫瑾借了一張戀人，又找紅毛借了一張，湊了個三張牌陣。然後磨磨唧唧開始錄音樂短視頻：「寶寶，我們在一起已經快兩個月了，今天妳的凱撒在課上學習了占卜！讓我們翻開牌陣，過去——是戀人。翻開現在——咦，還是戀人，翻開未來——哎喲，還是戀人……」

佐伊神情恍惚，傻子果然是傻子，被沒收多少東西，自己也能玩得嗨。

一旁的紅毛卻是深受感動，使勁兒拍凱撒肩膀，「大兄弟，疼老婆，夠意思！」說完就把視線轉向巫瑾，「小巫要不也擺個？我這兒還有一套牌！給你湊四張『戀人』出來，咱拍了就發給……」

巫瑾茫然，「發給誰？」

凱撒卻是眼睛一瞪，「你咋有兩套牌？」

紅毛解釋：「這不替人簽到多拿了一套嘛。」

凱撒：「趕緊的，再給我一張，湊四張給我媳婦拍個『戀人四葉草』……」

【第三章】

天使吹起號角，死去的人從棺材中站起

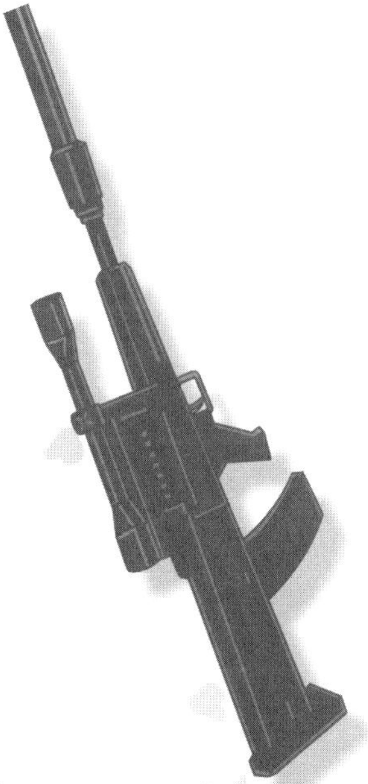

兩節占卜課終於結束。

臨走時，辛拉導師特地給每個人發了小禮物——半人馬座占卜屋六折優惠券。

紅毛划水了兩節課，和凱撒不相上下，神情之愜意近似於紅掌撥清波。巫瑾不得不把筆記拷貝了兩份給人回去複習。

第三次淘汰賽的訓練課程，除了占卜課以外，大多是槍械，比起兩週前，佐伊已是對巫瑾大大放心。

——能從浮空城的特訓出來，滿分考核畢業，只近戰剛槍一項，巫瑾能在絕大多數情況下不立於下風。

幾人回寢時佐伊卻是突然想起了什麼。

「凱撒，你之前囤的那六百個TB種子……給小巫分點，人家小朋友找不到資源。」

凱撒嘿嘿一笑，大力在巫瑾身上拍了拍，「小巫你直說啊，都包哥身上！」

巫瑾耳根一紅，努力申辯：「我沒有要找……」

佐伊卻是「噓」了一聲，囑咐凱撒偷偷給，別被曲祕書知道了，破壞「男人間的友誼」。

南塔旋梯口，兩人告別了佐伊及文麟，回到701宿舍。

凱撒忽有喜色：「紅毛上次晉級到C了，是不是要搬到南塔了。」

巫瑾眼睛一亮，想起什麼，點頭點頭。

兩人不約而同地看向空出來的寢室表，只是最近的還在三樓。

凱撒遺憾，說道：「再過兩次比賽要打散一次寢室，咱看看要不把騷男踢出去，小巫想和誰同寢？」

巫瑾的小捲毛高興得蓬蓬鬆鬆，心中浮現出一個身影，卻是憋著沒說。

兩人回到房間時，魏衍已在客廳待了良久，七十八張塔羅牌攤在客廳桌上，背牌時眼神麻木，像是在寫入磁頭的機器人。

巫瑾同他打了個招呼，魏衍機械地點了點頭。

巫瑾思索，魏衍並不像平時看著那麼拒人千里之外。他喜歡在客廳公共區域待著而不是悶在房間裡，偶爾看狗血偶像劇，打招呼也會回應，淘汰賽輸了還會一臉正經地下戰書。

似乎他缺失的不是情感，而是表達情緒的能力。

巫瑾突然一頓，腦海中幾件看似極不相關的事情隱約被聯繫起來。

——情感缺失，R碼，治療，MHCC違禁藥，浮空城，基因產業。

巫瑾旋開門鎖，進入房間後迅速打開終端。

「浮空城，R碼」——無關聯詞條。

「R碼，MHCC精神安撫劑」——在某個收費引擎中，兩則新聞忽然浮出。

巫瑾正待細看，外面傳來砰砰敲門聲。

他打開門，凱撒探了個腦袋進來，嘿嘿一笑，「小巫開個終端，收下資料，小電影哥都給你打包好了！」

巫瑾一呆，連忙道：「我沒有……」

凱撒大手一揮，「都是兄弟，謝什麼謝！小巫想看哪種？喔喔，估計你沒看過女孩子，要不就先從同性開始，沒那麼刺激！」

門應聲而關。

巫瑾呆呆打開終端，凱撒的頭像滴溜溜閃個不停，緊接著文件如雪片紛飛而來——狙擊實踐研究報告第一部分幻影凱撒整理版.szip。

預覽壓縮檔資料夾內，幾百個分類整整齊齊，還貼心附贈凱撒獨家私房評測，比整理校對後的課堂筆記還要用心。

當前文件自動彈出——

《南十字星貓耳誘惑》同性系列傳輸中

巫瑾一驚：「……」

克洛森寢室網速極快，歸隊第二天的練習生們大多忙於背誦塔羅牌面，任誰也沒有想到南塔701寢室內正有海量資料在迅速傳輸。

唯有隔壁臥室的薄傳火在直播中卡頓——

他拿著個麥克風嚎叫解釋：「不是主播沒喊麥，主播已經喊過了！是直播間卡了，卡了！能聽見嗎？寶寶們能聽見嗎？場控在嗎？房管，房管呢……」

一牆之隔。

隨著傳輸完畢，凱撒的評測也逐條載入，果然如他所說「沒那麼刺激」。

《皮革與制服：霸道長官俏副隊》

凱撒批注：沒意思。

《牛仔斷背情－夢回一七八九》

凱撒：沒個意思。

往後評論幾乎千篇一律：沒意思、不好看、啥玩意兒、臥槽，偽娘6666、這個也沒意思。

「……」巫瑾的視線懸停在終端游標上方，如果說不好奇是不可能的。

同性小電影，還是未來全息版本，星際背景設定——他微微猶豫，終於隨手點開一部總評分全網前百分之五的《皮革與制服：霸道長官俏副隊》。

全息場景驟然一換。

穿著粗製濫造雇傭軍制服的A長官正在和B副官調情，兩人速度緩慢地向拍攝棚走去，A長官開始脫第一件衣服，B副官兩眼發綠，A長官開始脫第二件衣服，B副官呼吸急促。

巫瑾瞪圓了眼睛，滿臉寫了好奇。

A長官：「我要把你壓在玻璃牆上辦了，任何從這裡經過的人都能看到你XX的模樣。」

B副官兩眼放光，「……如果是您的話，只能說榮幸之至……」

巫瑾呆滯：「……」

A長官脫得只剩一件底褲，並在B副官身上開始抹油。

巫瑾想起了晚飯後帶回來的半個蔥油餅。

A長官在鏡頭前邪魅一笑，終於決定把最後一件布料褪下……

巫瑾忍無可忍，手速飛快在露出重要細節之前關掉了小電影。

游標下拉到視頻底端，和種子關聯的無數評論近乎沸騰。

「制服Play+羞恥Play劇情滿分」、「身材666」、「鏡頭妙啊」！

巫瑾幾乎以為是自己的審美出了問題。影片顯然並不好看，男主演只能說尚可。就身材來說，完全沒有大哥好！同樣是軍裝、制服、皮革——兩相比較高下立分！

心中的小兔子無形地挺起胸膛。

想到這裡，巫瑾已是自動濾去了吹捧主演的觀影評論。

他一直下拉到最末，一張截圖躍然而出。

長官與副官裹著浴巾在落地玻璃前貼面激吻。

巫瑾愣愣看了幾秒，終於反應過來，慌不迭關掉頁面。

和剛才過於露骨的視頻不同，這張截圖更顯溫情，長官將人鑾橫卡在角落，副官一臉享受……

巫瑾的耳朵尖尖不自覺發紅，明明只是一張靜態圖腦海中卻驚濤駭浪彷彿三觀顛覆。還能這樣……等等現在是三〇一八了，同性結婚都合法了！自己要用正常的眼光去看待！

腦海中似乎想起什麼，卻又很快被壓下。耳後的紅暈微微蔓延，巫瑾不得不放下終端開始揉臉。

背後窸窣微動，巫瑾一回頭，愕然發現兔哥也在呆呆看著。

巫瑾立刻緊張了起來。大佬說過，兔子還小，不能把兔子帶壞了。

巫瑾嗖地一下躥起，把兔哥掉了個方向，又心虛地把兔子眼睛捂了起來，「兔哥……那啥，我、我就看一眼……你別跟著看……」

兔子軟乎乎蹭了蹭巫瑾的掌心。

綿軟的小兔毛終於讓理智回歸，巫瑾忽然發現自己差不多已經傻了。

兔哥看的又不是兔片！然而這畢竟是大佬的御賜監察兔，透過兩隻水汪汪的眼睛似乎能看到大佬深不可測的瞳孔。

巫瑾一聲輕咳，把被自己轉向牆壁的兔子又轉了回來，批評教育：「你還小，以後不能再跟著看了！凱撒把你借走的時候，你也不許跟他一起看！也不許聽……就把兔子耳朵貼著牆，知道了嗎！」

兔哥又蹭了蹭。

巫瑾這才放下心來，把兔子抱起用下巴回蹭，「乖，以後給你再找一隻漂亮的小白兔！」

再次打開終端時，巫瑾正待把小電影一併刪除，但又不好意思對不起凱撒的勞動成果，最終打了個包，扔到了資料夾的最底層。

夏風習習的寢室中，少年鬆了口氣，頁面切回搜尋引擎。

鍵入關鍵字「R碼，MHCC精神安撫劑」後，兩則新聞——或者說，六年前的舊文被搜尋引擎篩查而出。

巫瑾迅速瞇起眼睛，在有限的資訊中篩查。

一則是某某自由日刊通稿，三〇一二年七月某日C版第三頁——

……MHCC精神安撫劑，是基因改造人賴以維持生命機能的重要補充劑。

貿易戰開始後，MHCC製藥方的帝國雲雀藥業以雙邊貿易協定被撕毀為由，抬高壟斷藥價五十八倍、並限制對聯邦藥品出口。圍繞MHCC展開的基因改造技術壁壘已成聯邦、帝國間巨大鴻溝。

七月十六日，聯邦R碼娛樂宣布，因無力承擔藥價，停止部分改造人藥品供給，引起人權組織強烈批評……

另一則來自某主機IP不明的小網站——

截至三〇一三年九月，聯邦正式宣布解散改造人研發項目，並強調「以尖端武器代替人形兵器」的軍工發展方向，不禁止、但不鼓勵同領域民用產業，MHCC已列為違禁藥物，相關貿易逆差有望在今年緩解。

據悉，帝國雲雀藥業已確認與聯邦R碼基地解除大宗藥品訂單，該訂單轉為蔚藍深空－浮空城勢力接手。

在聯邦屢次削減改造人權益後，浮空城已成除帝國以外，聯邦基因改造者第一庇護地……

巫瑾一頓。沙沙作響的筆尖下，無數個關鍵字延伸開來。

浮空城，基因改造，帝國，聯邦，貿易戰，人形兵器……

他甚至注意到，兩篇報導中，對於R碼用了兩個完全不同的詞彙：R碼娛樂和R碼基地。連線在幾個關鍵字上劃出。

與雲雀藥業相連的是浮空城，在大宗訂單轉手之前，雲雀藥業連接的必然是至少能對等的經濟體，遠遠不是一個逃殺秀娛樂公司能有的體格。

除非，R碼娛樂、R碼基地分指兩個不同的概念。

巫瑾迅速把關鍵字分成兩個，微微猶豫之後，在聯邦與R碼基地之間畫上了虛線。但他仍需要更多的證據做支撐。

他並不在意聯邦的過去，但他想盡可能知道衛時所經歷的一切。

浮空城的執法官曾經說過，治療過程本身就是情緒放大過程，治療需要陪伴。大佬的黑貓顯然和執法官的豚鼠一樣，是情緒治療中的陪伴者。

巫瑾雖然不指望自己能替代黑貓，但仍是竭盡所能想要幫助大佬。

若無瞭解，何來陪伴。

夜色漸深。巫瑾退出搜索，筆記本上已是密密麻麻列出了一系列線索。

他伸了個懶腰，把自己拉成長長的、舒適的兔子條，循著夜風看了一眼不遠處的北塔。

再低頭時，巫瑾忽然一呆。

在接收大量「資源」、查找了一晚上資料之後，被垃圾網站劫持的終端首頁再度改變推送策略。「XX制服誘惑」、「XX絕密種子」等小廣告不斷躥出，此外還不斷推送各類藥品，R碼娛樂星聞也多出不少。

在一眾密密麻麻的資訊流裡，其他所有詞條都被擠了下去，只有那本《帝少祕戀：我成了他的神祕未婚妻》霸占右上角屹立不倒，顯然是買了廣告行銷。

巫瑾的終端首頁已然慘不忍睹。他摸索了半天也沒把小廣告去掉，最終只能氣鼓鼓地上床睡覺。

好在唯一能看到終端首頁的只有他自己，應該不會有第二個人看到……應該……

微涼的夏夜裡，少年抱著軟乎乎的兔子球球，很快呼吸低緩均勻，陷入夢鄉。

兩週的訓練一晃而過。

只剩三百位訓練生的克洛森基地又比上一期節目空曠不少，原本炙手可熱的全息靶場不再人滿為患。

只是時不時有練習生放下槍，拿出卡牌磕絆背誦：「女祭司，智慧、敏銳的洞察力；倒吊人，自我犧牲；審判，天使吹起號角，復活……」

衛時依然保持缺席的良好作風。

凱撒和紅毛把三套牌混在一起，在兩週內發明出了新玩法「霸天十二連炸」。以至於其他練習生一提到這兩人就是「喔，你說那個克洛森二傻」。

克洛森基地外。

轟轟烈烈的氪金投票終於截止，比賽前一天，節目組將先導片發布星網。

原本在星博熱度下降的「克洛森團綜舞蹈」竟是在「蔚藍之刃」逃殺秀粉絲論壇再度引爆話題。

區別在於，這一次以硬核觀眾居多。

白月光戰隊在星際聯賽連連失利，蔚藍賽區止步十六強。無論是公司、練習生部還是戰隊代言產品都在一個月內因分擔壓力而備受質疑。

突然躥紅的白月光練習生巫瑾更是備受矚目。

很快就有人在蔚藍之刃提出質疑：「巫瑾的槍械水準在平均線以下，克洛森秀從實力選秀變成賣臉。」

還沒等白月光公關部反應過來，兩週前路轉粉的追星少女已是迅速組團反擊。

「小巫哥哥兩次淘汰賽，第一輪位列二十五，第二輪冠軍。不服你上！」

「複賽評級是血鴿大大給的，再說克洛森秀又不傻……講真，打競技有輸有贏，戰隊是戰隊，練習生是練習生，每天甩鍋背鍋還連累新人，黑子有意思？」

然而「硬核觀眾」能掐善戰，很快又找出新的黑點。

「還沒出道就應援個站開得飛起，ballball你轉行做偶像吧，粉絲一個不少。蹭一波逃殺秀熱度就放過它好嗎？動態靶平均七環只有F水準——坐等這次比賽掉級。」

「樓上，上一輪淘汰賽也有人這麼說，你去克洛森專版看看，人家已經黑轉粉了。」

「喔，粉裝路有意思？雇了多少水軍表演大型黑轉粉現場？我出兩倍讓你表演粉轉黑要不要？」

「惹不起、惹不起，有本事去掐人家親媽粉啊？在論壇掐路人算什麼本事？」

克洛森秀導播室內。

眼見相關流量蹭蹭上躥，節目PD喜笑顏開。

應湘湘剛為淘汰賽主題結束定妝，一身簡潔的米白色晚禮服只用一枚雙魚座胸針做點綴，頭髮染成淡亞麻色，頭戴鮮花與珠寶編織而成的花環。乍一看玄學氣息濃郁。

血鴿正在查看剛生成的選手測評表，視線盯在一處，眼神訝異，許久才移開。

兩人有一搭沒一搭聊著，應湘湘忽然提起最近星網輿論，「小巫心態還好吧？」

血鴿把手上的評測表遞了過去，「看看。」

動態靶位七環不變。

應湘湘點點頭，剛想開口說保持狀態慢慢來，血鴿忽然打斷：「數據不對。」

應湘湘一愣。

血鴿：「非常穩定的七環，二十槍沒有一槍偏離，只有一種可能。」

應湘湘秒速反應過來，「他……他在用打十環的水準打七環？小巫在隱藏實力？」

血鴿點點頭，嘴角扯了一下，「我看他是心態太好。」

應湘湘：「為什麼？」

血鴿解釋：「為了在比賽裡爭取優勢，出其不意。妳看著，那些敢在賽場上輕視他的選手，真正打起遭遇戰，一定會後悔他們的決定。」

比賽當天清晨。

食堂內盤旋的食物香氣讓每位選手都是一驚。從斷頭飯的品質來看，第三場淘汰賽絕不會比上一場輕鬆。

食堂內，甚至有不少人拿出塔羅牌占卜，結果亂七八糟什麼都有。

有人宣稱算到了「超巨大型飛蛾」，有人連抽了三張逆位小阿卡那，期間還有選手揣摩賽制，認為擁有「死神」的練習生對其他選手有「絕對行刑權」。

進入準備區時，就連佐伊都腦仁兒發痛，表示比賽之後再不想看卡牌一眼。

臨入場兩小時，節目PD終於宣布組隊規則。

練習生自由組隊，並每小隊配有遠端通訊設備——

佐伊迅速看向巫瑾。

和巫瑾猜測的無差，為了增加遭遇戰機率，整個小隊將會被拆分在賽場各處，否則不會要求佩戴通訊設備。

白月光四人小隊再次集結，並迅速商議了一系列作戰信號，如「敵襲」、「前方安全」、「集合團戰」、「猥瑣發育別浪」等等。

如果遇到危險無法出聲，就以叩擊代替語音。

巫瑾將通訊設備裝好，向幾人打了一個OK的手勢。

接著，他順著人頭攢動的練習生向最末看去，紅毛正在牆角上躥下跳不斷嚷嚷，衛時則懶散抱臂靠在牆上。

巫瑾又多看了幾眼，再回頭時小圓臉高高興興的。

臺上，節目PD扯了個喇叭示意眾人安靜。

「下面我們即將公布觀眾投票結果。第三輪淘汰賽中，我們取消了先發制度，所有選手將一起進入賽場。」

場內迅速躁動，投票偏低的練習生不約而同長舒了一口氣。

節目PD：「都聽懂了？成，下面我們將從第一名開始，依次上來抽卡。首先，投票順位第一，300012號選手，巫瑾。」

巫瑾一頓，腦海中迅速思索，規則之初果然是抽卡。那麼每張卡牌對應的含義映射到賽場中，分別是……他愕然抬頭。

第一位，300012號選手，巫瑾。

虛擬螢幕上，練習生的票數依次公布，巫瑾以微弱的差距超過了霸占榜首兩個月的魏衍。

場內一片譁然。

巫瑾反應過來，走到場地中央。

少年的眼神在初夏的清晨熠熠發光。

血鴿向他頷首笑了笑，「這個位置，是觀眾對你的鼓勵，也會引來更多質疑。小巫準備好了嗎？」

巫瑾點頭。攝影機迎面而來，他忽然露出微笑，向著鏡頭微微躬身，做出了兩個口型「謝謝，等我」。

評委席上的應湘湘一頓，失笑：「彈幕卡了沒。」

小編導妥妥兒點頭，顯然司空見慣，語氣淡然而篤定，「卡了。」

螢幕中，少年朝氣蓬勃眼神雀躍，笑起來明明還是小圓臉加酒窩，卻多了讓粉絲尖叫的帥氣。

「喲，長成大男孩了。」應湘湘頗為感慨。

抽卡順序既定，占卜導師辛拉姍姍來遲，這一次他還帶了個助理——看上去十五、六歲，皮膚黝黑健康的少年。

巫瑾緊緊看向臺上的動作，辛拉將三副嶄新的塔羅牌從牌袋中取出，洗牌打散，繼而微微一笑，「兩位導師先抽吧。」

血鴿表情意外，「我們也要抽？」

占卜師辛拉點頭，溫聲道：「就當留作紀念。」

那廂，應湘湘爽快伸手，鮮紅的指甲在散亂的紙牌中挑出一張，從攝影機裡看不出牌面，應湘湘卻是露出了笑容。

血鴿擼起袖子，抽牌動作比應湘湘生疏，看臉色似乎有些緊張，約莫是初次接觸玄學，寧可信其有不可信其無。

抽出卡牌的一瞬，血鴿明顯懵逼，辛拉倒是興致昂揚：「大阿卡那最後一張——世界，順位。意味成功、新生。如果您剛才是在心中默念家人，您的妻子一定會順利生產。」

血鴿鬆了口氣，感激的看向辛拉。

辛拉笑了笑，招來助理，在剩下的塔羅牌中分出三百張，依次讓選手上臺抽卡。

巫瑾手速極快，在抽出卡牌後向辛拉道謝，掩住了牌面圖案。

練習生一個接一個上臺，巫瑾眯著眼睛，試圖從每個人的表情上挖掘牌面，最終卻一無所獲。幾乎所有人都是完全懵逼狀，無法確認手裡這張牌究竟在比賽中代表什麼。

臨出發時，佐伊低聲詢問隊友牌面，旋即與眾人一同愕然將目光轉向凱撒。

「這傻子運氣真好。」佐伊木然感慨。

凱撒立刻振奮，「這牌啥意思啊？還是說我老婆也要生了……」

佐伊一腳踹去，「你有老婆嗎你？」

凱撒手中，赫然是和血鴿一模一樣的卡牌，大阿卡那——世界。

巫瑾也點頭，「凱撒哥牌面不錯。」

凱撒：「這啥意思啊……」

佐伊：「行了行了，告訴你過兩分鐘也忘了。」

文麟倒是笑咪咪，「凱撒，說不定你是這場冠軍吶。」

一刻鐘後。

巫瑾按照站位指示進入升降艙時，果不其然和隊友分散開來。

克洛森秀的小山坡前，幾十臺航拍機驟然迎朝霞升起。

覆蓋在第三場淘汰賽賽場的幕布終於揭開——所有選手、直播觀眾都不由呼吸一滯。

巨大的哥德式建築在陽光下耀眼璀璨，尖頂高聳、花窗上嵌著五彩斑斕的玻璃，建築體線條筆直硬挺，幾乎要沒入雲端。

每位選手都緊握卡牌，面前是進入賽場的尖肋拱頂門，內裡重重疊疊、層層推進。門外飛扶壁與支柱上浮雕環繞，光踩著影盤旋上升。

巫瑾抬頭，只見被陽光照耀的尖塔頂端，就像是脫離人間的天堂。

他收回視線，眼神微動，端著初始短機槍向內走去。

拱門內是安靜的迴廊，光從浮誇的玻璃窗灑入，在巫瑾的腳下鋪開，如同浸入水中打散的神像。

巫瑾向花窗的神像圖案看去，低聲喃喃道：「赫爾墨斯。」

第三場淘汰賽賽場顯然不是一座教堂，比起教堂，它更像一座祭壇。

祭祀的是神祕哲學的始祖，神祇赫爾墨斯。

走廊的盡頭，緊閉的大門背後，有隱約聲響傳來，似是鐘聲又似是號角。

印有克洛森秀LOGO的信封就放置在第一個副本的門口。

克洛森秀導播室。

鏡頭從巫瑾身上移開，應湘湘大加讚賞：「第一個認出赫爾墨斯的選手，小巫肯定做了很多功課。」

占卜師辛拉微笑點頭，「赫爾墨斯神代表著十四至十九世紀煉金術、占星術與神通術的起源，可以說沒有祂就沒有這場比賽。」

「第三場淘汰賽的主題是占卜，選手的『命運』將由他們親自決定。我想，這就是占卜的魅力。可以看見的、難以觸摸的、卻能夠親手改變的命運。」

正在此時，鏡頭裡玫瑰金的十字機關轉動，分散在各個入口的選手相繼撿起面前的信封。

節目PD在場外大聲招呼：「航拍，航拍給個鏡頭，讓贊助商露個臉，快！」

鏡頭切換，巨大的哥德建築在視野中逐漸旋轉、縮小，繁複錯落的建築尖頂在航拍中組成一個奇異的圖案，像是十字加上一痕倒影。

建築物的一側，豎立著熟悉的標牌：克洛森秀第三場淘汰賽，半人馬座玄學命理占師協會贊助——凱爾特十字牌陣。

第三輪淘汰賽賽場，走廊盡頭。

腳步聲在空曠的長廊裡回蕩，巫瑾停在第一扇門門口，彎腰撿起信封。

仿羊皮紙紋路的線索信封用火漆封緘，拆開後只有一行小字——用你的卡牌去交換命運。

通訊設備內傳來三位隊友的交談。大家撿到的訊息一模一樣，顯然這是節目組發布給每位選手的統一線索。

巫瑾微微低頭，思緒迅速轉動。

比賽中，選手的「命運」由副本難度、物資、對手決定，三要素中，只有「物資」和卡牌一樣具有唯一歸屬性。

也就是說，卡牌最有可能用來交換的是物資。

比賽初期，抽卡機制使得選手處於非公平狀態，隨著比賽進程推移，天平必然將逐漸從「抽卡氣運」向實力強大的選手傾斜。

按照線索指示，觸發「交換」的是卡牌而不是選手。

換而言之，卡牌是可以被搶奪的。

機關轉動的聲音驟然響起，巫瑾迅速抬眼。

面前的第一扇門後，似有金屬撞擊、齒輪扣合，從一開始的零碎迴響逐漸彙集，最終整個門扇都在吱呀呀晃動，緊閉的門扇逐漸透出縫隙，強烈的光線自房間向外透入，預示著第一個副本即將開啟。

小隊通訊中，每個人都發現了面前的異樣。

巫瑾的心跳不斷加速，說不出是緊張還是興奮更多。他微微瞇眼，努力在轟隆隆的機關運轉聲中分辨細小到虛無的線索。

「我站的地方能聽見號角聲……還有頭頂，好像有石塊在滾動。」巫瑾迅速彙報：「光從走廊右側透入。」

緊接著是文麟：「有石塊滾動，聽不見號角。光在右側。」

佐伊、凱撒同樣能聽見石塊聲響，兩人卻均沒有提到號角，倒是佐伊聽見有唱詩班的歌聲傳來。

巫瑾輕微頷首。

四人被分在一個副本的可能性極低，想要會合只能依靠後續摸清地圖。交換訊息卻是提供了另一個重要線索。

這座哥德式祭壇的上方，有石塊在轟然滾動，或是某種不斷運轉的機關造成相似聲響。

巫瑾面前，轟鳴聲逐漸停止，第一扇門終於開啟。

進入副本前，巫瑾最後和隊友溝通：「保護卡牌，有條件儘量再搶一張。」

通訊對面，佐伊輕微叩擊表示知曉，繼而下達最後指令：「保持頻道暢通，謹慎作戰。現在，關麥。」

巫瑾深吸一口氣，小心踏入副本之中。

即便做好了充分的心理準備，在見到光源的一瞬巫瑾仍是心跳猛烈悸動，燈光灼熱到刺眼，他卻控制不住地揚起視線，看向面前近乎詭譎的壯觀景象——

副本比他所想像的還要大上幾倍。

穹頂下寬闊、明亮。

光是極致的純白，由尖頂與花窗投入室內，像是神祇的恩賜，照射著一座約莫六人高的雕塑。那是一位手執號角的金髮天使。

它有著近乎赤色的羽翼，雕像懸浮在半空被無形的絲線吊起，白光打在它大理石塑成的面孔上，顯得格外莊重威嚴。剛才的號角聲也是由此響起。

這幅近乎於聖潔的畫面中，下半截卻顯得尤為詭異。十幾副敞開的棺材空空蕩蕩、零散排布在地上，互相相隔極遠。

巫瑾瞬間認出了這幅圖像。

七十八張塔羅牌，他背了整整兩週，每一張圖案都熟稔至極。

天使、號角、棺材，糅合在一起就是大阿卡那中的倒數第二張牌——審判。

腦海，審判牌的牌語再次浮現。

「天使吹起號角，死去的人從棺材中站起。讓聽到號角的死者被救贖吧，讓號角喚起那腐爛的肉體，喚起消失的情感。即便是懺悔過的罪人，也有到達天堂的希望。原生世界的秩序被打亂，所有的罪惡被審判——死去的人終將獲得重生。」

只是和真正的牌面相比，面前的場景少了一個至關重要的元素。

有天使、有號角、有棺材，卻唯獨沒有棺材中等待救贖的死者。

正在此時，巫瑾背後，大門「砰」地一聲關閉。

劇烈的聲響在封閉的副本中迴盪，與此同時閉合的還有另外二十幾扇門。原本藏在副本各處的入口因為巨大的聲響依次暴露。

包括巫瑾在內，經驗老辣的選手早已在進門時迅速隱蔽。此時無數道視線循著聲源看去，有的門口空無一人，有的則人影一晃。

數架步槍已是迅速揪準機會，毫不留情向不幸暴露身影的選手狙去。

流彈激飛一片，早已隱匿在掩體後的巫瑾，處境卻遠比他想像的要艱難。

他的運氣，似乎就從來沒有在淘汰賽裡好過。

副本約莫一百公尺長寬，二十幾個入口分布在四面，高低錯落有致。從剛才的聲響推測，每兩扇門距離至少有十幾公尺，唯獨除了自己這扇。

離他最近的大兄弟，入口與他相距不足十公尺。

附近只有這一座勉強能稱之為掩體的牆壁，他們互相看不到對方，只有一種可能——彼此進入比賽後的第一個對手，就在牆體的另一面潛伏。

巫瑾微微躬身，將脊背無聲貼向牆面。手中迅速拉下保險、檢查裝彈，隔著牆壁，他甚至能隱約聽到對面劇烈的心跳聲響。

矮牆、光線、伏擊。

記憶如潮水翻滾，一切和蔚藍深空的地下逃殺賽隱約重合。

鏡頭裡的少年些微停頓，目光被軟軟的捲髮遮擋，再抬頭時瞳孔反光冷冽，初始分配的老舊步槍精準卡在兩臂之間，槍座抵上鎖骨，毫無猶豫向著矮牆的另一端走去，繼而在遭遇戰觸發的前一秒停步。

克洛森秀導播室。

監控處的編導忽然打了個手勢。血鴿剛講解完秦金寶的暴力清場，鏡頭切換到巫瑾的一瞬，訝異微頓。

直播間，彈幕驟然興奮。

「小巫，麻麻又來啦！麻麻來幼稚園看小巫和小朋友玩耍啦！霧草！小巫你什麼時候偷偷變帥了？」

「等等……遭、遭遇戰？求一個上帝視角啊，拒絕選手視角，老年人看得心臟不好！」

節目PD一喜：「快快快，把咱們那個老年保健品贊助商的廣告放出來！」

「……」血鴿沉默地點開廣告，繼續解說鏡頭。

直播中，少年以一個冷漠的狙擊姿態靠牆而站，身體筆直矗立卻不與牆壁貼合。站狙是所有射擊姿態中最難以掌控的，重心幾乎無依託，需要克制全身的晃動，對瞄準要求極高。就連血鴿都沒有想到，巫瑾竟然能把站狙控制得這麼穩定。

槍托抵在他的肩側，就連呼吸的起伏都不影響半分。

觀看這一幕的觀眾甚至有種奇異的錯覺，巫瑾的意識不在腦海之中，而是完全沉浸在了槍械冰冷的金屬零件裡。

應湘湘：「他的站位……」

「影子。」血鴿解釋：「非常漂亮的預判。再前進一步，就會把影子暴露給對方。」

正在此時，螢幕中的畫面驟然一轉！

熾烈的白光下，陰影一閃即逝。兩人同時側身、同時瞄準、同時開槍，幾乎每一幀都踩在了極限反應時間上。

子彈相擦而過。

在看清巫瑾的一瞬，對方面露愕然。他猜過矮牆對面是薄傳火，猜過是白月光的佐伊，愣是沒有猜出是動態靶只有七環的巫瑾。

這……怎麼可能？

視線相對，巫瑾也認出了對方——井儀娛樂A級練習生明堯。

巫瑾比對方略矮，卻在氣勢上絲毫不遜，甚至更高一籌。在對方還在揣度實力的當口，他毫不猶豫又是一槍。

對手一個精準躲避，卻已是徹底將矮牆讓了出來。

「清場！」應湘湘脫口而出，主持了數屆克洛森秀，她的眼光也相當老辣：「正面剛槍，兩人應該相差不大。不過，小巫氣勢上來了。」

一步先，步步先。

應湘湘忽然發覺，很難挑出個形容詞來描述現在的巫瑾。僅僅兩週工夫，他似乎和上一場淘汰賽完全不同。

初始配槍一共只有四十發子彈，在巫瑾手中不像是單發步槍，反倒像是壓著頻率的連發機槍。少年依然靠在他起手的位置，一側是副本邊沿，一側是掩體，他像是鎮守在狹窄疆域之內的悍獸，硬生生吞噬了對方的地盤。

血鴿忽道：「給他一個主視角機位。」

鏡頭驟轉成巫瑾視角。

畫面不斷晃動，巫瑾的注意力在三處不斷游移。被逼退的井儀娛樂明堯、手持號角的天使雕塑，以及矮牆的另一邊沿。

觀眾頓時一片譁然，如果剛才還有人懷疑巫瑾的清場毫無意義，此時已是大聲叫好。矮牆另一面，有位在暴露身形的練習生正於流彈中飛快逃竄。

巫瑾在守株待兔！

搶下掩體的少年目光幽暗，肩膀因為剛才的爆發而微微起伏，端槍的手卻穩穩當當。

副本中，比剛才稍暗的光自天使的雕塑頭頂逸散而下，在矮牆後投出濃重的影子，如同天堂與地獄分割。

半步天堂，而我即地獄——

巫瑾始終潛伏在掩體的陰影之中。

他危險的槍膛緊鎖獵物的軌跡，預瞄、調整、再預瞄，薄薄的防護服因為被汗水濡濕而貼在腰腹肩背。

單發步槍毫無徵兆扣響扳機！

慌不擇路的獵物全然沒想到巫瑾會躲在矮牆後面，然兩人距離太近，退無可退。

銀白色救生艙驟然彈出。

300012號選手巫瑾，擊殺：1。

一張卡牌隨著艙體彈出掉落。幾乎所有人都注意到了這邊，巫瑾收緊的肌肉驟然爆發，一步踏出陰影。

祭壇中聖潔的、紛飛的光終於將巫瑾接納，少年的輪廓在光的縫隙中被溫柔描摹，和懸浮在半空的號角天使遙遙相對。

克洛森秀導播一愣：「機位、機位！」

無數子彈驟然向巫瑾打來，少年撿起卡牌後毫不戀戰，翻身躲到掩體背側。左腳一勾已是把被淘汰選手的步槍搶了過來，迅速卸下彈匣扔進背包，繼而就著隱匿姿態盲狙反擊。

彈幕再次沸騰。

「小巫你是天使嗎！啊啊啊你是小天使吧！是的是的那就是！」

「這是動態靶七環？小巫你不要騙麻麻！小巫啊啊啊啊——」

「卡牌到手了，子彈也搶到了，可是為什麼我看得要窒息了！直男表示剛才那個鏡頭有點小帥……」

血鴿自動過濾彈幕，掃向被觀眾提及的動態靶七環，「兩個半月，不得不說，巫瑾選手進步非常大，」他側頭問：「應老師怎麼看？」

應湘湘微笑，「路子打得非常野，雖然現在還不明顯，但我想，只要給他時間，他會成為一位非常有個人戰鬥特色的逃殺選手。你看，他在用自己的氣勢去帶動鏡頭。」

如果巫瑾此時在導播室，定然會注意到這一句。

兩個月前，鏡頭表現力的課程之後，衛時教他的第一件事，就是用自身去帶動鏡頭，而非被鏡頭所制約。

應湘湘鼓勵：「我覺得，小巫可以再衝擊一下冠軍。」

血鴿一笑。這段機位卡了五分多鐘，精彩紛呈，他向導播打了個手勢，再度將鏡頭往井儀娛樂轉去。

克洛森秀賽場，「審判」卡牌副本。

掩體背後，巫瑾迅速看向手中的卡牌。兩張小阿卡那，一張是自己抽到的「聖杯六」，一張是剛才搶來的「寶劍Ａ」。

塔羅牌體系中，小阿卡那共分四種花色——聖杯象徵溫和與愛，寶劍是英勇與衝突，權杖代表能量、機遇，星幣則是物質與金錢。

兩張卡牌牌面光滑，和兩週前的教具別無二致。巫瑾眯眼思索，卻仍是看不出能夠用卡牌「交換命運」的契機。

他沒有耗費太多時間去推測，轉手把卡片藏在作戰服內襯之中。比起摸不著線索的規則、冗長如巫術吟唱的提示，和詭譎的哥德祭壇，擺在他面前最重要的，是通關第一個副本。

巫瑾從掩體後抬頭，身形忽然一頓。

剛才的劇烈運動逼出了一層薄薄的汗水，風乾後微微發涼，不知是否是他的錯覺，副本內的溫度比剛才降了不少，就像忽然由夏入秋。

甚至連原本熾熱的光線都比剛才更暗，空氣中瀰漫著腥濕、腐爛的氣味，像是在表達某種狀態——死亡。

巫瑾眼神驟變。副本環境有些不對勁。

半空中，手執號角的天使面色冷淡肅穆，自選手進門後就不再發出聲響。在它的頭頂，光源幾乎在以肉眼可見的速度湮滅，僅兩分鐘的工夫視野就一片暗沉，原本只能算得上「寒冷」的空氣近乎砭人肌骨，腥臭味益發濃郁。

副本在急劇降溫，沒有人能在溫度驟降至零下二十度的環境裡支撐十分鐘！

大阿卡那審判牌中是這樣描述的：「當天使吹起號角，死者將得到救贖，重獲新生。」但如果天使選擇沉默，號角沒有響起，便沒有重生，只剩下死亡。

巫瑾心跳驟然加快。

此時光線已經黯淡到極致，巫瑾下意識地抱住槍膛，呼氣時很快有霧氣蒸騰，他的手臂甚至因為突如其來的降溫冒起了雞皮疙瘩，身體在寒冷中逐漸僵硬。

場內隱匿的選手顯然也有著一樣的遭遇，原本歸於沉寂的槍聲再次響起，與一刻鐘前有條不紊的點狙不同，子彈消耗速度急劇加快。

如果降溫無解，那破解副本的唯一方法便是淘汰其他所有選手。

正在混戰爆發前的一瞬，近乎於漆黑的副本中央，二十盞燈突兀亮起！燈狹長、龐大，靜立在地上。

片刻沉默，緊接著選手齊齊反應過來。

這不是燈，而是原本被忽略的棺材，在瑩瑩發光！

巫瑾眼睛驟然發亮。

「審判」的牌面在腦海中不斷迴蕩，所有繪製元素終於一一扣合。

「天使吹起號角，死去的人從棺材中站起。所有的罪惡被審判，死者獲得重生。」

死亡，對應副本中極速降溫帶來的無差別攻擊；號角是救贖——當號角再次響起，無差別攻擊結束，選手從棺材中回暖、「復活」；而當號角聲停下，溫度會再次下降、光線變暗，重複上一個輪迴——直到下一次號角響起。

那麼能夠躲避無差別攻擊的安全區只有唯一一處——場內數量有限、用於容納「死者」的「棺材」。

冰冷刺骨之中，巫瑾跑得飛快，他的視線自始至終看向距離自己最近的那一口棺材。

在靠近目標的一瞬，溫暖的熱流奔湧而來，巫瑾終於鬆了一口氣。

他賭對了。

巫瑾翻身而入，棺材內約莫在二十八攝氏度，幾乎瞬間將他解凍。

同一時間，右側二十公尺外傳來窸窣聲響。

顯然搶占先機的不止他一個。

巫瑾無暇顧及，迅速架起步槍向外掃射。

黑暗中，少年雙眼銳利瞇起。如果此時鏡頭切在他的身上，應湘湘定會再次想到剛才巫瑾伏擊時的表現。

一步先，步步先，他的體能、槍術在練習生中不算最拔尖，卻是絕對的機會主義者。

藉著僅僅比其餘選手多出三秒的回暖優勢，巫瑾已是快速鋪開火力。周圍兩處代表安全區的棺材愣是沒有一人敢靠近。

銀光忽閃，副本內已有安全艙彈出。繼而是第二個、第三個……

巫瑾臉色驟變。

混戰中淘汰了六人，只有一人是被他擊中，其餘都被二十公尺外那口棺材的主人所狙。

同樣是搶占先機，兩人的火力區從一開始的勢均力敵已經拉扯到相差懸殊，巫瑾幾乎可以斷定對方與他不在同一數量級。

對面的槍械水準至少在佐伊之上，甚至有可能是魏衍。

正在此時，號角終於響起。黑暗如潮水退去，副本迅速回暖，溫度上升到能承受的範圍之內。

選手逐一從棺材中爬起，下意識看向半空中懸浮的雕塑，光從穹頂上傾瀉而下，副本內的場景，終於與「審判」牌完全重合。

號角，救贖，新生。

與此同時，巫瑾的視野因為忽然變亮而迷蒙，在看清對面之前，直覺卻是反應得更早——副本內最大的敵人不是寒冷，不是無差別攻擊，而是與他相距二十公尺的危險分子。

巫瑾毫不猶豫開槍，向著記憶中的方向連狙！

二十公尺開外，衛時微微一頓，轉過身去。

耳麥中，隔了七、八個副本的紅毛還在唧唧歪歪吵個不停：「衛哥，哎衛哥我能把這個銀絲卷的狙了不？這人喊我叫克洛森二傻，還說我兄弟是大傻。我就偷偷狙一下，絕對不會被鏡頭發現……哎衛哥您咋不說話了？衛哥在嗎？喂喂？」

衛時隨手關閉耳麥，眼皮微抬。

他俐落推彈上膛，瞄準對面翅膀硬了敢跟自己剛槍的小兔崽子，金屬部件發出清脆撞擊。號角響起，副本內部瞬間被熾烈的頂光灼燒，極寒轉成融融春日，恍惚如同天國降臨。

巫瑾握住步槍的手臂猛然收緊，翻身出棺，剛好與斜刺裡飛來的子彈擦肩而過。

牌面中，號角吹響是救贖；副本內，卻無疑是新一輪戰爭的開始。

散落在副本中央的棺材迫使原本相距甚遠的選手聚到一起，環境艱巨還能勉強和平相處，而等極寒解除，白刃戰一觸即發。

巫瑾呼吸急促，在更換掩體的一瞬迅速將周圍情勢收入眼中。

還能站起來的約莫有十九位選手，場地內還散落著八、九個銀白色救生艙。

從剛才的槍聲推斷，多半都出自一人手筆。

巫瑾微微一頓。

二十公尺外那位詭異的練習生完全不能以常理揣摩。他不僅比自己更早預判了安全區的出現，還在所有人慌不擇路的時候化身人形炮臺，用一柄基礎步槍打出了大狙的點射水準。

如果有選擇，巫瑾絕不會在比賽初期和他對上。

但二十公尺的距離，已經遠遠越過了警戒範圍的閾值。

五分鐘前，打自兩人從相反方向潛入，湊巧做出相同預判，湊巧選中同一安全區，又湊巧同時鋪開火力，就注定了他們將在這片棺材林立的修羅地獄之中戰到不死不休。

對面，槍口驟然開火。

巫瑾的腰腹收緊到了極致，他一個翻滾與子彈錯開，接著飛速亮出槍膛！

就算對面手速300APM超神，也會被節目組的初始武器裝備所限。克洛森秀為選手配備的武器類似毛瑟步槍，射速過慢，十秒八發。

也就是說在未來的一點二五秒內，這片安全區將完全是巫瑾主場。

他眼神微眯，斷然向剛才亮起的方向狙去。

準心落空。

巫瑾一頓，毫不戀戰向後躲避。

一秒稍縱即逝，對面再次狙來。

原本準備貓腰向右後閃避的巫瑾頓時一停，右膝一熱慌亂向左邊伏去。

第三輪、第四輪。

如果說幾分鐘前巫瑾尚有一搏之力，此時已是近乎陷入死局。

老式步槍在多次開火之後，兩人的射速都減緩到一發一點八秒，危機反而更加凝重。

巫瑾的大腦一片空白，無論自己如何預判，對面的每一次點射都會迫使他改變策略。他甚至有種隱約錯覺，對手比起開槍，更像是在落子下棋，而自己則淪為被黑龍囚狠圍剿的白棋，在對弈之中退無可退，只差一步就陷入死局。

這不科學！

巫瑾近乎被逼到絕路，心中警鈴大作。世界上怎麼會有這種巧合，自己的全部思路都在對方掌控之中。甚至在號角吹響之前，兩人每一步的預判、選擇都精準扣合。

這一領悟讓他瞬間毛骨悚然，渾身血液沸騰，如果兩人是隊友……

可惜，他們現在是對手。

副本光線再一次昏暗。

巫瑾微微抬頭，半空中的天使塑像已是五官模糊，在黑暗裡靜靜凝視腳下的一切，溫度再次降低到冰點。

如果他繼續與對面硬拚，火力壓制下，他將沒有任何可能躲入安全區。

黑暗中，少年低下下巴，汗水幾乎在防護服上結了冰，隨著體力近乎透支的閃避動作而硬茬茬發出聲響。

合起的雙眼再度睜開，卻是比之前還要明亮。琥珀色瞳孔映出幾不可見的光，視線低端冷冽發亮。

他只剩下一種選擇。

不能退，只能進。如果對方的目的是迫使他無法進入面前這口棺材，那他就挾持火力衝出去，去搶對面的棺材。

巫瑾不再對槍。躲在掩體後迅速靜心、裝彈，在即將一腳跨出之前忽然驟停。兩張卡牌被他飛速抽出，悄無聲息地塞進掩體下的細縫中。

他的勝算並不高，如果卡牌被對面奪走，任何優勢都將會成為佐伊他們晉級的壓力。

右腕終端顯示，存活兩百四十四人。

此時副本已再次接近零下二十攝氏度，不少選手已經在向棺材躲去，後腳跟來的便是攫住機會的槍聲，驟然間，副本中轟轟烈烈響成了一片。

就是現在。

巫瑾毫不猶豫地從掩體後衝出，像是被逼急了的兔子，三兩下就要蹦過去咬人。

步槍就卡在他的右手與臂彎之間，凍得發紅的右指按住扳機，視野裡瑩瑩發亮的棺材乍然出現，繼而是終於冒頭的對手。

槍聲悍然響起。

三發子彈硬生生被巫瑾打出了自動步槍連擊的氣勢，膛管燒灼到燙手。巫瑾一個矮身已是向棺材摸去。

對面沒有反應！

巫瑾眼睛一亮，扒拉著棺材板就要蠻橫擠入，撲通一聲臉朝下掉進去，溫熱的棺壁像是寒冬中的暖爐將身體解凍。

「叩叩」兩聲。

巫瑾一僵。敲擊聲自右側傳來，讓他再次如墜冰窖。

他趴在裡面一動不敢動，右側是剛才對手出現的方向，可自己明明已經狙中。

棺材右側。

衛時放下槍，揚眉看向在棺材裡興奮撲棱的巫瑾。

剛才還被迫得急了，張牙舞爪想要咬人，沒想一個假動作就被騙得警惕心全無，恨不得立刻在棺材裡築個窩，把兔子毛都蹭得暖烘烘的。

估計是被凍得狠了。

衛時又敲了兩下棺材。

臉朝下的巫瑾終於抬頭，呆呆循著方向看去，神色之糾結，像是猶豫著要不要給大灰狼開門的小白兔，然而他很快反應過來，棺材板還在地上放著。

想不想開門是其次，這裡壓根兒就沒有門。

巫瑾倒吸一口涼氣，小心翼翼抱住槍，緩緩、緩緩地向右看去。

布滿槍繭的手就撐在他的右側，指節寬大、粗糙，似乎安全區外的極寒於它無半點影響。

站在他面前的男人微微低頭，熟稔的氣息將巫瑾僵硬的脊背撫平，原本瑟瑟發抖的小捲毛忽然雀躍，蓬鬆翹起，蘿蔔槍「碰」的一聲掉到了棺材裡。

巫瑾愣然抬頭，呆呆開口：「大、大哥？」

棺材外，冰霜與勁風化作冷硬的刀鋒闖入視野，將被安全區重新捂暖的小圓臉再次凍得生疼，巫瑾卻絲毫不察，只是著了魔一般直勾勾望去。

男人就站在少年面前，一手握著剛才用來打兔的步槍，五官似由風霜雕琢而出，深邃冷峻，讓人望而生畏。

巫瑾驟然反應過來，撲騰兩下就要往棺材外跑，「大哥，我我我再找個……」

零下二十度的空氣砭人肌骨，巫瑾剛深吸了一口氣，驀地被粗糙的手掌按住。衛時的手乾燥、溫暖，明明人正站在極寒之中，卻絲毫不受溫度的影響。

男人眼睛微瞇，把人重新扔進棺材，繼而長腿一跨跟著進去。

巫瑾一驚：「……」

此時副本已是漆黑一片，狹小的棺材擠了兩個人，原本暖烘烘的少年奶糖味被蠻橫驅散，鋪天蓋地都是男人灼熱的氣息。巫瑾使勁兒把自己縮了縮，仍是不受控制的和大佬抵膝相觸，心跳驟然加劇。

下一秒，衛時一手按著兔子精，一手把棺材板推了上來，在男人與巫瑾並肩躺下的一瞬，棺材轟然合上，擋住了克洛森秀密密麻麻的機位。

視野驟暗。

兩個人挨得太近了。巫瑾像是被危險脅迫，再度向後縮去，身體卻不自覺地發軟，他的注意力全部被面前的男人攫住。

衛時就像熾熱的熔爐，在靠近時迸發出岩漿一般凶猛的溫度，於相抵的膝蓋、肩臂交接之處沉默灼燒。

巫瑾凍僵的四肢逐一回暖，耳朵尖不可抑制地悄悄變紅。

棺材裡，兩隻兔爪子悄無聲息地向後縮去，儘量不冰到大佬。

衛時忽然伸手把人往懷裡按了按。

「冷？」男人面無表情開口：「冷就抱著。」

巫瑾一呆：「沒沒沒冷……」

衛時的手臂蠻橫圈在人肩側，巫瑾幾乎毫無反抗之力，正在向後扒拉的爪子下意識朝前擼去。兔爪子在黑暗中撲騰了幾下，終究沒有敵過男人的脅迫，咚的一聲靠進了衛時胸膛。

巫瑾眼睛茫然瞪圓，下意識就要縮手，卻被男人不容置疑按住，「不要鬧。」

男人的聲音略微沙啞，帶著強侵犯性的荷爾蒙，瞬間將巫瑾壓得暈頭轉向。

等巫瑾反應過來，小圓臉蹭的一下通紅。

自己正以一種八爪魚的姿勢扒拉在大佬懷裡，就像抱了個硬邦邦的熱水袋，明明靈魂舒適地想抿起耳朵睡一覺，理智卻羞愧地團成了一個兔子球。

自己不僅沒剛贏槍，還搶了大佬的安全區，並且，還把大佬當熱水袋！

棺材內狹小無比，兩人幾乎都能聽見對方的心跳。

大佬跳一下，巫瑾跟著跳一下。

大佬再跳一下，巫瑾怦怦跳了兩下。

大佬——

衛時淡然開口：「緊張？」

巫瑾一頓，磕磕絆絆半晌，腦海靈光一閃找到話題，結巴道：「……大哥，我們算、算不算違規組隊……」

衛時：「交手過了，不算。」

巫瑾愣了愣，忽然反應過來，恍然大悟。

克洛森秀導播室。

正在圍觀監控的小劇務驚訝開口：「怎麼……會有兩位選手的距離不到十公分？」

一旁的正在嗑瓜子的編導立刻伸過頭來，「啥玩意兒？喔，審判牌那個副本。看看他們的戰鬥記錄。」

熒熒屏幕中資料閃過。編導大手一揮，「沒問題。打了那麼久，鬥到棺材裡估摸也是迫不得已。空間這麼狹小，誰也不敢開槍，就讓他們在裡面待著吧。」

小劇務立刻知悉。編導再次提點：「這一段黑咕隆咚也沒啥好轉播的，咱們人手不夠，不要把時間浪費在這裡。要多發掘所有選手的亮點，而不是盯著資料看？懂？」

「十公分沒啥好報告的，除非是兩名選手距離負十公分……哎呦行了，繼續看監控。特別注意一下井儀娛樂，後面估計有好戲……」

小劇務臉色一紅，連連點頭。

克洛森秀，審判牌房間。

號角吹響前的副本如同漫漫長夜，棺材外是極寒地獄，棺材內卻熾熱如炎夏。凍僵的巫瑾終於回暖，適應光線後逐漸找回視線焦距。逼仄的空間裡，大佬的下巴就擱在他的小軟毛上，視線往下是男人肩臂驃悍精壯的肌肉曲線。

巫瑾強迫自己收回目光，稍微抬頭向上看去，觸到男人冷硬的下頷線條，微動的喉和抿起的唇。

大佬似乎從來不會笑，但冷冷看人時有一種極端壓迫的性感。

如果大佬在一千年前，不做逃殺秀選手也能成為萬人追捧的巨星……不對！大佬不是練習生來的，大佬是浮空城武裝頭領！可惜二十一世紀是和諧社會，那麼大佬可以做一個帥氣的特種兵……

從寒冷中解凍的兔子心思活絡，有一搭沒一搭想著大佬在一千年前的就業問題，渾然沒有發覺小捲毛在男人的下巴上蹭來蹭去。

巫瑾又揚起腦袋看了一眼。

大佬真好看啊……嘴角也好看……

穿作戰服也好看，軍裝也好看……比XX電影裡XXX好看多了……

他忽然一頓。

腦海深處不受控制地冒出了凱撒傳給他的小電影，隊長與副隊熱切接吻的截圖——

巫瑾：驚！

巫瑾：打住！不能發散！不能偷偷比較！不可以！

巫瑾：不能想！打住！那是大佬！是你大哥！停、停下啊啊啊啊！腦袋不對了！腦袋不對了啊啊啊！

黑暗中，衛時似有所覺。低頭看向剛被捂熱乎的兔子精，「嗯？怎麼？」

巫瑾一僵。

衛時的眼神深邃不吸光，約莫是氣勢太盛，即便簡短問詢也像質疑。

巫瑾臉色通紅，心率飛速往每分鐘一百二十飆升，明顯心虛。

男人的視線在小圓臉上一掃而過，巫瑾反應過來，慌忙開始揉臉。

衛時：「為什麼揉臉。」

巫瑾：「……因因、因為熱……」

衛時把棺材板打開一條縫，冷氣嗖嗖透入。

嚴酷寒風兜頭而來，被強行降溫的兔子精一個不察，滋溜溜凍成了兔子冰棒，還是眼睛圓溜溜的那種。

巫瑾下意識往棺材內縮去。

衛時：「冷還是熱？」

巫瑾一頓，艱難開口：「是熱、熱……」

巫瑾抖抖索索，又從大佬暖烘烘的臂彎裡冒了出來，淒涼地迎上冷風。

衛時低頭看向他，忽然伸手把人往裡頭塞了塞。

少年雖然有並不明顯的肌肉，摸起來大多時候還是軟乎乎的。

被衛時往下按去，立刻安靜乖巧地改變形狀。

在快要擠成一團的時候，男人忽然伸手越過巫瑾的肩，為他擋住棺材內一處翹起的木頭。

克洛森秀的道具多數外觀高端大氣、內裡偷工減料。原本要撞上木板的巫瑾正好抵在了衛時寬厚的手臂上，小捲毛蹭得衛時微癢。

手臂為他擋住了嗖嗖亂竄的風，巫瑾渾身被大佬罩著，像泡在溫暖的泉水裡。棺材還是開了一條縫，此時卻只剩下清涼，就像在冬夜的溫泉裡看雪花飄落，寒風越不過屋簷，冰涼的雪片也會被蒸騰的熱氣消融。

巫瑾下意識抬頭。

零下二十度的寒風無法給大佬造成任何困擾，男人低頭看向呆呆傻傻的兔子，兔子則揚起臉頰在追逐他的熱源。

巫瑾的心跳忽然加快。似乎有一種抑制不住的歡喜從內心生發。

衛時看向終於安靜下來的少年——舒舒服服蜷縮著，看上去高高興興，既不冷得渾身打顫，又不熱得滿臉通紅。

男人終於露出了滿意的神色，手臂內收，把人往懷裡又多扒拉了點。

【第四章】終於被節目組發現的王昭君

五分鐘後。
號角劃破長夜，光自頂端鋪灑而來，將嚴寒驅逐。
審判牌中的天使再次降臨，為世間帶來救贖。
兩人從棺材中出來時微微停頓，似乎有意無意間希冀救贖來得更晚一些。
從安全區出來後，由於違規組隊限制，衛時向巫瑾點了點頭，毫不留戀轉身離去。
巫瑾抱著蘿蔔槍在後面看著，最終在第一聲槍響之後轉身。亮晶晶的眼神逐漸銳利，回暖的指尖扣入扳機，再抬眼時鋒芒畢露。
此時距離比賽開局已有四十分鐘之多。
巫瑾回到掩體，迅速拿回藏好的卡牌，視線在場景中快速掠過。
號角在進入副本前響起過一次，進入副本後響起兩次。副本中央，靠向最邊緣的一口棺材正在轟隆隆下沉。
棺材在不斷減少。
巫瑾豁然開朗。
「審判牌」所代表的副本含義終於被最後的線索貫穿在一起，牌面中的天使、號角、死者、棺材形成了一個具有完整規則的遊戲。
每次號角響起，安全區都會減少一個，意味著下次極寒，會有一名選手因為搶不到安全區被淘汰。
號角代表回合，而死者、棺材，共同構成了一個「搶椅子」的遊戲。
唯一的規則漏洞是，副本並不禁止兩名選手以何種距離把自己塞入同一張椅子。
而棺材的容納量有限，隨著時間的推移，「審判」副本必然會越來越難。

第三輪號角。巫瑾再次搶占了一口棺材，受到了不小的火力壓制，卻因此和衛時拉開了距離，兩人火力圈終於不再交叉。

第四輪號角。巫瑾從安全區躍出，撞上了井儀娛樂的練習生明堯。此時雙方都做足了充分準備，激烈交火之後，巫瑾終因經驗欠缺落於下風，讓出了原本占據的棺材，轉搶了另一名C級練習生的「椅子」。

讓他留心的是，明堯比上次遭遇戰打得生猛不少，甚至可以說是肆無忌憚，就像突然多出來了某種底牌。

第五輪號角。場中原本二十幾位選手只剩下了十五人不到，棺材只剩十三個，就在所有人都卯足了力氣要奮力一搏時，半空中的天使忽然張開了雙翼。

虛空中有無數臺階升起，間或點綴帶著花紋的圓柱，通向天使面頰前的高臺。

副本的另一側，隱藏的大門轟然打開。

門外是選手熟悉至極的走廊，延伸向下一個未知的副本。

幾乎所有練習生在同一時刻反應過來——「審判牌」副本通關！

躲在掩體後的巫瑾迅速看向右腕。右腕終端上，三百名練習生還剩兩百人存活，「審判牌」中的通關人數卻只有初始人數的一半。

三分之一的全域淘汰率和二分之一的副本淘汰率不對等，意味著副本難度有高低之分。「審判牌」顯然是難度中位數以上的。

只是他沒有想到的是，通關後的副本只有一個出口，卻有兩條路可走。

一條是直接闖入走廊，一條是順著臺階殺上天使對面的高臺，那裡顯然存在某種通關獎勵。

巫瑾瞇起眼睛看向上方。

強烈的光線自頂端逸散，高臺上懸浮著一張卡牌。

卡牌……巫瑾的口袋裡還有兩張卡牌，但直到第一輪副本結束，他都無法確認卡牌的真正作用。

可以用來「交換命運」，也可以被搶奪。

瑩瑩發光的高臺對巫瑾有著超乎尋常的誘惑力，在線索散亂的第三輪淘汰賽中，任何與卡牌有關的資訊都至關重要。

但他卻深知小命要緊。

高臺約莫離地十五公尺，周圍潛伏著十餘位練習生，誰敢上去，分分鐘就能變成動態訓練靶。

巫瑾瞬間做出判斷，視線已是鎖在了通往走廊的出口上。只要有人敢走向高臺，他就有機會能衝出副本……

槍聲驟然響起。

巫瑾迅速轉身，繼而激動睜大了眼睛。

第一個走上階梯的是衛時。男人神色淡漠，提著步槍迎光而上。

懸浮在半空的天使雕塑微微頷首，低頭悲憫的看向他。

副本內氣氛一沉，流彈驟然迸出，飛旋向男人襲來。

衛時眼皮微抬，漠然反手一狙。

巫瑾甚至沒有看清他開槍的動作，臺下銀色救生艙已是突兀彈出！

一片寂靜。

繼而槍林彈雨鋪天蓋地而去，階梯成了最明顯的狙擊目標，練習生們前仆後繼試圖截斷衛時的前路後路，將這一強敵剿滅在通往高臺的路上。

即將抵達高臺的男人卻巍然不懼，在圓柱掩體中俐落穿行，偶一抬手必一狙致命。

三殺。槍聲驟頓，三殺如同威懾，讓鋪得密密實實的火力區瞬間潰散出缺口，而衛時就在這一瞬身如鬼魅躍上高臺。

熾烈的白光在天使的雙翼前彙聚，迎光而上的男人終於轉身，在強光下輪廓陰影分明，瞳孔黑沉沉讓人不寒而慄。

威嚴不可冒犯。

巫瑾的呼吸突然灼熱，直勾勾看向高臺。

大佬手中的槍械如同生殺予奪的權杖，甫一抬手，銀色救生艙再度彈出！

巫瑾立刻回神，就是現在——他強迫自己移開目光，向著副本的出口奔去，與他同時選擇逃離的還有四、五名練習生。

副本內氣氛陡凝，在衛時的威懾下卻是無人敢再開槍。

巫瑾趁亂跑出，進入走廊的一瞬身後副本突然響起劇烈的機關轉動聲。

巫瑾訝然回頭。

此時只跑出了七名練習生，副本大門卻是轟然合上！順著最後縫隙內的微光，他看到衛時站在了高臺正中，無悲無喜，伸手按住那張懸浮的卡牌。

巫瑾一頓。

大佬究竟做了什麼？象徵通關的門為什麼會關閉？

還有那張卡牌……巫瑾突然看向花紋繁複的拱門，圖案在祭壇下微微閃爍，形成一個羅馬數字「Ⅲ」。

與此同時，從副本內奔逃而出的練習生終於注意到彼此。巫瑾神色頓凝，在走廊交火之前迅速向前跑去。

走廊的盡頭是三叉路口。

巫瑾不假思索向右，右側走廊狹隘，光從前方透入，昏暗的視線內有浮塵飄動，巫瑾卻是心跳驟快。

物資箱！進入比賽後出現的第一個物資箱，不在副本內，而是在誰都可能經過的走廊。

巫瑾迅速上前。

物資箱與上一輪淘汰賽的構造有明顯不同，無法用蠻力破開，也看不到插鑰匙的鎖眼。箱子上方卻多了一個卡槽。

信封裡撿到的線索突然在腦海中浮現——「用你的卡牌去交換命運」。

巫瑾毫不猶豫從卡槽投入那張搶來的「寶劍Ａ」，物資箱吱呀作響，咕嚕嚕吐出了一把槍械。

衝鋒槍！巫瑾終於鬆了一口氣。第三輪淘汰賽交火線在五十公尺以內，衝鋒槍、霰彈槍的火力要遠比基礎步槍兇殘得多。

卡牌能換取物資，物資、卡牌都能被搶奪，保留卡牌的獲益將遠遠低於兌換卡牌武裝自己。

巫瑾繼續投入第二張塔羅牌，開局時抽到的「聖杯六」。

這一次被吐出來的，是一件防彈衣。

巫瑾俐落穿上，將防禦升級完畢，抱著衝鋒槍緩緩向前走去。

正在此時，沉寂已久的小隊通訊頻道終於再度出聲。

佐伊：「我出來了。」

巫瑾、文麟立即應聲，凱撒卻毫無反應。

巫瑾心中咯噔一聲，佐伊卻很快開口：「應該還在打，每個副本的結束時限都不一致。大家遇到的都是什麼？」

巫瑾迅速描述了號角與「審判牌」，文麟是需要破解煉金機關的「魔術師牌」，佐伊遇到的則是無差別攻擊的「女祭司牌」，倒是與他在進入副本前聽到的崇拜唱詩相符。

佐伊和文麟同樣都在走廊裡找到了物資箱，佐伊的星幣二、星幣四和寶劍五分別兌換了兩板特殊子彈以及一把狙擊槍。

文麟的聖杯皇后、星幣九則兌出了一件反紅外隱匿裝置和一板煙霧彈。

巫瑾瞬間脫口而出：「花色——兌換依據是卡牌花色！聖杯對應防具，星幣是子彈，寶劍是槍。」

佐伊反應過來：「那權杖是什麼？」

巫瑾微一思索：「兌換映射基本與牌義符合。權杖在小阿卡那代表能量、機遇和權勢。」他停頓少頃：「也許是線索或者地圖。」

頻道內頓時沉默。

四種花色中，代表槍械的寶劍和防具的聖杯在比賽之初更占優勢，但隨著比賽節奏加快、規則被破解，權杖將起到至關重要的作用。

「繼續搶牌。」佐伊下達指令：「說不定凱撒……」

通訊頻道內，刺耳的電流聲突然迸出。

三人幾乎同時表情空白，恨不得立即把耳麥取下。

凱撒咋咋呼呼的聲音卻是突兀冒出：「喂喂？喂喂喂？喂？能聽見不？喂喂喂？」

「……」通訊內，佐伊的指節因握緊而劈哩啪啦作響，白月光狙擊手勉強從牙關裡吐出四個字：「有話快說。」

凱撒頓喜：「哎這物資箱怎麼用來著？」

一片沉默，似乎整個小隊的智商都被熄滅了。

最終還是文麟開口：「……把卡牌塞到卡槽裡，然後站著等三秒……」

凱撒嚷嚷：「這塞不進去啊！」

巫瑾一愣。

凱撒：「兩張都塞過了，那什麼，大阿卡那『世界』，還有剛才搶的一張『倒吊人』，這都什麼玩意兒？還是我這箱子是假的？」

「等等，」巫瑾忽然打斷，迅速分析：「是大阿卡那，兩張都是大阿卡那。看來應該只有小阿卡那才能換到物資，到現在為止，出現大阿卡那的地方只有副本，『審判牌』裡就有一張卡牌，副本通關後會出現通往卡牌的階梯……」

凱撒深表贊同：「那檯子我上去了啊！」

三人一頓，思維一片空白：「什麼？」

凱撒洋洋得意：「我那副本人少，打幾槍就上去了。媽個雞那檯子是騙人，卡牌根本拿不出來，只有一個插槽，要把牌弄出來只能再插一張把它擠出去。我那張『世界』是老婆要懷孕的，怎麼可能拿出來換……」

巫瑾脫口而出：「是交換？」

最後一塊拼圖補上，零散的線索終於關聯在一起。

用卡牌去交換命運。有花色的小阿卡那能交換出物資，沒有花色的大阿卡那只存在於副本，那麼交換的就是……

巫瑾剛要開口，忽然眼神一肅，飛快向物資箱後躲去。

敵襲！

流彈飛速而來，巫瑾一個翻滾避過，緊接著右臂熾熱鈍痛，衝擊自手肘偏上傳來，防彈衣已然破了個口。

潛伏在暗處的不是一個狙擊手，而是兩個！

如果不是那張聖杯六，沒有防彈衣，巫瑾很可能要手臂重傷，或是當場淘汰。

他的心跳猛然加速。

兩位狙擊手的彈道都相當刁鑽，實力至少在平均水準以上，甚至是雙A，看開槍的默契程度，很可能屬於同一小隊。

嗖嗖兩聲，狙擊彈再度破空而來！

巫瑾毫不猶豫後撤，耳麥中三人聽到聲響立刻焦急，凱撒甚至已經開始罵娘，很快就被佐伊噤聲。

「小巫什麼情況？我這裡聽不到槍聲，能判斷方位嗎？我們向你這裡靠。」佐伊迅速道。

巫瑾呼吸急促，盡全力開口：「走廊，大約兩百公尺長，光從前方透入，上一個副本編號是羅馬數字Ⅲ，門上可以看到。敵人有兩個，雙狙擊同隊，配合默契……」

佐伊、文麟同時一頓：「雙狙擊？」

還沒等巫瑾回應，佐伊面色頓沉，「小巫你聽著。儘量進副本，能躲就躲，不要硬拚。雙狙擊是井儀娛樂的打法。」

巫瑾：「井儀？」

文麟接著補充解釋：「井儀者，五射之一，四矢貫侯，如井之容儀——井儀的配置在所有娛樂公司裡最棘手。包括戰隊，包括練習生，全隊都是狙擊手或者狙擊補位，雙C一定是狙擊且配合無間。當年井儀衝入星際聯賽八強，就是因為雙C能用子彈把敵人押到任何他們想要的方位。」

巫瑾身形巨震。

他突然反應過來，自己的逃跑路線並非主觀選擇，而是在交叉狙擊中被迫決定。他就是井儀娛樂兩位狙擊手押送的獵物。然而此時退無可退，面前只有唯一出路。

第二扇副本的大門，在巫瑾面前轟然開啟！

門後是幽暗的隔間。進門時太過倉促，巫瑾只來得及掃一眼門口的浮雕花紋——羅馬數字Ⅵ。這是編號為六的副本。

隔間內，少年急促喘息，許久才恢復體力。井儀娛樂的兩位狙擊手配合無間，火力凶殘，在沒有隊友支援的情況下，能撐到現在已是巫瑾的極限。

防彈服擦破三處，有一處被劃傷。好在克洛森秀的特製子彈比實彈要來得溫和得多。如果是地下逃殺秀，傷口怕是已經鮮血淋漓。

巫瑾抬頭，謹慎看向隔間的另一側。

隔間的存在出乎意料之外，稍一思索卻又不難解釋。副本的通關、開啟時間各不相同，隔間就像是緩衝帶，將選手按照規則勻入各個副本。

第二個副本，是一個需要「準備區」的副本。

比賽通過準備區調控選手，同時選手在準備區中備戰，並在觸發某個條件後進入副本之中。

隔間內的小桌上，一左一右擺放著兩盞高腳杯。

巫瑾快速掃了一眼，再度打開小隊通訊。

當前最重要的是能與隊友會合，以及弄清井儀娛樂為什麼執著於狙擊他。

淘汰賽中，快速清場所有A等級練習生，以期獲得更好排名是常見策略，無可厚非。但一向低調的井儀娛樂卻比任何選手都要肆無忌憚。

不僅僅是因為雙C聚頭，井儀娛樂出擊的底氣太足，顯然還占據了某種底牌，給了他們能立於不敗之地的勇氣。

且從把巫瑾一路押槍到副本門口的路線來看，這張底牌只有在副本中才能發揮最大效用。

小隊通訊再度開啟。巫瑾開口的一瞬，佐伊終於放下心來。

「隔間？準備區？」白月光狙擊手一愣。

巫瑾迅速點頭，「編號六副本，井儀的兩個狙擊手不出意外也會進去。你們那裡怎樣？」

沒想佐伊卻是帶來了開局後第一個好消息——根據光線引導，他找到了巫瑾的第一個副本入口，編號為「三」的門。

巫瑾眼神驟亮。只要佐伊能通關副本，他就能順原路返回同佐伊會合，不至於被已經集結成隊的井儀娛樂左右夾擊。

兩人迅速議定策略，巫瑾又再度補充：「儘量再搶一張權杖牌，把賽場線索湊湊，還有，我們需要知道最長避戰時間，避戰時間和地圖大小呈正比。」

文麟乾脆答應：「我去試試。」

第三場淘汰賽地圖複雜，走廊分叉繁複，僅在走廊中遊走無法進入副本，除非像巫瑾一樣不幸遇到雙狙擊手，以文麟的實力絕不需要其他隊員擔心。

那廂，佐伊打了個招呼，一腳踏入三號副本的大門。

巫瑾突然開口：「佐伊哥，副本裡面是什麼？」

「剛才說的，難道不應該是審判牌……」通訊內忽然一頓，狙擊手的呼吸變得急促，語氣帶著明顯的驚愕：「……小巫，三號副本不是審判牌，是戰車牌。」

巫瑾心跳一滯，近乎於狂妄的猜測終於被印證，他全身血液近乎沸騰。

他微微點頭，長舒了一口氣，輕聲開口：「果然……大阿卡那被調換了。」

通訊中，三人均未反應過來。被佐伊禁言的凱撒更是在公屏敲擊了一長串問號。

佐伊只得解除禁言。

巫瑾迅速開口解釋：「提示上說『用卡牌去交換命運』。小阿卡那交換的是物資，是選手個人的命運。大阿卡那不能換取物資，因為它交換的是副本內所有選手的命運……大阿卡那，可以用來改變，或者重塑副本。」

通訊內一片沉默，文麟第一個反應了過來：「我記得凱撒說過，高臺上的卡牌不能拿走，只能交換？」

巫瑾應聲：「確實。凱撒哥沒有換牌。但三號副本通關後，占領高臺的那位選手用戰車牌替換了審判牌。所以三號副本由審判變為戰車……」

他微微一頓，記憶迅速上浮，「換牌之後副本關閉，門內的機關聲應該是在重塑下一個副本場景。沒有及時離開的選手會和換牌者一同強制進入戰車副本，不過關門後，三號副本內只剩七人，『玩家』人數不夠，所以副本會繼續吸納新的選手，佐伊哥被規則獲准進門。」

所有線索終於彙聚到一起。

文麟終於開口：「理解。」

佐伊疑惑：「大阿卡那能改變副本，但改變副本又有什麼用？」

巫瑾微微低頭，眼神閃爍，「如果能走上高臺，插入你熟悉的卡牌，副本就會變成你能完全掌控的世界。進門的選手就像進入你的城，只要能合理利用優勢，就能以最小代價把對手淘汰。以『審判牌』為例，棺材才是安全區，假設擁有審判牌的選手提前置換了副本，在遊戲初期時就躲在棺材裡，降溫後忽然開槍伏擊，淘汰選手遠遠比正面剛槍容易。」

佐伊倒吸了一口冷氣。

巫瑾：「按照現在的趨勢，發現規律的不止我們一個。我猜，甚至有可能到淘汰賽末尾，不同的副本會被各個小隊換牌把持。要攻破某個小隊，就必須破解他們手裡的卡牌。」

巫瑾一頓。

井儀娛樂把他脅迫到這裡，就是有把握能占領面前的副本，將巫瑾逼入牢籠之中絞殺。井儀娛樂手中，一定有一張他們占據絕對優勢的大阿卡那。

通訊另一側，幾人已是迅速商議完畢。

佐伊：「小巫怎麼樣？剛才受傷沒？」

巫瑾立刻報了個平安：「沒狙到。佐伊哥小心！」說著，他熟練地從背包中掏出繃帶簡易包紮創口。

佐伊點頭，忽然開口：「小巫看到是誰換牌了沒？十幾個人都沒狙中？難道是魏衍……」

巫瑾一呆，磕磕絆絆，「沒、沒看清……」

好在佐伊沒有繼續糾結，又囑咐了凱撒幾句便再度關麥。

巫瑾的視線重新回到隔間之中。

剛才井儀娛樂兩位狙擊手都在走廊，也就是在副本之外。至少代表了一件事——目前副本內的卡牌還不在井儀娛樂的掌控之中。只有副本通關後，他們才有機會在高臺上換出底牌。

但憑藉雙狙擊手配置，井儀娛樂能登上高臺的機率要比其他選手大得多。

巫瑾壓下所有雜念，專注於下一個副本。

他微微瞇眼，視線下移，在昏暗的光線中查看面前的小桌。

兩盞鍍金的高腳杯一左一右、一金一銀，其中水光微亮，盛放著帶有某種香味的飲品。

左側高腳杯底寫著「物質」，右側則寫著「精神」，中間一卷紙條：選擇，品嘗。

提示鮮明，呼之欲出——第十四張大阿卡那牌，節制。

牌面中，天使雙手各拿一盞聖杯，兩只聖杯分別象徵精神與物質。天使不斷地用聖杯相互倒水，使得聖杯中的水保持平衡。

巫瑾收緊的肩臂逐漸放鬆。「節制牌」的規則要比「審判牌」看著簡單，兩盞聖杯靜默放置，似乎象徵著兩個陣營，在小桌上等待他的選擇。

他伸出手，正要拿起「精神」聖杯，忽然一頓。

都三〇一八年了，人類對於精神的追求肯定會超過物質！如果多數選手選擇精神——水盈則溢，節制均衡，副本定然會絞殺「精神」陣營，扶持「物質」陣營。

巫瑾迅速改變決策，將刻有「物質」的金色聖杯一飲而盡。

甜絲絲的，像芒果汁。

緊接著，右側腕錶亮起金色螢光——陣營劃分成功，條件觸發。隔間對面、通向第二個副本的大門緩緩敞開。

光線驟然敞亮。寬闊的副本內，丘陵、草坪栩栩如生，紅翼天使矗立在高處，背後綻放出聖潔的光暈，祂的雙手各執聖杯，正在將金色杯盞中的水倒入銀色杯盞。

看清聖杯顏色後，巫瑾愕然低頭。

副本內有約莫十七、八名選手，正在槍林彈雨中激烈鏖戰。其中多半腕錶呈金色，僅有五人腕錶呈銀色，顯然絕大多數選手都欣然選擇了「物質」陣營。

還沒等巫瑾反應過來，身側忽有紅色瞄準點閃過。背後的大門轟然關閉。

巫瑾一個退步，手肘在牆體一撐憑本能躲避。

頭頂，最接近巫瑾的副本機關燈光閃爍，紅點重新聚集，已是在準備第二次瞄準。

攻擊他的不是選手，而是副本！

巫瑾瞇眼看向場內，終於將規則完全摸清。

水滿則溢。

金色代表物質，銀色代表精神。

「物質」陣營人數大於「精神」陣營，副本無差別攻擊佩戴金色腕錶、隸屬「物質」陣營的練習生；佩戴銀色腕錶的「精神」陣營暫時安全，其中寥寥幾位選手卻也不忘開槍騷擾，試圖趁亂淘汰敵人。

賽場各處，還零星散落著金銀各異的聖杯，只要重新喝下敵對顏色的聖杯之水，選手陣營就能轉換。

交火點正是圍繞聖杯的分布展開。

巫瑾頭頂，副本機關再次開火。他被迫收回目光，從首發地一躍而下進入戰場。穿著軍綠色防彈服的少年在落地一瞬抵膝跪射，反手向試圖趁亂騷擾的練習生崩了兩槍。

不遠處，又有幾人進入副本。

巫瑾一眼認出了上個副本中和他剛槍的井儀娛樂明堯。

明堯並非一個人進來的，在他右側的入口，另一位井儀娛樂狙擊手終於露面——井儀雙C中的隊長，A級練習生，人氣頗高，和薄傳火票數緊咬的左泊棠。

巫瑾毫不猶豫和兩人拉開距離，在佐伊抵達之前，任何正面硬剛都不理智。

井儀雙C並沒有選擇同一陣營，明堯腕錶呈金色，左泊棠腕錶銀色。兩邊都壓籌碼，做法相當謹慎。

短暫停頓後，第一個開槍的是左泊棠。他手持一杆全息瞄鏡狙擊步槍，精準地為隊友掃出一條火力真空帶。明堯默契跟進，在左泊棠的掩護下搶走了第一盞銀色聖杯。

明堯陣營改變。

場內形式微調，「物質」陣營十二人、「精神」陣營七人。

短短幾分鐘的當口，井儀娛樂已是飛速建起優勢，雙狙一出無人敢擋。然這幾分鐘卻也給了巫瑾寶貴的隱匿機會。

副本機關砰然在耳邊炸開，巫瑾竭力一個翻滾，終於和井儀娛樂的視野拉開。

對面一位練習生被井儀擊中，銀色救生艙彈出，明堯毫不客氣將物資納為己有。繼而是第二架救生艙——這次掉落的是卡牌。

巫瑾在腦海中估算，一面心驚肉跳。井儀雙C聚頭得太早，在比賽初期幾乎形成壓倒性優勢，資源就像滾雪球一樣不斷積累。在「節制牌」副本尚且如此，一旦等他們換上自己手中的底牌，後果將不堪設想。

身側，副本再度對巫瑾展開攻擊。

巫瑾狼狽閃過，心中不斷後悔。為什麼要想不開選「物質」？換個角度思考倒是勉強能安慰，選「精神」是被井儀兩把槍狙，選「物質」不過也就是三把槍，只多出副本規則那一把。沒差！

巫瑾一面在心底感嘆，視野中卻是終於把散落的聖杯道具數清。

閃閃發光的金、銀聖杯似是被無形虛線相連，以巫瑾所在的掩體為起點，和井儀娛樂的火力區剛好擦過。

無數方案在腦海中濾過。假設、排除，排除，再假設——

場內一共四十八個聖杯。從掩體出發到從N15方向，他最多只能在井儀娛樂的眼皮子底下搶走四個。

一金三銀。

在兩名選手淘汰之後，「物質」還剩十人，「精神」七人。

要將四個聖杯帶來的利益最大化，必須把它們用在刀刃上，也就是局勢翻轉的那一刻。

巫瑾緩緩閉眼，再睜開時有冷冽寒芒閃過。

少年深吸一口氣。副本紅點又一次向匍匐在地的巫瑾瞄準，井儀娛樂用於清場的火力已是無限向巫瑾所在的掩體逼近。

草叢後，身著軍綠色防彈衣的少年挾雷霆之勢躍出！

基礎步槍背在他的肩側，巫瑾雙手握持的是一把超短衝鋒槍。他的左手牢牢固在展開的槍托上，右臂破損的防彈衣內露出些微滲血的繃帶，眼神因專注而冷淡，揚起下巴時直勾勾對上左泊棠的目光。

槍膛飛速開火！

巫瑾的動作極其穩固，射擊不求精準。受傷的右臂只按動扳機，主要用左手制住槍托壓槍。和雙狙擊相比，他最大的優勢在於射速和連發。「寶劍A」置換的衝鋒槍自帶六十發弧形彈匣供彈，連發射速最高能到每分鐘一百發以上。

三秒之內，巫瑾毫不吝嗇任何子彈，將井儀雙C生生逼迫到掩體之內。

百公尺開外，左泊棠眼皮一跳，暫時選擇退讓。巫瑾這種不緊張子彈的打法讓兩人都沒有預料到——

下一刻巫瑾卻槍口驟轉。

右側，一名正躲避副本射擊的練習生突然被巫瑾點射。

那練習生一頓，無暇回擊，慌不迭向右後躲去。隨後卻是又一顆子彈從左側與他擦過。練習生再度調轉方向。

在他的身後，巫瑾眉頭緊鎖，甚至有汗水從臉頰滑落，瞳孔因為不斷計算而晃動，在算清對方方位後，扳機踩著點扣下。

賽場對面，左泊棠和明堯的視線倏忽一凝：「他……」

場內無人知道，此時的克洛森秀導播室也是一陣驚呼。血鴿迅速將鏡頭向巫瑾拉近，甚至精細到了他輕微的肢體控制，又轉而解釋他的視線、彈道。

「非常強大的學習能力，或者說，善於模仿，一點就通。」螢幕外，血鴿感嘆。

巫瑾開槍的手法和剛才的井儀娛樂非常相似。子彈不是為了打中目標，而是將目標押送往某個他需要的方向。

衝鋒槍的精準度比狙擊槍稍次，巫瑾的槍法也比不過職業狙擊位，但在狹窄的副本內卻剛好夠用。

那被巫瑾一路押送的F級練習生正是不幸選擇「物質」陣營的倒楣蛋之一，在慌忙逃竄的間隙，他勉強抬頭，神色忽然一喜——在他的正面，一盞銀色的聖杯盈滿清水。

這位F級練習生毫不猶豫撿起聖杯，一口喝下，腕錶由金變銀，進入安全陣營。

副本上方，矗立倒水的天使動作微緩。

「物質」陣營九人、「精神」陣營八人。

巫瑾鬆了一口氣，迅速躲入掩體避開井儀娛樂的狙擊，暗淡的光線下，目光精準鎖向N15方向。

那裡有他需要的、至關重要的第二盞銀色聖杯。

衝鋒槍重新鋪開火力，巫瑾藉子彈掩護再度衝出，以他所能達到的最快速向聖杯跑去。

斜刺裡卻忽然一人衝出。D級練習生，小公司，只略微眼熟，脖子後面紋了「必勝」兩個大字，皮膚黝黑，腕錶呈金色。

這位「必勝」選手顯見地沒反應過來身後還有一人，在觸碰到聖杯前眼神狂喜就要一飲而下，冷不丁一把槍抵在了他的腦門兒上。

「必勝」選手一僵，「……有話好、好說……杯、杯杯子給你？」

身後的聲音微微沙啞，帶了點少年的清亮：「你喝。」

那練習生顫顫巍巍：「我我我……」

巫瑾面無表情，冷聲催促：「快。」

副本無差別攻擊倏忽向兩人襲來，巫瑾向後仰起躲避，一腳把槍口下紅點瞄準的人踹開，繼而指尖微微撥動扳機，金屬零件撞擊。

那練習生嚇了一跳，一聲大喊：「大哥別開槍！我喝！」

聖杯被端起，水聲咕嚕咕嚕，練習生的金色腕錶顏色突變。

副本上方，正在舉著聖杯的天使終於有了改變。祂右臂緩緩升起，左臂壓下。原本從「物質」聖杯中倒出清水的動作扭轉，水從代表「精神」的聖杯中傾瀉而出。

「物質」陣營八人、「精神」陣營九人。「精神」陣營第一次人數超過對方，「節制牌」規則判定，副本攻擊方向調轉！

那飲下銀色水杯的練習生還沒來得及鬆口氣，頭頂紅光一閃，代表副本規則的槍膛剛從他身上轉走，就又滴溜溜轉了回來。

「……」他恨不得把剛才喝下的水給吐出來，狼狽從紅點瞄準下閃避。

副本對面，正要向巫瑾開槍的兩位狙擊手同時被規則點射，放棄瞄準轉而去搶新的聖杯。

原本井儀所在的「精神」陣營終於不再安全。

巫瑾眼神一亮，就趁現在！

鏡頭中，少年飛速向預判的路線跑去，另外三盞隱匿在掩體後的聖杯被他撈起。

克洛森秀導播室。

應湘湘嘆為觀止，順便拎出了一條彈幕：「小巫好聰明啊啊！幼稚園小學霸是你是你就是你！小巫開槍！反擊，反擊啊啊啊！」

血鴿笑了笑，「我贊成不反擊。巫選手的槍法進步明顯，不過還有待磨練，在井儀的配置下討不了好。」

應湘湘笑咪咪補充：「吶，看小朋友搶杯子也很有趣。」

半分鐘後，巫瑾穩穩當當抱著三個聖杯回到掩體，順便拔出衝鋒槍，挾持了一位人質回來。

此時井儀雙C終於反應過來，不假思索學著巫瑾開始搶奪聖杯，搶不到的乾脆一槍掃穿，聖杯旁清水灑了一地，場內剩餘聖杯全部被擊。

巫瑾最後看了一眼，堅定地躲在了掩體之後。

衝鋒槍還剩三十四發子彈，只要不露頭，防守兩個狙擊手綽綽有餘。

五分鐘，繼續有救生艙彈出。

明堯為了降低「精神」陣營人數開槍淘汰了一位腕錶銀色的練習生。

此時「物質」八人、「精神」八人。

熱愛倒水的天使雕塑卻沒有改變動作，觸發規則翻轉的條件，顯然是一方比另一方多出至少一人。

九分鐘。

左泊棠淘汰同陣營一人。在井儀娛樂喪心病狂的同陣營殘殺模式下，形式再次翻轉。

「物質」八人、「精神」七人，井儀娛樂進入安全陣營。

巫瑾見狀，迅速喝光銀色聖杯，換為「精神」陣營，腕錶由金轉銀，規則再次逆反。

「物質」七人、「精神」八人，巫瑾與井儀娛樂同時被法則攻擊！

還沒緩口氣的井儀娛樂一頓，此時說是被氣得狠了也不為過——觀其情狀，恨不得立刻衝過去，從狙擊位化身突擊位，好把躲在掩體後的巫瑾揪出來。

副本的無差別攻擊對躲在掩體後的選手影響不大，有紅點提示，能在克洛森秀留到現在的練習生幾乎都能無傷躲避。

對於狙擊手來說，卻近乎於滅頂之災。

預瞄、校準、走位預判都需要時間，此時有副本規則在頭頂掃來掃去，忽然身上就多了個紅點，基本是在時時刻刻騷擾狙擊。

十六分鐘。

井儀娛樂改變策略，明堯毅然喝下金色聖杯，轉為「物質」陣營。

「物質」八人，「精神」七人，明堯受法則攻擊，左泊棠和巫瑾則因「精神」人數減少而進入安全陣營。

左泊棠向明堯感激頷首，沉心靜氣，開始利索校槍。

克洛森秀導播室，鏡頭在觀眾的強烈要求下重新聚焦在「節制牌」副本。見左泊棠動作，彈幕霎時一片激動：「……要單、單單狙了？」

血鴿點頭，「井儀娛樂以雙狙配置聞名，但我也要提醒大家，就算單獨分出來，每一位狙擊手也是能獨當一面的精英練習生，尤其是左選手。明堯改變陣營，是在為自己的隊友創造機會——非常正確的團隊決策。」

螢幕中，處於安全狀態的左泊棠在鏡頭特寫下放大。

這位練習生有著寬闊的額，豐厚的唇，五官挺拔疏朗，在近乎沒落的井儀娛樂中作為新生代中流砥柱，同時擔任替補後備役，因為性格溫和相當吸粉，三輪投票中名次不斷上升。

他的動作很輕，不快，卻異常精密協調。手中的SSG狙擊槍對準巫瑾的方向，瞄準之前還向鏡頭打了個招呼。

幾乎所有觀眾都屏住了呼吸。

血鴿開口緩解氣氛：「左泊棠的狙擊選位評分是九十一分，明堯八十分。我想這也是選擇讓左泊棠開槍而不是明堯的原因。現在我們可以看到，瞄具已經調試好了，那麼下面……」

井儀娛樂雙C之首，左泊棠終於伸向了扳機。

「一位狙擊手的瞄準時間，經過訓練只會越來越短。從前幾期節目的實力評測來看，左泊棠的綜合素質相當優異，甚至可以在兩個呼吸間鎖定目標……」

正在點評的血鴿忽然抬頭，表情凝固在了臉上。

螢幕中，對準左泊棠的機位突然劇烈抖動，代表規則懲戒的紅點一閃而過。

這位井儀娛樂的狙擊手措不及防眼神驟凝。他迅速向右倒去，勉強憑藉過硬的戰術直覺躲過一次副本無差別攻擊。

回頭看時，剛才臥姿射擊的地方已經被規則轟為焦土。

怎麼可能？左泊棠依然沒有反應過來。

他的腕錶還是銀色，對應的「精神」明顯已不再安全，他的隊友明堯正茫然看向對面。

安全陣營竟是在左泊棠瞄準的短短幾秒內，變成了「物質」。

克洛森秀導播室，應湘湘迅速出聲：「快，鏡頭重播，往小巫那邊。」

五秒鐘前。

巫瑾舉著槍，瞇著眼睛脅迫人質喝下了最後一盞銀色聖杯，在鏡頭裡頗有奶凶奶凶的氣勢。

被巫瑾壓迫的練習生腕錶轉為銀色，「物質」從八人減少到七人，「精神」從七人增加到八人，變為危險陣營。

正要開槍的左泊棠一個不察，差點被法則擊中。單狙以失敗告終。

螢幕外一片譁然，彈幕瘋狂飄起。

「還有這種操作？」

「臥槽小奶兔子會威脅人了？小巫求用槍口指著我好不好啊啊啊啊！」

「等等、我怎麼記得一刻鐘前小巫才逼著一個練習生轉到精神陣營，怎麼突然變回物質陣營了？什麼時候又轉了一次？腦袋不好使了……」

血鴿一嘆。

鏡頭調轉，副本某個角落。頸後紋有「必勝」二字的練習生正在貓腰逃竄，和巫瑾抓著的人質顯然不是一個。

「我知道你們臉盲，沒關係，咱們選手不臉盲就行。」應湘湘微微一笑。

那廂，血鴿又思索：「井儀還剩三金一銀的四個杯子，狙擊位不擅近戰，很難抓到人質改變局面。按照這個趨勢，井儀應該會選擇兩狙擊手調換陣營，讓左泊棠再次進入安全陣營開槍，這樣巫選手……」

應湘湘笑道：「別忘了，小巫還剩一個金杯子。」

一旦左泊棠換到「物質」，巫瑾同樣可以脅迫人質喝下象徵「物質」的金色聖杯。

這位八面玲瓏的女影星數學比血鴿好得多，她又補充了兩句：「知道小巫為啥抓這個人質，不抓原來那個嗎？因為他一開始就算好了。」

「小巫搶到聖杯是三銀一金，為了完美布局，他需要的是一個『物質』陣營的人質，而非『精神』陣營。」

克洛森秀「節制牌」副本。

事態發展果然與應湘湘所說相同。再一輪交換後，左泊棠進入安全的「物質」陣營，明堯換為「精神」。

巫瑾迅速跟進，繼續給人質強行灌水。

「物質」變成八人、「精神」七人，左泊棠再次進入危險陣營。井儀娛樂剩下的兩個金杯無法再把左泊棠換回，巫瑾卻依然處於安全陣營之內。

對面，無法集中注意力瞄準的左泊棠終於放棄，將大狙遞給了隊友明堯。

鏡頭中的明堯略微緊張，掌心出汗。井儀雙C中，左泊棠承擔了絕大多數單狙職責，明堯作為副C明顯經驗不足。

「盡力而為。」左泊棠溫和道。

隊長的鼓勵讓明堯終於定心，狙擊子彈破空而出。

然而在瞄準的幾秒之內，巫瑾已是提前預判彈道，與狙擊方向呈九十度直角避入掩體，再不露頭。

克洛森秀導播室。

「巫瑾反應很快。」血鴿點評：「明堯經驗不夠，再練個半年還有機會。」

應湘湘看向螢幕，長舒一口氣：「定局了。」

「小巫、明堯都還年輕，實力差距不大，明堯是輸在策略上。」

「後半場中，小巫對人質、聖杯的安排相當明確，自始至終只為了一件事——壓制左泊棠。用規則除去最大的對手、拆散井儀雙C，再用最高的警惕去對待明堯。」

應湘湘又彎了彎眼角，「三場淘汰賽下來，小巫一直是最能利用環境的選手。」

鏡頭內。

左泊棠拍了拍明堯的肩膀，表示下次努力。這位井儀練習生部隊長瞬間引起了彈幕內一陣尖叫。

而當機位轉向巫瑾時，層層疊疊的彈幕泡近乎完全瘋狂。

四十多分鐘後。

明堯憋著勁兒淘汰了一位「物質」陣營選手，最終無法扭轉局面，卻是觸發了淘汰人數達標的副本結束條件。

半空中，熱衷於倒水灌水的天使終於停下動作，機關緩緩轉動，昭示著副本即將落下帷幕。

巫瑾鬆了一口氣，看向被自己用衝鋒槍指了大半局的練習生，「太不好意思了……出去之後我請你吃飯行不？」

那大兄弟也是絕望：「……行吧，咱能把槍放下來再說不？」

巫瑾遲疑搖頭。

大兄弟：「……我把卡牌給你，那個，能不能放我一條活路……」

巫瑾猶豫。

大兄弟：「水喝太多了，尿憋著。這一槍崩了，一會兒進安全艙要是萬一……節目組還得收我清潔費罰款。」

巫瑾瞪圓了眼睛，「你……」

大兄弟已是吭哧吭哧掏出卡牌，「拿著，以後咱就是用槍指過的交情了。你還能省一顆子彈，划算！」

巫瑾看向卡牌的視線一頓——

小阿卡那，權杖九。

白月光娛樂至今沒有搶到的權杖牌，終於被意外湊齊。

那練習生從草地中站起，拍了拍作戰服褲子，「我還以為副本裡能開出更好的東西呢，就一直把牌揣著沒換，哪知道……哎當練習生這麼多年，從來沒被逼著喝這麼多水，對腎臟老不好了……那個，要不就先別淘汰我，咱們有緣再見？」

巫瑾正待開口，忽然視線驟涼，看向半空。

天使微微頷首，將金銀兩盞聖杯納入懷中，赤色的羽翼張揚展開——副本中央臺階升起，繼而是花紋繁複的圓柱、瑩瑩發亮的高臺，在副本出口打開的同時，主宰整個副本的大阿卡那牌終於在高臺出現！

卡牌出現即代表允許置換，一旦換牌成功，整個副本將根據牌義重塑。

視野對面，井儀雙C以迅雷不及掩耳之勢出動。

巫瑾低聲道：「他們要換牌……」

大兄弟：「啥？沒什麼事我就先走了？」

誰知巫瑾迅速解下背著的基礎步槍，向他丟了過去，「槍送你了。」

這位練習生被巫瑾俘虜時已經彈盡糧絕，此時神色一喜。

那廂，巫瑾語速飛快：「裡面有三十二發子彈，一個條件——把一半子彈打到對面那兩個人身上。」

大兄弟：「……井、井儀娛樂？」

巫瑾迅速點頭，一面扛上衝鋒槍，向副本出口摸去。

井儀的底牌神祕莫測，一旦半空中的「節制牌」被換下，副本被強制改造，他能逃出生天的機率比剛才還要渺茫。

那位大兄弟終於反應過來，在巫瑾身後跟著就跑，同時不忘履行義務，向高臺一通亂打，一邊攀談：「行！我幫你們白月光對付井儀，你回頭能給我個內推去白月光面試不？我叫林客，哎巫哥……」

巫瑾被這聲「巫哥」叫得脊背僵直，剛一回頭表情瞬變，大叫：「跑！快，往右……別！你那是左！」

高臺上，明堯距離卡牌只有一步之差，左泊棠正卡在浮雕石柱後面向下點射。

巫瑾一個騰挪向右躲避，叫林客的大兄弟卻茫然向左，撞上彈道。

銀色救生艙砰的一聲炸開。

巫瑾來不及思考，迅速抬起衝鋒槍向高臺反擊，左泊棠毫不戀戰撤入掩體。巫瑾咬了咬牙，轉身朝出口全力奔去，面前五公尺開外，已是有練習生一腳踏出——機關聲就在此時響起，大門轟然閉合！

高臺上，「節制牌」被抽出，明堯已將卡牌替換完畢。

哥德尖頂下的副本頓如牢籠閉鎖。

牆壁外傳來金屬器械撞擊、齒輪扣合、鉸鏈拉扯以及無數細微的摩擦聲響，像是被一隻無形的命運之手撥動。

只差一步就能逃出副本的巫瑾神色陡變，被迫向後疾撤，耳邊細微的聲響越來越大，甚至刮擦起耳膜。

視線內昏暗無光，原本的原野、丘陵如有妖風猖狂而起，副本場景天旋地轉。

副本四壁忽然有數道螢光亮起。

隔間，準備區！

除了高臺上的井儀雙C，包括巫瑾在內所有選手都毫不猶豫向準備區衝去。在所有人抵達的一瞬，副本終於開始變化。

先是底端的山川植被從中筆直剖開，露出幽深的地基和其中錯綜複雜的電線網。地形緩緩下沉，分往兩邊運去，托住地形的巨大銀色機械臂一閃而過。

包括那位大兄弟在內，所有化為銀色救生艙的選手被機械臂一手抓下，扔到了回收管內。數個救生艙咕咚咕咚滾動，它們將在幾分鐘後抵達賽場外。劇務會開艙撬出選手，並在選手接受醫療檢查後對其進行淘汰採訪。

繼而變動的是高臺。

巫瑾迅速抬頭。

高臺和準備區一樣，是副本重塑時的選手保護帶。

井儀雙C躲在浮雕石柱後，同樣在仰頭觀望。

半空中的天使雕塑神色悲憫，祂終於放下了聖杯，雙眼微闔，唇角輕輕翹起，手臂緩緩張開，肩胛後的紅色羽翼漸漸遮住光線。最後的光源消失，副本突兀陷入黑暗。

腳下，機械臂置換地形的聲響再次響起，卻是無從再窺出一二。

無論即將出現的副本是什麼，巫瑾只知道，它會是井儀娛樂手中的王牌。

巫瑾緩緩吸氣，一面飛快戴上耳麥。

小隊頻道中，佐伊正在與文麟交談：「剛才是戰車副本。牌面是強者控制兩隻獅子拉動戰車。進去的時候換牌人把戰車清場了，方圓百里寸草不生，媽的。我們在下面被當成獅子鬥來鬥去，他一個人在戰車上坐著看戲……」

巫瑾在此時開口：「佐伊哥，我被困在六號副本！井儀娛樂換了牌！」

佐伊：「……要是有機會崩他一槍子兒……等等，小巫怎麼了？」

聽到巫瑾出聲，佐伊剛鬆了口氣，又神色凝肅，吩咐道：「小巫你在副本等著，我馬上過來找你。」

巫瑾稍安。

一人淘汰、一人逃出之後，副本中還剩十三人，只要開場人數有缺，佐伊依然能被規則准許進入副本，只是不知道這張牌的人數上限是多少。

腳下地形變動聲趨輕，副本已接近重塑完畢。

巫瑾趕緊彙報：「要開局了……」

耳麥中突然「嗖」的一聲，幾人心跳一緊。

佐伊躲過突然出現的流彈，罵出一聲粗口：「有人在路上守著！」

巫瑾：「哪個方向？能看清對方是誰……」

佐伊：「那個把審判牌換成戰車的人。」

巫瑾一頓，卡在嗓子眼裡的後半句愣是沒冒出來。

好在佐伊很快就穩住了陣勢，「有掩體，沒事。我觀望觀望再走，就是要耽誤咱集合。我就奇了怪了，他守著那張戰車牌多好，進來一波滅一波，怎麼還跟我一樣跑出去了……小巫，能看出來你那裡是什麼牌嗎？」

巫瑾眯起眼睛，「沒打光，看不見副本。我在想，井儀雙狙擊配置太吃資源，但在二對二條件下優勢明顯。井儀的底牌，應該是一張能把雙C牢固黏在一起的牌面。」

小隊通訊中，始終和隊友差了半步節奏的凱撒也終於出現。

佐伊眉心一跳，趕在凱撒咋咋呼呼說話前開口：「小巫儘量拖時間，等我過來。慫點就慫點，記住，整個克洛森秀沒人敢跟他們雙C比默契……」

凱撒附和：「哎可不！那兩人據說都是同吃同住同睡才培養起來的……」

佐伊、文麟：「閉嘴！」

巫瑾看向腳下。準備區外一片安靜，副本終於配置完畢。

微弱的光自頂端灑下，先是照亮天使紅色的羽翼，接著是她張開的手臂，閉眼微笑的臉頰，茵茵綠草、鳥語花香，茂密的蘋果樹，枯枝與火焰、草地中一閃而過的蛇。

伊甸園！

巫瑾幾乎在瞬間反應過來。二十二張大阿卡那中，只有一張的牌面是在伊甸園。

陽光普照，天使張開雙臂，一對情侶在天使的祝福下彙集。亞當看向夏娃，夏娃凝視天使，他們所站立的地方因為愛情而煥發出蓬勃生機。

大阿卡那第六張，戀人。

巫瑾思維飛速轉動，牌面裡有的副本都有，除了天使召喚下的「戀人」。從審判牌的規則推測，副本裡缺少的元素都是靠選手來湊。

準備區隔間內，小桌板上虛擬螢幕亮起：請在三分鐘內選擇搭檔戀人，雙方互選即為配對成功，互選失敗將由系統隨機分配。

巫瑾的表情突然呆滯。

「是雙人組隊副本……佐、佐伊哥，三分鐘內必須組隊……」

在巫瑾描述規則之後，小隊通訊驟然炸開。

佐伊：「我馬上！那人還在開槍！小巫你挺住，誰都不要選，等你佐伊哥過來！」

凱撒：「臥槽這規則，還帶這樣玩？」

還剩兩分鐘。

佐伊在子彈中艱難蛇形走位，「小巫堅持……快、快要到了……你劃拉到最後一個頭像，等我進來直接點我……」

還剩一分鐘。

副本規則不斷催促，巫瑾不得不向螢幕伸手。

另外十二名選手的頭像依次出現在螢幕中央，左滑為「心動」，右滑為「pass」。

就連井儀雙C也出現在其中。

「……」巫瑾毫不猶豫地右滑、右滑、右滑。

還剩三十秒。

巫瑾絕望：「佐伊哥，我怕是要被隨機了！」

佐伊抓狂：「我怕是趕不到三十秒了！小巫別急，哥就算不配對也能幫你。小巫記住，不要把後背交給別人，擊殺A級練習生獎勵分高，知人知面不知心！要是隨機分配的不靠譜，你就一槍把他淘汰了！」

凱撒抗議嚷嚷：「啥？把人淘汰了？人家兩兩組隊打戀人牌，你讓小巫一個人打遺孀牌？不行啊，小巫你得用愛感化他，讓他愛上你……」

凱撒被禁言。

還剩五秒。

巫瑾不抱希望地看向虛擬螢幕。

佐伊突然開口：「等等，是六號副本？我看到狙我那人進去了……」

一分鐘前，克洛森秀導播室。

應湘湘笑容滿面，到處充滿了快活的空氣，彈幕更是異常活躍。

「吶，你們最喜歡看的一張牌，大阿卡那『戀人』。」應湘湘攤手，「首先恭喜井儀雙C牽手成功。」

彈幕中一片「CP黨頭頂青天」、「發糖66666」、「這樣的副本請給我一打好不好」、「哈哈哈哈這不是副本這是約會軟體吧」、「抱緊單身狗小巫」、「我是新來的，求問氪多少信用點才能讓寶寶的頭像出現在小巫螢幕裡」、「小薄還在兩個副本之外扔飛鏢，鉑金CP無望」、「二傻CP無望+1」……

血鴿嚴肅咳嗽，掩飾眼神中的茫然，明顯對飯圈一竅不通。

應湘湘接過主持，「讓我們把鏡頭轉向小巫。很遺憾，小巫pass了所有人。小巫眼光很高啊，看來選手裡沒有他喜歡的活潑可愛型——開個玩笑。很顯然，小巫在等他的隊友佐伊，不過佐伊在走廊上被堵截，應該趕不上這幾秒。」

「咦，有新選手進來了。」

「讓我們看看其他選手的選擇，除了井儀雙C外，幾乎所有選手都選擇了小巫。不得不說小巫的頭像非常帥氣。當然，選擇小巫更多是對他實力的認可。」

「場內目前有選手十四人。可以看到，小巫的螢幕裡已經出現了這位新選手的頭像。小巫是會選擇繼續pass、讓系統隨機分配呢？還是和這位C級練習生組隊呢？」

鏡頭正中，巫瑾一怔，小捲毛陡然蓬鬆雀躍，毫不猶豫左滑「心動」。

虛擬選擇屏上，衛時的頭像亮起。配對成功。

彈幕瞬間炸開。

「小巫！小巫啊啊啊你還小，麻麻不允許你有心動的男生啊啊啊！」

「等等、只有我一個人看不清這位選手的頭像嗎？三百六十度全方位高糊。心疼我家小巫，這不是看眼緣，這是在盲狙啊！」

應湘湘倒是不意外：「『戀人』的副本人數上限十四人，佐伊已經被規則擋在門外。從場內形式來看，這位選手是小巫的唯一選擇。那麼讓我們來瞭解一下新選手資料……」她猛地一頓。

姓名：衛時

性別：男

練習生等級：C

頭像糊得非常有條理，拍攝者似乎抖出了手工馬賽克。只能略知這位衛選手輪廓深邃，陰影分明，其他一概不明。

身高未填、體重未填、愛好未填、性向未填……公司背景一片空白，只在頁末標注了「個人練習生」。

好在應湘湘反應夠快，迅速延伸話題：「那麼截止第三輪淘汰賽，統計顯示，克洛森秀中只剩下三位個人練習生……」

一面趕緊在桌子底下打手勢，讓節目組更新資訊。

後臺。

克洛森秀節目PD神情茫然，「咱們節目有這個人？」

小編導同樣呆滯，倒是一旁守著監控的實習生調出重播，「衛選手第一輪在審判牌，第二輪把牌換成了戰車，第三輪擋了白月光的狙擊手進來。」

PD連連點頭，「實力不錯啊，咋之前沒鏡頭？」

小編導磕磕絆絆：「他從D升上來的，塞錢的選手太多了，D以下鏡頭給不過來……」

PD了然：「那沒辦法了，咱得優先討好金主。看吧，就算沒塞錢，能留到第三場，是金子也得發光……光……」

節目PD盯著螢幕的視線忽停，繼而一拍大腿，恨不得拎著下屬耳提面命：「這張臉，你看看這張臉！鏡頭第一期就該給了，還能多抽成兩期代言費！哎我說你們怎麼看人的，放著個王昭君不拍，把觀眾當漢元帝糊弄是不？啊？」

克洛森秀，「戀人」塔羅牌副本。

光柱亮起，選手從準備區下降。

當機位從衛時身上掃過，場外有一瞬安靜，繼而彈幕飛速躥起。

「等等，小哥哥有點俊。」

「臥槽這誰？怎麼剛才沒在選手列表見到？」

「這是新來的那個啊！」

「新來的，小、小巫搭檔？忽然興奮！」

螢幕正中，男人五官冷淡，身材精壯驃悍，自上到下護目鏡、狙擊步槍，霰彈槍、防彈衣及刺刀配置齊全。護目鏡下鼻梁高挺，拓出俐落的影，掃向鏡頭時臉部線條冷硬，茶褐色的鏡片內瞳孔幽深不透光，站在那裡就有威懾力穿透鏡頭而出。

這是一種與巫瑾完全相反、將侵略性發揮到極致的性感。直播間瞬間熾熱，而在鏡頭偏移時，更是幾乎將氣氛推上高潮。

巫瑾微微側頭，正往衛時的方向看來。

此時的「戀人」副本，包括井儀雙C在內，所有選手已經在程式控制下和隊友集結。相熟的互相鼓勵，不熟的趕緊自我介紹。

再看巫瑾，當兩人視線相撞的一瞬，琥珀色瞳孔驟閃，映出男人毫不猶豫拔槍的動作——

觀眾、主持人、節目PD倒吸一口冷氣……臥槽！什麼神展開！

就在所有人都以為衛時要「家暴戀人」、擊殺巫瑾賺取小分的當口，少年卻是迅速伸手，美滋滋地接過了大佬扔來的霰彈槍，利索將衝鋒槍換下。

導播室，應湘湘的表情管理差點當機，下一秒才勉強回過神來。

一旁的血鴿立即緩解尷尬：「相信大家都知道，一百公尺縱寬副本內，一旦與敵人近身，霰彈槍才是主武器的第一選擇，現在從各小隊配置來看……」

與此同時，評論已然爆炸。

「不是拔槍？是送槍？我沒看錯？」

「表情好冷，我要是小巫早就嚇跑，喔不，反擊了！等等小巫怎麼知道是給槍？我看他躲都沒躲？」

「不知道……他倆剛才怎麼交流的？腦電波？」

螢幕中，巫瑾裝配完畢，抬頭看向大佬時微頓。

一大批鏡頭正從前後左右四面八方蜂擁而來。

「戀人」副本中的機位密度明顯比其他副本要高，節目組準備充分，看來即便一千年後，大眾觀影趣味還是簡單可猜。

巫瑾瞬間謹慎，即便他迫不及待地想要撒歡，理智提醒他要非常克制，不能給大哥添麻煩。他們一個住在南塔，一個住在北塔，節目剪輯中絲毫沒有交集。一切過界的熟稔都會激發粉絲旺盛的好奇心和挖掘力。

巫瑾抬頭，圓溜溜的瞳孔照進茶褐色護目鏡裡。偏光鏡將男人眼底深沉的色階剝離，像是有溫暖的光芒躍動。

耳畔，離他們最近的一對選手還在破冰，互通姓名、互報家門、達成協定。

鏡頭中，巫瑾終於開口，清清亮亮的少年音色，因為謹慎而帶了幾分方才剛槍時的帥氣，卻又無法徹底嚴肅起來。

少年揚起小圓臉，伸出右手，「你好，我叫巫瑾。」

男人臉部冷硬的線條微微鬆融，「衛時。」

握手是刀耕火種時發源的禮節，陌生人讓對方觸摸掌心，以表示手中沒有武器。

乾燥、熾熱，布滿槍繭的右手向巫瑾伸開，肌膚相觸的一瞬小捲毛隨風微動。

像是忽然被突然塞了一顆奶糖，明明開心得要命還要裝作不認識。巫瑾似乎想笑，嘴角揚一下，小圓臉立刻嚴肅板起，又揚一下，再板起。

興奮勁兒滿滿當當的，使勁兒也按不下去。就像是往春天香軟的草垛上堆兔子球球，一隻兩隻三隻，堆不下了就咕嘟咕嘟往外冒。

衛時掃了一眼背著鏡頭傻開心的巫瑾，在少年濕軟的掌心摩挲了一下，利索收回手。

機位剛好將兩人的友好會面納入，除了個別機警的顯微鏡少女外，其他仍沉浸在「開槍還是送槍」的討論中不可自拔。

副本半空，天使笑容清淺，計分板緩緩在虛空中開啟，「戀人」副本開局！

【第五章】

年輕的國王，去為你的王冠而戰

此時此刻，蔚藍深空，浮空城。

正在和黑貓打架的阿俊忽然一呆，看向虛擬投影螢幕，「衛、衛衛哥？」

黑貓搶占先機，收起爪子就在他臉上一頓劃拉，冷不丁被阿俊一頭頂到沙發上。

寬敞的房間內聚集了浮空城兩位執法官、首席研究員、第一御貓以及全城最尊貴的豚鼠。每兩週一次的克洛森秀直播是幾人雷打不動的必追綜藝。

阿俊頂著貓嚷嚷了半天，才發現自己竟是房間內唯一受到驚嚇的那個。

沙發另一側，浮空城實驗室首席宋研究員抿下一口茶水，眼神欣慰，「遲早也要出道，早點上鏡是好事。當時勸衛哥去參加克洛森秀，初衷就是讓他在集體環境裡學會以新身分融入、正常交流表達感情，順便弄兩個出道位回來搞搞戰隊，拉動經濟……沒想到這人不是蹺課就是狙鏡頭。」

宋研究員又看了一眼螢幕，「但現在不同了。積極上鏡是治療方案有效的表現，是全研究員在鄙人帶領下的勞動成果。」

阿俊：「這哪裡是積極上鏡，衛哥根本就是為了小巫才露臉的，那什麼、宣誓主權……」

黑貓上躥下跳，眼看就要撞到豚鼠的滾筒上，毛冬青執法官忽然伸手，面無表情地將黑貓扔回阿俊身上。

虛擬螢幕中，第一個爭奪點剛剛爆發。

副本內，形勢與巫瑾設想的無差，井儀雙C果然率先行動。能把「戀人」當做小隊底牌，井儀顯然對牌面副本規則有充分瞭解。

掩體後，巫瑾瞇眼緊盯對面井儀的動作。比起以往繁複的邏輯推理，此時他破解規則的方法則是簡單粗暴。

井儀做什麼，他就跟著做什麼，再時不時掃一眼副本上方的計分板。

伊甸園內，蛇在腳下遊弋、金色的蘋果在枝頭搖曳，遠處有烈火熊熊燃起，河流卻無所畏懼，奔騰不息。

井儀雙C中，左泊棠高度警戒值守，偶爾點射草蛇如巡迴狩獵，明堯則開了高倍鏡狙向不斷晃動的蘋果。

開場六分鐘，井儀雙C二十六分，除此之外，場內最高一組僅有十二分。

巫瑾依然在掩體後暗中觀察，衛時懶散遛著兔子，偶爾被兔子遛著走，只在必須開槍的一瞬抬手——小黑蛇化作救生艙咕嚕咕嚕滾走。

天火從副本頂端落下，並非均勻地落在每個小隊頭上。

巫瑾被天火關照得尤其之多，兩人所在的草叢很快就化為焦炭，巫瑾再次換了個地方暗中觀察。

計分板上，兩人合計只有狙蛇的兩分，和另外一組並列墊底。

許久，巫瑾終於深吸了一口氣，再回頭時眼神閃閃發亮，顯然已把規則吃透，「狙擊蘋果換取積分，可以降低被天火砸到的機率……」

衛時揚眉，「走？」

巫瑾點頭。

衛時：「蘋果還是井儀？」

巫瑾高高興興：「井儀！搞他們！」

男人嗯了一聲，手指微撥扳機，跟著巫瑾向前走去。

腳下是湍急的河水，身側是飛旋的流彈和熊熊烈火。井儀娛樂占據了近乎最完美的地形，雙狙擊配合默契，攻守無礙。

左泊棠執著守在明堯身前，兩人在上場副本搜刮的物資堆成了小山。兩人利用高倍鏡與視野廣角交錯偵查，同時形成凶殘的垂直火力線。

從巫瑾兩人所在地，到抵達左泊棠的第一道防線危機重重，步履維艱。

如果不是大佬當隊友，巫瑾對這一策略僅有半數不到的把握。

少年微微側身。

男人點了點下巴，示意自己就在他身後。巫瑾將霰彈槍扔到背後，換回衝鋒槍主武器，回頭時彎起嘴角。

克洛森秀導播室。

應湘湘剛解釋完副本規則，「《舊約》中的伊甸園有四條河，名為比遜、基訓、希底結和伯拉。卡牌中的火代表慾望和天罰，隨機降落在選手的隱匿地，以十字型擴散，遇到河流才會停止。」

「子彈擊中金蘋果換取的積分，是選手的『贖罪券』。積分越高，遭遇天罰的機率越小。當然，除此之外還有代表撒旦的蛇，不斷在草叢中騷擾選手。」

血鴿接過話頭：「這是一張專門為狙擊手設計的卡牌副本。在惡劣環境裡擊中蘋果，從而積累優勢輕鬆淘汰對手。這張地圖的推薦配置是狙擊近戰或者雙狙，而且雙狙的更有優勢。」

「從左泊棠抽中這張卡，再到他的隊友撞入『戀人』副本、摸清規則——這張牌就是井儀娛樂的『天命牌』。」

應湘湘笑咪咪道：「不過，我想小巫也不會善罷甘休。導播麻煩給個鏡頭，巫選手和衛選手這一組非常有意思，吶，一開局就是寶刀贈美人，非常默契的兩位選手！咦，他們在往側面包抄了。」

血鴿看得津津有味，「難道他們想挑戰井儀的默契？」

鏡頭裡，巫瑾向衛時打了個手勢。

衝鋒槍悍然響起，巫瑾一躍而出，拉開第一道槍線，爭分奪秒向明堯衝去。

左泊棠眉頭一擰，絲毫不懼，換機槍就要將人擊退。

而與此同時，巫瑾背後，第二道槍線沉悶拉開。

聖光鋪撒的伊甸園內，衛時忠實地守在他的小突擊位身後。

帶著滅音器的槍管閃爍，四次遠距離點射與巫瑾形成交叉火力，刁鑽壓迫明堯的生存空間，將其一路往巫瑾的射擊夾角押送去。

血鴿驀然張大了嘴巴，難以置信看向螢幕裡的衛時。

然而多數觀眾並未察覺這一操作細節，從導播極其業餘的機位看去，就像是明堯自己撞到巫瑾的槍口上。

好在左泊棠布置嚴密，架起輕機槍就去幫隊友掩護。

此時井儀與巫瑾兩人互呈挾持之勢，明堯被圍剿的同時將衛時暴露，就在左泊棠發起衝擊的一瞬，衛時、巫瑾同時調轉火力！

左泊棠猝不及防地對上了巫瑾的衝鋒槍，以及被衛時當機關槍使的長杆步槍。

井儀隊長危急。

克洛森導播室，短暫的靜默之後應湘湘突然驚呼：「他們是一起轉火的？」

血鴿：「對，但是……」

應湘湘：「他們數秒了？」

血鴿：「沒有，但……」

應湘湘：「他們開通訊了？」繼而迅速反駁：「不對，小巫只有白月光頻道的通訊。只是配合而已？」

血鴿終於插上了話：「對，配合默契。不過，現在突擊有一個劣勢。井儀的積分已經到七十九分了，小巫和他的隊友仍然只有兩分。按照副本規則，『神罰』要開始了。」

螢幕中，左泊棠被兩面夾擊，節節後退。明堯的大狙在近戰幾乎發揮不了作用，只得一咬牙藉著隊長的拖延和三人拉開距離。

正在此時，明堯面色一喜。熊熊烈火自天而降，向巫瑾砸去。

少年一個翻滾，「神罰」正好砸在他剛才的站立點，左泊棠揪準機會就要補槍，卻被一顆流彈悍然震開。

巫瑾再爬起時已換上了近戰第一殺器霰彈槍AA17。

遠處，明堯的狙擊彈呼嘯而來，但被巫瑾輕鬆躲過。

導播室內，應湘湘有些不敢置信：「……不應該，明堯失誤了。」

血鴿卻迅速打斷：「不是失誤。」

應湘湘一愣。

血鴿：「是火。風速、溫度、燃燒速率都會影響狙擊手的判斷。明堯經驗不夠，只要天火出現，彈道就會在苛刻環境下發生偏移。」

「巫選手和衛選手始終在壓分，因為這套戰術策略，從一開始就在等天火降臨。他們的目標是要擊殺左泊棠，但他們攻擊的不是左泊棠，而是明堯——一個狙擊手經驗不足、無法掩護隊友的弱點。」

副本內，明堯彈道偏離後，巫瑾終於在這一次把槍口對準了左泊棠，毫不猶豫地扣下扳機。

左泊棠瞳孔驟縮，眉毛擰起。侵徹力巨大的霰彈槍就在三公尺開外，槍托抵在巫瑾的肩側，槍口直直指向他的腹部——就像一小時前，他用狙擊槍指著巫瑾一樣。

左泊棠望向黑洞洞的槍口，目光從巫瑾背後的衛時身上掃過。

這位井儀隊長在鏡頭下並不狼狽，反倒眉目挺闊，氣度沉穩。似乎他並非在一局關乎前途的比賽中被淘汰，不過是在無關緊要的切磋中稍遜一籌而已。

扳機扣動。

左泊棠憑本能一個閃躲，視線卻越過開槍的巫瑾肩頭、熊熊燃燒的天罰之火，落在隊友明堯身上，鼓勵地向他點了點頭。

遠處，明堯發出措不及防的叫喊，然而下一刻銀色救生艙「砰」的一聲彈出——井儀娛樂，左泊棠淘汰！

巫瑾一頓。

他的右手掌心被汗水濡濕，從躲避到開槍只在短短兩秒之間，幾乎全憑肌肉記憶與本能，他的神情甚至有一瞬空白。

明明以左泊棠的戰術躲避不該如此容易被擊倒，但……

正在此時，兩張卡牌、槍械與彈藥同時掉落！巫瑾不再多想，迅速將戰利品撿起。

井儀雙C在走廊巷戰與上一個副本中收繳了大量卡牌，然而左泊棠的機槍只剩了六發子彈，卡牌也只有兩張。顯然他把最珍貴的物資都留給了明堯。

兩張卡牌，一張寶劍國王、一張寶劍騎士。

巫瑾看向面前的救生艙，終於長吁了一口氣。沸騰的血液在動脈內激蕩，興奮抑制不住往上冒，他下意識回頭看向衛時——男人的護目鏡反著光，熊熊烈焰在鏡片上跳動，從巫瑾的角度看不清他的眼神，刀削斧鑿的線條威嚴凜然。

視線交匯，大佬向他微微點頭。

巫瑾小圓臉倏忽揚起，笑意又要繃不住露出來，想轉身撿物資，又捨不得回頭，於是佯裝分配物資湊了過去。

男人強侵略性的氣息在少年湊近時益發灼熱。

巫瑾毫無所覺，裸露在作戰服外的皮膚因為劇烈運動泛出健康紅暈，晶亮的眼神躍動不已，似乎仍在回味剛才暢快淋漓的並肩作戰。

與他在第一個副本中見到的一樣，兩人預判、出槍、火力圈近乎完全一致，即便槍線拉開，無需回頭也能配合背後的火力支援。

巫瑾吭哧吭哧撿起物資，丟在兩人正中，佯裝嚴肅討論，咕嘰咕嘰說個不停。小捲毛卻是軟乎乎飄著，似乎腦袋上寫滿了「高興高興高興」、「想要表揚」、「還想要……」之類的文字泡泡。

衛時掌心微癢。

直勾勾追著兩人的攝影機終於向明堯飛去，烈火阻隔了固定機位的視線。

他忽然抬手，在少年鬆軟的腦袋上面無表情摸了一把。

巫瑾嗖嗖揚起下巴，眉眼彎彎，帶了點細汗的臉頰泛出柔和的光。不安分的小捲毛在大佬的掌心勾勾搭搭，然後才心滿意足窩起。

鏡頭再回歸時，又是一隻道貌岸然的兔子精。

克洛森秀導播室內。

應湘湘看向螢幕中的明堯，「沒想到左泊棠會這麼早淘汰。114/300名，左選手目前面臨著掉到C級的風險，除非，井儀可以拿到團隊第一，能把他保到B級。」

「不過，第三場淘汰賽，奔著冠軍來的隊伍太多。從過往等級變動來看，銀絲卷的薄傳火、白月光的凱撒以及卓瑪的秦金寶都在上一場中降級為B，團隊名次對他們非常重要。還有魏衍選手，第二場淘汰賽名次第二，要想留在S等級，這次或者下次比賽中，他必須到手一個冠軍。」

「單看目前形勢，幾大豪門中，井儀是第一個有選手淘汰的，並且還是隊長。那麼現在落在明堯肩膀上的任務將比任何時候都艱巨。從鏡頭中可以看出，明堯的打法換了。即使裝備了井儀雄厚的物資，他沒有選擇為隊長復仇，而是以防守為主，他在躲避巫瑾、衛時兩位選手的火力線。」

一旁的血鴿點頭，「他現在最大的責任是把物資帶給其他兩位隊友，而不是復仇。」

應湘湘感慨：「明堯躲得很艱難，但是光看走位，比剛才預判精準多了。打了三場副C，現在終於需要他去打主C。」

「我記得有句話這麼說過，『當你覺得輕鬆的時候，一定是有人在你背後默默替你承擔』。左泊棠淘汰不失為明堯成長的一個契機……不過，如果剛才左泊棠躲避及時，也許就不是現在這個形式，可惜了……」

血鴿忽然看向鏡頭中的救生艙，又看了眼衛時，最終轉向明堯，眼神微閃，打斷應湘湘的話：「左泊棠是個非常值得敬佩的隊長。」

直播鏡頭再次轉向了巫瑾一組。

彈幕密密麻麻刷起，在兩人同時拔槍後氣氛便被推上了巔峰。

這組的交流比任何「戀人」都要少，搶占了原本屬於井儀的高地後配合依然默契。

巫瑾扛起了突擊位職責，在伊甸園中衝鋒突襲絲毫不懼，頂燈照耀下像是矯健的幼豹——還是被豢養的那種。整整半小時火力交鋒中，他再次擊殺了隸屬同組的兩位選手，並在其雙雙殉情後迅速搶奪物資交給自家隊友。

衛時則站在他身後，一杆狙擊步槍快準狠，原本墊底的積分不斷增加。「神罰」之火降落五次之後就不再光顧這一組，衛時調轉槍口，以點射為巫瑾鋪路。

兩人火力線交叉覆蓋，戰術配合無間。好幾次觀眾以為兩人要開口討論，沒想一個眼神就商量完畢。

定局後，即便有無數觀眾高呼「顏值賞心悅目，求續費再加一分鐘」，導播仍是將鏡頭無情移開。

彈幕討論卻突然熱烈，甚至有相關高樓悄無聲息蓋起。

「最野的夏娃，最酷的亞當——高舉新CP大旗！」

「等等這是打配合？這是逃殺秀？為什麼打個槍還能火花四濺？臥槽這是什麼科學原理？只恨兩人說話太少！好幾次眼神對視，我這個場外觀眾都要露出姨母笑了，結果你們不說話？不說話！」

「我是新來的！從星博追主題曲過來的，鄉下人沒看過什麼逃殺秀——求問一般選手打配合都這樣嗎？為什麼突然萌吐血……」

「臥槽我還以為我一個人這麼覺得！這兩人明明只用腦電波交流，眼神對視突然蘇死。不對，我是小巫親媽粉啊啊啊！兒砸你還小，你只有九歲！」

「藉地求衛時選手資料嗷嗷！根本沒見過啊？剛去投票通道看了——好慘烈，實力強顏還好，結果只有一票？一票！WTF？」

「哈哈哈哈一票選手哈哈哈！投票的觀眾要幸福死吧？根本不用氪金，一票直接牽手衛選手立繪！」

「鉑金CP少女路過，我就看著你們拉郎配……」

「非拉郎配，顯微鏡少女路過。點進全程轉播網址，四小時十六分衛選手給槍，鏡頭在小巫左後側，能看到顴骨動了一下——十六個圖元點，六十五幀之後恢復（目測我兒砸笑了一下）。四小時三十六分，兩人瓜分物資，鏡頭轉回來——和四小時三十五分對比，小巫的臉頰偏耳後，取色塊分析，原色塊#F8D0CB，後色塊#D59685，紅色階輕微上升，雖然不明顯，但是，小巫臉紅了。」

一片沉默。

持續沉默。

片刻後，高樓內突然炸開。

「臥槽技術流6666！給大佬跪了！」

「鏡頭裡完全看不出來啊！小巫笑了？還臉紅了？兒砸你怎麼了啊啊啊？你是不是被這位衛選手勾走了？他一點都不活潑可愛！你的擇偶原則呢？兒砸！」

「笑Cry，給大佬遞茶！感覺應該是小巫羞澀XD，兩個月親媽粉表示，小巫對誰都軟軟的，估計忽然被分配個『戀人』嚇了一跳，又笑又臉紅都在常理之中，畢竟兒砸不打比賽的時候都傻fufu的。不過，CP好吃。坐等大大產糧！」

「逃殺秀CP好磕就行！表示井儀、鉑金、魏ALL、ALL巫、二傻、佐麟都吃！我瘋起來連魏衍×PD都看！順便，默默無聞練習生×萬人迷舞臺C位萌一臉血啊啊啊！」

「克洛森主舞×窮困潦倒沒給節目塞錢的小真空也好吃！」

「……忽然興奮！笑容逐漸猙獰！不是顯微鏡大佬，but提供一個線索——衛選手進門後是在三秒之內選中小巫的吧？這得單身多少年的手速？明明表面那麼高冷，私下裡肯定對小巫關注已久！單pick暴露！」

鏡頭外一片喧囂。

鏡頭內，「戀人牌」終於接近尾聲。

有了巫瑾衛時的快速清場，副本推進比預想中更快。

二十分鐘後，巫瑾擊殺三人，衛時再度擊殺一人，鏖戰中又有練習生被「神罰」擊中淘汰。副本通關人數達標，出口終於開啟。

有了上一次出口開啟的經驗，幾乎所有練習生都玩了命地往外跑。沒有副本規則制約，原本還戰戰兢兢配合的「戀人」遭遇大難臨頭各自飛的窘境。

井儀的明堯更是逃竄得極快。應湘湘分析的沒錯，他比左泊棠沒淘汰時要謹慎得多。

巫瑾站在高臺向他掃了幾槍，然而有掩體遮擋都被他逐一躲過。

巫瑾沒有繼續追擊。他和明堯實力相當，不至於靠著大佬趕盡殺絕。只要兩人都在克洛森秀，總有一天還能堂堂正正剛槍。

副本中央，高臺之上。

匹配規則消失，巫瑾的終端響起，顯示非法組隊判定還剩不到一百秒。

腳下伊甸園一片狼藉，但自高臺向上，聖光、雕塑，飛鳥，卻如同氛圍融洽的天堂。

兩人合在一起收繳了不少物資，巫瑾終於鳥槍換炮，就連右臂簡單包紮的創口都噴了癒合藥水，目測是某位選手用聖杯牌置換，被左泊棠擊殺，最終落到了巫瑾手上。

巫瑾卡了個柱子視角，將機位擋在身後。正高高興興地在地上左一枝、右一枝瓜分槍械。

衛時抱臂倚柱而站，看著他美滋滋分紅蘿蔔、白蘿蔔。

少頃，兔子精把蘿蔔分完，抱著一堆長短不齊的槍枝遞了過來，彷彿手捧一束鮮花。

衛時挑了兩把接過，視線落向從井儀奪來的卡牌。

小阿卡那，寶劍國王和寶劍騎士。

巫瑾挑好了槍，扯著帶子在身後亂七八糟背了幾圈，走了兩步覺得重，又依依不捨扔下來兩柄，乍一看像地主家的傻兒子。

繼而他不假思索把手伸向寶劍騎士。

衛時忽然伸手，按住卡牌，示意巫瑾去取寶劍國王，自己留下了那張騎士。

巫瑾一愣，乖巧點頭。

從之前的兌換推測，同花色下小阿卡那並無分別，物資箱只會吐出選手最需要的裝備，於是果斷沒有深究牌面。

騎士是戰鬥、忠誠的象徵，是國王英勇的捍衛者。

非法組隊還剩四十秒。

少年背著他的利劍就要走下高臺，回頭時揚起腦袋，「大哥，那我走啦！」

男人頷首，布滿槍繭的手指把巫瑾捨不得扔下的破爛槍帶子理順，像是為年輕的國王整理加冕前的綬帶，「嗯，拿個第一回來。」

——去為你的王冠而戰。

六號副本的大門「轟隆」一聲閉合。

走出門外的巫瑾最後回頭，縫隙內光芒跳躍閃爍，視線穿過寂靜的伊甸園，能看到衛時站在高臺，逆著光，身姿挺拔壯碩。

衛時換下了那張原本屬於井儀的「戀人牌」。

花紋繁複的尖肋拱頂門終於阻隔了少年的視線。

副本內密集的機關轉動再次響起，已是在重塑下一次場景。

巫瑾轉身，心臟激烈跳動，不知道是因為剛才的並肩作戰，還是最後大哥替他理好槍帶。

此時四周鏡頭靜止，顯然導播大廳的直播已經移向別處，最後幾分鐘兩人完美規避鏡頭。

巫瑾鬆了一口氣，內心的兔子球球卻使勁兒用小爪子刨啊刨，把記憶翻動得亂七八糟。兩小時前「審判牌」副本再次浮現，大佬把他按到棺材裡焐熱的場景隱隱和剛才重疊。明明躲避鏡頭的時候緊張得要命，心底卻泛起隱祕歡騰。

巫瑾不動聲色地把內心裡撓個不停的兔子爪爪按下來，小圓臉再抬起時已是警惕備戰狀態。

面前是熟悉的哥德式迴廊，風格一致的花窗玻璃與浮雕妝點在迴廊兩側。上方是高聳的尖頂，以及昏暗的光。

巫瑾微微一頓。

三次走進迴廊，光似乎一次比一次更強烈，甚至溫度也比之前更高。頭頂傳來轟隆隆的機關聲，如同巨石滾過。巫瑾記得在剛入場時，白月光小隊四人同時聽到過類似聲響。

他仰起頭，藉著勉強敞亮的頂光，終於看清了這座哥德祭壇的上端。密集而又錯落有致的尖頂之下，是一座巍峨的神像。與懸浮在副本上空的天使雕塑不同，神像的位置更高，像是淩駕於每個副本之上，眸子裡映出淡淡的火光。

它頭戴翼帽，手執雙盤蛇帶翼權杖，身披斗篷，冰涼的岩石塑造了它的整個身軀，腳下是近乎熄滅的火塘。神像與火塘渾然一體，在虛空靜立，與腳下角鬥搏殺的各個副本隔絕，如同天堂與地獄無法相接。

火塘上方有一小簇火苗，似乎就是頂光的來源。

火苗初生時還很脆弱，像是在黑暗中摸索前進，繼而被呼嘯的強風吹散，火星卻仍掙扎向前，少頃它被另一簇火苗溫柔接納、融合，在即將抵達火塘的一瞬又驟然被狂風擊中，頹然消散。

周而復始，循環往復，火塘似乎永遠不會被點燃。走廊就是被不斷躍動、熄滅的火光照亮。

巫瑾收回視線。

他認得頂端的神像。甚至整座建築，無論是雕刻還是玻璃畫上都能見到這位神祇的身影。被稱作「宇宙智慧的傳達」，神通術、占星與煉金術的起源，希臘神話中「三重而偉大」的赫爾墨斯神祇。

整座建築都是因對祂的頂禮膜拜而建。

然而從一座雕像出發，能推斷出的線索實在有限，畢竟玄學向來以晦澀著稱。巫瑾暗暗記住神像方位，向記憶中的物資箱摸去。

「戀人」副本結束得乾淨俐落，白月光小隊中，巫瑾是第一個從副本出來。

他在通訊中簡短報了一下方位，就迅速關麥。此時四人各自奮戰，小隊頻道中任何雜音都可能干擾到隊友聽槍。他需要做的，是兌換物資並在佐伊的副本前準備接應。

物資箱前無人蹲守，先一步逃走的明堯已是不見蹤影。

巫瑾微微眯眼，將從副本中收繳的權杖九投入卡槽——一張羊皮紙從物資箱中掉落。

巫瑾終於長舒了一口氣。

猜對了。聖杯是防具，星幣對應子彈，寶劍兌換槍，權杖就是凌駕於一切之上的知識與邏輯——地圖、線索，或者規則。

羊皮紙被迅速攤開，一張殘缺的地圖躍然紙上。

巫瑾一頓，心跳猛然加速。

地圖中，副本不是正方形，而是圓角矩形，乍一看像是散落的卡牌。一到七號房間在地圖上被標注，其中一至六號形成一個詭譎的十字，幾乎全部縱向，唯有二號房間呈橫向。

一、二號位居正中，二號位於一號房間的上方——就像兩張橫縱交疊的卡牌。其餘四張如十字架的四臂展開，七號副本則在十字的右下角。

地圖最末寫了一行小字：全宇宙智慧的三個部分，集三重偉大於一體的赫爾墨斯，這是確鑿無瑕的真理。

巫瑾：「……」

這張地圖附帶的線索更多出於科普性質，看來目的是為了警醒選手注意上方的神像。不過巫瑾進入比賽前做了不少功課，對這座神祇的背景並不陌生，相當於浪費了一句文字的線索。

但地圖上的繪製卻終於讓他把場景串聯。不僅操縱副本的是大阿卡那牌，副本的形狀也近似於卡牌。若干張塔羅牌以某種既定形狀排布，如同將問卜之人將卡牌依次放入，再逐一翻開，揭開命運的面紗。

巫瑾眼神陡然一亮。

第三場淘汰賽開始的副本，不是散落、毫無規則的塔羅牌插槽，而是能夠彙聚在一起，拼湊出某種占卜回答的牌陣。

正在此時，小隊通訊中佐伊聲音傳來：「小巫，我快出來了，二號副本。」

巫瑾神色一喜，三兩下把地圖捲好，扛起背後亂七八糟的槍枝就往副本門口衝去。

火光照亮昏暗的走廊，大門打開的一瞬間，數位練習生跑出，門內一輪新月光芒冷然。

槍聲悍然響起。

白月光兩人幾乎在同一時間拔槍。

佐伊咬牙，「小巫，左邊那個戴頭盔的，狙他丫的！敢在副本裡陰我！」

巫瑾點頭，兩人一前一後挾持湧出的人群，霰彈槍與輕狙以兩個夾面鋪開火力，被狙擊的目標瞳孔驟縮，措不及防地被巫瑾一槍掄倒。

佐伊秒速補刀，銀色救生艙彈出，槍械嘩啦啦爆出一地，「走！」

兩人搶了裝備轉身撤退，巫瑾腦海中地圖再次描摹，「佐伊哥，這裡！」

白月光終於集結，少年歡快跑到佐伊身前，這位白月光狙擊手定睛一看差點瞪出了眼珠，

「小巫你哪來這麼多槍？」

一直到掩體背後，巫瑾才吭哧吭哧回答，顯然被七、八枝槍壓得不輕，「就，上一個副本……」

佐伊：「戀人副本？」

巫瑾點頭點頭，握緊手裡的寶劍國王，笑起來軟乎乎的。

佐伊似乎覺得哪裡不對，一時半會兒又反應不過來：「……你的隊友是誰？」

巫瑾乖巧眨眼，「一位C級練習生，姓衛，叫……」

佐伊略微放心。戀人副本指向不明，好在只要不是薄傳火那騷男，粉絲想必不會過於關注。

那廂，巫瑾咕嘰咕嘰大致描述了一遍副本，佐伊這才完全放心。

先前被「戰車牌」那人半路截胡，等他摸到「戀人牌」已經提示副本滿員，不得不繞到二號副本的「月亮牌」單排無法照顧小巫。沒想小巫匹配得還不錯，竟然擊殺了左泊棠。

最讓他滿意的是，小巫全場和匹配隊友說的都不超過十句話！合理規避了克洛森秀一群瘋狂的CP亂燉粉。

佐伊點頭，「看來那位衛選手人不錯，給你守了後背。出去之後小巫記得買點水果送給人家。」語氣類似感謝幫自己看著孩子寫作業的鄰居大爺。

巫瑾眼神亮閃閃，拍胸脯答應。

佐伊思索一下後問：「不過你說那位衛選手最後換牌了？他卡著戀人牌做主場多好？怎麼想的……」

巫瑾一頓，心中卻隱隱雀躍。

大哥換了牌，就不會和其他選手組隊成為「戀人」……啊啊啊自己怎麼能這麼想！做小弟爭寵是大忌！

巫瑾趕緊揉了揉臉，順便自我批評了一番，帶著佐伊向物資箱走去。

當佐伊拿出一張權杖牌時，巫瑾終於控制不住彎起了嘴角。

「副本裡搶的，」佐伊感慨：「你佐伊哥好歹也是個C位。」

卡牌插入，第二張線索被吐出。

原本以為能得到第二張平面地圖的巫瑾一愣。

這是一張透視圖。

赫爾墨斯神像懸浮在半空，下方是如火如荼的逃殺副本。每間副本的正上方懸浮著一張卡牌——無疑就是控制副本場景的核心卡，二十二張大阿卡那之一。

這張透視圖似乎在暗示副本被卡牌操縱，與塔羅牌關聯。

巫瑾微微擰眉，正在懷疑圖紙與已知線索重複的當口，忽然注意到一處細節。透視圖中沒有繪製火塘，卡牌懸浮的高度卻恰恰與火塘重合。

他抬頭往上看去，再次看向火塘方位做確認。副本結束後卡牌降落至高臺，可以被選手置換。那麼這張圖描述的就是副本開啟時的情景——卡牌越過副本房間，懸浮在神像的腳下。

圖紙最下方同樣寫著一行文字：赫爾墨斯，第一位教會人們在祭壇上點火，焚化祭品的神靈。

走廊上一片沉寂。

佐伊更是百思不得其解：「祭品？什麼是祭品？」

巫瑾迅速將之前的線索解釋了一遍，最終卻微微搖頭，說：「提示不夠。還要再搶一張權杖牌。」

神像、火塘與火塘平齊的卡牌以及牌陣。淘汰賽地圖內無數脈絡複雜交疊，冥冥之中似乎毫無交集又像被一線關聯。

赫爾墨斯是塔羅占卜發源的神祇，賽場是在一座用於祭祀他的哥德祭壇。祭品應當被焚化，火塘卻始終熄滅。他腳下擺開的是一副牌陣，占卜的目的、結果都是未知。

塔羅牌陣成千上萬，語義相當複雜。例如課程中學過的三張時間流牌陣，從左自右依次代表過去、現在、未來，但從目前地圖上看，至少有七張牌的存在，和「時間流牌陣」相比明顯超綱。

牌陣的學習需要一定時間，權杖牌獲取機率僅有七十八分之十四，即便人形兵器魏衍能夠搶奪的牌面也不會太多。

或者說，很有可能，線索一開始就已經告知給了每個人！

巫瑾微微閉眼，記憶如流水淌過，回溯到第三個副本、第二個副本、開局，又到選手抽卡……他心中微凜，在畫面中截取一段，開始迅速計算，繼而是兩週前被節目組放出的副本提示。

巫瑾終於睜眼。臉頰因為急促的呼吸而泛紅，眼睛卻亮得發光。

通訊中，文麟第三個從副本出來，正在和佐伊討論：「小巫說是牌陣？地圖裡只畫了七張牌，所以到底有幾張……」

巫瑾終於開口，聲線因為劇烈的思考消耗略帶沙啞，少頃才恢復清亮：「十張，十個副本，牌陣一共有十張。」

佐伊一愣。

巫瑾接著進一步解釋：「審判牌的初始副本人數在二十七人，佐伊哥的第一個副本三十人，文麟哥三十四人。選手一共三百人，副本數量應當在九到十一之間較為合理。也就是說，不可能只有地圖上標注的七個。還有開局抽卡。我在想，洗牌之後，為什麼會讓血鴿導師和應湘湘導師先抽。」

文麟：「節目效果？」

巫瑾的眼神比剛才更亮，語速不自覺地加快：「抽卡時共有四套塔羅牌，一套七十八張，合起來共三百一十二張。三百名選手每人抽出一張，還剩十二張。讓兩位導師抽卡，是因為能正好留下十張大阿卡那，放入副本之中，以保證套牌完整。」

佐伊終於明瞭：「小巫說的有道理，但會不會只是湊巧？」

巫瑾搖頭，「洗牌的方式。明明選手上臺抽卡，剩下的十張卡牌直接棄置最有效率。占卜導師在洗牌時卻是先分出十張，再讓選手抽取。」

「第二種洗牌只有一個優勢——可以確保剩餘十張，都是副本需要的大阿卡那。在三百名選手面前洗牌，本身就是提示。」

通訊另一端，文麟似乎已經被說服，接著說：「如果提示是牌陣中卡牌的數量，那牌陣的語義……」

巫瑾深吸一口氣，終於露出了笑容，快速道：「十張牌，對應十句話，每個選手開場之前都背過。」

通訊中，兩位白月光隊員幾乎同時反應過來：「小巫是說比賽提示？那個找到你，遮蔽你，加冕你，是你遙遠的過去……」

巫瑾點頭。

他再度掏出第一張地圖，遞給佐伊，指向交疊在一起的一、二號兩張卡牌。二號卡牌居於上方，將一號遮擋在牌面之下。

「找到你，」巫瑾指向一號卡，又移向二號，「……看，遮蔽你。這就是牌意。」

佐伊驟然露出不可置信的神色看向巫瑾，互不關聯的線索如同魔術般被串聯在一起。

巫瑾還在繼續，他指向三號卡牌，「三，加冕你。四號是遙遠的過去，五是近的過去……六是你的將來，七是你的真心，八是牢籠，九是恐懼，十是揭開的命運。」

「還有走廊——走廊連通的不是相近號碼的卡牌，而是關聯相近的卡牌。佐伊哥不能從開局的五號副本直接走到六號，是因為選手無法從『過去』一步走到『將來』，期間必須穿越三號『加冕』，或者其他代表命運轉折的卡牌。走廊是命運的脈絡，被時間線連接。」

「文麟哥剛從一號副本出來，不出意外能和我們會合。凱撒哥始終走不到六號副本，應該是還在『過去』打轉，也就是在五號和四號副本之間。」

文麟迅速抓住重點：「凱撒找到了？」

巫瑾嗯了一聲，抬頭看向走廊頂端的神像。

此時不少選手都從副本中脫出，走廊另一側已是有槍聲響起。

佐伊神情恍惚，腦子還沒怎麼跟上，但已是喜上眉梢，「人家一隊四位選手，我們白月光四位選手還帶一個智腦！走著，去接那傻子……喔，幼稚園畢業生去！小巫在看什麼？」

巫瑾從神像上收回視線，「我在想，牌陣占卜的是誰的命運。」

佐伊：「誰的？」

巫瑾輕聲道：「獻給赫爾墨斯的祭品……不過，還不確定。」

少年回頭，臉頰在走廊昏暗的火光中泛著柔和的光，肩臂因為多吃多動長了薄薄一層肌肉，小圓臉漸漸脫去稚嫩，短短兩個半月一天一個樣。

佐伊拍了拍他的肩膀，感慨：「咱小巫長大了！厲害得很！」

槍聲逐漸向兩人迫來，佐伊持槍在前面開路，巫瑾依然吭哧吭哧背著一堆槍桿子，一個都捨不得丟。

通訊頻道內，終於傳來凱撒的乾嚎：「我靠！搶了三張卡全是大阿卡那，換不了物資，撿了兩把槍還是子彈用完的！三位大大行行好吧！誰來接接凱撒，這他媽都要彈盡糧絕了——」

「找不到六號副本啊！這破走廊七彎八繞的！你們在哪裡？我他媽都不知道我在哪裡！」

佐伊：「……這他媽哪裡來的寶寶，掐死算了。」

巫瑾一聲清咳，迅速問詢：「凱撒哥剛才在幾號副本？」

凱撒：「五！五！剛才在五！」

佐伊迅速看向巫瑾，眼神欽佩——凱撒大傻子果然在四和五之間晃蕩。

巫瑾略微臉紅，「五是過去，六是未來。走廊連不過去，我們換集合點，凱撒哥去找三號副本入口。」

凱撒趕緊一嗓子應下。

有了凱撒加入，小隊通訊頻道內終於開始嚷嚷個不停。

幾分鐘後，文麟與巫瑾兩人聚頭，白月光小隊規模壯大，已然可觀。

一刻鐘後。

凱撒忽然開口：「臥槽我剛才找到門，我想我就摸摸，我不進去，哪知道門忽然開了！我怎麼就到副本裡了？」

佐伊：「知道了，閉嘴。」

凱撒趕緊求援：「這副本已經打起來了啊！我五張大阿卡那，手裡就兩把破槍，你們什麼時候進來？」

流彈瞬間自凱撒耳邊劃過。

他虎目一瞪，抬手就是反擊。這把三八式步槍又老又破，似乎還在某次戰鬥中炸了膛，修修補補之後彈道還是歪的。

凱撒端的是氣勢凶殘，把人逼退後卻再次乾嚎：「大兄弟！再不來要出人命了，我這沒槍啊！給我把鋤頭也比這玩意兒好，你們到底……」

副本入口突然打開。首先開啟的有兩扇，佐伊、文麟出現，凱撒驟然一喜。

佐伊一抬手，給凱撒清出安全線，文麟的機槍火力隨即補上。

凱撒：「我小巫呢！」

佐伊：「他背東西，跑得慢。」

身後，巫瑾吭哧吭哧背著七把槍出現，霸氣地往地上一摜，「凱撒哥，隨便挑！」

七把槍嘩啦啦地被摜在地上。凱撒眼睛瞬間綠了，嗷嗷兩聲給了巫瑾一個熊抱，「巫啊，哥沒白疼你！還是你想著哥！」

佐伊隔著兩個掩體，恨不得砸凱撒一槍托。好在巫瑾經過大量訓練不至於輕易被擠扁，撲騰了兩下終於站直。

三號副本依然是「戰車」。

佐伊歷經了「女祭司」、「戰車」、「月亮」三張卡牌，對副本內容熟悉至極，當先就是一大狙扔到對面如同炸魚。

在佐伊掩護下，凱撒正在和巫瑾左一根、右一根分槍。

七把槍都是近戰位，以霰彈、衝鋒為主，其次還混了一把輕機槍。

凱撒抄起一把Mk5，「這個後座力不帶勁，打人跟玩兒是的。」

巫瑾多用虛擬訓練槍，後座力控制不穩，立刻道：「我留著！」

凱撒：「臥槽這個好！警用霰彈槍，打巷戰的一戳一個，比軍用準，就是不耐操。小巫你拿著，用完就扔。」

巫瑾哎了一聲背好。

凱撒：「M26！破門槍啊，還手槍握把老帶勁兒了。這個哥就不客氣了……」

佐伊眼見著兩個人跟小朋友分糖似的，催促：「凱撒，你別把智腦帶傻了，快點。」

兩人聽到幼稚園老師傳喚，立即回頭。

佐伊頓時一噎。

小巫看著是真乖巧，小圓臉紅撲撲，眼睛晶晶亮亮，抱著把槍也讓人警惕不起來。

至於凱撒——就像留級了二十幾年一樣，擱地上蹲著，一臉成熟滄桑。

那廂，凱撒還想給巫瑾送幾張大阿卡那，「小巫啊，世界牌不能給你，這玩意兒是媳婦兒有喜的，等你找到對象再說，其他隨便挑……」

倒吊人，倒吊人第二張，惡魔，愚者。

佐伊打斷：「沒一張好牌，還是抱著你的世界牌過日子吧。槍調好了沒。」

凱撒得意洋洋地打了個手勢，和巫瑾一起站起，「等著，幻影凱撒絞肉機上線！」

白月光全隊，武裝集結。

巫瑾抱著衝鋒槍，從文麟手裡接過多出的一副護目鏡，將光芒熠熠的瞳孔掩藏在茶褐色鏡片之下，偏軟的五官因為鏡片而多出幾分威懾的帥氣，瞇眼校槍時炫酷撩人。

一旁機位微動，跟隨巫瑾轉來轉去，也不知道是導播故意還是觀眾要求。

凱撒哈哈一笑，一把將鏡頭拉過來給了個飛吻。

佐伊見了斥道：「哪裡學的壞習慣，劫持鏡頭？長進了啊你？」嘴角卻是微微勾起，文麟則樂呵呵給巫瑾豎了個大拇指。

小隊語音吵吵嚷嚷的像是即將出發去郊遊。

下一瞬，隨著C位佐伊一聲令下，四人如猛獸出動。

此時整座場地還剩九十二位選手，三號副本「戰車牌」內共有十一人。

佐伊迅速闡述副本規則：「戰車牌，綜PVE（玩家vs環境）、PVP（玩家對戰）副本。強者站在戰車上，操縱一黑一白兩隻獅子拉車，獅子會向槍聲方位進發。黑獅子為突進攻擊，必須時刻保持三公尺安全距離，白獅子呈AOE（範圍性殺傷）攻擊，注意其面向內四公尺半徑九十度扇形。副本通關條件為淘汰三分之一人。聽懂了？」

三人齊齊應聲。

佐伊：「近戰注意戰術躲避，我和文麟掩護。小巫跟凱撒走位，行了走著。」

十一人混戰副本中，「雙突擊＋狙擊＋重裝輔助」齊全的配置近乎於「王炸」，原本還試圖撿漏凱撒的騷擾攻擊紛紛消失，無人敢輕視這支小隊鋒芒。

凱撒佐伊卻不肯放過先前開槍那人，交叉火力緊迫不捨，在巫瑾補上第三條槍線同時，對方退無可退——佐伊一槍打了個縱深，擦過掩體邊緣將此人淘汰。

「祭個槍。」凱撒嘿嘿一笑，「小巫，跟哥去對面玩兩圈！」

巫瑾點頭，護目鏡背後的瞳孔溜圓發亮。

場內除白月光外還剩六人，看站位分屬於四組小隊。

全隊集結的白月光頓時成了眾矢之的，但一眾練習生卻絲毫無法給其造成壓力——想達成通關條件，比起淘汰白月光，淘汰散排副本選手要輕鬆得多。

遠處，還未成型的「討伐白月光大軍」已然內訌開槍，看凱撒的表情分明是少了一塊肉，「快！人頭搶到就是誰的！」

兩頭機械雄獅聽到槍聲，趴伏的脊背聳然弓起，拉著巨型戰車就向對面衝去。凱撒卻是比獅子嚎得更響，一槍膛獨頭彈悍然出擊，巨大後座力崩在三百斤的肌肉塊上如同撓癢——銀色救生艙再度彈出。

淘汰兩人！

霰彈槍口徑大，出彈如同放炮仗，兩隻雄獅頓時向凱撒看來。

巫瑾眼神微壓，迅速向右側與凱撒拉開距離隱入狹窄掩體，躍姿轉側射，手臂由於支撐近六成力量而崩出極端具有張力的肌肉曲線。

衝鋒槍連發掃射，副突擊位的範圍火力終於鋪開，就要向凱撒突進的雄獅一個遲疑，拉動戰車向巫瑾憤怒張望。

佐伊：「漂亮！凱撒E105，文麟掩護。」

霰彈再次點射，凱撒把戰車放風箏似從巫瑾身旁溜開。遠處有人乘亂開狙，卻是被佐伊先一步瞄中，一槍壓制到掩體後不敢冒頭。

文麟：「S190機槍到位。」

四人排練已久的鉤形陣容終於排開。

凱撒不再拘著子彈，壓著五十公尺距離硬生生把噴子打成了爆彈火箭筒，佐伊則算著狙擊彈隨時增援。

巫瑾跟在凱撒旁邊打副手，開槍間隙時刻關注凱撒搶線、走位，從白月光這位經驗豐富的突擊預備役中吸取實戰技能。

凱撒是典型的「躁動型突擊手」，只要佐伊一個「進攻」轉眼就能嗷嗷叫著跑到撒手丟，小隊配合起來卻流暢無間。

巫瑾大腦迅速運轉，槍線映射出一道道複雜扇形面，繼而倏忽明瞭。

凱撒的火力是依照佐伊的狙擊位鋪開的。

幾乎每次換位前凱撒都會看一眼狙擊手，即便情況緊急無法回頭，佐伊也會迅速報出位置方便凱撒判斷。巫瑾了然，果斷接過佐伊開始為團隊報位。

凱撒頭也不回給巫瑾豎了個拇指，文麟笑咪咪和佐伊交換了一個眼神。

第七分鐘，在白月光凶殘的火力下，第三位練習生經由文麟補刀淘汰。

面對這一結果幾人均表滿意，輔助位晉級困難，此時四人裝備齊全不存在保級危險，把小分送給輔助是佐伊慣有的指揮決策。

十一人副本只剩八人，還差一人即可達成通關條件。

就在凱撒要衝進對面炸魚的當口，佐伊迅速下令：「回撤，別通關。」

凱撒：「啥玩意兒？」

佐伊一本正經收槍，「等著，我去爬個戰車玩玩。之前那一場打得不痛快，換牌那人就坐在車上看我們舞獅，還誰也狙不到。」

巫瑾一頓，腦海中浮現出大佬駕馭戰車的硬朗身影，心跳微微加快。

凱撒來了興致：「臥槽這麼好玩，我先爬我先爬！誰給我打個掩護……」

佐伊：「先來後到，等我爬完了你再上去。」

凱撒嚷嚷：「哎喲小氣巴巴，嘿嘿我已經上來了⋯⋯」

佐伊：「媽的我才是C位，你給我下去！」

佐伊一個飛撲，兩人繞過獅子，一前一後掛在戰車兩轅，就像兩隻擠在一起的猴子，然而戰車頂端只能容納一人。凱撒憑藉三百斤優勢拚命往上面躥，又被佐伊以豐富的格鬥體術扯住。

兩隻獅子在下面憤怒嚎叫，對面還有選手趁亂點射⋯⋯

文麟不得不給機槍裝彈，把攻擊者逼退。

「小巫，」文麟笑呵呵道：「你想上去不？我給你把他們倆掃下來。」

巫瑾有點不好意思：「想！」

文麟比了個OK，子彈角度刁鑽出膛。

那廂，佐伊還在怒斥凱撒：「我看你小時候就是滑滑梯搶慣了！」

凱撒：「哎你怎麼知道？」冷不丁兩顆流彈掃過，凱撒迫不得已放手，連著緊拽他大腿的佐伊都被扯了下來，兩人撲通撲通掉在地上，狼狽不堪躲過獅子踩踏。

凱撒：「誰他媽在開槍？」

文麟收槍，「趁現在。小巫快爬，衝啊！」

巫瑾一個縱躍攀上車轅，車輪上用原木搭出源於古蘇美城邦的升級款重型戰車，再往上是層層腳踏、高聳的王座、飄蕩的帷幔和韁繩——多年學舞的經驗讓巫瑾平衡感極好，最後一個騰身正好卡在座位正中。

視野驟然開朗！韁繩扯住雄獅的步伐，戰車輕巧躲過遠處飛來的流彈。

腳下凱撒與佐伊依然打得飛起，文麟在掩體後哈哈大笑，身邊無數機位騰然而起，繞著白月光小隊飛了一圈又一圈……

巫瑾小圓臉泛出紅暈，微微濕潤的汗水為他臉頰蒙了一層閃爍的光，眉眼彎彎。

克洛森秀導播室，應湘湘開懷大笑，「吶，青春。」

血鴿頗為感慨：「是啊，想當年咱們還年輕的時候……」

應湘湘一拍桌板，嗔怒：「誰跟你是『咱們』？我今年才十七好不好！」

血鴿一愣：「應老師資料上不是二九八三年生，今年三〇一八……」

導播毫不猶豫掐斷他的麥克風，彈幕一片「6666愚蠢的直男」。

應湘湘氣恨恨地補充說道：「不好意思，我每年都十七歲，今年比小巫小兩歲，明年比他小三歲。」

克洛森秀，「戰車牌」副本。

凱撒心滿意足地從戰車上跳下，最後淘汰了一人，副本順利通關。

此時多數選手已經將卡牌兌換，救生艙彈出後不再掉落卡牌，而是裝備和圖紙。三位淘汰者中，恰巧有一張權杖牌兌換的地圖，內容卻是重複了小隊已有的兩張。

佐伊微微皺眉，把地圖遞交智腦巫瑾處理。

羊皮上繪製著俯視圖，以及對赫爾墨斯神祇的讚歌，並未提供任何新線索。巫瑾低頭看去，沉吟思索。

佐伊：「怎麼？」

巫瑾低聲開口：「我在想副本人數。現在還有六十二名選手存活，十張卡牌，平均每個副本只有六人。如果我們進入淘汰率二分之一的六人副本——需要淘汰三人，小隊只有減員才能通關。」

佐伊一頓：「小巫是說，人數越少，隊伍集合行動就越危險？」

巫瑾點頭，「最好能兩兩分隊。」

佐伊迅速安排：「文麟和我，凱撒你缺一個腦子。」

凱撒洋洋得意地站過去，不以為恥反以為榮。

昏暗的走廊中，幾人低聲商議路線。五號、四號副本代表「過去」，一至三號副本則是「問題轉折」，六號代表「未來」。

走廊彎彎繞繞，火光在穹頂下微微震顫，倒映出幾人拉長的影。

在最長備戰時限以內，四人扛著槍一起摸索，卻始終沒有發現六以後副本的入口。也就是說，按照牌陣含義，七至十號真心、牢籠、恐懼與命運均不與三張「問題轉折」卡牌相連通。

身後，凱撒似乎在小聲嘀咕著什麼，巫瑾仍在和佐伊探討：「從牌意來看，一到六張是在剖析問題本身，七到十張是溯源內心。」

佐伊看向地圖，「七有沒有可能和六相連？」

巫瑾努力搜刮回憶：「之前在占卜課上，導師給很多學員算過卡牌。都是先從時間流開始，繼而剖析問題，再溯回『真心』，延展出命運。如果半人馬座占師協會繼承的是這類流派，很可能在『過去』、『轉折』之後，六號『未來』牌之後通向的就是七。」

佐伊：「所以，我們去六號副本？」

巫瑾果斷開口：「我和凱撒哥先進。」

保證隊內C位，是逃殺秀中最重要的核心戰術之一。

佐伊沒有推辭，拍了拍他的肩膀，「我們等在外面。要是情況危急就再進去一個，不管減員，先能支援。」

商議完畢，凱撒忽然開口：「這走廊是不是比剛才熱了點？」

巫瑾抬頭，賽場上方的赫爾墨斯神像比之前更為明亮，火塘依然未被點燃，頂端周而復始的火苗卻更為健壯。

巫瑾分明記得，一個副本之前，緩緩下降的火苗與另一簇微小的焰火溫柔相融，此時卻僅有一簇，像是被注入了某種力量，在神像的頂端蓬勃燃燒，明朗生輝。只是在即將落入火塘前，再度被狂風吹滅。

「要儘快找到第三張線索圖。」巫瑾瞇眼開口：「火塘快被點燃了。」

他微頓：「獻祭。獻祭可能要開始了。」

赫爾墨斯是第一個教會信眾用火點燃祭品供奉的神靈。哥德尖頂之下，熾熱的烈火劈哩啪啦燃燒。光影微晃，又一簇火苗憑空出現，在火舌旁飄蕩翻飛，最終與主焰融為一體。

獻祭之火因為吸納了新鮮血液而更為旺盛。

巫瑾低頭。右側腕錶上的存活數字一跳，剩餘六十一人。

他向腕錶凝視了許久，終於確認猜測，長吁一口氣。

有了不斷升溫的環境威脅，白月光小隊沒有再卡最長備戰時間，迅速在走廊上兩兩分組。臨走時，佐伊避開凱撒、文麟，和巫瑾低聲說了些什麼。

巫瑾一愣，繼而迅速點頭點頭。

六號副本前。

巫瑾與凱撒分找了兩個入口，在小隊語音中確認完畢，將手伸向副本的大門。

巫瑾心率微微加快，一個回合前他正是從六號離開，看到大佬置換了高臺上的卡牌，如果大佬還在副本內難免正面交鋒……但這是白月光唯一能找到的出路。

語音頻道。

佐伊正在低聲指揮：「我和文麟剛回到三號，下一輪進六號，不用擔心。有危險就讓凱撒擋著，還有把凱撒拴好了……」

巫瑾無聲點頭，正要開門的當口凱撒忽然一聲暴喝：「嘿，孫砸！」

凱撒那端，霰彈槍毫無徵兆響起，「砰」的一聲如平地炸雷，接著腳步聲轟隆隆傳來，顯然已在滿場撒歡著跑了。

佐伊：「……拴不住就去追吧。」

巫瑾面前入口終於開啟——刺目的火光在荊棘中燃燒，數以百計的十字絞刑架從穹頂向下懸掛，在陰火中沉悶恐怖，像是倒懸的死靈。

大阿卡那第十二張，象徵犧牲、磨難，「倒吊人」卡牌。

荊棘之中僅露出狹窄的小道行走，凱撒正在地圖正中和一人你追我趕，副本內還有兩名練習生被野火波及自顧不暇。

巫瑾一眼就認出了凱撒的對手。

凱撒喜出望外：「孫子吃我一槍！」

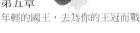

薄傳火大怒：「你個傻逼兒子，撞爸爸槍口上了！」

凱撒：「睜大眼睛看好了，是誰撞槍口上！」

薄傳火眼睛眯成狐狸，乾脆俐落地把自拍杆插回背上，拔槍如行雲流水，一看就是形體老師糾正過的。

他向來狙擊、突擊雙修，自詡一百公尺外凱撒拍著屁股也追不上，可惜第三輪淘汰賽拚的就是近戰剛槍。兩週前的比賽交手還歷歷在目，薄傳火只得暫避鋒芒，躲入掩體之後徑直開鏡預瞄……

流彈從意料之外的角度突襲而來！

薄傳火一頓，險些冒出冷汗，凱撒的槍線就卡到掩體為止，來人顯然預判了他的走位，甚至有可能是凱撒隊友。

他迅速轉身，對上巫瑾泛著火光的護目鏡。

薄傳火難以置信：「小巫？」

巫瑾還沒被淘汰？以他的動態靶七環平均成績，小隊拆散始發，碰到任何A級練習生就等同於送分。

巫瑾抿唇時氣質冷峻，見到薄傳火卻高高興興，還惦記著兩場比賽前送槍的交情，問候道：「薄前輩！」

薄傳火下意識點頭，「哎小巫好啊，吃過了沒？」

巫瑾搖頭搖頭，「還沒！前輩，我要開槍了。」

下一瞬，薄傳火身軀一震，

衝鋒槍與狙擊步槍同時向他下手。有了巫瑾掩護，凱撒兩次突進就衝破了薄傳火面前的防線，端的是肆無忌憚。

六十公尺開外，巫瑾則在荊棘叢的小徑上忽起忽伏，捉摸不定。

薄傳火難以置信地看向巫瑾。

這絕對不是動態靶七環的水準，入場前絕對藏了拙！

薄傳火怒吼：「我擦你們白月光——」

凱撒打嘴仗的功夫絲毫沒落下：「我還吃你們銀絲卷！」

小隊語音內，佐伊正在飛速指揮巫瑾：「配合凱撒打遠端不難，記住，槍線不是用來狙人，而是用來控制走位。」

巫瑾視線微抬，迅速計算方向更換掩體，在薄傳火露頭前又是一狙。

佐伊：「你距離目標點的扇形半徑六十公尺，凱撒半徑三十公尺，他比你要靈活得多。小巫你打穩，讓近戰找機會。」

巫瑾無聲點頭，在三個射擊死角輾轉騰挪，不斷觀察凱撒的「機會」。

凱撒驀然向前突進！

佐伊：「一旦他開始衝鋒，小巫就補刀！」

巫瑾毫不猶豫扣動扳機，薄傳火血液驟凝，一個假動作騙過巫瑾的狙擊彈，向後迅速翻滾。

凱撒的槍口咔嚓一聲抵在了他的腦袋上。

薄傳火：「……」

凱撒此時洋洋得意，似乎覺著衝鋒槍不夠勁，還換了把噴子準備掃射。巫瑾在一旁睜著眼睛如同等屠夫切肉，薄傳火頓覺世界一片灰暗。

這他媽別說炒CP了，自己在人面前給宰了，人眼睛都不帶眨的！

就在凱撒開槍的當口，薄傳火當機立斷，做了個誰也沒想到的動作——他迅速掏出一卷牛皮紙就要扔向荊棘烈火。

巫瑾瞳孔驟縮，「等等！」

薄傳火鬆了一口氣。好在和凱撒搭檔的是巫瑾，還算有腦子……然轉念一想，巫瑾不在凱撒又怎能把自己迫到這般田地！

薄傳火不再廢話，拎著那一遝子羊皮紙提出交換條件：「一手地圖，一手放人。」

巫瑾卻比他想得更精明：「先試閱。」

薄傳火差點沒一口嗆住，這又不是某江文學城上的《克洛森迷情：女扮男裝參賽後四百九十九位練習生向我表白》連載文，還帶試閱的！然而形勢強於人，他還是勉勉強強給巫瑾看了燒焦的一角。

地圖中只有一間副本，火焰在熊熊燃燒。

這是一張白月光沒有的圖紙。

白月光小隊通訊裡低聲商議，佐伊點頭應允，「聽小巫的。」

薄傳火終於放鬆：「那說好了，不能淘汰我、不能恐嚇我，要保證人質的人身安全，不能逼人質卸妝……」

凱撒伸手一抹，「喲，還真全是粉……」

薄傳火大怒：「死變態！動手動腳！」

十分鐘後，薄傳火主動提出解決兩個散排練習生，卻被凱撒收繳了全部槍械，眼睜睜看著死對頭吃掉所有小分。

烈火將小徑燃盡，三人不得不爬到絞刑架上避火。

直到最後一人淘汰，通關條件達成，巫瑾向薄傳火伸出手。

薄傳火乾脆把地圖交出，冷不丁被凱撒一腳踹下。

薄傳火情緒激動：「我擦你——」

荊棘烈火熄滅，副本出口轟然打開，薄傳火轉怒為喜，衣冠不整髮型凌亂，耐著鞋底滋溜溜被燙出的白煙，撿了兩個荊棘條，背著唯一沒被收繳的自拍杆灰溜溜出門。

凱撒嘲諷：「你爺爺可不屑毀約！哎……你說他拿個破藤條為啥？」

巫瑾想了想：「薄前輩沒武器了，臨時拿來用吧！」

門外，薄傳火找了角落，小心翼翼把頭髮梳好，用還熱乎的藤條充作捲髮棒定了個型，這才挑了個落手點，當鞭子抓上。

一切準備完畢，他掏出自拍杆，偷了個攝影機，端的是洋洋得意：「寶寶們不要擔心。卓瑪、井儀、R碼和人民娛樂都在七到十號困鬥，咱不跟他們玩啊……」

副本內。

第三張圖紙終於揭開。

被燒焦了一角的羊皮紙上，繪製的是熊熊燃燒的副本。火焰自上而下，副本中萬物動盪翻滾，如同修羅地獄。

下書一行小字：以英勇為祀，留取命運為局——牌面終將揭曉。

凱撒：「這什麼玩意兒？」

巫瑾將羊皮紙收好，眼神如有火光躍動，「凱撒哥，我們先出去。」

凱撒點頭，兩人再度進入走廊，摸向七、八、九、十號的入口。白月光四人在前六個副本中徘徊許久沒有遇到薄傳火，對方顯然是從「另外一邊」過來的。

與巫瑾所猜測的無差，代表「未來」的六號副本連接了地圖的兩端。

走廊上火光熾熱。

通訊另一端，佐伊、文麟也從三號副本中走出，靜候六號副本再次開啟。

巫瑾止步，仰頭看向懸浮於半空之中的赫爾墨斯神像，和神像前更加灼熱的火光。

「倒吊人」的荊棘野火副本使得巫瑾與凱撒兩人對溫度感知遲鈍。

佐伊卻是在踏入走廊的一瞬出聲：「比剛才更熱了。」

【第六章】

我會給你整個世界的榮耀，焚我身軀為你加冕

獻祭之火就在頭頂，溫度上升也是因為火。繁複的哥德尖頂之下似乎隱隱有樂聲傳來，卻又聽得毫不真切。

這不是一座教堂，而是赫爾墨斯的祭壇。

巫瑾再度看向腕錶，腦海中終於將一切勾勒清晰。祭壇屬於赫爾墨斯的，選手從各個入口被送入祭壇，逃殺、搏鬥，就像是為了……取悅神靈。

右腕終端，進入副本前還剩餘六十一人，此時僅有四十人。

佐伊開口：「以英勇為祀……英勇指的是什麼？」

巫瑾沒有出聲，直到腕錶上的數字從四十跳到三十九。

「抬頭。」他忽然開口。

神像腳底，火塘上方，一簇火焰盤旋升起，匯入熊熊燃燒的主焰之中，火勢再度高漲。似乎只要再吞噬幾次，就能將整個火塘點燃。

文麟第一個反應過來，迅速開口：「是選手！祭火的來源是選手。每淘汰一位練習生，頂上就會多出一簇火焰。選手淘汰到一定數量，火塘就會燃燒，也就是獻祭開始……」

巫瑾點頭，「對，淘汰的選手會變成祭火燃燒。等祭祀開始時，還沒有淘汰的被神靈視為『英勇』。以英勇為祀，換而言之，留到最後的選手，就是燒給赫爾墨斯的祭品。」

少年聲音清亮果斷，小隊頻道內卻是突然靜默。

即便知道不過是淘汰賽，克洛森秀的規則安排仍是讓人啞口無言。先淘汰的人是燃料，後淘汰的人是祭品，打從選手進入祭壇、大門閉合的一瞬，一切都是沿著命運的既成軌跡安排。

比起前兩局淘汰賽，這是一場真正具有原始宗教意味的「大逃殺」。

佐伊很快在小隊頻道指責——克洛森秀為了討好觀眾口味，一場比一場斥資更巨，卻絲毫不提高選手伙食、住宿、版權費之類的待遇。

文麟問道：「小巫，最後的祭祀是什麼樣的？」

巫瑾看向從薄傳火那裡換來的圖紙，之前所有零碎散漫的猜測被逐條理順，他微微合眼讓思路在腦海中周轉，「以英勇為祀，留取命運為局，牌面終將揭曉。」

「留取命運為局。從牌陣來看，只有最後一張牌和線索有關——『十是你揭開的命運』，也就是說，祭品的角鬥會在十號副本開啟。」

「牌面終將揭曉。牌面是整個牌陣的牌面，如果我猜得沒錯，十號副本的內容是未知、可變的，一旦一到九號卡牌變動，十號中的副本場景也會變動。最終戰不是一張卡牌，而是十張卡牌的結合。」

佐伊一頓：「十張卡牌……副本難度會很大。」

巫瑾：「難度會大，戰鬥節奏也會變快。最終戰不是為了決出勝利者，而是為了把所有選手都以『占卜好的命運』獻給神靈。命運由過去、轉折、未來和真心、牢籠、恐懼決定，對應整個牌陣……」

巫瑾緩緩睜開眼睛，「整個十字牌陣，占卜的就是最終戰，作為祭品的選手的命運。」

佐伊迅速知悉。

他和文麟略微商議：「我們往十號副本走，還剩多少存活？」

凱撒趕緊舉手，「三十八，三十八個！」

佐伊：「我和文麟準備過來，小巫你們先去找十號。每個副本入口有限，祭祀開始前一定要搶到進入最終戰的門。」

巫瑾點頭。

兩人很快摸清了和六號出口連通的門。除了往回走的路以外，六號通向七、八、九號，卻始終找不到代表最終命運的十號。

最大可能為六號副本連通七、八、九號，必須穿過其中之一才能到達十號。

「三選一。」巫瑾總結。

走廊遠處有槍聲傳來，又像是隔了個木門聲音沉悶。

凱撒突然開口：「哎，我們之前都沒遇到那個魏衍，還有卓瑪老秦他們，你說他們會不會就在這七、八、九裡頭？」

巫瑾、佐伊、文麟：「……」

比起虛無縹緲的獻祭，與白月光實力相當的各大豪門才是最棘手的硬茬。

巫瑾略一思索：「應該就在裡面。三十八人，現在散排練習生不多，剩下的基本都是豪門，權杖牌該湊的也湊齊了，能撐場面的大阿卡那也有。不出意外大家都會守著準備衝十號副本。」

凱撒立刻反駁：「那騷男不是反向逃命去了嗎？」

佐伊冷漠：「……人家和你玩了兩個星期，一天比一天傻，你說呢？」

文麟一笑，「別緊張。咱們隔得不遠隨時支援，不減員就行。我們準備進六號副本了，小巫你們也抽一個副本吧。」

巫瑾點頭，「三個應該都是史詩難度……」

佐伊果斷開口：「小巫別碰，讓凱撒抽。」

「……」巫瑾鼓氣臉頰，充滿了非酋的不甘。

佐伊安慰：「凱撒也就這點用處。喔最後獻祭的時候還能再用用，反正都要獻祭，咱們給神像燒了一個足足有三百斤的。赫爾墨斯一看：喔豁！指不定一高興就把咱們仨放出了……」

凱撒毫不猶豫開啟反駁模式，卻是被佐伊用許可權禁言，並斥責道：「閉嘴，從A掉到B，不搞你搞誰。」

走廊上，凱撒氣勢洶洶地挑了七號副本，「小巫，走著。就是魏衍在裡面咱兄弟倆也不怕他！上去就是剛！」

巫瑾點頭，謹慎抱住槍械，兩人各自找到入口同時進入。

巍峨的神廟被聖光籠罩，虛擬投影的教皇手執權杖坐在副本的另一端。

大阿卡那第五張，教皇牌。

巫瑾卻是猛然睜大了眼睛。副本中除了他和凱撒之外只有三名散排練習生，最高等級只有B。

凱撒哈哈大笑。

巫瑾隱隱覺著，副本內的教皇寶座應該給凱撒也照著來一套，貼個「歐皇牌」。

然而很快兩人都抬頭看向上方。不僅是走廊，副本內也灼熱如岩漿炙烤，獻祭即將開始。

巫瑾立即開口：「凱撒哥，我們儘快。」

不過讓兩人擔憂的情況猝不及防發生——能留存到最後的散排練習生並不是軟柿子，在「教皇牌」通關之前，佐伊與文麟已經迅速走出六號副本。

「卡不了時間。」佐伊語氣沉重：「六號副本燒起來了。走廊也在著火。」

巫瑾一頓：「佐伊哥，火塘點燃了？獻祭……獻祭開始了？」

佐伊回答：「對，應該是淘汰人數夠了。火塘點燃之後，獻祭火是從十字牌陣燒起來的，回頭的通路已經截斷了，你們在七號裡面，我和文麟只能去八或者九。」

凱撒抽到了歐皇副本，剩下來的八、九不是史詩難度，而是地獄難度！

巫瑾心跳驟快：「小心！」

佐伊點點頭，不再多說，挑了九號副本入口，「快，火看樣子會繼續蔓延，燒到最後，只有十號副本才是安全區。出來之後副本見……媽的！」

小隊語音忽然安靜，許久佐伊開口：「是魏衍。」

克洛森秀導播室，氣氛再次熱烈。

應湘湘迅速問道：「這張死神牌——魏衍在裡面守了多久了？」

血鴿感慨：「四個回合。」

應湘湘點頭，「四個回合，進來三十位選手，沒有一個活著出去。」她微頓：「真正的人形兵器。血鴿導師，你覺得，白月光有沒有可能客場反殺？」

血鴿搖頭，「如果魏衍現在出道，打星際聯賽也沒有任何問題。不僅是實力差距。這張牌是魏衍的主場，也是他的天命牌——死神在馬上穿著鎧甲，有的人已經倒下了，有的人還在反抗，但反抗本身是無謂的。」

「S和A等級之間的差距，我想大家都瞭解。而且魏衍選手是我見過的，最出色的S。」

應湘湘嘆息：「導播，勞煩給白月光一個機位。」

鏡頭正中，死神的鐮刀劃破夜空，佐伊艱難翻滾躲避，下一秒卻被魏衍精準擊中。

白月光狙擊手倒吸了一口冷氣，眉頭緊擰，右臂明顯傷得不輕。魏衍時機卡得太過精準，致使文麟遲了一秒才鋪開機槍掃射。

反擊近乎於徒勞。

魏衍的位置卡得太好。死神騎在白馬上，與佐伊遇到的「戰車」牌類似，不過戰車的主人只是坐觀舞獅，馬背上的魏衍卻要以此為牢獄，淘汰每一位進來的選手。

包括佐伊、包括文麟。

黑暗中，文麟把綁帶扔給佐伊，白月光的狙擊手藉著包紮的動作忽然一個側身，對著馬背上的魏衍悍然點射。

導播室內一片驚呼。

「無預瞄盲狙！」

「這是練習生？」

「打中了？臥槽這是要絕地翻盤？」

血鴿接過麥克風，「令人敬佩的狙擊手。右手傷勢對他沒有任何影響，雖然鏡頭拉近還能看到右手在發抖。彈道沒有問題，魏衍左腿被擊。不過，在掃蕩了四回合裝備之後，魏衍一共有六件防彈衣。」

馬背上，R碼娛樂的練習生依然面無表情，火力卻益發凶殘。

掩體之後，佐伊咬牙飛速包紮，文麟則停下機槍看向高處的魏衍。

文麟乾脆開口：「你找出口。」繼而迅速卸下彈藥、一把噴子遞給佐伊，說：「小巫他們通關了，出去就是十號副本，門口上了鎖。剛才小巫問了兩次，你開個麥，讓他們三分鐘後接應你。」

佐伊一頓：「你要掩護我撤退？」

文麟點頭。

然而下一秒，扔給佐伊的裝備卻是被塞回，狙擊手深藍色的瞳孔在黑夜中泛著幽光，表情並不好看，「不可能。上一場淘汰賽也是這樣，上一季克洛森秀也是這樣，不可能。」

文麟好脾氣解釋：「我是輔助位……」

佐伊打斷，用攝影機收不進音的聲響開口：「去他媽的輔助位，你當初進白月光，第一志願填的就是重裝位。」

在文麟反應過來之前，佐伊捂著右手突然站起。

他居高臨下，只從牙縫裡吐了一個字：「走。」

他左手熟練地抄起噴子，狙擊槍第一次被塞到了背後，轉身毫不猶豫向魏衍衝去。

克洛森秀導播室。

觀眾無法聽到兩人對話，卻明顯能察覺佐伊的情緒。

在狙擊手起身的一瞬，彈幕一片譁然。

血鴿的眉毛皺起，「不該佐伊出去掩護。」

應湘湘看了他一眼，慢吞吞開口：「剛才井儀那一局，是不是淘汰的也不該是左泊棠？」

血鴿一愣。

應湘湘：「佐伊、文麟都是上一季度克洛森秀的練習生，去年佐伊和出道位只差兩名，文麟六十名。今年，上一場淘汰賽，文麟五十九名，評級B-。八輪淘汰賽已經進行了將近一半，如果選手想要出道，至少需要在前幾輪碰一次A。看懂了嗎？佐伊是個不錯的隊長，他想要的，是文麟和他一起晉級。」

許久，血鴿才開口：「不錯。」

應湘湘攤手，「但是，誰不想贏呢？」

螢幕中央，魏衍的表情更加刻板，嘴唇卻比剛才更為緊繃，這似乎是他唯一表達情緒的方式。佐伊和他不足二十公尺，一把噴子生生打出了血性，全身三處帶傷，而魏衍的左腿也終於掛彩。

魏衍直直看向他，終於換上了背上從未動過的雙筒獵槍，三秒裝彈凝肅鄭重。

「他在尊重眼前的對手。」血鴿緩緩開口。

賽場內，白月光小隊氣氛滯澀，九號入口因為副本開啟而閉鎖，凱撒在門外憤怒嚎叫。

文麟的聲音很低，一字一頓。

巫瑾呼吸急促，「情況不好？」

文麟應聲。

巫瑾點頭，「不急。出口在十號副本方向，我們這裡大致能摸清，門一出現就在走廊會合，直接進十號副本……」

凱撒沉聲打斷：「不守門反殺魏衍？」

巫瑾扛著凱撒的壓力開口：「獻祭火在蔓延，走廊要燒起來了，只有十號是安全區，必須去十號副本。」

頻道內忽然一聲怒喝，繼而是文麟的機槍響起——

魏衍裝彈完畢。

佐伊吐出一口帶血的吐沫，終於在最後一秒打開通訊，猛地喊一嗓子：「小巫！」

巫瑾一頓，握住槍柄的手飛速收緊。

佐伊：「記得我說的……」

魏衍扣下扳機。雙筒獵槍聲響震天，銀色救生艙彈出，副本淘汰比例達成，出口終於開啟。

巫瑾迅速看了一眼凱撒，這位突擊手卻處於暴躁之中沒有注意。

魏衍的下一個目標就是文麟。

文麟咬著牙，自出口開啟的一刻迅速撤退，動作沒有絲毫拖泥帶水，甚至不斷開槍反擊。出口外的走廊被獻祭之火灼燒了一半，在他飛身躍出的一瞬，守在門外的凱撒、巫瑾聽到槍聲，迅速接應補上火力，又帶著文麟撤入掩體。

巫瑾當即開口：「撤退，去十號決戰副本。」

凱撒卻分毫不讓，甚至隱有怒火，印象中這是他第一次對巫瑾發火：「小巫，你佐伊哥平時怎麼對你的，現在魏衍就在裡面……」

巫瑾忽然回頭。

少年眯起眼睛，眼中是冷冽的光，他比凱撒矮上少許，揚起頭時卻毫不露怯，甚至有種存在感極強的進攻性。

「指揮權在我手上。」巫瑾示意凱撒去看通訊裝置，他抿住唇，說話並不快，帶著模仿佐伊的壓迫感。

白月光小隊第一指揮位佐伊、第二指揮位巫瑾，在比賽前兩週由佐伊填表上交，此時佐伊淘汰，通訊許可權已經掛在了300012號選手巫瑾名下。

凱撒依然不服：「還剩二十五人存活，你想保級A就保級、想苟到最後就到最後，我是要去給佐伊報仇，媽的……」

巫瑾冷然看向文麟。

文麟沒有猶豫：「跟小巫走。」

凱撒氣極反笑：「你們走，我一個人去。」

巫瑾看了他兩秒，合眼擋住瞳孔中銳利的寒光，伸手捲起袖子，將背上的兩把槍依次卸下，脊背挺直時如同刺刀白刃，強硬壓下凱撒的所有質疑。

「佐伊哥二十七名淘汰，想給他保級只有一個辦法，拿團隊第一。聽懂了嗎？」

凱撒身形僵直，看向巫瑾的視線如被開水燙過，驟然一縮。

巫瑾並不理會，卸完槍之後是狙擊手套。純黑的皮質半指戰術手套被他俐落拽下，露出修長、穩定的手，和抵住槍托太久而發紅的指節。繼而是彈匣包、防彈衣。

動作間隙，巫瑾偶一抬頭，眼中是不容置喙的寒芒。

克洛森導播室，鏡頭終於從魏衍移開。這位令人聞風喪膽的S級練習生收拾好裝備，同樣向十號副本走去。

最終戰一觸即發。

血鴿：「我很好奇，佐伊最後和巫瑾說的那句話是什麼意思。」

應湘湘略微思索：「佐伊……佐伊的目的是讓隊友晉升到A。但不要忘了，除了文麟，白月光小隊還有一位選手在B，就是上輪比賽中掉級的凱撒。佐伊能把指揮權交給小巫，其中一定有所託付。」

血鴿看向視頻重播，「剛才還剩二十六位選手，現在二十五人。從固定機位可以看到，凱撒兩度試圖往副本回衝，都被巫瑾攔住。」

「二十五人是A等級安全線，那我們提前預祝凱撒順利晉級。現在我們把直播機位轉向白月光小隊……」

血鴿微微一頓。

鏡頭中，巫瑾徑直把防彈衣扔給了凱撒。

少年薄薄一層防護外套因為賽場升溫而被汗水浸濕，原本蓬鬆蜷曲的碎髮被隨意攏到本尼帽內，露出光潔的額頭，眉心擰起。

緩慢飄過的彈幕忽然熱切，應湘湘甚至懷疑心懷不軌的親媽粉們，已經將罪惡的雙手伸向虛擬螢幕摸摸捏捏。

「小巫啊啊啊——兒砸你露出額頭也好看！prprpr」

「媽耶，這是心動的感覺！嚴肅臉忽然禁慾，兒砸你有什麼不開心說給麻麻聽！」

「小指揮太性感了吧！明明只是脫手套和防彈衣，荷爾蒙簡直爆棚……等等，不對，巫選手你卸防具作甚？」

巫瑾把僅有一點七七公斤的衝鋒槍Mk5也扔向凱撒，示意他穿上防彈衣。

凱撒呼吸一促，轉不過彎的腦子也反應過來，恨不得把剛才的話都收回，兩腳焦躁蹭地，「小巫，你別。物資都是你找到的，剛才是哥腦子擰不過來……」

巫瑾神色微微放緩，表情仍是繃著，一字一頓比起陳述更像是命令：「服從指揮。」

凱撒看向他，終於認真點頭，鄭重承諾。

巫瑾頷首，將彈匣也遞了過去，「你代替佐伊打C位。」

凱撒眼神一變，顯然措不及防。

巫瑾的視線在文麟與凱撒之中徘徊，很快為凱撒勻出一套裝備，防禦基本齊全，配有狙擊步槍、噴子和Mk5衝鋒，可同時應對遠端近戰。

「準備衝十號副本。」巫瑾低聲道，走廊一端是灼灼燃燒的獻祭之火，另一側恍有槍林彈雨，「我打突擊，文麟哥機槍掩護。」

巫瑾最終轉向凱撒，看向這位白月光打法最剛的突擊手，「十號副本會進二十五人，你的任務只有一個——活到最後。明白？」

少年的側臉在火光中明暗交替，瞳孔迎著烈焰光亮如刃，氣勢生生高漲，兩肩以上位者的姿勢寬闊分開，作戰服下肌肉繃緊。

如果站在他面前是某個經驗老辣的職業選手，定時能一眼看出巫瑾在緊張。

但凱撒卻硬生生被氣勢迫住，下意識向巫瑾點頭。

巫瑾直直看著他，聲調微揚：「明、白？」

凱撒一震，迅速反應過來，將衝鋒槍保險拉開，「明白！」

巫瑾終於點頭，臉部線條稍緩，「那拜託了，凱撒哥。」

凱撒臉色突然脹紅，直到巫瑾回過頭去。文麟在他背上拍了拍，看向小指揮時目光訝異讚嘆。

螢幕外，在白月光小隊出發後觀眾陡然沸騰。

「氣場好強！這是小巫？這是我的小巫？」

「臥槽！跳主題曲的小巫回來了！」

「小巫今天兩米九啊啊！」

「666佐伊粉表示放心，指揮位選得不錯，白月光你要加油晉級嗚嗚嗚！」

血鴿接過麥克風，說：「包括職業戰隊，多數隊伍配置中指揮位和C位重疊。但不得不承認巫瑾的決策才是最佳方案。巫瑾的槍械、戰術動作比上一期進步很大，不過和凱撒還有一定差距。」

應湘湘點頭，「把最強的留到最後，保留C位戰力。導播切一下鏡頭，可以看到凱撒把大阿卡那交出來了，」應湘湘一頓：「運氣很不錯。世界，最後一個副本中會有奇效，如果交給小巫保管……」

鏡頭內，巫瑾數了數卡牌，挑走了凱撒手裡的一張「倒吊人」，示意他把其餘收好，尤其保護好「世界」。

鏡頭緩緩移開。存活數字一閃，還剩二十四人。

八號副本，井儀明堯與隊友藉助第二張「戀人牌」淘汰卓瑪娛樂一人——從哪裡跌倒就從哪裡爬起來。

他收槍時手微微顫抖，很快就再次握緊。和一百公尺外被迫代替佐伊的巫瑾一樣，他承擔了左泊棠的責任，每一步思考都在竭力模仿「如果是隊長該怎麼做」。

九號副本，魏衍一腳踏入走廊，在熊熊烈焰中向最終戰走去。

六號副本，薄傳火狼狽竄出，髮型再次被野火燒焦。被白月光沒收了全部裝備之後，他只剩一根藤條和搶來的兩把步槍，自拍杆也在混戰中丟失。

「媽的這破火……」薄傳火被燙得跳腳，右手腕錶幾次提醒他可以開救生艙。他嘶嘶吸著冷氣，惡狠狠把提示按掉，「退賽？不可能，一輩子都不可能退賽，要對得起你哥給你煎的荷包蛋……」

十號副本入口。

巫瑾循著記憶找到上鎖的門，忽然仰視頭頂。

文麟皺眉，「誰在唱歌？」

火塘與地圖的遠方都被獻祭之火淹沒，火舌舔舐著神祇的衣襬，歌聲自穹頂盤旋而下，像是來自遠處教堂的唱詩班。

「——這是確鑿、無瑕的真理。」

「——萬物可歸於一物，於一物之思索可衍化萬物。」

「讚歌。」巫瑾快速回答：「獻祭時的讚歌。門只能進一個人，我們再找兩個入口。」

文麟報出方位：「S190兩人在開火，E120是魏衍。SE150有三人同隊。」

巫瑾點頭，「去S190勸架。」

沒有多耽擱，少年扛起噴子循著火光前進，文麟緊緊守在右側。

凱撒下意識地就要搶先，硬生生停住步伐，卡在了三角陣容中的最後一環，被兩位隊友的槍線左右護持。

走廊的另一條岔路，正在剛槍的兩位練習生愕然回頭，鳥槍霰彈突飛而來，粗大子彈悶聲擋住退路，巫瑾沉臂收槍，揚眉像伺機而動的豹，毫不猶豫帶著血氣突進。

一名練習生一愣，猝不及防躲閃，卻被凱撒的槍線覆蓋。救生艙彈出！

還剩二十三人。

腕錶再次變動，數字又降。剩下選手驚駭看向巫瑾，瞬間反應過來，零二號鳥槍的射擊間隔為三秒，巫瑾的突進不過為佯攻，如果此時反殺——

文麟悍然擋住去路，凱撒偏轉槍口，衝鋒槍再度掃射收割。

還剩二十一人。

這一波餵槍如行雲流水，凱撒感激看向巫瑾，剛想走個擊掌，金魚腦子又想起之前的爛事，抓耳撓腮，「謝了，兄弟！」

巫瑾回頭，護目鏡反射妖異的火光。他舉起右手，文麟毫不客氣地上去擊了個掌。凱撒還兀自愣著，巫瑾走過他右側，和隊友輕輕撞了個肩，向凱撒乾脆豎起大拇指。

凱撒呆了半晌，繼而哈哈大笑。

兩扇入口到手，還差最後一張入場券。

祭祀火已經將走廊近乎燒完，飛灰與殘屑漫天。神像在半空中靜立，火光中笑容悲憫，它的腳下是一片沸騰的火海，讚歌隨著烈焰盤旋。

白月光終於在爭奪第三扇入口時與卓瑪娛樂對上。巫瑾受傷，凱撒輕傷，文麟與對面硬剛了近三十秒，在巫瑾的命令下撤退。

六分鐘後，十號副本的另一側。

巫瑾擦去嘴角的血沫，用繃帶粗暴紮住止血點，指著噴子淘汰了蔚藍人民娛樂的B級練習生，搶占了最後一扇門。

「快！」巫瑾來不及清點裝備，示意凱撒、文麟回到副本入口，說：「歌聲換了，祭祀要開始了！」

半空，火堆轟然炸開，巨石雕刻的赫爾墨斯似乎舉起了雙臂，又像是火海之中凡人的錯覺。

「——萬物之父，世界的先知在此。」

「——他若是降臨，是最完整、無可比擬的力量。」

彎彎繞繞的走廊沿著火海，無數分支錯落。

白月光入口不遠處，紅毛躲著鏡頭，磨磨蹭蹭向上級請願，「衛哥，就再玩一會兒，再一會兒……」

衛時冷漠。

紅毛嚷嚷：「這地圖造價不菲，平均下來每分鐘都是幾十信用點，跟遊戲點卡似的。我就轉轉……」

衛時嗯了一聲。

紅毛一喜：「您、您同意了？」

衛時：「走廊直走左轉向右。」

紅毛哎的一聲應下，歡歡喜喜走了。少頃隔牆傳來一聲驚叫：「魏、魏衍——」

衛時低頭，腕錶上隊友頭像熄滅，毛秋葵慘遭淘汰。

還剩十二人。

衛時撚起槍，懶散向著走廊深處走去。平穩無聲的步伐繞過井儀和魏衍所搶占的入口，在被祭祀火燒焦的牆體前停頓。

男人壯碩的身軀在火光中拉下飄忽不定的影，黑黢黢的長影映入牆體後的視野。

巫瑾一瞬反應過來，神色陡肅，右手毫不猶豫扣上扳機，瞇眼向牆體埋伏靠近。繼而他愕然抬頭——

白晃晃的光在眼前躍動。巫瑾身形微晃，許久才找到焦距。

小隊通訊，文麟異常緊張：「小巫？能聽見嗎？剛才發生了什麼？」

接著是凱撒：「小巫我在往你這邊靠，你先隱匿。」語氣相當懊悔：「剛才就應該我守在你那邊。」

巫瑾終於回過神來。

半分鐘前，烈火將整個走廊燃盡，十號副本大門打開，他幾乎是被熱浪推入房間，入口在他背後轟然閉合。

巫瑾最後看了眼身後，將情緒掩飾在眼底，「抱歉……是我走神。」

「小巫沒事？」文麟問道。

巫瑾搖頭搖頭。

文麟：「沒發生什麼？」

巫瑾一頓：「……沒有。」他抬頭，瞇眼看向眼前的決戰副本。

目前存活十人。

獻祭火無差別淘汰了副本外的所有練習生，僅剩的十位選手在準備席中就緒。魏衍在他左側，右側是文麟和凱撒，對面井儀娛樂兩人、卓瑪娛樂兩人、蔚藍人民娛樂一人，以及被燒得髮絲焦糊的薄傳火。

賽場內，兩張卡牌憑空懸浮——副本一分為二，女祭司牌，以及隱者牌。

幾乎所有選手都表情茫然，巫瑾卻長吁了一口氣，與他猜測的完全相同。

他迅速打開小隊語音：「牌陣占卜的是祭品的命運，十號副本由燒毀的九張大阿卡那決定。最終戰——卡牌出現順序和獻祭火燒毀的順序一樣。不出意外，第一輪是兩張過去牌，第二輪『找到、遮蔽和加冕』，第三輪是『未來』，第四輪『真心，牢籠，恐懼』。最後一輪是揭開的命運。」

「還有，副本淘汰率不會疊加。只要不被選手擊殺，任何人都有機會走到『命運』。」

凱撒出聲：「怎麼個打法？」

巫瑾壓低聲音：「以最快速度通關，用你的『世界』牌去交換命運。」

備戰區緩緩下降，副本終於開啟。

巫瑾拔出槍，向女祭司副本奔去，魏衍緊隨其後。

女祭司、隱者。兩張卡牌二選一。

幾乎所有選手都在靜觀其變，見巫瑾做出選擇，深悉智腦威名的薄傳火第一個跟進，繼而是井儀娛樂、被巫瑾放過鴿子的卓瑪，以及魏衍。

巫瑾進入副本之前，魏衍悍然開槍。

巫瑾一個側身躲過，卻是被魏衍搶占先機，踏入「女祭司」牌。

R碼娛樂解題方式簡單粗暴，只要第一個進去，就能占據先機。

巫瑾眼神微動，終於鬆了口氣，「去隱者牌。」

文麟露出笑容。

女祭司是遙遠的過去，隱者是近的過去——通關時間定然比女祭祀要短。

十分鐘後，白月光自副本走出，在女祭祀牌混戰成一團的當口，正義、月亮、戰車三張牌再度出現。

巫瑾：「選加冕，走戰車牌——小心！」

狙擊彈飛旋而來，魏衍竟是孤身一人率先通關女祭司牌，追逐白月光的腳步而來。

右側腕錶，存活選手還剩八，與魏衍趕盡殺絕的作風截然不同。

巫瑾微微凝眸，這時終於摸清了魏衍的路數。

如果這是一場考試，考察的是選手對牌陣的洞悉，魏衍的策略只有一樣，就是拷貝白月光的所有答案。

「進副本！」巫瑾擰眉指揮。

戰車、獅子再度復現眼前，巫瑾正要爬上戰車卻被文麟阻止：「我來。」

巫瑾停頓，看向文麟。

白月光的輔助點頭，微笑，「放心。」

巫瑾最後和他撞了下肩，一言不發，眼神裡帶著感激。

凱撒顯然沒有弄清狀況，但已被巫瑾擋在身後，「準備去下一張。」

身後，文麟操縱戰車擋住了魏衍，這位人形兵器措不及防沒摸清規則，被黑白獅子幾次攻擊波及。

十分鐘，加冕牌放行。

巫瑾：「走！」

凱撒忽然抬頭，文麟在戰車上向兩人頷首。

魏衍失去槍線壓力，終於將槍口對準文麟——

凱撒一言不發回身。

右側腕錶，剩餘存活從七跳到六。

文麟頭像暗淡。

巫瑾比凱撒更快摒棄情緒：「去倒吊人牌撿點東西，通關之後，真心、牢籠、恐懼——走真心，教皇牌。」

魏衍被文麟攔在身後，錯過了一拍，被困在倒吊人牌。

巫瑾、凱撒對教皇牌經驗豐富，硬生生將通關壓縮在了三分鐘之內。

走出副本的一瞬，高臺終於升起——象徵著最終「命運」的卡牌懸浮，兩人終於長舒一口氣。

五人存活——巫瑾、凱撒、魏衍、明堯、薄傳火。

高臺之下，魏衍還在死神牌鏖戰通關，其餘兩人分散在教皇與倒吊人之中。

凱撒終於把珍藏已久的「世界」牌握在了手中。

巫瑾低聲道：「準備好了？」

凱撒俐落點頭。和半小時前相比，巫瑾做出的任何命令，哪怕是現在讓他衝回副本，他也會無條件服從。

他挨著巫瑾的肩膀站著，神情終於放鬆，看向手上的卡牌，「咱小巫厲害了！趁著人都沒出來，現在換？」

巫瑾搖頭，「這張牌改變的是所有選手的命運，現在不換。」

凱撒一愣：「那啥時候換？」

巫瑾深吸一口氣，「在你確定能幹掉所有人的時候換，等著。」

死神副本，魏衍面無表情走出，與伏擊在外的凱撒一噴子對上。他眼神微頓，向高臺看去。

凱撒在副本外守著，巫瑾卻站在高臺上。

他手拿一張卡牌，與魏衍遙遙相望。

魏衍不假思索架起大狙，巫瑾與凱撒之間，用腳指頭想也知道巫瑾才是指揮位。身後，凱撒槍線緊追，魏衍徑直踏上高臺。

巫瑾低頭，終於放入了他手中的卡牌。

克洛森秀導播室，應湘湘睜大了眼睛，「他現在就要插入世界？可是……等等！」

副本天旋地轉。荊棘自地底蔓延生長，火焰憑空而起，絞刑架自上而下墜落。

血鴿：「……是倒吊人。」

巫瑾沒有半分遲疑，迅速向著魏衍開槍。他的目的不是為了打中魏衍，子彈在極速摩擦中將高臺點燃——整個高臺早已被荊棘鋪就，克洛森秀加了助燃料的藤條迅速將原為安全區的高臺燒成人間煉獄！

白月光犧牲了文麟，搶先魏衍一個通關回合只為了一件事——以倒吊人設局，把魏衍迫上高臺，再用藤條引燃烈火，無差別攻擊。

應湘湘微微一頓：「可是，不止是魏衍……小巫也在高臺上。」

血鴿看向手中的卡牌資料，「倒吊人牌，本意就是奉獻和自我犧牲。」

賽場中，凱撒咬緊牙關，最後向臺上的巫瑾點頭。

魏衍措不及防被荊棘之火逼迫，然而比起安全區，與他距離更近的是巫瑾。

退無可退，以命換命。

雙筒獵槍響起，凱撒一頓，把最後兩個字卡在了喉嚨裡。

巫瑾淘汰，剩餘存活四。

魏衍在烈火中淘汰，剩餘存活三。

凱撒一言不發，扛起槍，繞過野火，向著高臺最上方走去。

「世界」被插入卡槽。

正在倒吊人中奮力通關的薄傳火被凱撒居高臨下狙倒，淘汰出局。

剩餘二。

明堯迅速向掩體躲避，副本場景卻是突變。

勝利之門打開，天使在雲端嬉鬧，腳下是一望無垠的沃土，掩體消失。

凱撒最後一次架起了槍。

凱撒的腕錶一閃。

存活一。

救生艙內。

灼熱的火焰溫度自身旁消失，麻醉氣體壓抑感知，巫瑾很快沉沉欲睡。

陷入夢境之前，四十分鐘前的一幕在腦海中閃回。

十號副本入口。讚歌在穹頂迴響，獻祭之火灼灼燃燒。

巫瑾看見了牆角投下的影，悄然持槍逼去。

焦糊的灰燼、斑駁的牆與簌簌而下的土塊將嗅覺隔絕，雙眼被濃煙燻得通紅，入目所及皆是獵獵妖火，看不清牆後的對手。耳側是反覆迴旋的祭祀歌、劈哩啪啦的灼燒聲，和僅有一牆之隔的心跳，氣息熟稔至極。

巫瑾忽頓。他訝然睜眼，心率平復，繼而突然開始歡騰。

牆體另一側，衛時眼神微動，右手在槍柄上摩挲。

巫瑾盯著影子看了半天，見大佬毫無動靜，忍不住撲通向前一步試探。

機位籠罩不到的地方，巫瑾的影子順著火光與男人交疊。

牆壁邊緣，慢吞吞地先探出半個腦袋，接著是小捲毛撩起後光潔的額頭，繼而是和大佬同款的護目鏡。

衛時示意暗中觀察的兔子麻溜兒蹦出來。

半個腦袋嗖地一聲縮回。巫瑾左右檢查了一下機位，終於放心，歡脫從牆後躥出——火焰灼灼，明明該熱壞了，看到你卻覺得暖和得很。

衛時低頭。少年身上有好幾處創傷，手肘紅腫了一塊不知道在哪裡磕的，蹭破皮裡面卡著沒清完的碎土。小圓臉灰撲撲，一聲不吭抱著槍，就像垃圾桶裡撿來的兔子。

兔子卻笑得挺歡脫，傻乎乎的。

男人把一瓶創口噴霧扔了過去，言簡意賅：「開槍。」

巫瑾一呆：「什、什麼？大哥……」

衛時還真是來送分的。存活人數達線，足夠他晉升到B了。

他扔下噴霧，在巫瑾腦袋上擼了一把，毫不留戀轉身離去。

衛時的後背暴露在巫瑾的槍線內，以巫瑾的槍械水準，閉著眼睛也能打中。但下一刻，巫瑾卻啪啦一聲扔了槍。

衛時回頭，小兔崽子執拗地不肯下手，送上來的分不要，還委屈上了。

男人挑眉，原本冷硬的嘴角線條鬆融，無奈往回走去。

身後，祭祀之火已經充斥整個走廊，似乎只消再過幾十秒就要將一切吞噬。穹頂之下，重複了許久的讚歌終於改變。

「它衝上雲霄，然後款款而下。」

「世界因此而造。」

身影再次重疊。衛時毫不費力扯起巫瑾的右手，將小巧的手槍卡遞到他的掌心。強侵略性的吐息把巫瑾困在牆角裡，少年忍不住抬頭看去，呼吸因為緊張而急促。

男人的眼神在他微張的唇一掃而過，聲音略微沙啞，忽然毫無徵兆地屈腿抵住巫瑾的膝。

「乖。」粗糙的手掌握住巫瑾，繼而在少年反應過來之前調轉槍膛。

巫瑾瞳孔驟縮，下意識鬆手，「別……」

救生艙彈出。巫瑾右側腕錶，原本的擊殺八上升到擊殺九。

十人存活。

祭祀之火裹挾鋪天蓋地之勢湧來。一張沒有兌換的卡牌隨著救生艙彈出掉落。

石塊、鷹架劈里啪啦下墜，讚歌的最終樂章響起——

「依據我的引導，奇跡演化而生。擁有三重智慧分身的我因此得名，吾即赫爾墨斯。」

「我會給予你整個世界的榮耀。」

門外，沒有進入最終祭祀的「寶劍騎士」卡牌在烈火中燃成灰燼。

騎士心甘情願被獻祭之火灼燒，不是為了聞所未聞的神靈，而是為了他所唯一效忠的寶劍國王。

——焚我身軀，為你加冕。

「攝影機準備！哎，機位下來點，鏡頭擦擦別髒了，麻溜兒的，這開的可是珍珠貝。來，300012號開艙……」

昏暗的視野驀然被光線劈開。

少年雙目緊閉，眉心擰起，在突如其來的嘈雜中睫毛無意識翕動。側臉鋪了一層光，暖融融，溫溫柔柔。

救生艙上方，攝影機燈光瘋狂閃爍。

副導打了個手勢，小劇務立刻屏住呼吸上前，小心把巫瑾搖醒。

「咱小巫顏值就是能打！」副導重播了一遍鏡頭，洋洋得意。

一旁，被機械臂從救生艙裡扒拉出來的紅毛眼睛都看直了。

兩個妹子劇務伸著柔荑小手，在巫選手肩膀上一戳一戳。

另一邊，機械臂毫不留情在紅毛臀部一個拍擊，示意他利索讓開，別礙著回收艙體。

「哎喲這他媽誰寫的程式……」紅毛捂著屁股躥了出來，被小劇務瞪了一眼。

「小巫！」劇務妹子回頭，用氣聲輕輕喚道：「比賽結束啦，出艙站起來走走。」

巫瑾微微抬頭，睜開眼睛，乖巧應下。約莫是吸了太多麻醉，看上去還傻乎乎的。

救生艙外是克洛森基地的黃昏，雲絮被赤色漸染，夕陽映出一道一道的霞。天地如被烈火鋪就。幾百公尺遠處，哥德祭壇在祭祀之火中燃燒。

第三輪淘汰賽賽場壽終正寢。

帶著電光的濾網在外面罩了一層，將燃燒時的煙灰、殘渣和PM2.5一概嚴實遮擋。節目PD正在指揮一組攝影師扛著贊助商牌子，拍攝空氣濾網廣告。

遠處導播室氣氛歡騰，大螢幕上的應援標識此起彼伏。

「白月光My Ace！團魂爆炸啊啊啊啊啊！」

「井儀雙C！我儀雙狙一生推！」

「Pick我家小巫啾啾啾！荊棘烈火，榮耀鋪路！小巫出道，麻麻守護！」

救生艙前，小劇務笑咪咪道：「小巫，看，他們在為你歡呼！」

逃殺秀以暴力美學征服觀眾，如果說第二場淘汰賽中，巫瑾單純以策略取勝，第三場比賽就是實實在在圈粉。

「節制牌」中的聖杯之戰、「戀人牌」中的無畏突擊，以及最後高臺上的烈火困局交替反覆，與其他選手的精彩剪輯循環投影在螢幕中。

巫瑾遲緩點了點頭，看上去有點不好意思。

小劇務又嘰里呱啦說了幾句，忽有所覺，擔憂地把醫療隊叫了過來。

「這是幾？手腳麻不麻？頭疼不疼？」

在醫療隊搭手的後勤向巫瑾問了幾句，轉身，「麻藥吸多了，正常情況。選手家屬……不對，隊友呢？」

一旁圍觀的紅毛剛按了個通訊，佐伊已經趕了過來，「家屬！家屬在這裡！」

佐伊比巫瑾早兩輪淘汰，出艙後看完了最後半小時直播，端的是紅光滿面感動欣慰。

後勤大手一揮，「沒什麼大問題，先把傷口處理了。」

巫瑾揚起腦袋，呆呆看向佐伊，往前蹭了蹭。

佐伊立刻心疼，小心翼翼給人摘下護具。

後勤點頭，吩咐道：「就這樣，要讓病人有安全感。行了，家屬就在旁邊陪著，等一會兒麻藥過了……」

旁邊忽然穿出一人，紅毛立刻跟了上去。

佐伊回頭，一愣：這誰？再回頭時差點瞪出眼珠子——

剛才還乖巧靠近自己的巫瑾慢吞吞換了個位置，隊長也不要了，揚起小圓臉看向來人。

衛時站在他身前，低頭。

小圓臉委屈巴巴，幾個小時前還勾勾搭搭的小捲毛軟塌塌攏著。

衛時皺眉，伸手測探巫瑾脈搏。

少年小幅度掙扎了一下，很快就被壯碩的手臂制住。巫瑾又呼呼吹出一口氣，臉頰鼓氣，腦袋上寫滿了「生氣」、「胡鬧」、「委屈」！

男人俯身測了一下額溫，順手撥開小軟毛上有若實質的情緒泡泡，「不鬧，我陪著。」

「……」佐伊神情恍惚，又看到旁邊紅毛伸個脖子，一臉理所應當。但這他媽到底是誰？工作人員還是選手？醫療隊的還是……

佐伊一頓，記憶隱隱浮起。

戰車牌，下面鬥得你死我活，上面坐了個看戲的，還有走廊上用槍狙他的，搶先一步進「戀人」副本的。自己始終被卡了視角，對方五官都看不到個大概，但身形分明就是面前這位。

佐伊：「嗯？」

十幾公尺外，正打算和巫瑾蹭個同框的薄傳火迅速回頭——臥槽，這私生飯又來占愛豆便宜了！惹不起、惹不起！

那廂，佐伊越想越不對勁。看著架式，難不成是小巫在副本裡讓人給欺負了？他正要出言把人趕走，冷不丁看到男人俯身，低頭在小巫耳邊說了什麼。

巫瑾一頓，揚起下巴，眼睛卻彎了彎。

衛時哄完兔子，向佐伊微微頷首，起身走向醫療隊。

「300012號選手的用藥記錄能查到嗎？」

隊醫看了他一眼，往資料庫裡翻了翻，疑惑道：「咦，怎麼沒有？選手錄入之後應該在一週內提交的……」

衛時皺眉，倒並不意外，「補查一下，勞駕。巫選手麻醉耐受低，以後救生艙儘量減少麻醉劑量。」

隊醫一怔，從車內拿出探測儀走向巫瑾。

神經阻滯量度緩緩上升，很快超出警戒線。

佐伊也緊張湊了過來，一面給公司發訊，一面看著儀器資料上躥下跳。

隊醫神色轉肅，隨手抓住一名後勤批評，又看向衛時，「你們公司怎麼搞的？第三場淘汰賽了，用藥記錄還不補？這是打比賽還是玩命啊？」

繼而刷刷寫了張體檢單塞給他，「拿著，幸虧發現得早。回頭分析一下資料……」

佐伊連忙搶過，「那個，我才是白月光娛樂的。」

衛時掃了眼儀器表，「改成每千克0.2mg。」

醫師訝異看向他，若有所思。

隊醫走後，佐伊感激看了衛時一眼，「兄弟，交個朋友？」

衛時點頭。兩人有一搭沒一搭說著，男人又開了瓶水，看著巫瑾咕嘟咕嘟抱著水給自己灌下。

幾分鐘後，巫瑾終於有清醒跡象。

衛時留下那瓶灌溉兔子的礦泉水，和佐伊打了個招呼就帶著紅毛離去。

佐伊一回頭就樂了，「小巫醒了？剛才我還見到你戀人牌的隊友來著，看著挺靠譜。」

呆呆望著礦泉水的巫瑾立刻抬頭，迅速順著男人離去的方向看去。

大佬在草坪中穿梭，紅毛在旁邊上躥下跳，像是在抗議。走廊、魏衍之類的詞彙隱約傳來，繼而又被大佬一句話斥得耷拉腦袋。

「嗨，遲早有一天我要揍得他……」紅毛嚷嚷。

衛時忽然回頭。隔了整個克洛森秀草坪，兩人遙遙相望。

烈火、祭壇和雲霞將草地染得赤紅。衛時眼神淡淡，唇角線條鬆融，右手虛虛握著同款礦泉水，像是戰後懶散溜達的獸，回頭再確認兩眼獵物。

巫瑾心跳迅速加快。

原本還鄭重其事要「找大佬陳述問題」，此時全部忘到腦後，兩隻眼睛睜得溜圓，看上去還是一隻不怎麼高興的兔子，小軟毛卻在晚風中美滋滋飄蕩。

身後，看向別處的佐伊一陣唏噓，撞了撞巫瑾的右肩，「你看。」

草坪的另一端，井儀雙C再度會合。半小時前還扛槍悍然不懼的明堯眼眶發紅，蹲在隊長左泊棠旁邊，一句話都說不出來。

左泊棠又是感動又是無奈，只得拍拍他的肩膀鼓勵，「不是差一點就拿到第一了嗎？不錯，沒給咱井儀丟臉！」

他又哄道：「小明，要不先起來？你這麼蹲著也不是個事兒……」

克洛森秀導播室。

血鴿看向一片鬧騰的草坪，「左泊棠降級到C了，不該這麼早淘汰。」

應湘湘倒是絲毫不惋惜，笑咪咪道：「降級了名次還能上來，能把明堯逼出來的機會可不多。人家小左算得可比你清楚。」

血鴿一愣。

霞光中，燒得只剩架子的祭壇轟然倒塌。

節目PD又開始張羅，拍不知道是高爐煉鐵還是垃圾焚燒的廣告。

魏衍執著看向巫瑾，又遲遲不肯過來。

薄傳火倒是看得清楚，這位人形兵器妥妥兒是因為人多不肯過來，估摸等人少了就再次找小巫下個戰書。

有個小劇務慢吞吞拿著袋子向草坪走來，薄傳火手速飛快接過，趕緊就著灌溉草坪的水龍頭卸了個妝，敷上面膜調理肌膚，打電話給自家兄長。

薄覆水在辦公桌上翹著個腳，向排名第三的自家弟弟表達祝賀。

薄傳火喜出望外，對著通訊狼嚎：「哥啊啊啊——」

薄覆水把耳機往外扯了扯，大度給予關心：「崽，雖然是室內場，只敷補水是不夠的。你們那個祭祀火，火焰輻射從紫外線到伽瑪射線都有，這種情況下要加敷一張美白……」

編導毫不留情打斷：「第三名，第三名薄傳火，後臺準備採訪！」

採訪室內，凱撒闊步走出，第二名明堯睜著紅唧唧的眼睛接在他後面進場。

薄傳火嘖了一聲，從化妝包裡掏出一對眼膜友情贈送給明堯，「不用還了！回頭你們井儀發通告，放圖的時候記得給我磨個皮！」

明堯一噎，道謝接過。

凱撒出門時正遇到文麟，當即拉了人急吼吼就要去找巫瑾及佐伊。

拍完廣告回來的節目PD在他身後吞雲吐霧，「冠軍採訪，問啥就說——哎，都是小巫算得好！都是隊長和文麟他們——我這啥都沒幹，就上臺換一張卡……」

血鴿笑道：「年輕人啊。」

遠處，白月光小隊終於再度集合。凱撒嚷嚷個不停，佐伊正在大聲訓斥，巫瑾軟乎乎攤在草坪曬太陽，文麟笑咪咪看著。

節目PD隨手看向終端，立時精神奕奕。

此時克洛森秀流量一片大好，第三場比賽官方剪輯還沒出，星網上的剪刀手、產糧大戶、顯微鏡少女、站姐們已經迅速奮戰第一線，滿足廣大群眾需求。

幾個經典鏡頭集成視頻迅速傳播，無數tag刷得飛起。

#井儀雙C 為你折翼，送你高飛

#白月光雙突擊 荊棘烈火，捨生涅槃

#圍巾CP 非誠勿擾，緣定三生

#佐麟……

節目PD突然興奮：「我覺得咱們可以搞個大事情！」

血鴿茫然：「……啥？」

節目PD嘿嘿一笑，「咱們團綜可以換一個思路，積極回應粉絲要求！組隊嘛，S.W.A.T-觀眾在比賽裡也都看膩了，咱們這次可以拆隊，兩兩一組搞綜藝小遊戲，那什麼讓粉絲在網上投票組隊！」

血鴿納悶：「啥意思？」

節目PD撣了撣菸灰，「嗨呀，跟你這種滄桑直男說不清。湘湘在裡面嗎？我去找她說去，哎，那個小誰過來下，一會兒開會寫個策劃！」

血鴿：「你他媽不是滄桑直男？」

PD嚴肅斥責：「搞藝術的，別用那麼膚淺的詞彙形容哥。」

一旁小編導努力記著領導突如其來的靈感，忽然想到什麼虎軀一震，「老師，要是他們把……把把把魏衍×您投上去了怎怎怎麼辦？」

PD大手一揮，豪氣說：「只要有流量，你老師什麼都能做！作為媒體人，就要有獻身螢幕的自覺！」

準備接受採訪的魏衍面無表情從走廊路過。

小編導一個哆嗦，嚇得本子和筆掉了一地。

採訪室中，選手按照名次依次入場。緊接著第四名魏衍之後就是巫瑾。

帷幔在採訪間的四周柔柔飄蕩，房間內魏衍依然少言寡語，負責採訪的占卜導師——半人馬座占師辛拉滔滔不絕，幾乎從頭到尾都沒有冷場。

從魏衍的比賽表現，到主動提出給他看個手相，還有三分鐘速測桃花運等七扯八扯。

巫瑾終於明白為什麼前幾位選手採訪如此之久。

採訪等候區內，似乎為了給選手解悶，放了不少精緻的占卜道具。

塔羅牌，水晶球，龜殼，骰子，八卦盤，命運之書應有盡有。

巫瑾隨意翻開《命運之書》中的一頁，一行大字下印了個二維碼：「愛情即將降臨！現在掃碼付款立即獲得脫單指引！」

巫瑾：「……」

採訪區內，占卜師辛拉已經扯到了「從命理來看，魏選手應該有兩位重要的成長夥伴，難道魏選手有兩個哥哥」……

魏衍麻木搖頭。

巫瑾合上了掃碼之書，眼見就要等到天荒地老，終端中忽然一條訊息傳來。

凱撒：「臥槽！小巫你快看團綜投票頁面！圍巾CP是哪裡冒出來的野雞組合？把咱白月光雙突擊都給超了！肯定有人買水軍了！小巫你等著，哥這就把咱倆的票數給刷上來！」

註釋1：S.W.A.T：特種武器和戰術部隊，英文Special Weapons And Tactics的縮寫，指四至五人小組的特殊作戰單位。

巫瑾放回《命運之書》，趕緊問道：「凱撒哥，什麼圍巾？」

正在此時，採訪室大門打開，魏衍表情僵硬走了出來。

身後，占卜導師辛拉猶自口若懸河沒完沒了，「我在小魏的身上看到了活潑、奔放的性靈，那是沒有被壓抑的天性……」

兩個負責收音的劇務面面相覷，「他說的是魏選手？」

巫瑾向魏衍打了個招呼，推開門走入。

占卜師辛拉立即露出了溫柔的笑容，親切道：「多麼奇異的命輪！親愛的，我看你與玄學有緣，這裡是一百張半人馬座命理協會占卜優惠券，就由我做主送給你了。用不完可以抽獎送給粉絲。」

巫瑾一呆：「……謝、謝謝老師……」

辛拉益發興致高漲：「小巫是比賽裡唯二把地圖吃透的，導師我很鍾意你。」

啪嗒一聲，虛擬投影打開。

第三場淘汰賽的地圖展現在眼前，巫瑾仰頭睜大了眼睛。

六張牌錯落排布成十字，旁邊是四張散牌，連在一起如同十字架的一痕倒影。

辛拉對著臺本問完了採訪問題，示意巫瑾看向螢幕。

「凱爾特十字牌陣，韋特塔羅體系中血統最古老、純正的牌陣之一。一八八八年，一群神祕學者徒在英國倫敦創建了金色曙光結社，並將這一牌陣教授予門徒學習。」

「那是一個被稱為傳奇的時代，」辛拉微笑，「以赫爾墨斯主義為代表的歐洲玄學發展到鼎盛，結合了占星學、煉金術、塔羅牌和卡巴拉密宗之後迸發出了驚人的生命力。」

他把一疊塔羅牌遞給巫瑾，溫聲問：「小巫相信玄學嗎？」

巫瑾微愣，作為在唯物主義照耀下成長的二十一世紀青年，比起玄學更信任科技。他禮貌回答：「很吸引人。」

辛拉點頭知悉，並不意外，繼續口若懸河：「玄學是心靈的導師，比起『迷信』，我更願意將它形容為『疏導心靈』。以塔羅牌為例，它開啟的是一種溫暖的溝通氛圍，將求卜者放置於舒適心理區間，為他們調解情緒，梳理認知。直到今天，塔羅牌依然是不少心理醫師擅長的輔助療法之一。」

巫瑾訝然，揚起腦袋看向導師。

辛拉有著半人馬座常見的維京移民血統，身材高大，語氣低沉舒緩。他又聳了聳肩，「如果喜歡，不妨予以它信任。有人說科技快速發展必然會導致玄學沒落。我自己是不相信的。」

辛拉笑道：「其實從十四世紀開始，神祕學就與科技關聯。尤其是煉金術、占星術兩項，很多先賢假藉神祇赫爾墨斯的智慧，將研究成果以『偽典』形式流傳，從而規避嚴酷的宗教迫害，為科技奠基。小巫還記得祭祀前最後的讚歌嗎？」

巫瑾聽得入迷，立即點頭，「依據我的引導，奇跡演化而生。擁有三重智慧分身的我因此得名，吾即赫爾墨斯。」

辛拉一頓，又多看了巫瑾兩眼，似乎驚嘆於他的記憶力，「歌詞來源於赫爾墨斯的翡翠石板，將它從拉丁文翻譯過來的就是一位物理學家，艾薩克·牛頓。」

巫瑾刷地亮起了眼睛。

這位占卜師終於露出了欣慰的眼神，就像賣出去一份安利：「占卜的方式很多，塔羅牌只是其中之一。當你承認這副牌的時候，它也會承認你。」

辛拉擼起袖子，興致大發：「來，我給你算算。七十八張大小阿卡那中，每個人都有一張最契合的牌——小巫的是，嗯，命運之輪！」
巫瑾一頓，迅速掩住突然激烈的心跳。
背了整整兩週的牌面，牌意他記得相當清楚。
辛拉繼續說道：「命理特殊，曾經變換過一次軌道……咦，應該是有什麼非同尋常的事情發生，至少跳度很大，怎麼時間空間全變了？命運之輪改變的不止是自己，還有身邊最重要的人……」占卜師滔滔不絕說著，再一抬頭發現巫選手意外僵硬。
巫瑾趕緊回神，不再多糾結於穿越的事，說：「謝謝老師。」
辛拉笑咪咪道：「不客氣。對了，命運之輪還會至少改變一次，如果迷失了方向，記得跟從自己的本心。」
巫瑾的眼皮一跳。
那廂辛拉已經岔開了話題，思維極端發散，從算牌談到占卜師資格考試，又到協會歷年營收，甚至提出想要模仿克洛森秀舉辦通靈選秀活動，以吸引星網流量云云。
一旁的導播習以為常，等採訪時間到了才慢悠悠喊停。
「還有什麼問題嗎？」結束時，辛拉揚眉問道：「小巫在想什麼？」
巫瑾謹慎沒有再問命理：「導師剛才說的，另一位把副本吃透的選手是……」
兩人走到休息間，辛拉隨手開了瓶水，「喔，你的戀人……戀人牌匹配隊友。」
巫瑾微愣，大佬明明避開了所有鏡頭！
辛拉卻是說道：「除了副本，全程攝影機一點都沒拍到，最後卡著決賽圈淘汰，肯定有兩把刷子。我們這一行就是靠情商吃飯，這單東西都看不出來還這麼忽悠人？」
「說起來，你倆私下關係不錯吧？卡牌相性也合。」

巫瑾蹭蹭抬頭，「沒沒……」繼而向導師道謝出門。

辛拉摸著下巴，回到演播廳等待下一位選手，順便同導播閒聊：「小巫真可愛，一邊走路還一邊揉臉。」

巫瑾走出採訪室時，黃昏落幕，夜色將克洛森基地籠罩。

草坪中央篝火旺盛，食物香氣洋溢。草坪一端，各小隊隊長正在長桌上排隊領取食材。

似乎是嫌棄自家烤架上的食物熟得太慢，凱撒如幽靈般穿梭在各個小隊之中，時不時伸個腦袋，「嘿嘿，這個好吃，給我也來一串……」

文麟還在採訪室內，佐伊端了盤食物回來，皺起眉頭。凱撒一個沒看住，把烤架上的肉串消滅了個乾淨，只剩下伶仃幾根蔬菜。

巫瑾正乖巧蹲坐在烤架前，認認真真轉動蔬菜。

「小巫回來了啊！」佐伊立刻心軟，擼了一串熱呼呼的小彩椒遞過去投餵，問道：「都採訪了些啥？」

巫瑾啊嗚啊嗚啃著蔬菜，和隊長有一搭沒一搭說著，忽然注意到佐伊身邊收好的小隊通訊裝置。

「聽了一遍你們的錄音，」佐伊笑笑，拍拍他的肩膀，「小巫指揮不錯。」

巫瑾正要開口，佐伊搖了搖食指，「別謙虛，沒人能做得比你更好。回頭我向戰隊報備一下，補你一個指揮位副位。凱撒那裡我會單獨找他談。」

巫瑾趕緊搖頭，「問題不在凱撒哥。是我，還要繼續練習。下一輪就要隨機分隊，在那之前我想吸取教訓。」

佐伊一愣，輕微頷首。

指揮位是團隊的核心，對團隊有絕對調動權。

巫瑾的大局觀、判斷力都足夠，欠缺的是一個服眾的契機。凱撒腦子簡單，經歷此次之後心服口服，不會再鬧什麼么蛾子，但白月光小隊之外，小巫想成為一個合格的指揮者，必須具有凌駕於所有隊員之上的絕對實力。對於入行不過三個月的巫瑾來說，千難萬難。

「想好了？」佐伊問道。

巫瑾笑咪咪點頭。

佐伊把烤好的五花肉給他塞了一串，「別把自己逼得太過，你佐伊哥好歹也是看了你三個月，」他抬頭，「不過，隨機分隊是個機會。想衝就大膽往前，別顧忌太多，後面有佐伊哥和公司給你兜著。」

巫瑾揚起小圓臉，在篝火下微微泛紅。

【第七章】

謝謝你們，我會繼續站在這個舞臺上

草坪中，夜晚的狂歡終於開幕。

臺上，節目PD正在講解新一期團綜規則：「團綜明晚八點開始，老規矩提前十分鐘入場，排名前二十的選手和前五的戰隊早上來導播大廳定妝……」

「螢幕上是你們的宣傳照，今晚系統維修後，將額外開啟『觀眾們最喜愛的螢幕練習生搭檔』投票通道……」

佐伊剛灌了一口啤酒，差點沒噴出來，「炒CP就炒CP，取個這麼長的名字裝什麼裝？」

下一刻佐伊眼神頓凝。前五小隊的宣傳照已經放出。

井儀是雙狙開道，突擊輔助護法；卓瑪是秦金寶一把尖刀抵在前頭，三位隊友堅守後背；R碼是魏衍騎在馬上冷酷莊嚴；白月光是四人自上而下爬在戰車上，像掛了一樹的猴子，自己的腳還踹在凱撒的屁股上。

「……」佐伊扔下烤肉，毫不猶豫提出抗議。

節目PD老神在在：「宣傳照是觀眾票選出來的，咱們飯碗也是觀眾給的，要尊重觀眾老爺的選擇。喔，還有你們的綜藝搭檔也是。」

排名靠前的練習生頓時人人自危。

卓瑪娛樂的秦金寶一臉難以置信，「上個逃殺節目，說好了賣藝不賣身……」

節目PD把麥克風敲得梆梆作響，反駁道：「組個隊而已，還賣身？咱節目若要組織賣身還不得虧本？」

臺下，巫瑾顯然還沒轉過彎來：「觀眾們最喜愛的螢幕搭檔……」

佐伊諄諄教導：「兩兩一組，上綜藝玩那種老掉牙的小遊戲的，什麼你畫我猜、相性採訪、撕名牌、誰是臥底。去年克洛森秀就搞過一次，什麼一生之敵綁定在一起，人氣CP被迫摟摟抱抱，可把觀眾得瑟壞了。」

佐伊補充：「有傷風化！」

巫瑾一愣。被迫綁定，摟摟抱抱——他慌不迭打開終端。

井儀雙C高居投票通道頂端，第二名圍巾……第三名還叫圍巾、第四名左麟出道、第五名凱薄、第六圍脖、第七凱撒紅毛、第八白月光雙突擊……

巫瑾趕緊鬆了口氣：「還好還好！我排第八！」

「……」佐伊隨手將兩個「圍巾」點開，把小傻子拎過來，「讀讀，這寫的什麼。」

巫瑾伸著腦袋看去。

No.3 圍巾——魏衍×巫瑾，一生之敵，荊棘烈火，同歸於盡（刷tag記得加小尾巴！別讓隔壁邪教蹭流量）！

圖宣是兩人在最後一個副本對視，上書橫批：隔火相望，曖昧情長。

巫瑾蹭地一聲蹦起，「……啊！」

這張機位摳得巧妙，但只消再往後拉個幾幀，就是魏衍砰的一聲開槍淘汰巫瑾洩憤。兩人之間毫無任何交流，採訪間遇到時，這位人形兵器也不過面無表情點了個頭。

佐伊絲毫不意外巫瑾被嚇了一跳，畢竟小巫怎麼看都是個直的。白月光隊長感慨：「習慣了就好，這不就是捕風捉影嘛！」

佐伊戳開第二個連結。

No.2 圍巾——衛時×巫瑾，契約戀人，緣定三生，默契無間（邪教反彈！隔隔壁才是邪教哼哼哼）！

圖宣是巫瑾扛著衛時送的噴子大殺四方，男人在少年身後沉默守住後背。

佐伊繼續點評：「這個就更扯，你們副本上認識才幾個小時？流量蹭蹭漲得比兔子還快。剛搜了下tag，這他媽論壇上連生子條漫都有了。還說什麼有CP感！」

巫瑾顫抖：「生、生生生……」

佐伊嗯了一聲：「別看了，辣眼睛。有流量是好事，以後都會引流成你的選票。」

巫瑾深吸一口氣，眼神控制不住向外掃去。

比賽後的篝火大會，大佬毫不意外繼續缺席，遠處烤架旁只有紅毛與凱撒兩人大吃特吃。大佬不在。

大佬很可能已經打開了論壇。

大佬很可能已經看到……啊啊啊啊！巫瑾的耳朵尖尖蹭的一下通紅。

打在男團練習生時期，巫瑾就被經紀人科普過炒CP的優劣點，男女藝人間CP還好，雙方都是直男的情況下會尤其尷尬。

想自己自穿越以來，從海選開始，刻苦練槍、認真養兔，兢兢業業才從鐵牌小弟一路晉升到銅牌、銀牌，如果因為組CP被大佬反感……

巫瑾心跳驟頓。他一點都不想被大哥排斥！

心底的兔子球球嚶嚶嚶擠成一團，像是將要被拋棄一般瑟瑟發抖，無數隻慫兮兮的毛絨爪子爭先恐後勾住巫瑾衣角。

佐伊做出最後總結：「辣雞克洛森秀，沒了。哎小巫你去哪兒？」

巫瑾磕磕絆絆開口：「佐伊哥，我、我先回去休息……」

佐伊知悉寬慰：「打了一整天也是累了，回去洗個澡，舒舒服服睡一覺。明早再見！」

正要直衝北塔寢室的巫瑾聞言硬生生調轉方向，自己差點沒洗澡就衝過去了！

大佬一向只喜歡擼乾淨的兔子，兔哥髒兮兮的時候大佬從來不會碰……

巫瑾立即回到寢室，刺溜一下脫了個精光，快速洗起戰鬥澡。

克洛森基地草坪。

紅毛擼完串，隨手給浮空城打了個通訊：「……這叫揣摩上意！懂？衛哥的事就是咱們整個浮空城的大事！六百萬票倉？喔豁，應該夠、應該夠！得高質票倉啊，行！你辦事我放心！咱捏著點刷……算了直接先給我拿著……」

一旁凱撒表情諱莫如深：「嘿嘿，你買了啊。」

紅毛撓頭。

凱撒：「嘿嘿，我也買了。」

紅毛登時興奮，引為知己：「好兄弟，都想到一起去了！嘿嘿嘿嘿！」

凱撒隨手看向終端介面。

星網店主正滴滴敲他：「親，咱們事先說好了。親買的是最便宜的套餐，投票的都是小號註冊給的免費票。萬一被查了，我們不提供售後的喔親。」

凱撒大手一揮，「沒事！刷個票，哪來的這麼門門道道！記住了，『白月光雙突擊』就給我往這個CP砸！」

店主：「親，圍巾CP票數很高的喔親。」

凱撒不屑：「什麼野雞CP。一個CP還卡成了兩行，等哥把這六百萬票刷了，就是它永無翻身之日！」

星網克洛森主頁。

團綜前的投票之夜，一眾粉絲鬥志昂揚。

副導窺屏許久，終於忍不住報告：「現在拆逆還在互掐，系統監測有人刷票，還有CP命名的事情……」

節目PD：「慌什麼慌，咱一條一條理。粉絲都是今天鬧拆逆，明天又爬牆。記住，一切CP粉最後都會變成唯粉，等練習生畢業了，不說各奔東西，粉絲也會主動要求解綁。這點小事算什麼！」

「喔，還有刷票，不給刷票還怎麼讓土豪痛快氪金？喔對了，把那些沒身分綁定的小號刷子都給我請了。還有CP名……」

副導立刻呈上資料。

圍巾CP名下，「魏衍×巫瑾」和「衛時×巫瑾」掐得烏煙瘴氣，中間還有人嚷嚷ALL巫，四百九十九個練習生把小巫包圍了也能叫圍巾。

「……」節目PD：「四百九十九個不行啊，上頭會查的。具體叫什麼名字讓粉絲自決定，想搶圍巾？成，要麼拉票要麼氪金。」PD大手一揮，「就這麼定了！讓工程師加個班，加個CP命名通道。散了散了，洗洗睡了！」

八點整。

第七章

謝謝你們，我會繼續站在這個舞臺上

克洛森秀投票系統維護結束，準時上線。

持票已久的觀眾蜂擁而來，很快發現了新出的CP眾籌命名功能。除有兩屆克洛森秀歷史的井儀雙C、佐麟之外，其他CP票數陡增。有爭取命名、有被逆互懟……

南塔寢室，擼完串的凱撒高高興興取了六百萬腳本註冊免費票，嘩啦一下把雙突擊砸到第二。臨睡前心情愉悅，絲毫沒有發現很快又落到第四。

北塔，紅毛正美滋滋和衛時報告：「六百萬ID，指哪兒打哪兒！絕對沒有任何問題，咱都是花錢氪出來的，氪金哪裡叫作弊？衛哥我這就去給你刷票……」

衛時摘下耳機，「不用。」

紅毛一頓：「真不用？哎衛哥這票咋辦？」

衛時：「自己拿去玩。」

正在此時，寢室的大門忽然被敲響。

紅毛正要衝過去開門，被衛時視線掃過，刷的一下靠在了牆上，眼珠子滴溜溜直轉。

衛時打開門。

巫瑾立刻揚起腦袋。洗得香香軟軟的兔子散發出淡淡的沐浴露香味，心裡緊張兮兮，又不好意思當著紅毛面開口，軟塌塌站在門框裡東扯西扯，睡衣領子鬆鬆垮垮露出白嫩嫩的脖頸。

衛時眼神微暗。男人利索把紅毛攆走，隨手簽收。

半夜三更，送兔上門。

北塔二樓，巫瑾揮著爪子同紅毛告別，寢室大門砰然關上。

為了助眠，晚上九點後的雙子塔燈光偏暖。窗扇微微開合，夏末秋初的夜風夾雜了淺淺淡淡的鳳尾蘭清香，在房間裡打了個旋兒，被濕氣暈染。

小捲毛還沒吹乾，在巫瑾嘰哩呱啦說話時濕漉漉散著，風一吹就亂七八糟翹起。

少年的小圓臉帶著洗澡後的紅暈，衛時走到哪裡他就跟到哪裡，兩隻腳丫子吧唧吧唧乖巧踩著拖鞋，像設定好跟隨程式的電動兔玩具。

衛時低頭，眼神自上劈下，幽幽火光有若實質。

「嗯！」巫瑾本能一個瑟縮，腦袋更是一團糟。

來之前洗乾淨了……還特地穿了一條秋褲！因為大佬曾經說過，讓他穿好褲子，兔哥還小不能帶壞兔子！

電動兔玩具——巫瑾十分緊張，趕緊偷偷檢查自己的機械發條，並緊張地捏住秋褲，心中怦怦亂跳。

鎮定！今晚是要來上門刷好感度的，不能讓大佬因為CP炒作厭惡自己！

進門前，巫瑾特地看了一眼團綜投票，心中稍稍安定。

白月光雙突擊以六百萬新增票突飛猛進，壓在了圍巾CP前面。無形中昭示了自己不是和大佬捆綁流量的心機小弟！

雖然不知為何有些失落。

巫瑾迅速搖晃腦袋，心中無數隻兔子球球奮力抓住他的秋褲褲腿，要把巫瑾抓回正軌。

——你是來刷好感度的！你是來刷好感度的！

巫瑾趕緊掃視一周。大佬的寢室與往常都不相同。櫃子裡訓練裝備清空，在地上打包成紙箱，三兩個疊起。上面貼了張封條「南塔302」。

巫瑾恍然有喜色。大佬晉級到B，是要搬到南塔了！

克洛森練習生自由散漫，宵禁熄燈後通常有一段摸黑聊天打屁的「社交時間」。雙子塔宵禁後不互通，但大佬一旦住進南塔，自己就可以每天刷好感度！白天刷！晚上刷！從食堂拿小點心刷！抱著兔刷！刷爆它！

巫瑾毫不猶豫擼起袖子，喜滋滋就要去搬箱子，「大哥放著我來！」

箱子不重，巫瑾刺溜一下躥過去快如閃電，兩眼放光就像看到了攻略遊戲任務物品，很快就整個人扒拉在箱子上。

還帶著水汽的小軟毛一下距離衛時極近，非戰鬥狀態下的手肘子白白嫩嫩，抱著箱子就不願意撒手。不知道從哪裡翻出來的秋褲鬆鬆垮垮，露出一小截腰卡在鬆緊帶下面，往上是淺淺的腰窩，動得晃眼。

衛時居高臨下看著，手指在微型槍柄上摩挲。冰冷的金屬零件顯見和腦海中的手感相差甚遠。

他微微瞇眼。

——「親近欲，撫慰欲，占有欲是療程中必須經歷的情緒之一。」

——「在與伴療者撫摸接觸之後會正常消失，所以請不必太過擔心……」

「過來。」

巫瑾努力抱著箱子聽令，起身的一瞬訝然揚起腦袋。

大佬乾燥溫熱的手摸了下自己的頭頂，摸頭代表獎勵——大哥果然喜歡積極搬箱子的小弟！

衛時漠然等了兩秒，被小軟毛勾住的掌心越發熾熱，瞇起的視線在少年周身逡巡有若生吞活剝。

——喔，去他媽的接觸之後會正常消失。

被摸頭的少年明顯雀躍，恨不得把所有箱子都抱上，「大哥什麼時候搬進南塔？我就住在頂樓701……」

衛時：「魏衍是你室友。」陳述句。

巫瑾哎了一聲，因為扯到魏衍而眼神茫然。

衛時：「另一個圍巾？」

巫瑾一呆，箱子險些落在地上，耳朵尖尖秒速紅透，「什、什麼圍巾……」

下一秒，布滿槍繭的手直接扣住少年手肘，紙盒撲通一下落在地上。

男人面無表情把人迫到牆角，就像在嚇唬掉了胡蘿蔔的兔子。

「團綜，」衛時卡在他的耳畔低聲道：「CP搭檔。」

巫瑾從耳朵燒到了臉頰，下意識迎合點頭點頭。

衛時眼中寒芒閃過，曖昧的燈光下五官陰影分明，讓人無端畏懼。

他冷漠開口，帶著近乎於威懾的氣勢：「綜藝環節，觀眾票選。有身體接觸，摟—摟—抱—抱。」

巫瑾終於回神，心中一緊。

在邏輯思維運轉之前，最擔心的事情在腦中再次浮現——大哥果然知道圍巾，大哥不喜歡圍巾……大哥在、在生氣！

腦海內咯噔一聲——大哥果然厭惡炒CP。

心中的兔子球球再度嚶嚶抱成一團，巫瑾不得不把兔子一隻一隻揣起，明明在意料之中卻又隱隱失落。

就像習慣於與同伴親密的小獸，突然被告知摟摟抱抱有失體統，明明急切地想要再親密點，卻被拎著尾巴往後面拽。

巫瑾反應過來，慌不迭開口：「大哥放心，我我我……」

衛時威懾完畢：「想和誰組CP？」

巫瑾秒速開口：「凱撒！」

「……」男人一言不發，卻看得巫瑾近乎汗毛聳立。

巫瑾危機感頓生，逃命般給出第二選項：「魏、魏衍……」

衛時嘴角動了一下，讓不敢抬頭的兔子精如墜冰窖。

「你和他很熟？」

巫瑾抖抖索索搖頭，「沒！沒說過幾句話！」

衛時淡淡：「想和他摟摟抱抱？」

巫瑾驚呆，飛速搖頭搖頭，甚至開始委屈。如果有選擇，當然是毫不猶豫和大哥組隊，他有全世界最好的大哥罩著……

衛時盯了他許久。

兔子沒有蹦到人家田裡，只是傻。

他無奈，低沉沉開口：「就這麼不想和我搭檔，嗯？」

巫瑾一愣。大佬靠得太近，聲音撩在耳骨讓他脊背發軟。從他的角度能看到男人喉結上下微動，聲線像燙過酒的刀鋒，明明能一刀致命，卻硬生生磨著，將藏在石縫寒壁之中的溫柔放出半絲半縷，從脊背、到肩臂、腰腹都被磨得酥軟成泥。

緊接著他迅速反應過來。大哥的意思是，竟然是……

巫瑾下意識揚起下巴，眼神還保持呆滯，呼吸已然急促。

男人低頭，「最後一次。想和誰搭檔？」

巫瑾眼神驟亮，又是興奮又是不好意思：「……大哥！」

衛時滿意點頭。

巫瑾卻再煞風景：「但是白月光雙突擊票數更高……」

衛時：「投票不是問題。只要你想。」

下一秒，男人把巫瑾往牆角一按，身形蠻橫擠入逼仄角落。

窗簾被微風吹動，拂過巫瑾的臉頰，微微發癢。少年不受控制的仰起頭，如同鮮美投懷的獵物，似乎怎麼擺弄都不會反抗。

這一個姿勢極端曖昧。約莫是男人的氣勢太盛，少年無暇思考，腦子轉不過來，卻因為親密而隱隱開心。

兩人的呼吸在狹窄的空間內糾纏。

正要拉開窗簾的衛時忽然改變心意，意志裡無法用韁繩制住的猛獸被放出。

衛時沉沉看向他，表情漠然，渾身血液都沸騰著想要咬斷獵物的脖頸，將他征服到哭泣、求饒，用最蠻橫原始的方式侵入他的脆弱，污染他、標記他。

男人沙啞著聲音開口：「抬頭，看著我。」

巫瑾軟乎乎抬頭，臉頰熱騰騰，「大哥——」

熾烈的荷爾蒙壓迫近乎於暴烈，衛時順從心意逼近，只差一步就要把軟乎乎的兔子壓成餡餅。

男人伸手，指尖在巫瑾脖子上摩挲，他命令：「叫我名字。」

巫瑾一窒：「我、我……」

衛時擰眉。

巫瑾心跳到嗓子眼：「衛、衛衛衛……」繼而下意識迸出，直覺中滿是依賴信任，脫口說出：「衛哥！」

衛時一頓。身下被困住的少年眼睛晶晶亮亮，明明傻到能把自己烹飪好送貨上門，卻又正好卡在他理智最後一線上。

巫瑾瞳孔澄澈，眉眼彎彎，甚至還蹭了蹭男人按住他頸側動脈的右手。

差一步就要被放出的凶獸驟然被勒住。

韁繩終是塞到了少年手中。

不是現在。

衛時定定看了他許久，收回目光。

細鉤細線釣兔子，釣了兩個月才看到幾撮小軟毛。釣上來的兔子還只知道喊大哥。也該收線換餌，改撒網捕兔了。

那廂，巫瑾終於察覺兩人姿勢。隱隱覺著有哪裡不對，然而記憶回翻，又想起「審判牌」中狹窄的棺材，自己也是這麼蹭著大佬，只不過現在是在光線昏黃的寢室之中。

少年揚起小圓臉，傻乎乎問詢：「大哥？」

衛時在終端輸入一條訊息。伸手，給巫瑾調整了個姿勢，繼而回撤到警戒距離以外。

「站好。」男人開口。

刷的一聲，窗簾驟然被衛時拉開。

夜與星光偷窗而入，鳳尾蘭的香味被夜風裹挾而來。對面是雙子塔南塔，人聲喧嘩。

宵禁前有不少練習生在走廊晃悠，找一桌三缺一的麻將，或是納涼閒聊亂侃大山。四樓有一群選手在聚眾K歌，五樓秦金寶正躺在涼蓆上聽「秦大將軍蒙恬列傳第二十八回」，七樓薄傳火在開窗尬舞。

六樓，紅毛舉了個終端，咔擦一聲按下自拍，繼而迅速給衛時發訊：「搞定！」

巫瑾依然迷茫。

衛時：「我說過，投票不是問題。」

星博。

ID克洛森練習生—毛秋葵：「今天的自拍，嘿嘿嘿。【圖片】」

團綜之前正值克洛森秀流量巔峰，很快有粉絲蜂擁而來。

「沙發！」

「我宣布，克洛森二傻今天被本寶寶承包了！」

「二傻你頭髮啥時候從酒紅染成西瓜紅了？自拍不錯……」

正在輸入的粉絲一愣。

「臥槽？」她毫不猶豫圈出一處，截屏上傳：「啊啊啊啊身後背景，臥槽是小巫和……衛時？捂心口……啊啊啊啊！這兩個人在做！什！麼！」

自拍左下角，克洛森秀北塔，燈光穿過黑夜。

北塔201寢室，窗簾隨意拉開，露出散落一地的紙盒，和牆角挨得極近的兩人。

衛時一手支撐窗臺，側對鏡頭而站，身形頎長壯碩。暖光勾勒出男人深邃的眼部輪廓、高挺的鼻和刀削般的下頷曲線。

根據克洛森秀觀眾推測，衛選手很可能是一位背景困窘的個人練習生，因為沒有足夠財力打點節目組關係，導致第三輪淘汰賽才首次露臉——且直播從頭到尾都戴著狙擊護目鏡。

茶褐色的鏡片阻擋了觀眾抓心撓肺的目光，甚至導致後續不少大手產起糧來，不得不在眼部進行自由發揮。論壇上打著「#圍巾／什錦」tag的熱度條漫中，一手撐起生子梗的大大更是讓衛時自始至終戴著護目鏡。

比賽戴、開車戴，產房外面也戴。

在觀眾嗷嗷嚎叫吃糧的同時，立即有人指出了這一奇異現象。竟然有練習生僅僅靠著十幾分鐘鏡頭和半張臉就能圈粉——衛選手的半張臉就是如此能打！

此時意外入鏡的衛選手終於露出全貌。

但凡看過直播的觀眾皆是在第一時刻認出。摘下護目鏡的男人表情冷淡，氣勢迫人，妥妥兒蘇到腿軟，如果不是眼神專注，整個人恁的是一片肅殺不近人情。

男人視線緊緊鎖在面前的少年身上。

巫瑾細胳膊細腿，被衛時擋住一半，三〇一八年的高清自拍鏡頭仍是足以拍出濕漉漉的小捲毛，微微泛紅的蘋果肌，和亮晶晶的眼神。

少年揚起下巴，衛時頷首俯身，右手似乎在巫瑾頸側，從自拍角度看不真切，但兩人的距離明顯曖昧。

星網。評論區有半分鐘沉默。

爭先恐後的回覆似乎卡了個殼，繼而如魚雷砸進海水一般炸開。

「秋葵！二傻！求你了別刪別刪啊啊啊啊啊！半夜隨手一刷星博WTM吃糖甜到爆炸啊啊

啊!求求你了再發一張自拍好嘛啊啊啊!」

「衛選手帥慘,麻蛋Alpha氣息爆棚隔著螢幕都脊背發麻。洗完澡的小巫賊幾把可愛,衛選手竟然真的,上手,去揉了……嗷嗷嗷嗷!突然發出狼嚎!」

「心跳過速了好不好!等等你們兩究竟在做!什!麼!」

「做什麼!這是在偷情在拍拖在幽會在幽會吧啊啊啊啊!圍巾girl差點被!糖!砸!暈!感動到熱淚盈眶……ballball你們去結婚行不行!說好的戀人副本第一次見面呢!這才幾個小時?都發展到這個地步了。特別cue一下小巫,要不是二傻發自拍麻麻都不!知!道!又不是不給你談戀愛,小巫你要向家長報備的知不知道啊啊啊!」

很快又有考據黨的用戶路過:「一、小巫寢室在南塔,這是千里迢迢跑到北塔。二、看衛選手眼神,滿滿都是故事。三、手,手放哪兒呢!注意點那是我兒砸!四、還有人記得衛選手怎麼進副本的嗎——他狙了佐伊隊長,自己擠進去的【微笑】【微笑】言盡於此。」

第三場淘汰賽結束後,一張自拍很快引起了克洛森觀眾的集體狂歡。

圍巾一號高舉大旗手舞足蹈,看留言近乎磕到瘋魔,在短短十幾分鐘內飛速霸占圍巾tag,並加以「什錦」尾碼圈住地盤。

圍巾二號搖搖欲墜,不得不靠魏粉輪博才勉強留守一席之地。

路人愉悅吃瓜,瓜瓤香甜可口,隱隱有被CP粉拉攏同化趨勢。

如果說「戀人牌」玩的是緣定三生配合無間,此時就是曖昧難言,無聲勝有聲。

照片帶來的流量在紅毛突然刪博的一瞬到達巔峰。

顯然紅毛也「未曾」預料到波及他人,趕緊發了個致歉還雇水軍壓了一波輿論。

「誤會!都是誤會!巫瑾選手應該是來幫衛時選手搬箱子的!紙箱散落不規則,能推測是箱子掉了。小巫大概脖子扭了，選手之間互相關心非常正常，請大家不要散布謠言。」

「【轉發】誤會！都是誤會……」

然而無論水軍如何補救，截圖已經瘋狂流傳。

與此同時飛竄的還有圍巾CP的選票——在一小時內瘋漲八百萬票，力壓資料詭異的「白月光雙突擊」一頭，直直咬緊「井儀雙C」。

克洛森論壇二版，圍巾子話題。

管理員聊天室。

幾個大佬興奮異常，聊天中揪出了那條「澄清帖」。

「水軍真是完全不瞭解飯圈啊，」某站姐感慨：「誰不知道是扭了脖子幫忙揉揉，可是，甜啊！CP粉才不管前因後果，分分鐘就能給你改寫成『開車—急剎車—擼小巫洩憤』。」

後臺中頓時充滿了快活的空氣。

ID為「幹掉豚鼠我才是親弟」的管理員忽然問道：「大大們，妥了沒？」

那站姐回覆：「妥了。豚鼠是新來的吧？對比一下上屆克洛森秀票倉，到這個點基本能投的都投完了。壓井儀雙C還有點危險，把那個邪教圍巾踢出去倒是夠了。雙突擊那個不用管，一看就是低級刷，不用咱們動手，凱薄粉已經向主辦方舉報了。」

豚鼠比了個OK，語氣歡快：「成了，睡覺去了！小姐姐們辛苦了，早點睡對皮膚好！」

站姐笑咪咪揮別。

夜深。

佐伊拎著凱撒從靶場出來，原本鬥志昂揚的克洛森大傻蔫蔫巴巴，被隊長以「交流感情」的理由教訓了一頓。

好在凱撒腦子轉過彎來之後認錯利索，態度誠懇，回爐重造又是個好突擊。

此時接近宵禁，雙子塔內吵吵鬧鬧。

佐伊思忖：「剛才就沒見到小巫……」

四仰八叉在涼蓆上聽評書的秦金寶抬起眼皮，「喲，找小巫啊。剛看到在幫人搬箱子。」

佐伊道謝。

秦金寶在卓瑪娛樂打C位，以「大秦金甲衛」聞名，使起槍來驍勇無匹，如掄一柄大錘，突進收割遊刃有餘。

比賽之外純屬老年人作息，五點起床十點打瞌睡，背手散步聽書下棋，自從在星網網購了涼蓆之後更是化身定點NPC，熟知雙子塔內一切人員動向。

佐伊立刻教育凱撒：「多學學人家小巫，團結友愛，幫選手搬箱子！」

凱撒嚷嚷：「我搬我搬，哪位選手需要咱說明來著？」

佐伊：「這個點人家都挪騰完了。回去，整頓整頓明天還有團綜。」

凱撒精力充沛：「那啥，我去找我弟兄……」

秦金寶慢悠悠道：「毛秋葵啊，睡了。」

佐伊看向凱撒：「行了，沒啥事就回去。看看小巫在不在。」

秦金寶接著說：「人搬完箱子就回來了，小夥子臉皮薄得很，耳朵紅紅的，一邊走還一邊揉臉。」

凱撒好奇：「你們卓瑪突擊手是不是還兼職看門大爺？」

秦金寶：「……」

卓瑪C位從涼蓆上緩緩坐起，一旁寢室裡洗臉刷牙的卓瑪選手見狀紛紛跑出，佐伊趕緊向人道歉，把凱撒連拖帶拽弄走。

南塔701。

巫瑾在被子裡鬆鬆散散捲著，淘汰賽結束後的夢境一如既往香甜。

蜷縮在他懷裡的兔子動了動耳朵，毛絨絨的小軟毛向上蹭去，擋住了少年的半邊臉。

巫瑾呼吸不暢，夢中場景變幻，忽然是烈火灼灼，忽然是赫爾墨斯低語，忽而是審判牌中狹窄的棺材。

安全區外寒風凜冽如刀。安全區內春意盎然。衛時是大號熱水袋，源源不斷散發著暖意，巫瑾暗搓搓靠近一點，又靠近一點，再一點。

少年像是不安分的小獸循著氣息抬頭，槍枝背在身後如同收起的利爪，此時只剩下軟乎乎的爪墊。歡喜滿當當溢出，小捲毛舒適抵起。

男人忽然在耳邊低聲開口：「叫我名字。」

巫瑾一頓，剛要開口，男人忽然按住他的後腦，俯身——唇上如被羽毛掃過。

克洛森秀寢室，巫瑾猛然驚醒，呸呸吐著兔毛。

「兔哥你！」巫瑾將兔子抱起。兔哥大約有安哥拉長毛兔血統，入秋之後掉毛嚴重，「不要亂跳，毛毛都進嘴裡了！」

少年突然一呆。

夢境回閃，心跳猛烈加劇，巫瑾露出難以置信的眼神，繼而一聲慘叫捂住腦袋，「你！你你你！你瘋了！你對不起大哥！停下！別想！腦袋、腦袋不對了……啊啊啊啊！」

清晨七點，克洛森基地食堂。

佐伊端著餐盤拿了刀叉，又替文麟抽了雙筷子，在桌邊坐下，神清氣爽。

兩人是連續兩屆克洛森秀的老搭檔，一年前佐伊還寫了小抄「此處應撞肩一次」、「此處給阿麟遞麥克風，等觀眾尖叫再回頭」，一年後已經駕輕就熟。

餐桌兩端。凱撒不出意外遲到，巫瑾兩眼茫然無焦距，似乎受到了什麼打擊，正機械往嘴裡塞玉米粒。文麟饒有興趣看向巫瑾。

佐伊一聲輕咳，敲了敲桌面。

巫瑾下意識轉緊發條，動作加快。

佐伊立刻安撫：「慢點吃，咱節目雖窮，玉米粒子多得是。」

繼而感慨：「去年這個時候……你佐伊哥也緊張來著。正兒八經逃殺選手，上團綜……上什麼團綜！不過小巫不用擔心，這種事一回生二回熟，炒個CP而已，又不是那位衛選手對你有非分之想，沒事，不傷感情！」

巫瑾一噎，嗆出一口玉米氣。昨晚明顯沒有睡好，少年眼睛微微泛水光，小捲毛亂七八糟趴著，兩隻耳朵警惕豎起。

此時只要腦海深處稍有異動，巫瑾就會毫不猶豫拿著小鞭子呼呼警告。

——不許瞎想！你這個壞腦子！

佐伊繼續拍胸脯，「就算對小巫有非分之想，不是還有咱們三個在旁邊看著嗎？」

巫瑾耷拉著腦袋，吃完飯，跟隨隊友走進了克洛森演播大廳。

克洛森秀的團綜搭檔投票在上午八點截止，選手進入後臺定妝時，投票通道已經關閉。

凱撒卡著點進門，大咧咧走到巫瑾身旁坐下，冷不丁被薄傳火怒目相向。

凱撒毫不客氣回瞪，「這騷男今天吃錯藥了？」

白月光小隊一臉複雜，「……」

凱撒一拍大腿，「小巫，哥這還沒出道，第一次寶貴的炒CP就給你了，你以後可得惦記著哥啊。嘿嘿，跟小巫組隊，今兒個早上出門就想著腦子可以休息了……」

佐伊眼神關愛，巫瑾欲言又止。

在節目PD出現之前，兩位導師首先抵達導播室。入秋之後，應湘湘換了一身森林系長裙搭配暖棕霧面奶茶初戀妝容，很快就吸引了一眾直男的注意力。

巫瑾眼睛睜得圓溜溜，許久終於放下心來。應老師很好看……能欣賞美女，自己還是正常的！一定是昨天太累了才會做亂七八糟的夢！

舞臺上正在調試鎂光燈，應湘湘隨意綰起長髮，挨個給選手糾正臺風。

「放鬆，別畏畏縮縮。觀眾還能吃了你不成？小薄眼線重了啊，咱們後期有濾鏡的，拿個卸妝巾擦一擦。明堯別緊張，還有小巫，」應湘湘噗哧一笑，「之前跳主題曲狀態就挺好，別怕，都是綜藝小遊戲。」

「滿足觀眾需求嘛，組個CP而已。再說我們是正經節目，又不是一週速配情侶那種。」

應湘湘經驗豐富，用隔壁節目恐嚇起來相當熟練：「人家要在愛情小屋住一個月，還要一起做飯、一起養寵物，每天定時晚安吻，寫膩膩乎乎的戀愛日記。」

一眾選手頓時毛骨悚然。

血鴿卻是忽然想起：「上次，四五年前吧。一週速配情侶和某個逃殺比賽搞綜藝聯誼。我記得有兩個選手最後在愛情小屋打起來了，本來吃了好幾天泡麵，菜刀砧板微波爐之類碰都沒碰，最後一天全派上用場。兩名選手在鏡頭前展示了非常標準的廚房器械近戰搏鬥技巧……」

應湘湘：「……」什麼直男看的辣雞綜藝！

臺下，佐伊摸了摸雞皮疙瘩，「這要是凱撒和他搭檔關進去，門板還不都得卸下來？」

凱撒：「啥玩意兒？」

文麟笑咪咪點頭。

巫瑾思維開始飄散：一起做飯、一起養寵物兔……晚安吻……

巫瑾忽然按住了蓬鬆晃悠的捲髮。

正此時，五六個副導簇擁著節目PD進門，「前面排個隊，我報到名字的過來組隊。左泊棠、明堯，左邊拿號，這組我不操心，妥的。」

「巫瑾、衛時。」

凱撒一頓，原地炸開：「啥？小巫不跟我一組？這人是誰？不對，我跟誰一組？」

薄傳火尤自在通訊內亂嚎：「哥啊啊啊！咱們能做了他嗎？第一個螢幕CP咋這樣，我招惹誰了我？」

薄覆水冷漠：「崽，不出道沒有人權。乖。」

臺上。

巫瑾迎著鎂光燈走上臺階，人群之中衛時如摩西分海，向他微一頷首，並肩而站。

光束夾著飛塵落在男人寬闊的肩側如細雪，巫瑾努力克制不表現熟稔，然而心裡有鬼，整個人都微顯僵硬。

不對，一定是因為自己晉升小弟太過急迫！還有用腦過度——

衛時忽然側身，低頭問：「沒睡好？頭疼？」

男人聲音低沉略帶沙啞，五官在光塵中陰影分明，威嚴冷峻。擰眉俯身時，肩臂寬闊擋住舞臺光，將巫瑾納入陰影之中。筆直的脊背像是剖開明暗的尖刀，雪亮刺眼，鋒芒畢露，帥氣到窒息。

巫瑾一驚：住腦、住腦啊啊啊！

——不對，大哥本來就長得好看！不能因為亂七八糟的夢境就抑制對美的欣賞！也不能看到大哥好看就想湊過去蹭！你是小弟你要點臉啊！

巫瑾腦海中紛紛揚揚，臺下PD的大聲呵斥，凱撒、薄傳火以及紅毛的抗議都似乎掩去。此時幾乎所有選手都湊過去看起熱鬧，就連井儀雙C都在臺上伸了個脖子，唯有舞臺的一隅靜謐無聲。

衛時於人聲安靜處抬手，手指關節在巫瑾額頭探過，穿過柔軟的碎髮，槍繭厚重的指腹在少年太陽穴旁微微按壓摩挲。

《和人氣愛豆談戀愛》浮空城娛樂出版社三〇一七暢銷版，第三章〈用溫柔的愛撫和充滿情意的眼神去挑逗他〉！

男人瞳孔深邃不吸光，原本並不善於表達感情，眼神醞釀情緒時隱隱有威懾。

巫瑾頓時呼吸一窒，秒變鵪鶉。

在大佬的氣場下，巫瑾壓力陡增，被迫解釋：「兔子昨晚……」

衛時冷冰冰道：「買個籠子。」

巫瑾趕緊為兔哥求情：「兔子很乖的！平時睡覺也不動，最多蹭蹭枕頭……」

衛時神色微動，緩緩開口：「你抱著牠睡？」

空氣中壓力陡增。巫瑾一呆，趕緊補充：「我睡覺不占地！也很乖的！」

在太陽穴摩挲的指腹輕輕一頓。

巫瑾趕緊手舞足蹈演示，「就這樣，枕頭這——麼大，我睡左邊，不動不翻身，也不會壓到兔子！兔子會自己蹦躂到舒服的地方躺著……」

衛時：「不動，不翻身？」

巫瑾點頭點頭。

「下次我會檢查。」衛時淡淡開口。

巫瑾一呆。

檢查……怎麼檢查？等等，沒睡好的原因只有一丁點是因為兔哥，其他其實是……

男人揚眉，從指腹到吐息溫度灼熱，讓巫瑾蹭蹭就要往後退。

衛時收回插在小捲毛裡的手，低聲道：「不願意，嗯？」

荷爾蒙鋪天蓋地侵入。巫瑾大腦內咔嚓一聲，乾脆當機。

臺下。凱撒正和薄傳火正在約法三章順便對噴。

「不許碰我。」

「誰他媽想碰你？」

「票不是你刷的？」

「我和PD刷也不會和你刷……」

那廂紅毛也開始嚎：「憑什麼？二傻CP不是兩百萬票嗎？我這咋和人形兵器分一起了？圍巾不是一千兩百萬票嗎？我不過就是被魏衍淘汰了……」

編導不耐解釋：「凱薄票數更高，你總不能跟人家組3P吧？還有，你說的哪個圍巾……」

衛時在小捲毛上微微一按。

巫瑾：「……啊。」

衛時：「重啟。」

眾人開心吃完瓜，再度回頭時，衛時道貌岸然，巫瑾神情恍惚。

節目PD被幾人吵得頭昏腦脹，雷射筆往臺上一指，正要開口給兩人點撥點撥，看了許久忽然展眉，「小巫這組也不錯，氣場擺著。妥！」

正在圍觀的卓瑪選手立刻看向榜樣，研究了半天也沒找出個啥，轉頭問秦金寶：「隊長，啥氣場啊？這兩人站著都不見說話的。」

秦金寶搖頭晃腦，「你懂個啥！不善於觀察！」

半小時內，二十位選手依次牽手成功，被帶到後臺準備團綜定妝。

十組搭檔被兩兩分開，臨走前薄傳火敷了張面膜，噴起凱撒時咕嘰咕嘰說個不停，精華液淌了一脖子，順手按摩吸收提拉頸紋；井儀雙C神情愜意，顯然並不擔心默契；魏衍的眼神倒是始終沒看向被觀眾分配的紅毛，他的視線始終放在衛時身上。

臺下，劇務紛紛吃瓜議論。

「這是圍巾情敵梗了？突然興奮……這屆瓜有點多！」

「那也該看小巫啊，他看衛選手作甚？他們以前認識嗎？」

「不認識吧……估計見都沒見過。之前PD老拿咱們耽誤王昭君說事，後來用人臉識別AI查了一遍鏡頭，這位衛選手豈止存在感不高啊，簡直是隱形的！話說回來，兩人第一次見，可不是得劍拔弩張！小巫被人搶走了，這人形兵器也得生氣啊！嗨呀要想人生帶點趣，雷霆崖上一抹綠！」

「行了行了，管他認不認識，觀眾就愛看這種套路，收拾收拾準備架機位……」

十小時後。

克洛森秀導播廳，黃牛價再次翻倍的團綜門票絲毫抵擋不了粉絲熱情，看臺上喧嘩如潮水，無數應援牌瑩瑩亮起。

舞臺正中燈光璀璨。

歡呼迸發到極致，環形虛擬螢幕微微晃動，繼而火光乍現，輪番閃過霰彈槍、世界牌、祭祀火，凱撒和薄傳火從光束中出場亮相。

繼而是井儀雙C、魏衍及紅毛，以及巫瑾……

黑暗處，衛時揚眉。

兩人第一次同時踏入升降臺之中，升降臺逼仄狹小，幾乎能碰到對方的手肘。外面的喧囂穿過厚重的舞臺，在耳邊沉悶轟鳴，離得最近的仍是對方的心跳。

衛時：「走？」

巫瑾眉眼彎彎，心中隱祕的雀躍被努力壓抑，點頭，「一起。」

機關上升，帷幕驟然拉開，兩人並肩走出。

克洛森秀導播廳。

會場像是倒扣的碗，將有一個足球場之巨的舞臺籠在碗底。看臺一側，星星點點的「圍巾什錦」應援牌彙聚成光瀑，觀眾在帷幕拉開前興奮屏息，繼而是鋪天蓋地的歡呼！

兩名選手自帷幕後走出。短焦鏡頭迅速聚攏在巫瑾身側。

巫瑾似乎天生有著極端敏銳的鏡頭直覺和舞臺表現力，在被燈光攏入的一瞬揚起下巴。他的臺風帶有鮮明的張力，肩臂放鬆，脊背筆挺，甚至主動與機位挨近。

還未等觀眾心跳平復，巫瑾側頭。機位隨之移動，掠過少年作戰服上金色的A等生動章，和他身旁略高、更為寬闊的肩臂，以及男人刀削斧鑿的下頷。

衛時入鏡。摘下了狙擊目鏡，能被節目PD稱之為「王昭君」的顏值衝擊力極強。衛時表情淡漠，唇角因為緊繃而散發出如有實質的威懾力，視線與鏡頭交匯時毫無漣漪。

如果說巫瑾是溫暖的光源，他就是光源旁被照亮的尖刀。

兩人站得極近，代表A、B兩個等級的肩章金銀流蘇無意識纏繞到一起，同款練習生作戰服，同樣印有克洛森秀徽章的領口底襯、袖口。

巫瑾笑咪咪抬頭，低聲說了一句什麼。男人轉過頭去，面部線條微有鬆融。

視線交匯。

操縱機位的副導氣氛拿捏得恰到好處，兩架副攝影機鏡頭瞬間定格。場內雜音為之一窒，繼而被尖叫聲推上高潮。

「圍巾發糖啊啊啊啊！甜甜甜死我了嗚嗚嗚！沒有我了！我就是哥哥們肩膀上勾勾搭搭的小流蘇！」

「配一臉！等等，這兩個人真的沒有結婚？這是在秀恩愛吧秀恩愛吧？明明衛選手氣勢有這——麼——強大！怎麼分分鐘就被小巫捂化了？」

「驚！老母親含淚看直播，兒砸單身十九年終於攜兒媳走紅毯，一切竟是因為克洛森良心相親秀……」

觀眾席震耳欲聾，兩位選手跟隨機位走到定點，正對上應湘湘慈祥的眼神。

舞臺一側，先出場的幾隊組合早已坐定。其中只有井儀雙C鎮定自若，魏衍孤單坐在左側邊緣，脊背僵直如同被拋棄的雕塑，和他搭檔的紅毛每隔個兩三分鐘就往凱撒稍挪一寸，薄傳火卻同凱撒涇渭分明，場面下暗潮湧動。

血鴿示意兩人坐下，虛擬環幕正在播放「戀人牌」中的精彩剪輯。

「30012號，巫瑾選手。」血鴿看向巫瑾，說：「三個月前複賽評級，我給了你一個戰鬥技能C。」

巫瑾認真點頭。

血鴿掃了眼螢幕，「回看上一場淘汰賽，非常精彩。戰術布局、鏡頭表現力都能配得上你現在的等級。至於戰鬥技能……我可以給你B。」血鴿一笑，「不過，以巫選手的進步速度，我能夠預測，在克洛森秀結束之前，我有很大可能會把A給出去。」

巫瑾一頓。在他反應過來之前，臺下已然炸開。

數不清的觀眾亮起應援牌，從「PICK小巫」到「小巫衝呀——」滿場的螢光閃閃，還有高舉「圍巾」的CP粉、戴著白月光應援髮帶的站隊粉、替他熱情打CALL的佐麟粉、凱撒粉和友善的路人粉紛紛站起，像是一場聲勢浩大的快閃。

應湘湘微笑，溫聲道：「小巫你看，這就是努力的回報。」

三個月前克洛森秀首播，正逢白月光戰隊星際聯賽鎩羽而歸。作為白月光練習生的巫瑾同樣遭受了黑子的質疑、遷怒，人氣全靠顏飯和親媽粉支撐。

三個月後，他未必是最出色的逃殺選手，但已足以證明，他能留在克洛森秀舞臺，實力綽綽有餘。

應湘湘將麥克風遞了過去。

少年接過，抬頭時再度攫住彙聚的燈光，「謝謝你們。」

就在應湘湘以為要開始煽情的同時，巫瑾衝著鏡頭一笑，碎髮下的五官奪目耀眼，瞳孔映射出整個場館內星羅密布的光，因為自信而奪目張揚。

鮮活、熾烈的少年氣。

「謝謝你們，」巫瑾再度開口，緩慢而誠懇：「我會繼續站在這個舞臺上。」

少年後退半步，右手放置左胸，向臺下鞠躬致謝。

臺下一瞬轟動，星網同步直播間內彈幕驟然爆發。

「小巫啊啊啊啊——」

「臥槽好撩！麻麻喜歡你啊啊啊！鞠躬好久炒雞感動！麻麻不需要你感謝，只想你過得好好的呀！」

「從純顏飯被托入坑，零基礎一點一點補逃殺秀。這麼一說才想起來——原來都三！個！月！了！悄悄說一句，其實都不好意思把自己當成逃殺秀觀眾，因為比賽瞭解得太少，戰隊選手也瞭解得太少。不過，咱們小巫一定會出道，一定會打星際聯賽。麻麻就會一直一直陪著你！以後就說，看，那個聯賽MVP，我從他練習生時候就開始粉啦！」

臺上，應湘湘笑咪咪接回麥克風，遞給衛時前微微一愣。

男人比巫瑾稍後半步，視線自始至終凝固在少年挺直的脊背上。

應湘湘拍戲多年，對表情、眼神研究通透，在某一瞬間甚至以為是自己看錯。等機位向衛選手聚焦時，她定睛望去，這才確認是錯覺。

血鴿手上拿著一遝子選手評測表，本該胸有成竹，面對衛時也是語塞。

不止觀眾、PD，就連他自己也不記得有這位選手存在，似乎唯一可以分析的就是最近一場淘汰賽中屈指可數的鏡頭。

他又忍不住看了眼衛時——三場淘汰賽中等級穩步上升，實力出乎意料強勁，投票排名更是在一夜之間飆升到接近前十。

他甚至想不通這人是來幹麼的。

一旁薄傳火眼皮子一跳，心中怨念差點凝成實質。

血鴿只能套個臺本範本：「衛選手勤奮努力，實力強硬，踏實奮進……從D晉升到B+，是無數汗水換來的辛勤成果，希望大家向衛選手學習……」

坐在臺下的練習生們紛紛懵逼，學習什麼？學習蹺課？

好在應湘湘很快接過話題，這位女導師深諳觀眾心情：「衛選手和巫選手關係很不錯？」

後臺，導播淡定清理彈幕，不用看也知道飄過一片「Yooo~~」、「66666」！

巫瑾卻心跳加速，一面反覆告誡自己不能表現得和大佬太熟。大佬已經屈尊降貴和自己炒CP了！作為小弟應該維護大佬的聲譽！不能讓觀眾誤會！

在巫瑾猶豫的當口，衛時俐落點頭，「不錯。」

臺下又是一片嗷嗷亂叫。

應湘湘曖昧打趣：「大家都知道，你們是在某張塔羅牌副本裡認識的，現在是同窗。不知道有沒有興趣往更深層次發展……」

正在後臺觀看的節目PD差點沒把菸頭吃進嘴裡。須知炒CP要在有意無意之間，一旦挑明，選手要麼語塞、要麼會直接拒絕，然而觀眾的熱情已然被應湘湘一句話挑起！

臺上。衛時微微側頭，看向巫瑾。

男人表情不變，眼中類似問詢。

直播間內，原本亂七八糟彈幕一頓。

「等等！為什麼看小巫！我Y&#$……難道這是『我想深入發展，但是要看小巫的意思』嗎？」

「臥槽我也以為！真的，真的！」

「樓上hhh！應該是『這個問題我答不來，你自己去拿麥克風應付那個無聊的女導師』。衛選手，喔，衛哥妥妥兒的冷酷Boy啊！上位者氣勢十足……」

「一個眼神你們怎麼讀出這麼多字？」

「腦電波啊，別忘了比賽裡他倆也是腦電波交流的，就一句話不說，拿槍清場呼呼的。你看，小巫真的去拿麥克風了！」

在巫瑾開口之前，應湘湘終於說完那半句話：「不知道有沒有興趣往更深層次發展……比如未來隊友。」

原本忐忐忑忑的巫瑾終於鬆了一口氣，好歹是受過專業愛豆訓練，捧起麥克風就開始嫻熟應對。

彈幕有幾秒懵逼，少頃終於感慨。

「麻蛋，果然是意料之中！」

「這確實是克洛森秀，不是一週情侶速配嚶嚶嚶！所以衛選手真的是在示意小巫拿麥克風，不是……可為什麼只是拿個麥克風，我就突然心跳加速怎麼破！我是不是傻了，這兩個人站在一起，啥都不做我都能看一天。」

「就是很！甜！啊！衛選手一個眼神，小巫就刺溜上來接麥克風。還有微表情呀『我對全世界毫無興趣，上個團綜就為了站在你身邊看著你』……捂心口，圍巾一生推了！」

臺上，兩人的採訪結束，換井儀兩名選手上場。

播放廣告間隙，場內不收音，數不清的觀眾在高呼愛豆或者CP，就連下了麥克風的血鴿都連連感嘆。

「好好打比賽，要對得起粉絲的支持知道嗎？現在小粉絲真熱情啊，想當年我們那時候……」

薄傳火終於忍不住看了一眼衛時。

熱情！呵，什麼叫熱情！

臺下粉絲千里迢迢買機票過來應援，一定無知無覺，臺上特麼才是最瘋狂的私生飯！跟飛、跟活動、跟節目，抓緊一切機會牽愛豆小手，這他媽還親自上場和愛豆炒CP？

這不是熱情的小粉絲，粉絲哪有這麼暴力的——喔，這是粉圈毒瘤！

薄傳火在心中呱唧呱唧腹誹，冷不丁導播調整站位，巫瑾、衛時必須有一人站到薄傳火身邊……

薄傳火嗖地一下向巫瑾靠近看齊，絲毫不敢靠近粉圈毒瘤方圓三公尺。畢竟，想自己堂堂正正銀絲卷首席練習生兼預備役，連個私生飯都打不過，委屈！

廣告結束，燈光再次亮起，剩餘選手依次落坐。

採訪和廣告占據團綜小半，緊接著是重頭戲開始。

機關轉動，舞臺自邊緣至中央落下，露出黑黢黢的零點六公頃巨型升降臺，繼而所謂的「團綜小遊戲」場景緩緩升起。

觀眾瞬間亢奮。吸金無數的克洛森秀向來敢於在賽場砸錢，就連團綜也不例外。人工拼接的山石、樹木、河流中布置了單列樁鐵絲網、防登陸樁砦、戰壕、標定地雷區和三角錐等各類戰術障礙物。

各式顏色的彩旗插在地圖各處，連線彎彎繞繞。

定向越野。

巫瑾微微鬆了口氣。

這張地圖是小型定向越野的微縮，容納二十名選手不多不少。只不過和平時訓練相比，個人賽變成組隊賽，增加了對抗複雜度。

規則應當變動不大，各小隊在地圖中奮勇拔旗，規定時間獲取彩旗數量最多者獲勝。

只不過……從觀眾的歡呼和哄笑聲推測，事情遠遠沒有那麼簡單。

身旁，凱撒轉身一瞅，咋咋呼呼開口：「什麼玩意兒？怎麼個搞法？」

巫瑾聞言警惕回頭。身後的虛擬螢幕，原本循環播放的花絮被一大段敘述替代。

「克洛森秀團綜短節目。激情槍戰！雙人結隊！定向越野！你畫我猜！頂水果！木頭人！穿越火力線！決戰指壓板……」

巫瑾：「……」

身旁，小編導抱著一大把水槍分發給每隊，「遵守規則，被水槍擊中的，自己數十秒不許動！數得快了的要罰旗子！行了，水槍要什麼顏色自己挑！」

薄傳火毫不猶豫噁心凱撒：「粉紅！我們隊要粉紅！」

凱撒驚怒：「我擦——」

佐伊遠遠警告：「凱撒！」

巫瑾趕緊拿了兩把水槍，黑色遞給大佬。

綜藝短節目規則隨意，二十名選手隨便站站就準備出發，虛擬螢幕上顯示各組得旗數量，此時分別為零。

三分鐘後，兩人同時站到了首發點上。

遠處是觀眾興奮的聲潮，近處是摘了麥的凱撒、薄傳火激情互噴，比賽還有二十秒開始。熄滅的燈光下，感官被放大到極致。巫瑾能清楚地感覺到衛時就站在身旁，狹小的空間內呼吸糾纏。

巫瑾腦海中時刻警告，絕不能在鏡頭前表現熟稔，不能給大佬增添麻煩！小圓臉煞有介事板起，端起水槍的一瞬碰上大佬手肘。

男人面無表情，手肘似有似無回蹭。

十五秒。

巫瑾覺得，現在應該能看大佬一眼！不對剛才才看過……

十秒。

「剛才」已經過了！算了再等五秒……

五秒。

巫瑾迅速抬頭。

衛時看向端著水槍的少年，瞳孔冰雪乍融。

燈光依次點亮，比賽開啟。半公頃之巨的比賽地形驟然敞亮。

定向越野，依據選手對地圖、方位判斷拔旗計分，是發源於軍事體育的競技運動。

巫瑾凝起眼神，在首發點四周對照地圖進行概略標定。視野在地形起伏處盤桓，聽覺被放大到極致——河流湍急處在三十公尺之外。

溝渠、坡度線和等高線從地形中抽象而出，迅速彙集成地標模型，與幾分鐘前緩緩上升的越野地圖扣合對應。

少頃，巫瑾轉向衛時，報出精準方位：「我們在（N16，W2）。」

主持臺上，應湘湘樂呵呵統計：「多數選手都在兩分鐘內完成了地圖示定，最快的是小巫和魏衍兩組。」

臺下，被什錦圍巾幹掉的邪教圍巾粉紛紛表示痛心。

血鴿拿起麥克風解釋：「野外地圖示定主要依據選手記憶，借線和借點。魏衍選手經驗豐富，小巫算力超群，結果並不意外。」

應湘湘知悉，打趣：「我記得有觀眾評價，無論任何比賽都能被小巫打成數學考試——不過，這次的場景遠遠沒有那麼簡單。血鴿導師，你猜誰會拔掉第一面旗？」

血鴿毫不猶豫：「既然考較的是默契，井儀。毋庸置疑……」他一頓，愕然開口：「有人奪旗了？」

微縮地圖中，巫瑾與衛時一前一後，持水槍在標定雷區內行進。

巫瑾走得非常謹慎，對照地圖分布，離他們最近的一面彩旗在山地鞍部。兩人先後蹚過低窪河水，旗幟赫然出現。

巫瑾眼睛一亮，向目標跑去，然而在伸手取旗的一瞬，雜草中突兀升起隔音玻璃罩，像一盞精緻的透明牢籠，將他籠在密封空間內。

「……」巫瑾一愣，迅速拍打玻璃牆壁，茫然看向大佬方向。

鏡頭在牢籠外掃過，觀眾登時興奮地嗷嗷作響。

「會玩……牢籠中囚禁的美少年!」

「媽耶!茫然失措的小巫為什麼這麼戳心,求衛選手對他粗暴、喔不!溫柔點……」

衛時表情不變,背著攝影機的眼神微微一動。

牢籠中,機械的提示音終於響起。

「拔旗任務。你畫我猜,請聽題。第一道……」

【第八章】

入戲出戲，似假還真

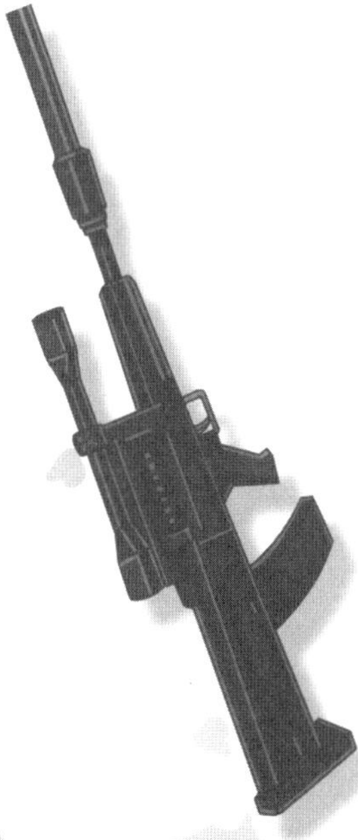

玻璃牢籠中自腳底鑽出濕潤的熱氣，很快為澄淨的玻璃罩蒙上一層霧面效果。巫瑾一瞬反應過來，伸出食指在玻璃上畫畫——圓滾滾的小型動物。

就在觀眾一臉茫然的間隙，衛時秒答：「倉鼠。」

圍巾奪旗進度1/3。

觀眾瞬間興奮，正在議論的當口，衛時再淡定答對一題：「劍齒虎。」

進度2/3。

觀眾：「……」

霧面玻璃上，胖乎乎的簡筆畫貓咪伸出兩隻大門牙。這他媽怎麼猜到的？

巫瑾一臉心虛擦掉了霧面玻璃上的抽象畫，第三題已經出現。

「猴子。」

正在巫瑾要開畫的當口，大螢幕上計分板一跳，已是有一組順利奪旗！巫瑾眼神一肅，顧不上細節直接落筆。

主持臺上，不僅血鴿，就連應湘湘都一臉難以置信。

第一組完成你畫我猜的不是井儀，也不是新晉流量CP圍巾。此時魏衍還在玻璃罩裡認認真真畫素描，秦金寶則和巫瑾畫的一樣抽象。

地圖一角，薄傳火正拿著小黃旗得意洋洋和凱撒對噴。

血鴿：「……他們倆怎麼做到的？」

應湘湘看向重播，神情恍惚，「魏衍選手抽走了『高新科技』詞彙組，接著小巫抽到『動物世界』，小薄第三個抽到的是『家和萬事興』……三個詞彙依次是爺爺、兒子、孫子。」

血鴿：「然後？」

應湘湘：「然後小薄在玻璃上比了個中指。」

血鴿：「……」

應湘湘冷漠：「凱撒一句話把三個答案全說出來了。」

兩人隔著玻璃罩子互噴的重播被導播毫不猶豫掐斷：「放他們幹什麼？井儀呢？卓瑪呢？圍巾呢？」

血鴿一瞬回神，將鏡頭轉向井儀。

螢幕正中，明堯已是在往第三道題推進。他畫技比巫瑾稍好，左泊棠知識面廣泛，在玻璃罩外不驕不躁，眼神凝肅，一點就透。

應湘湘欣慰：「養國子以道，乃教之六藝：其一曰五射。五射之云井儀者，謂之井儀。這才是練習生的表率，請大家不要學習剛才那組選手。那麼，井儀兩位配合非常默契，不出意外就會成為第二隊奪旗者，現在讓我們再看向小巫這組……」

鏡頭移向巫瑾，觀眾登時發出善意的笑聲。

小巫的確是著急了，原本不精的畫技在下筆加速之後更是亂七八糟。巫瑾似乎畫什麼都胖乎乎的，指尖的小動物明顯沒被畫出猴子精髓，反倒像顆圓滾滾的小土豆。

應湘湘笑咪咪地替衛時回答：「土豆精！那麼看來結果已經揭曉了，第二組奪旗的就是井儀……」

巫瑾又在猴子面前畫了一柄簡筆畫的槍。

長直杆，無瞄鏡，射出一束光。勉強能看出是在克洛森秀海選和第一場淘汰賽中都曾出現過的中子武器。

衛時把即將脫口而出的「土豆精」嚥了下去：「猴子。」

答案正確，圍巾先井儀一步得旗！

不僅應湘湘，所有觀眾都難以置信地張大了嘴巴。

玻璃罩緩緩升起，被內側霧氣同樣沾濕的少年扛著一面小紫旗破牢籠而出，小捲毛掛著濕氣翹起。

男人揚眉看著他。

——「我說過，這槍猴子拿了都能殺人。槍是自動瞄準的，扳機是我替你扣的。」

——「大哥，那我的作用是什麼？」

——「你就是那隻猴子。」

巫瑾心底咕嘰咕嘰有無數話要說，卻不得不在鏡頭前拘謹扛起水槍，狀似不經意與大佬視線相撞。

衛時示意小猴子去前面帶路。

巫瑾低頭，水槍似乎變成了泡泡槍，一按就冒出五顏六色的肥皂泡泡，亮晶晶、美滋滋。

場內，圍巾CP以半分鐘的優勢領先井儀奪旗，繼續向地圖深處進發。

巫瑾自告奮勇在單樁鐵絲下匍匐前進，或者在三角錐上蹦來跳去，像隻精力過剩的小獸，為大佬擋住第一線火力。

男人持槍沉默跟在他的身後，中間偶有選手冒頭，立時被圍巾CP打成了木頭人。

兩人無從知覺，此時的直播彈幕早已爆炸。

「我的小突擊啊啊啊啊——萌到肝顫！這麼執著想把衛選手保護在身後嗎？你替我守住後背，我就成為你最鋒利的尖刀。臥槽忽然想吃逆CP！」

「這是默契？等等一體雙魂也沒這麼默契吧？不僅並肩作戰，腦電波交流也是絕了……剛才把三位室友輪流抓過來看小巫畫的猴子。兩個都猜是土豆精，一個哭著問我是寢室沒打掃乾淨嗎？為什麼要用這種畫折磨她……表示能猜出來猴子真是有鬼惹！」

開局十五分鐘。

巫瑾一槍將第三面旗收入囊中，著眼看向地圖最高點。

三處丘陵在面前匯集，水流環繞在山側，防登陸樁砦間或嵌入山岩之中。沿著微縮山脊，十數面彩旗迎風飄揚。

此時積分板上，井儀、凱薄與圍巾以三面彩旗並列第一，平原上得分點基本被肅清，賽點就在山脊之上。

山腳有幾處入口，門口分放新鮮果籃，虛擬螢幕顯示上山規則——頂水果。

「……」巫瑾想像了一下大佬頭頂水果的畫面，毫不猶豫用腦電波表示：放著我來！

少年鼓著臉頰在果籃裡翻來翻去，最後掏出來一顆看上去很好頂的小芒果。

小捲毛刺溜一下被芒果壓扁，泛出甜絲絲的水果味兒，碎髮下面同色系的湖泊瞳孔撲閃撲閃，像一塊芒果味的小軟糖。

衛時眼神暗暗，領著小軟糖過橋上山。

山後，水柱出槍聲霎時響起，兩人同時矚目。

主持臺，血鴿正在艱難解說：「那麼現在可以看到，佐伊與文麟正和井儀雙C已經向目標點逼近……」

彈幕：哈哈哈哈哈哈。

血鴿：「同時靠近決賽點的還有巫、衛兩位選手，以及魏衍選手也剛剛畫完素描……」

彈幕：哈哈哈哈哈嗝。

「……」血鴿納悶：「有這麼好笑？」

應湘湘彎著眼角把鏡頭聚焦到山體背側，凱撒、薄傳火正因為誰頂水果掐得天昏地暗日月無光，最後決策一人頂五分鐘。

凱撒在選擇水果的石頭剪刀布中敗北，薄傳火獲得水果決策權。

這位銀絲卷練習生慢悠悠捧出一大顆榴槤。

凱撒二話不說掏槍，「……我【嗶——】【嗶——】【嗶——】」

薄傳火冷笑，「願賭服輸，願賭服輸！怎麼，頂不起了？」

凱撒眼睛一瞪，「頂就頂，但爺爺我他媽不帶你上去！」

薄傳火嘖嘖稱奇，正要回懟，冷不丁看到凱撒又掏出來第二顆榴槤放在地上，緊接著一腳把果籃踹到河裡，拔腿就跑，「來啊，孫子來追我啊！」

凱撒傻歸傻，願賭服輸倒是真，此時他果然頂著剛才的榴槤，嗖地一聲過了橋。

薄傳火下意識一腳踏入，浮橋驀然猛烈震盪，「警告，違規判定警告，請務必頭頂水果或由隊友帶領進入決賽圈！」

薄傳火眼冒怒火，再轉身果籃都被凱撒踹得沒了影，除了地上的第二顆榴槤。

「我【嗶——】！你以為爸爸不敢？」薄傳火咬牙頂起榴槤，向著浮橋對面奔去。約莫是為團綜塗了不少髮膠，再加上榴槤多刺，竟牢固黏在了薄傳火頭上。他一喜，拔出水槍就衝著凱撒噴去！

山體側面，正頂著荔枝爬山的明堯一愣：「怎麼這麼……味兒？」

左泊棠溫和教育：「小明，君子之行，靜心靜思，不被外物所擾……」

凱撒哇哇亂叫頂著榴槤奔騰而過。

左泊棠：「……」

薄傳火單手扶著頭頂榴槤，身背三面彩旗，手執水槍，表情淒厲，窮追不捨。

明堯：「……隊長，我們要不要撿漏？」

兩人交換眼神，心有靈犀拔槍。

雙狙既出，薄傳火退無可退，衣角吧唧兩聲染上顏料，被迫定身十秒。

明堯大喜。捏著鼻子就要上前搶旗，忽然吸了吸鼻子，「怎麼還有芒果？」

薄傳火一動不動，眼神苦大仇深。

明堯：「咦，誰在後面？」

薄傳火背後，三面彩旗突兀被抽走，茂密的叢林中枝葉微動，小捲毛頂著芒果一晃一晃逃得極快。

「……」十秒一到，薄傳火氣急而笑，「明堯你是不是傻？」

明堯臉色脹得通紅，對著巫瑾背影拔槍就打，林中卻突然躥出一道水柱。

衛時緩慢自密林中走出。

男人身形壯碩，捲著袖子，水槍虛懸。約莫是氣勢太盛，霎時無數攝影機順著他飛旋。

林間頂著芒果的腦袋嗖地一下縮回，被男人擋在背後。

衛時抬手。

薄傳火動了動嘴皮子：「私、私……」

明堯：「啥？」

薄傳火：「跑啊——」

水槍來得太快，也不知如何控的水壓，竟是一槍把薄傳火頭上的榴槤戳了下來，滴溜溜往山下滾去。決賽圈水果即是護身符，凱撒早不知道狂奔到哪裡，本已抱頭逃竄的薄傳火只得一咬牙回頭反擊。

恰在此時，畫了一路素描的魏衍終於與紅毛出現，文麟在樹後謹慎觀察——賽點終於觸發。

薄傳火見到魏衍一喜，當機立斷就把衛時往人形兵器引去。兩虎相鬥必有一傷，榴槤掉了自己淘汰在即，能拉一個是一個！

薄傳火見隙回頭，挑釁般還了衛時一槍，再看向魏衍——

魏衍面無表情，眼神罕見有情緒表露，憤怒和……崇敬？

那廂，跟在魏衍後面，頭頂蘋果的紅毛已然怒了，這騷男敢打衛哥？他一槍崩了薄傳火一個趔趄，正要補刀——

魏衍漠然出槍，水龍同樣對著薄傳火沖去，大有為衛時復仇的趨勢。

叢林中，頂著芒果的巫瑾也悄摸摸拿著小水槍噗呲噗呲地戳薄傳火。

薄傳火：「……」我他媽吃你們家大米了我？

身後，井儀雙C一臉懵逼。

明堯：「隊長我們打誰？」

左泊棠輕咳，「要不就也先……薄選手吧。」

半分鐘後，薄傳火因被擊中次數過多，定身超時淘汰。

一分鐘，明堯誤擊向衛時，被調轉槍口的魏衍淘汰。

兩分鐘，秦金寶淘汰。

形式已成定局。

決賽圈內的發展讓血鴿都措手不及，彈幕卻是瘋狂刷起。

「衛選手……衛哥開槍真的賊帥啊啊啊！」

「我沒有看錯？魏衍在保護衛時選手？臥槽站一秒雙圍巾！」

「等等魏衍大大！這是要為小巫保駕護航？給他送贏的節奏啊啊啊！捂心口！『哪怕和你牽手的不是我，也要看你站在神壇之上。我願意為保護情敵開槍，也願意讓你踏著我的身軀走向輝煌』。」

「抱走我家芒果小巫，忽然心疼邪教一秒，but堅持什錦圍巾不動搖！」

「什錦不動±1，心疼邪教圍巾±1，再順便心疼我薄哥！」

十分鐘後。

場內只剩下三隊，巫瑾搶了十面彩旗，魏衍三面，文麟三面。

山脊上只剩下最後六面沒有歸屬。

三十分鐘倒數計時結束，遊戲時間到。

血鴿吹響了哨子，地形緩緩下降。

觀眾紛紛起立，為二十名選手熱切鼓掌，虛擬螢幕上投射出十隊名次，光束最終聚集到舞臺一側。

衛時抬頭，趁中場休息在吃芒果的巫瑾一愣。

這一段竟是沒有插播廣告，鏡頭將兩人和一顆芒果盡數納入。

少年站在男人的影子裡，腮幫子鼓鼓，似乎說了一句「你吃不吃」，把芒果捧起，繼而側身，訝然看向鏡頭……

直播一卡。

主席臺上，應湘湘喝了口水，感慨：「彈幕又飛了吧。」

血鴿：「啥？」

應湘湘向直男解釋：「圍巾發糖，行了，準備準備宣布比賽獎勵，讓後臺一會再清屏，彈幕還要再飛一次。」

虛擬螢幕變換。

應湘湘拿起麥克風，笑咪咪開口：「那麼恭喜我們的圍巾小隊，在團綜小遊戲奪冠。一週之後，獎勵會下發給你們以及為你們投票的粉絲，指北星科技年度新品——雙人豪華救生艙，季度代言。」

應湘湘眨眼，笑容甜美面向觀眾，「巫選手和衛選手，會在King Size的救生艙體中，為宣傳廣告拍攝雙人硬照。」

導播大廳驟然沸騰。

克洛森秀團綜在流量飛漲中結束。

進入舞臺的場內通道打開，無數觀眾向二十名選手蜂擁而去，索要簽名、合影，舞臺轉眼間被堵得水泄不通。

臨近二十四點，督導完剪輯的節目PD從幕後踱步而出，一噎：「小巫那桌子怎麼回事？誰給堆了這麼多飲料、礦泉水？」

小編導趕緊解釋：「小巫從宣布比賽獎勵那會兒就開始打嗝，不知道是高興還是緊張的。粉絲就一直在給小巫送水。」

節目PD揮揮手，「行了，二十四點一到把選手都給我擼回去。讓觀眾也早點回，現在喊中控室準備一下去放那個，什麼薩克斯《回家》……」

編導趕緊去辦。

場內。

終於排到巫瑾對面的小妹子臉色泛紅。

巫瑾身著剛才比賽的作戰服，拉鍊粗略到胸口，露出內襯的黑色純棉汗衫和線條好看的肩胛。少年低頭簽名時捲髮細軟蓬鬆，抬頭時溫柔耐心。

整整兩個小時，簽名、簽繪、合影握手有求必應，認真向每一位粉絲道謝，貴重禮物婉拒，書信認真保存。

小妹子趕緊遞上礦泉水。

巫瑾不好意思，還是鄭重收下，「……謝謝，已經不打嗝了……」

小妹子眼睛一眨不眨盯著愛豆，半天才神情恍惚一笑，「哥哥，能不能拍張照啊？」

巫瑾點頭，禮貌彎腰，方便比自己矮一個頭的小粉絲把兩人攏入鏡頭。

小妹子似有所覺，吸氣側身——咔擦一聲。

「Prprpr小巫近看也帥到窒息啊啊啊啊！驚心動魄鬼斧神工，不愧是麻麻養大的兒砸！」

「好蘇，想和小巫合影嚶！」

「桌上一溜子礦泉水驚Cry！哈哈哈哈雙人救生．蜜月．艙（chuang），瞧把孩子嚇得，一直打嗝到現在，節目組太！會！玩！不過看小巫這個表現……真是鋼管直啊，嘆息。」

「迫不及待抓心撓肺！兒砸可是連女孩子小手都沒摸過，一上來就是這種尺度（…），雙人硬照還必須配合（…）笑容逐漸變態嘿嘿嘿嘿嘿！」

巫瑾拍完合影，和小粉絲禮貌道別。

那小妹子兩腿發軟，暈乎乎七葷八素，就著圍巾狠狠吸了一口愛豆仙氣，冷不丁察覺一道視線向她掃來。

再看去時，滿場觀眾擁堵，小巫正在給下一個粉絲簽名，離他最近的桌子上，衛時表情淡淡。

二十四點一到，節目PD拿著個喇叭指揮粉絲散去。

「為什麼不能繼續簽？喔，我們的選手都是魔法變出來的，二十四點不回寢室是會當場變回南瓜的！」

「請大家有序離場，帶好隨身物品，懸浮大巴就等在門口……」

散場在即，臺下觀眾頓時熱情更高，爭先恐後將選手圍住、吞噬。

PD：「臥槽！下去撈人啊！」

一群劇務連忙衝上舞臺，推著正在和粉絲嘮嗑的凱撒就往後臺送。

PD：「……你們管凱撒幹啥？撈小巫！先撈小巫！小巫代言費最高，擠扁了都要給贊助商賠錢的！趕緊的、趕緊的！」

滿臉懵逼的凱撒被劇務無情放生，又目送他們雄赳赳向巫瑾衝去。

半分鐘後，巫瑾向粉絲鞠躬，被一陣旋風夾著強行進入後臺。

舞臺光下，同樣被粉絲包圍的衛時眼皮微抬，見巫瑾從後臺帷幕裡悄摸摸探出半個腦袋，又嗖地一下縮回，緊繃的唇部線條鬆融。

排在他面前的女粉絲正細聲細氣央求：「衛大大，能不能給我簽一個『什錦』啊……」

衛時嗯了一聲。

小粉絲立刻又有些愧疚，炒CP是節目組行為，不應該在真人選手面前KY：「您不願意的話，簽名也……」她忽然一頓，眼睛激動睜大。

男人在克洛森紀念T恤上龍飛鳳舞寫下「什錦」兩字，落筆如鐵畫銀鉤，鋒芒熠熠。

粉絲就差沒喜極而泣：「謝謝衛大大嗚嗚嗚！太寵了嗚嗚！我就留著自己紀念，保證不發到星網曝光！」

盼著被曝光的衛時：「……」

小粉絲：「感謝感謝！」

男人點頭。

約莫是氣場太強，這一溜的粉絲都不太敢說話，眼神卻不斷偷瞄。面無表情寵粉的衛大大簡直酷炫到了極致，再走近時，幾個月沒被克洛森秀鏡頭拍到的顏值更是造成劇烈衝擊。霎時有不少粉絲捂住心口。

二樓帷幕之後。巫瑾再次聽從劇務吩咐把自己藏好，視線卻是不自覺往外瞄，在舞臺的一側注目。

大佬……小圓臉搖搖晃晃，腦海中糾結。大佬對誰都很溫柔啊，大佬特別好看，實力強，槍法準。一城之主……天生就是上位者，合該被仰慕簇擁。可是大佬真的很體貼，對粉絲也是，對自己……嗯，對小弟也是。

腦海中紛雜閃過記憶片段，海選時衛時握住他的手開槍，浮空城灼熱的訓練室，副本內狹小的棺材——繼而是鎂光燈聚集下，寵溺粉絲的衛時。

就像是心尖一點溫柔被揉碎，光芒從指縫攔不住的溢出，分攤給芸芸眾生。

巫瑾突然當機。他嗷嗚一聲按住腦袋，意識回歸之後表情近乎驚嚇。

——這是吃醋？還是炒CP炒上癮了！

巫瑾緊張萬分，終於忍不住……又打了個嗝，他迅速轉開一瓶礦泉水，咕嚕咕嚕給自己灌下。

冰水將腸胃澆了個透心涼，巫瑾再度啟動大腦自檢程式，試圖還原設定。等到理智重歸上風，他終於掏出終端，嗖嗖輸入即將代言產品「雙人豪華救生艙」。官網顯示，產品上市為一個月之後，僅有概念視頻放出。視頻復原了曾經風靡藍星的鐵達尼號場景，船艙沉沒之後傑克與蘿絲相擁開艙——艙體內鋪滿玫瑰，抗震水床將他們按到一起，兩人深情對視，熱烈激吻……

正在腦補硬照拍攝的巫瑾蹭地跳起，「啊啊啊啊！」

帷幔揭開，同樣進入休息室的應湘湘嚇了一跳，待看清螢幕投影，立刻咯咯笑了起來，「在想什麼？……總之，炒CP不用當真，咱們好歹也是正經節目組。不會逼迫選手貢獻初吻的，除非是你們自己要求！」

巫瑾：「……」

應湘湘笑咪咪地擼了把巫瑾的小軟毛，「小巫一看就是沒有戀愛經驗啊，」又思索：「硬照講究一個感覺，小巫喜歡過什麼人嗎？」

巫瑾耳後微紅，搖搖頭。

應湘湘點點頭，隨手給他布置了幾部電影，認真吩咐：「這次代言我看過了，機會不錯。電影這兩天學習一下，找找感覺。吶，喜歡一個人，見到他會臉紅，心跳會加快，每天啥都不想只願意和他膩著，會吃醋，會不自覺追隨……咦，小巫怎麼了？」

幾乎應湘湘每說一句，巫瑾就僵硬一分。原本差不多重啟完畢的大腦，再次因為超載運轉而熄火。

應湘湘似有所覺，安慰：「不要緊張，咱小巫畢竟是逃殺選手，不是偶像藝人！實在不行，找一天和衛選手到我這兒來，給你們講講戲！」

巫瑾恍惚點頭。

應湘湘：「好啦，應老師要去補覺了。小巫還不走？是等凱撒他們一起回去？」

巫瑾繼續恍惚點頭。

應湘湘不再問詢，拿出口袋裡的小餅乾。她背著經紀人偷吃了不少，此時心滿意足，還剩下兩塊正巧可以用來投餵小巫。

應湘湘：「張嘴，啊嗚。」

巫瑾啊嗚。

應湘湘：「再來一塊，啊嗚——」

神思不屬的巫瑾驟然驚醒。

應湘湘揮了揮手，「這孩子……都睏傻了。快回去睡吧，明天還有訓練！」

巫瑾忙道：「應老師晚安！」

帷幕重新落下。

幾分鐘後，舞臺上的觀眾終於捨得離開。一群選手吵吵鬧鬧衝入，當先就是白月光小隊，緊跟著紅毛、卓瑪、井儀。

凱撒正和紅毛勾肩搭背，大聲嚷嚷：「……差一點就著了道！幸虧沒贏！要不是哥跑得早，就要去……」

趁凱撒捂著雞皮疙瘩的當口，佐伊訓斥：「你贏得了嗎你，你自己看看，現在全星網都是你頭頂榴槤跑路。我看你是想改表情包出道了！」

凱撒一拍大腿，「中啊！以後我媳婦兒還能用我的表情包……」

佐伊：「然後被人用薄傳火同款榴槤動圖懟回去？」

幾人身後，左泊棠正在感慨：「以後代言的機會很多，咱們能避開這次的廣告未必不是一件好……」

明堯抓腦袋，還在因為淘汰太早而愧疚，低聲道：「隊長，其實我還挺想咱們拍這個雙人救生艙的。」

左泊棠：「……你高興就好。」

凱撒拉開帷幕，語調頓時拔高：「我說怎麼沒看見小巫，原來在這裡！巫啊，沒先回去，等你凱撒哥，義氣義氣！來咱一起！」

巫瑾點頭，看向人群外：「我……」

休息室內人聲嘈雜，團綜結束後的練習生們活力四射，大有再high一個通宵的趨勢。

紅毛在哈哈大笑，文麟正同秦金寶聊天，薄傳火吊在後面，和蔚藍人民娛樂的練習生邊說話邊撩頭髮。巫瑾的視線直直穿入人群最末。

瞳孔中央倒影出衛時頎長的身形。

心跳微快。

男人原本正在同魏衍說話，忽然側頭。

巫瑾蹭的一下轉過頭，被凱撒拖走時腦袋一片漿糊。

——不能好了。廢了，腦子廢了！自己好像不是很直了！這是你大哥！你思想齷齪！恩將仇……仇報！心懷不軌！

凱撒拍了拍巫瑾的肩膀，「放心，你睏傻了哥也會把你領回寢室！」

喧鬧散去。

衛時收回目光。導播室門口空曠無人。

魏衍始終注視衛時，眼神崇敬，此時疑惑開口：「巫選手是……」

跟在兩人後面的紅毛突然探出腦袋，目光很有些不屑地看向魏衍。

這人有沒有做過小弟培訓？

紅毛替魏衍頂了一路水果，早已心懷不滿：「記清楚了！巫選手……那是衛哥的意中人！咱們尊敬的嫂子！」

魏衍傻了。

衛時勾了勾唇角，淡淡一點頭，「嗯，我看上的。」

克洛森秀團綜結束的一夜之間，基地內變化翻天覆地。

第三輪淘汰賽的塔羅牌陣建築在熊熊烈火中燃盡。隨後，成隊的工程機器人將賽場地基拆除，並在原座標上進行鋪壤、施肥、鬆土。

雙子塔內，晉級、降級的選手們剛剛調換寢室，三百名練習生僅剩下二百五十人。

星網，圍巾什錦CP在小範圍衝擊了一次逃殺秀版面熱搜，綴在一長串夏季賽末職業選手轉會新聞的末尾。

凱薄表情包頻繁出現於克洛森秀粉絲論壇，相關tag熱度飆升，隱隱和「圍巾生子」、「井儀生死戀」、「雙圍巾、AAO、哨哨向亂燉」並駕齊驅。

克洛森食堂。

凱撒叼了個肉包子，用語音輸入含糊不清地在終端留評。

Charpter 12：薄傳火嬌羞推開窗扇，情郎凱撒踩著夜風而來，翻身而入。霎時間乾柴烈火意亂神迷，房門卻突然打開！薄覆水龍顏大怒，一掌打斷凱撒三根肋骨！薄傳火嚶嚀一聲護住情郎……

凱撒小號：「三根肋骨？搞笑！這兩騷男加起來也碰不到我們凱撒哥哥的一根指頭！」

樓主迅速回覆：「不會吧。大薄是職業選手，還是有可能的欸！親，那應該怎麼寫呀？」

凱撒小號：「薄覆水虎軀一震，一腳踹開薄傳火，抱住凱撒大腿——大哥，收了我吧！」

樓主：「……這是凱撒黑來毀樓的吧？黑子就黑子，還披了個『凱撒小號』的馬甲，騙誰呢！又出去不許進樓！」

早餐餐桌，佐伊看向將魔爪伸向另一棟樓的凱撒，「你他媽能好好吃飯嗎？還整個語音輸入，回帖說出來也不覺得害臊？」

凱撒義正言辭反駁：「我這是愛豆親自下場，提供寫作指導！」

「……」佐伊：「還愛豆？傻凱撒，人家網友哄你的。行了行了，收著點。省著時間用在訓練上，別去干涉你家粉絲的精神世界。看看人家小巫，論壇上都不知道給衛選手懷了第幾胎了，今早還在認真預習訓練講義。」

佐伊欣慰看向巫瑾。

巫瑾正要伸向蛋捲的手一頓，也不知聽到了什麼，眼神驚嚇，毫無徵兆打了個嗝。

白月光三人連忙給小巫倒水，「怎麼了？怎麼了？從昨天晚上到現在，不是早上才好？」

巫瑾失魂落魄：「我……」

咕嘟咕嘟一杯水灌下去，又是兩個嗝。

少年耷拉著腦袋，顯然精神不佳。

文麟安慰：「沒事，小巫別想它！一會兒嚇一下就好！」

食堂的外側玻璃沾了點濛濛的水霧。入秋之後的基地偏涼，透過巨大的落地窗能看到工程機器人們在室外運作。

「沒建新賽場，」佐伊思索：「第四輪淘汰賽，場地應該在基地之外。」

文麟指向窗外辛勤耕耘的機器人，「那是什麼？」

佐伊：「看著像要布置訓練場，還施肥鬆土，這是在移植什麼植物？」

轟隆隆一架運輸車滑翔而來，扔下幾個巨型麻袋。機器人熟練卸貨，拆掉包裝，掃碼驗收，又通力合作把送來的龐然大物強行塞到土壤內固定。

幾人齊齊張大了嘴巴。

麻袋裡倒出來的是成捆的深綠藤蔓，枝條簇生，開白色花，葉大而肥厚。

原本因為脫水而蔫吧蔫吧的巨藤在觸碰到土壤之後蠻橫扎根，鬆軟的紅土甚至被根鬚抓裂。藤蔓吸水後詭異挺直、伸展，甚至到了十公尺以上，糾纏蔓延，隨風而動——

巫瑾忽然想起來，今天的克洛森食堂炊煙直上，風級基本為零。

「……」佐伊：「這什麼東西！自己在動？」

凱撒：「臥槽，史前巨藤！」

佐伊一愣：「古生物？侏羅紀那種？」

巫瑾也看得兩眼發直，搖頭：「至少在白堊紀以後。有花植物第一次出現是在白堊紀。侏羅紀很少見巨型藤本。還有一種可能是改造植物……」

三雙眼睛齊齊看向巫瑾。

佐伊感慨：「多好的智腦啊，小巫百科一搜即得。可惜下次淘汰賽就要拆隊了！」

巫瑾立刻把腦袋晃成撥浪鼓。與機甲盛行、科技發達的一千年後不同，巫瑾所成長的時代能攝入資訊有限，包括古生物學在內，各學科不過剛剛發展。熱愛史前生代，鑽研小恐龍是每一個直男的成長必經之路。

巫瑾一僵。他好像已經不是直男了，啊啊啊啊啊——

餐桌上，文麟趕緊遞水，疑惑：「怎麼又開始打嗝了？」

第三場淘汰賽之後，克洛森秀罕見地調整了時間安排，由於「比賽需要」，將一週假期放在兩週訓練之後。

早餐結束，一眾練習生被PD指揮著排隊進入醫務室。打疫苗。

三支速效疫苗將分兩週打完，最後一週做體徵觀察。門口排隊的選手很快炸鍋。

「……這是要對戰什麼究極細菌體？」

「生化危機？喪屍圍城？血拚蟲獸？」

佐伊若有所思：「下一場淘汰賽如果真是史前環境，節目組應該會提前讓選手免疫寄生菌和病毒……」

他一手把在門口觀望的凱撒推了進去，「套個話，看是哪種疫苗。」

兩分鐘後，凱撒捂著胳膊齜牙咧嘴出門。

「問出來了沒？」

凱撒攤手，「沒啊！」

佐伊冷淡：「要你何用？」

凱撒：「哎別別！我看那疫苗安瓿上畫了點東西，有點像那種，小恐龍……」

幾人一頓。

許久，佐伊開口：「玩……玩太大了吧？」

訓練再度開啟的首日，練習生無一缺席。

階梯教室門外，血鴿抱著一遝子講義正在同劇務交談。

劇務：「兩百四十八人確認注射，無過敏、無偶合，另外兩名練習生有注射史登記，已確認存在抗體……」

血鴿奇道：「魏衍和誰？」

Ｒ碼娛樂訂製生產的人形兵器自然不會漏掉免疫環節，血鴿所好奇的是，還有哪家公司在選手身上砸過非廣譜疫苗。

「衛時選手，」劇務翻了翻資料，說：「注射理由是幾年前去ＸＸ星球旅遊並參觀恐龍大遷徙……」

血鴿一頓，感慨：「真是豐富多彩的生活啊。」

階梯教室大門打開，原本吵吵鬧鬧的門內瞬間安靜，幾乎所有人都目不轉睛看向血鴿手中的講義。

除了神思不屬的巫瑾。

階梯教室一側透著溫溫柔柔的光，窗外初秋的梧桐、紫茉莉和木槿都成了陪襯，為坐在倒數第二排靠窗的衛時鍍上虛虛實實的影，好像連空氣都是暖融融的。

巫瑾偷偷摸摸看著，先是佯裝無意從上掃到下，視線在衛時的側臉半秒盤桓，然後從左到右，頭髮絲兒都看得仔細，再從右到左——心跳急促又平復，平復又急促。

腦子已經壞掉了，多數時候不大願意動彈，此時卻和意識裡的小巫瑾嚷嚷吵了起來。

再看一眼嘛！

不行！說好了一節課只看十次的！已經三次了！還有兩小時下課，要省著點用！

就說要坐大哥後面嘛！你跑角落躲著幹啥！

小巫瑾脹紅了臉：那樣就太明顯了！而且魏衍已經坐過去了，沒有白月光的四人座……

魏衍忽然側身，認真看向巫瑾。

巫瑾：「……」

魏衍：「……」

巫瑾機械點頭。

魏衍神色陡肅，認真回點。

巫瑾的視線不自覺再次飄向大佬。

大佬穿著制式訓練服，側臉好看得要命，在窗邊像是裝載了自動光束發射器，碰的一聲遠程狙擊，腦海裡的小巫瑾就炸成一朵煙花花……

衛時放下終端，眼神凝向看上去不大正常的小兔子精。

巫瑾一驚，刷地一下回頭，慌不擇路看向空無一物的牆壁——只留給衛時一個後腦杓，連小捲毛都緊張兮兮收著。

衛時右手微微摩挲。兩次，巫瑾都避開與他對視。回頭就捉過來看看出了什麼問題，哪裡不對修哪裡，順手再擼一把小捲毛。

講臺上，血鴿終於投影出了講義封面：《小科學家叢書第二十八本——神奇的中生代，恐龍和牠們的家園（約二點五億年至六千五百萬年前）》。

猜測成真，練習生中一片譁然！

血鴿一聲輕咳：「由於課表調整，你們的理論課導師還在英仙座通往這裡的星船上，預計一週後到達，所以這週由我暫為代課。」

「淘汰賽線索就在講義第一張紙裡面，現在我們從第一排往後傳講義。」

「第四場淘汰賽的場地在六百星里之外，請務必在比賽開始前抵達克洛森基地，將由節目組組織大家統一行動。還有，接下來兩週內，你們的訓練重點是近戰格鬥和高氧－高二氧化碳環境適應。休假前必須通過考核，合格標準是六分鐘通過藤蔓障礙區——聽清楚了沒？」

眾人齊齊應聲，甚至不少人神色陡然興奮。

高氧環境，中生代，疫苗，史前生物——比賽內容呼之欲出。

血鴿滿意點頭，「下場比賽，組隊方式為隨機抽取。選手投票通道今晚會開啟，排名將決定你們的物資選擇權。現在，沒有問題就翻到講義第一頁……」

教室角落，白月光小隊。

巫瑾低頭，正被佐伊碰了碰手肘。

「小巫，這是什麼？」佐伊問道。

講義被精緻封裝，開口還印著火漆，似乎是贊助商LOGO。出乎巫瑾預料，火漆上的圖案不是任何一種他所知道的史前生物，而是一幅小巧的人物像。

火漆呈血紅色，圖案中的女性表情誇張，身著帶有紅桃圖案的宮廷華服。

巫瑾茫然搖頭。

沒想凱撒一拍大腿，「哎我知道我知道！小時候看過動畫片的——紅桃皇后啊！」

佐伊：「啥？」

凱撒：「小蘿莉夢遊那個！就一個挺好看的小姑娘，掉到兔子洞裡，跑來跑去也不知道在幹啥，好幾次還被抓過去大逃殺，然後就遇到紅桃皇后！」

巫瑾：「愛麗絲夢遊仙境！」

凱撒：「哎對！」

佐伊疑惑：「這和比賽有什麼關係？」

巫瑾翻到第一頁，一行文字赫然紙上。

在這個國度中，必須不停地奔跑，才能使你保持在原地。

——一九七三，范．瓦倫，紅皇后假說

兩小時後，下課鈴響起。隨著血鴿離開，教室中迅速炸鍋。

巫瑾放下終端，終於將訊息梳理完畢，一抬頭三位隊友正齊刷刷看過來。

「紅皇后假說，二十世紀由范．瓦倫提出，是繼達爾文物種選擇說之後的重要演化生物學觀點之一。」巫瑾解釋。

「假說引用了《愛麗絲夢遊仙境》中的紅皇后臺詞。只有不停奔跑才能保持原地，指的是生物協同進化過程中，任何一個物種的進化，都會對其他物種產生壓力。物種之間相互驅動競爭，只有比敵人進化得更快，才能降低滅絕風險。」

佐伊：「第四場淘汰賽，提示就是紅皇后假說？」

巫瑾點頭。

佐伊皺眉，「比賽規則是什麼？」

巫瑾：「還不知道……」

凱撒大咧咧搶答：「不就是字面意思嘛！讓咱們跑得比恐龍更快！」

巫瑾：「……」好像也對，不對，這不是廢話嗎！

幾人說話間，紅毛湊過來，自然而然和凱撒勾肩搭背。

巫瑾打了個招呼，忽然整個人凝固。

紅毛的中控程式非常簡單，大佬在的時候跟著大佬，大佬蹺課的時候才會做隨機運動。現在大佬顯然還沒離開教室……

背後投下一道陰影。

衛時：「勞駕。」

佐伊愣了三秒，立刻反應過來：「喔對，代言拍攝。你們是要去找應湘湘導師對吧，小巫，哎小巫別傻站著，你搭檔來了。」

巫瑾一呆。

衛時低頭。

少年下意識揚起脖頸，視線劃過男人緊繃的唇，英挺的鼻梁，一路糾纏向上。

衛時向佐伊點頭，領著神色游離的巫瑾穿過教室大門，走出光塵躍動的走廊，踩過一大片明晃晃的草坪，來到空無一人的山坡。

帶著槍繭的手掌按住軟塌塌的小捲毛，「怎麼？」

巫瑾緊張得一塌糊塗，連個標點符號都不敢哼一聲，視線低低向下。

男人盯著慫成一團的巫瑾，緩慢開口：「不敢看我了？」

衛時聲線低沉沙啞，帶著強侵犯性的荷爾蒙，像是淬了烈酒的刺刀。刀鋒還冷漠抵在巫瑾最畏懼的要害。

巫瑾瞬間慌亂，腦海一片空白，拚死發出了試圖解釋的聲音：「嗝！」

衛時：「……」

巫瑾呼吸不暢，打嗝時不受控制往上蹭一下，像在男人掌心無意識討好的貓，嗝完之後又可憐兮兮縮回。

衛時喉結微動。

山風習習的陽光下，少年的小捲毛難過得都要趴了，被男人擼毛時絲毫不敢勾勾搭搭。

——壞腦子！你和大佬之間是沒有可能的……那是你大哥！還上課偷看大哥！還被大哥發現！小弟都要做不成了！啊啊啊啊！

男人乾燥的手掌下，巫瑾絕望自我批判：「嗝！嗝……嗝……嗝！嗝！」根本停不下來。

衛時盯著他看了許久，開口：「團綜不高興？」

巫瑾連連搖頭。

衛時：「代言不樂意？」

巫瑾繼續把腦袋搖成撥浪鼓。

衛時一字一頓：「是我欺負你了？」

巫瑾一呆。

衛時揚眉，面前的兔子顯然被嚇傻了，不知道哪個零件卡了殼兒。

他搜索記憶。《和人氣愛豆談戀愛》，浮空城出版社，正文第九章，要用溫柔去包容戀人可愛的小脾氣，愛撫他，感化他。

「過來。」男人聲線低低沉沉，粗糙的手掌順著小捲毛摩挲向下，到少年脆弱的脖頸，覆上已不復存在的咬痕。所過之處，細膩的皮膚被撩撥到泛紅。

衛時對人體結構瞭若指掌，兩指用了個巧勁，就輕而易舉把眼神亂瞟的巫瑾撚起，手肘堅固如同鐵鑄，挾持少年被迫向上看去。

巫瑾毫無反抗之力，倉促撞入男人視線。

明明氣焰極盛，槍繭摩挲之處溫柔旖旎。有那麼一刻，巫瑾甚至以為大哥會低頭親上來——巫瑾呼吸一窒，繼而迅速拉住大腦。

——你你你又恬不知恥！把大哥的關心當成……當成……

衛時眼神深邃無光，遮掩了內裡洶湧起伏的情緒。面前的小兔子精一副被欺負狠了的樣子，他差點沒控制住就要低頭把人親到乖順服氣為止。再把人整個拆吃入腹，冷眼看他軟塌塌哭唧唧的求饒，又翻了個面繼續侵入，直到從裡到外標記上氣息。

巫瑾內心同樣風起雲湧，他甚至腦補出了自己的未來——被大佬發現齷齪心思，被大佬暴揍，被大佬扔到浮空城的的裂谷裡充作肥料，若干年後紅毛拿了一朵小白菊來祭奠，巫啊你怎麼就喜歡上了不該喜歡的人……

巫瑾再度發出絕望的吶喊：「嗝！」

曖昧煙消雲散。

衛時在巫瑾脊背側拍了兩下，打嗝終於止住。

衛時：「不習慣？」

巫瑾：「沒、沒有！」就是太近了……

衛時嗯了一聲：「那從現在開始習慣。」

巫瑾點頭如小雞磕米，似乎覺得哪裡不對，但約莫是太緊張，只能繼續點頭點頭。

正在此時，兩人終端同時亮起。趁著大佬低頭的工夫，巫瑾迅速偷看了眼男人的側臉，又趕緊埋下腦袋。

下午第一節課間休剛過，由於理論導師缺席，克洛森秀的練習生們基本處於放養狀態。

山坡下人聲喧嘩，凱撒不知道從哪裡摸出來個足球。一群人在泥濘的草地裡踢得飛起，臉上洋溢著和克洛森二傻如出一轍的笑容。

微型攝影棚內，綠幕、機位一應就緒，應湘湘關上窗，笑咪咪看向召喚而來的兩位幸運練習生。

場景一旁，廣告金主、指北星科技的委派人員正在同節目PD交談。

虛擬螢幕打開，〈指北星科技雙人豪華救生艙宣傳片短劇本〉投影在半空。

應湘湘招呼兩人坐下，拿著劇本分鏡開始說戲：「廣告要趕一週後投放，還要加後期，所以咱們要儘早拍攝。故事非常簡單，前面照搬鐵達尼號，衛選手在海上遇險，把唯一的救生艙讓給小巫。吶，小巫這裡臺詞很少，只要大喊不要不要就可以了。」

巫瑾：「……」

應湘湘繼續細緻講解：「這個時候會拉鏡頭特寫給小巫，贊助商的要求是能拍出『纏綿悱惻，感人肺腑』的爆發性情感，主要通過微表情、眼神和肢體動作實現。小巫，你的任務比較艱巨。」

團綜比賽後，巫瑾是贊助商指名的主演。

按照節目金主的說法，長了這麼一張臉，就算傻愣著不動都有大把大把的觀眾死守廣告不會換臺，但象徵性的演技還是需要的。

應湘湘繼續：「最後小巫開艙，發現竟然是雙人豪華艙！於是和衛選手在艙體內緊緊相靠，幸福依偎，推遠鏡頭結束。還有問題嗎？」

巫瑾恍惚嗯了一聲，腦海一片漿糊，耳後燒紅。

衛時表情冷淡，毫無異議。

應湘湘看向巫瑾，嬌俏一笑，「那就先從小巫開始吧。」

臺詞相當簡單，寥寥幾句。巫瑾掃了一眼就向導師示意背誦完畢，對著應湘湘醞釀感情：

「不，你先走……」

應湘湘敲桌子，「小巫看衛選手啊，看我做什麼！」

「……」巫瑾顫顫巍巍轉向大佬。

應湘湘：「小巫放鬆，別緊張！對個戲而已，怎麼傻了！」

巫瑾強迫自己排除雜念，抬頭看進大佬眼中，男人也直直看向他。

衛時眼廓深邃，五官英挺，多數時候帶著陰影分明的威懾力，落到巫瑾心坎上卻是暖乎乎的，像槍繭在頸側摩挲。

應湘湘頷首，幫助巫瑾入戲：「宣傳片裡的兩位主角，表面是並肩作戰的戰友，但為迎合觀眾口味，必須存在某種情感糾葛。來，小巫跟著我走。調整呼吸，想像一下，衛選手就是你的心頭朱砂痣！眼裡白月光！」

正在深呼吸的巫瑾陡然被自己嗆住，小圓臉紅撲撲鼓起。

應湘湘：「你敬仰他，愛慕他，求而不得……」

巫瑾耳邊轟鳴作響，似是有無數團煙花炸開，將腦海深處攪得天翻地覆。男人在身後握住他的手肘，食指強硬卡入扳機。在昏暗的訓練室內撕開繃帶，發散到極致的荷爾蒙蘇到他腿軟。

敬仰他，愛慕他。

王從高臺走下，為騎士揭開面具。他的騎士沒有在他孤身一人的時候出現，沒有在他為權杖廝殺時與他並肩——無論巫瑾如何奔跑，都只能看到光影之中模糊的背影，追而不及。明明想親吻的是王冠，卻只能在人群中仰視王座。

求而不得。

情緒順次代入，逐一扣合。臺詞成了最好的偽裝，巫瑾曾經作為藝人的天分、演技、情感終於順勢爆發——

少年再度抬眸。站在他對面的衛時，視線中陡然有光芒躍起。

衛時一直知道巫瑾有舞臺天賦，有的人天生就該站在鎂光燈下受萬眾矚目。他清晰記得團綜主題曲裡的巫瑾，在臺下肆意燃起烈火，明明從腰身到脊背都色欲交織，眼神卻冷冽攝人，和現在完全相反。

巫瑾站在一步之外，穿著最尋常、包裹嚴實的訓練服，瞳孔內卻有鋪天蓋地的情緒醞釀。這是他第一次見到情感爆發的巫瑾。

「愛慕」像是寫在了巫瑾臉上，用少年最急迫、最蓬勃的熱切表達。琥珀色的眼底像是被烈酒淌過，視線焦點，乃至於靈魂都在為眼前的心上人灼灼燃燒。

劇本中的迷戀、癡纏和絕望在巫瑾臉上交互摻雜，還帶著幾分稚嫩的青春氣——這似乎成了唯一能看到巫瑾本人影子的地方。

巫瑾順著劇本，緩緩開口：「不，你先走……」

應湘湘雙眼驟亮。

後面的劇情有如順水推舟，不用應湘湘帶著入戲，巫瑾嫻熟地將表情、眼神銜接，視線自始至終鎖在衛時臉上。

男人安靜看著。這段獨角戲被巫瑾詮釋得淋漓盡致，不僅是他，所有劇務包括贊助商都被小巫的表現攫住了目光。

少年在狹小的攝影棚中發著光，有幾次甚至帶動男人的心跳震顫。

就像是少年真正站在面前，對他表白。

這樣的巫瑾讓衛時產生了一種近乎於迷戀的欲望。在愛戀中熱切、絕望的少年如同迷途的羔羊，想用溫柔誘哄他、腐蝕他，也想讓他絕望哭泣，控制不住喘息。

入戲出戲，似假還真。

等巫瑾把長長的臺詞念完，生離死別的最後關頭，衛時接上：「我會用盡一切努力活下來，但必須以你活著為前提。」

分鏡結束。拍攝棚內一片寂靜。

節目PD終於開口，婉言問向贊助商：「我覺得OK，您看？」

贊助商恍然回神，連連點頭，滿意問道：「我這個宣傳代言……真找的是逃殺選手拍的？不是職業演員？」

PD笑呵呵寒暄，繼而回頭，「還愣著幹啥？別對什麼戲了，直接把人給我弄到救生艙裡，開拍！」

兩小時後。

應湘湘向自家經紀人小聲吐槽：「現在的逃殺選手都這麼有演技天賦？這種辣雞劇本能表

現成這樣？驚！」

雙人救生艙打開，拍攝終於推移到最後一幕。

節目PD一個手勢，正鹹魚癱在沙發上划水的應湘湘連忙撲騰站起，給兩位選手說戲。

巫瑾獨角戲冗長，入戲太深，眼眶微微發紅，跟隨機位指示在救生艙內躺平。

應湘湘咕嘰咕嘰說著，一旁打光的小劇務神色疑惑，不知為何，衛選手看巫選手的時間要遠遠多過看應老師。

應湘湘：「然後衛選手就這樣被小巫拉進去，抱一下。你們倆商量一下到時候怎麼抱。」

巫瑾使勁兒按住自己：控制一下你自己！求求你了，別在這個時候打嗝！

應湘湘翻到劇本下一頁，「然後是這裡本來有段接吻……要是你們自願的話……」

巫瑾兩腿一軟。

衛時揚眉，饒有興致地將視線移向巫瑾。

旁邊的節目PD一拍沙發，神情激昂：「哎這個好啊！」

待他一眼瞄到神色恍惚的巫瑾，立刻又改變了措辭：「咱們這個節目不會逼迫選手獻身藝術哈，具體都可以商量！不是真接吻，就是炒個氣氛！借位我覺得也OK，鏡頭也能給你模糊處理了，就那種，去年秋天流行的霧面毛玻璃特效，再打個光！」

應湘湘笑咪咪點頭，「要不這樣，小巫和衛選手投個不記名票選吧？」

「……」巫瑾抓狂：兩個人怎麼不記名？

一旁，小劇務收到PD眼神，趕緊撕了兩張小紙條遞過去。

衛時淡然自若接過，拿筆又掃了一眼巫瑾。

巫瑾心跳驟快！大哥的視線沒什麼溫度，卻讓巫瑾從尾椎骨開始發涼，腦海內思維紛亂，眼神不受控制在男人略顯乾燥的唇上瞄過。

巫瑾腦袋騰的一下變紅，低頭慌不迭寫下什麼，趕緊折好。

對折、對折再對折……

劇務從衛時那收了紙條，噗哧一笑，阻止道：「小巫別折了，再折個三十幾次都能從藍星到月球了。」

巫瑾悶頭交了紙條，劇務裝模作樣去一邊找PD唱票。

節目PD拿起被巫瑾死死折起的小紙條，慢條斯理打開，看了一眼放下，對結果毫不意外，繼而又拆了衛時那張。

投票臨近揭曉，巫瑾卻是鬆了口氣，一臉聽天由命。他心裡有鬼，對大哥有愧，所以把選擇權交到了大哥手上——

節目PD清了清嗓子：「同意一票，棄權一票，」他一拍大腿，「妥了！加戲加戲！」

攝影棚內一片歡騰，贊助商喜笑顏開。

唯有巫瑾耳畔一陣轟鳴，滿臉的不敢置信。

兩位選手被迅速打包送往救生艙體。綠幕基礎上，特效組正在調整背景模型，沉船、廢鐵在空寂的海底黑黢黢吸著光，沉悶的布景與喜笑顏開的克洛森攝影組形成鮮明對比。

幕布之後，節目PD洋洋得意，表示一切都在預料之中。

小劇務狗腿奉承：「小巫的性格，確實像能投棄權。至於衛選手那張同意票……」

節目PD教育：「這就更簡單了。咱麼看問題要看本質！王昭君選手是一位無力承擔節目組打點費用的個人練習生，整整三期節目加起來才一個鏡頭。知道這次代言對他有多重要嗎！」

小劇務恍然：「怪不得吻戲接得這麼乾脆！」

節目PD揮揮手，「就借個位，又不是潛規則。再說，被咱小巫潛規則能叫潛規則嗎？這叫領福利！行了行了，咱今天就拍完！Demo出了直接發給宣傳組，下次招贊助再把價格提一提。看看，咱們克洛森選手，又有顏值又敬業……」

攝影棚內。

應湘湘說了戲，就放任兩人去配合動作。按說巫瑾舞蹈基礎扎實，改舞編舞都不在話下，區區拍個廣告更是不成問題。

直到第一遍排演——

應湘出言提醒：「小巫往衛選手那裡靠靠啊！離這麼遠做什麼，他又不會吃了你！」

巫瑾僵硬點頭。

幾分鐘後，導演打了個手勢，分鏡正式開拍。這一段劇情相當簡單，機位持續模仿鐵達尼號，衛時將唯一的救生艙讓給巫瑾，巫瑾絕望開艙，意外發現竟然是新上市的指北星科技雙人豪華蜜月式救生艙（空間加量不加價特惠款）。

於是巫瑾打開艙門，將衛時拉入，擁抱，翻身一個借位吻——背景虛化，救生艙關閉，宣傳標語浮現，廣告結束。

狹窄的救生艙內，巫瑾和男人肩膀輕觸，接著被燙一般彈開，眼神飄忽卡了個位。

「Cut！」導演示意暫停，說：「小巫啊，你這個借位不像是接吻，怎麼跟伸頭暗中觀察一樣？」

巫瑾低頭，大佬跟隨劇本躺在救生艙，抬起眼皮看向他。

男人有半邊身體浸在陰影之中，英挺的眉下眼廓深邃，瞳孔似乎有魔力，讓人心跳乍然漏了一拍。錯覺之中，空氣灼熱，似乎對方也在凶狠地看向自己。

巫瑾覺得自己是著了魔了，猝然移開眼神。

鏡頭第二次給過來，依然NG，繼而是第三次、第四次、第五次……

應湘湘喊了暫停，給兩人遞了毛巾，「小巫深呼吸，找找剛才狀態。要入戲。記住，這裡是你主動親吻衛選手。咱不要怕，要拿出強吻的氣勢，回想一下……喔，忘了小巫你還沒有牽過女孩子小手，沒事……上去就是按住一個啾咪！」

巫瑾：「……」

應湘湘發揮完了，又語重心長：「代入，要有代入感！都說小別勝新婚，你們這還是生離死別。想想你們在副本裡的配合。」

「還有不光小巫要入戲，衛選手也要幫一把小巫！雖然鏡頭拍不到。小巫最直觀看到的是你的表情，你要帶動小巫走，咱不要求驚天動地，脈脈傳情還是要有的，能做到嗎？」

衛時嗯了一聲，面無表情讓這位女導師懷疑在敷衍。

第六次開拍之前，巫瑾向導演、導師和搭檔衛時一併道了歉，去一旁調整情緒。

再回來時，少年眼中光芒微動，在進艙之前看了眼衛時。

細光揉碎，帶出深藏隱祕的漣漪。

拍攝棚外，應湘湘一喜：「不錯，不一樣了！」

鏡頭緩緩推進。

【第九章】

我想要追一個人，全力以赴去追

這一次的拍攝出奇順利。

黑黢幽深的海底，唯一的光線自救生艙內透出，像是忽然降臨的救贖。

衛時正要目送巫瑾關艙，少年卻陡然從中爬出，伸手將人拉入。

暖色的光為少年妝後蒼白的肌膚打上曖昧，水泡湧出，救生艙內的巫瑾被劇烈的震動打濕。少年的睫毛微微顫動，沾了水之後好看得驚心動魄，眼神自始至終鎖在衛時臉上。動作卻毫不拖泥帶水，甚至因為急迫而強勢。

巫瑾肩臂、腰腹都有薄薄一層肌肉，漂亮而不誇張，是少年人特有的淺薄弧度，繃起時將人體美學釋放到了極致——牛奶色、微微起伏的肌膚充滿張力，時刻蠱惑人想咬一口。

攝影機後，導演眼神突亮。

綠幕內的氛圍卻遠比鏡頭所看到的熾烈。

衛時藉著巫瑾的力量跨入艙體，被少年突然翻身按下，像是被藏入刀鞘的刃，帶著血氣的視線被巫瑾的腰背擋在鏡頭之後。

男人微瞇起眼，享受著巫瑾的主動。

巫瑾藉著劇本，旖念洶湧而出。

大概是被衛時帶動，此時竟然果真有了強吻的氣勢，他執著看向衛時，視線在男人的眉眼和唇上游離如同撫摸。

巫瑾突然俯身。熾熱吐息糾纏，分不清是入戲還是出戲。少年像是張牙舞爪的小獸，以稚嫩而凶殘的方式向衛時湊去。

機位迅速聚焦，拉近。

卡在雙唇即將相觸的前後一秒——

導演一拍大腿，「好！」

完美借位。劇務趕緊促成定格，救生艙的艙門緩緩閉合，鏡頭逐漸拉遠，給出足夠留白後續插入廣告——救生艙內驟然黑暗。

巫瑾呼吸急促，整個人灼灼發燙。

大佬與他貼得太近，兩人的荷爾蒙在艙體內瘋狂糾纏。

黑暗是人性瘋狂的催化劑，只要沒有光，似乎任何越界都能被輕易促成、容忍。巫瑾又向前傾了傾。

這是拍戲。這可能……是他唯一的機會了。

他閉著眼睛也能描摹出衛時的五官，黑暗不是阻礙，反倒是用於遮掩慾望的面具。

少年不再糾結，鬼使神差吻上衛時的唇。

乾燥，熾熱。巫瑾使勁記下這一刻，渾身血液沸騰，上了癮似的想要深入，又要裝作不經意碰到、作勢回撤。

衛時忽然行動，一手扶住少年肩臂，一手強硬按住少年後腦杓。

兩人毫無徵兆對調。

巫瑾倉皇睜大了眼，被狠狠按在救生艙柔軟的水床，脖頸被迫揚起，交換蠻橫霸道的氣息。男人凶悍地加深了這個吻，氣勢之盛讓巫瑾有了被碾壓挫骨的錯覺。

衛時眼中如有暴風過境。明明叫囂著要把獵物吞得骨頭都不剩，救生艙外攝影機推動、笑聲、交談聲卻在時刻提點。

時機不對。

身下的獵物香甜可口，近乎任人採擷。少年的慾望輕易被撩動，在理智的邊緣掙扎，不受控制地向衛時靠近。

男人定定看向他，最終一吻即撤，在少年唇齒上打下烙印如同標記。

原本按住少年後腦杓的右手理了理亂七八糟翹起的小捲毛，緊接著帶了褶皺的作戰服衣領被撫平。

門外，劇務正在開艙，金屬零件的撞擊聲傳來。救生艙最外層的防護罩被關閉，艙門微開，光束劃破黑暗——

巫瑾一頓，大腦停止運轉。

攝影棚內，兩個劇務剛剛打開艙門，冷不丁從裡面躥出一個紅騰騰冒著熱氣的巫瑾，落地之後就跑得無影無蹤。

「……」正在門外等著擊掌的應湘湘一呆。

那廂，衛時也從救生艙裡跨了出來，眼神冷冽面無表情。

應湘湘想，衛選手顯見不會和她擊掌。她只好故作無事地理了理頭髮，和助理感慨：「借位而已！小巫就是太靦腆了……看看人家衛選手這心理素質。」

想了想又說：「不過……小巫的天賦是不錯。演技好，舞跳得也好！回頭給白月光發個函，有朝一日不做逃殺練習生了，也可以來咱們工作室當藝人。哎呀怎麼是白月光先找上小巫，不是星探……」

攝影棚外，導演正興高采烈和後期探討藝術，看到衛時出來就要熱情打個招呼。

衛時喉結動了動，步履如風推門而出。

離得近的小場務只覺一道冷風颼然捲過，下意識捂上了胳膊肘子的雞皮疙瘩。直到男人離開，愣是沒有一人反應過來開口。

夜晚，克洛森基地雙子塔。

凱撒捧著個泥濘的足球，被一群練習生簇擁著吵吵鬧鬧進門，南塔頓時嘈雜如同菜市場。

佐伊在門口看了半天，終於蹭蹭上樓，找到在喝枸杞茶的秦金寶：「秦隊，看到我們隊的小巫了嗎？」

秦金寶慢悠悠開口：「樓下跑圈咧。」

佐伊納悶：「沒跟著踢球啊？都入秋了，外面這風颼颼的，他跑什麼？」

秦金寶猜測：「年輕人，燥的！」

佐伊道了謝，又蹭蹭下樓，把跑圈的巫瑾截了領回來。

巫瑾體力旺盛，饒是跑了十圈八圈，整個人都在燒，腦袋瓜子還是冒著熱氣。秋初凜冽的晚風雖沒有把少年凍得冰涼，卻帶走不少水分。然而巫瑾由著嘴唇被吹到乾燥，都不捨得舔一下。

兩人順著臺階一路向上，回到巫瑾寢室。佐伊隨手給巫瑾遞了杯水，「別傻愣著不喝，想鍛煉體能去樓下訓練室，怎麼外面瘋跑跟兔子似的。」

形如魔怔。

巫瑾接了水，旋開瓶蓋，仰頭懸空咕嘟咕嘟喝了，硬是沒讓水打濕乾燥的唇。

寢室一側，魏衍推門而出，取了被家務機器人洗淨烘乾的訓練服，向客廳裡的巫瑾微一點頭，再度回房關門。

「態度這麼好……」佐伊思忖，轉眼又拋在腦後，給巫瑾投出終端：「小巫，第四場淘汰賽投票通道開了。」

螢幕正中，克洛森投票頁面特效浮誇。

原本的塔羅占卜布局被大改成原始叢林，巨蕨、藤蔓遍布頁面各處，河流靜緩匯入海中。背景是激烈的落雨聲，游標劃過之處水花飛濺。

參天巨木下陡然有黑影踏過——一隻霸王龍騰然躍出。

下面掛了個名字：299763號選手，魏衍。

巫瑾睜大了眼睛。

叢林之中驟然有閃電劈下，林鳥驚飛，水中見鯤，懸空有鵬。史前兩億年時空錯亂，各個紀元的主宰物種紛紛呈現。

在空中盤旋的是中新世的阿根廷巨鷹，掛了左泊棠的名字；深海中搏擊的滄龍和背脊鯨，分為佐伊、文麟，代表凱撒的猛獁象在岸上晃蕩，薄傳火是花裡胡哨的耀龍……

巫瑾愣是沒有找到自己。

佐伊趕緊安慰：「這兒呢！這兒呢！」

游標艱難地揭開一片葉子，一隻尖耳朵、毛茸茸的小獸正在樹上舔爪子。

「……」巫瑾隱約覺著自己這次投票要完。

佐伊解釋：「角色形象都是粉絲票選的，小巫放心，你那個投票按鈕還是和別人差不多大。這是個什麼來著……喔，小古貓，」佐伊看向蔚藍百科：「四千萬年前一種生活在樹上的小動物，看著還挺可愛。『和相關類型比較，該屬腦容量明顯增大，推測有顯著智力增加』，怪不得有這麼多人投……」

巫瑾用游標戳了一下樹上的小古貓，那小獸刺溜一下換了根枝椏躲著，飛機耳壓下，不滿看向巫瑾。

巫瑾頑劣地晃動枝幹，小古貓嗷嗷叫著跳走，消失在綠樹掩映之間。又過了幾秒，螢幕一側劇烈振動，一隻劍齒虎咆哮而出，對著螢幕外嘶吼，頭上竟然還頂著剛才逃走的小古貓，顯然是為了給牠找回場子。

劍齒虎——298113號選手，衛時。

巫瑾瞬間丟了游標。

佐伊瞄了一眼，「一天到晚就知道炒CP……我沒說你啊小巫，說的是節目組，就知道搞這些花裡胡哨的吸引氪金，選手生活品質都不改善。除了比賽前那頓斷頭飯，食堂每天早上就是稀飯包子，連個手抓餅都沒有！」

他拖動到螢幕最底，指向一行字，「投票不是重點，重點是這個。」

——克洛森秀第四場淘汰賽贊助商，「進化天平」生態改造實驗室。

LOGO是講義首頁的「紅皇后」。

巫瑾點頭，迅速打開終端搜索。

進化天平，實驗室始建於二七八八年，總部在英仙座旁。

主營業務為環境改造——為殖民星提供集成式生態、地貌改造服務，生物鏈規劃諮詢服務，確保引入新物種後建立嶄新、穩定的生態平衡，達成可持續發展。

次營業務養殖業基因改造、寵物設計、園林設計等。

「怎樣。」佐伊問道：「有眉目嗎？」

佐伊詢問的是比賽規則。巫瑾認真看完，挑出幾個關鍵字：「生態地貌改造，生物鏈。」

佐伊給出自己的猜測：「按照紅皇后假說，每個物種必須不停地奔跑，才能保持在原地。」

第四場淘汰賽的核心，是一個極速改變的生物鏈？」

巫瑾點頭，與佐伊所想無差。他又仔細看了一遍描述，視線停在紅皇后LOGO上。

「生物鏈改變可能是源自環境改變，也可能是協同進化。」講義在巫瑾腦海閃過，「從現有的資訊來看，進入賽場之後的第一件事，就是必須找到驅動進化的根源在哪裡。」

佐伊點頭，隨即用終端告知凱撒、文麟。

第四場淘汰賽為隨機分隊，四人同隊的可能微乎其微，佐伊只能在賽前盡全力為白月光所有人做好準備工作。

佐伊發完訊，好奇問道：「小巫，你和衛選手的廣告拍攝得怎麼樣？」

正在查閱資料的巫瑾一僵，「還、還好！」

佐伊拍拍他的肩膀，鼓勵道：「練習生能接代言的不多，小巫不要有壓力！」繼而安慰：「雙人代言也不是問題！咱經紀人說了，別看現在粉絲把你和衛選手捆綁，等出道了CP粉都得分流……」

正在此時，寢室另一側的房門打開，踢完球、洗完澡的凱撒迅速扔了一筐衣服給家務機器人，「哎你們回來了——」

眼見佐伊要開口，凱撒趕緊露出討好表情，快速說道：「嘿嘿，這個，媳婦催著視訊，半小時就半小時！」

「……」佐伊擺了擺手，「行了，記著看終端。視訊完了就滾去睡，現在剛剛宵禁，別給我占用休息時間。」

凱撒大喜，又轉向巫瑾，「小巫你那個小貓獸太沒氣概，等著哥給你刷票刷一個『泰坦巨蟒』……」話說一半，人已經閃到房間裡沒了聲。

「……」佐伊這才反應過來凱撒說的是小古貓，過了幾秒才開口感慨：「都說戀愛中的人是傻子。每個人在戀愛中的表現是不一樣的，大部分都會變蠢——凱撒倒是例外，畢竟他已經智商觸底了。」

巫瑾忽然抬頭，恍惚中有一種被老師隱晦點名批評的錯覺。只要大佬在視線裡，自己的腦子就不大轉得過彎。

佐伊繼續表達來自單身狗的鄙夷：「奇怪，都八〇一三了，純直男還沒有被物種淘汰，竟然還能找到對象！」

佐伊又嘮嗑了半晌，囑咐巫瑾早睡後離開回寢。

巫瑾下意識打開終端，悄悄地補全了幾個閒聊中聞所未聞的知識點。

穿越到一千年後，巫瑾一直小心翼翼掩飾著自己的原始土著身分，無時無刻不像海綿一樣迅速吸納訊息。他又記了幾個詞條，隨手搜索了一下直男——

三〇一七年ＸＸ學院心理調查研究顯示，同性戀占比百分之十，潛在雙性戀者占比百分之四十……

巫瑾扔下終端，啪嘰一下把自己拍在床上。

腦海中記憶回閃，旖旎無邊。

幾小時前他以入戲為緣由強吻了大佬。沒有被當場踢出救生艙已經穩賺……還藉著大佬入戲得到了回應，騰騰然不知身在何處。

自己是妥妥兒陷進去了，不拎起來正視不可能。

巫瑾在床上攤成一片，虛擬螢幕淺淺投影在半空。

克洛森投票頁面，小古貓偶爾從樹上探出一腦袋，劍齒虎正繞樹隨機遊走。

大佬吻的是戲中人，自己吻的卻是戲外人。

劍齒虎和猛獁象打起來了，凱撒的猛獁象AI設置並不聰明，很快就被打跑，轉而欺負正在欣賞光鮮尾羽的耀龍。

書桌上打了簡單機率演算的草稿。異性戀占比百分之五十，一旦被直男知道心思，按照套路都是厭惡、絕交。

劍齒虎轟走了猛獁，懶洋洋臥在小古貓旁邊。

門外，正在準備換洗衣服的薄傳火忽然尖叫：「誰他媽扔了個足球在洗衣機裡！我【嗶——】凱撒【嗶——】……」

巫瑾被吵得頭昏腦脹，起身又看了眼機率演算。

他忽然一頓。同性戀者百分之十，遠遠大於一千年前百分之二的出櫃率。

三〇一八年，同性婚姻完全合法，本質是社會對LGBT群體的認同。換而言之，彎了並不算異類。克洛森秀中，各練習生公開性向毫無負擔。

在寬容的社會環境下，沒有性向歧視，如果自己去表白——當然前提是鋪墊好了——大不了就是被拒，總不至於被扔到峽谷裡當肥料……

他好像。

可以。

試著。

去追求……

巫瑾忽然從床上躥起。幾天的糾結在這一刻離奇平復，心跳急促，血液升溫。似乎只要想到和大佬在一起的微渺可能，甚至追求本身，也能讓他猝然振奮。

床邊，正在抽屜裡蹦躂的兔子疑惑看向巫瑾。
巫瑾嗷嗚一聲衝過去興奮揉兔。
十幾秒後，兔哥拚命想要逃離魔爪。
巫瑾趕緊把白色的絨毛擼順撫平，「兔哥別介意！給您陪個不是……就激動了點！我……那啥，第一次彎……沒有經驗……」
南塔701寢室。
半夜兩點，巫瑾第四次從暖烘烘的被窩裡跑出，喝水、擼兔、滿屋子亂竄。
窗外涼風夾著濕氣，克洛森基地的山坡後一片寂靜。
寢室隔音效果堪憂，宵禁後又不能溜達出去，巫瑾的手在木吉他上又摸又蹭了許久，最終按了幾下弦，悄悄收手。
巫瑾只得再回到床，翻滾，躺平，打開終端。微弱的螢光映亮臉頰，巫瑾在克洛森秀論壇東逛西逛，忽然眼神一呆。
看一眼……只看一眼應該也沒什麼……
巫瑾從被子裡探出腦袋，確認兔哥在離床最遠的書桌上蹦躂，繼而火速切換小號——頭像從加V的選手證件照變為包子臉的小雪豹。
換號之後，終端頓時刷出幾千條訊息，有@、有關注提醒、有私信採訪。在大佬人氣飛漲之後，當初「塔羅占卜投票」的最終排行再次被粉絲扒出。唯一為衛選手氪金的、和衛選手在投票頁中手牽手的小雪豹遭到空前關注。
巫瑾一鍵點了忽略，再次轉回克洛森論壇。
他此時心跳得極快，緩緩、緩緩將游標伸向板塊，最終一個禁不住誘惑點了進去。

版面裝修一變。淡色的背景上飄著粉紅泡泡，主題自動刷新，幾乎每隔個幾分鐘就有新糧產出，饒是如此仍有不少用戶在大廳聊天室內敲著碗嗷嗷待哺。

「今天官方出圖了嗎！沒有！沒有！沒有！我怎麼覺得自己兩小時前才問過？」

「清純小可愛線上求糧，大大上線了嗎？您好大大，今天還更條漫嗎？什麼時候更呢？等不及了可以直播畫畫嗎？大大您在嗎？放草稿也可以呢，大大吃人魚哨向嗎……」

巫瑾只看了個半懂，他點開精華區，眼前驟然璀璨——無數掛著#圍巾、#什錦、#錦衣衛tag的高樓鱗次櫛比，整頁內容豐富、色彩斑斕。

巫瑾耳朵微紅，悄悄地點開熱度之首。

大幅條漫瞬間投在終端，衛時戴著炫酷的狙擊目鏡，溫柔半跪在巫瑾面前，親吻青年右手的鑽戒。

巫瑾眼神嗖地一下移開，不敢多看。這位大大畫技傳神，將溫柔繾綣勾勒得淋漓盡致，雖然在巫瑾看來自己和大佬的位置好像不小心畫反了。

正在此時，條漫最近更新忽然彈出。

圍巾論壇霎時人潮湧動，無數粉絲爭先恐後搶占前排，最新一話自動彈出——

衛時在產房外焦急等待，佐伊、凱撒、文麟親友團和不知道為什麼出現在這裡的薄傳火，正使勁兒給巫瑾打CALL：「小巫衝啊——用力啊——生出來了啊——」

巫瑾嚇得魂不守舍，「……」條漫刷的一下被關閉，巫瑾點開另一貼。

「巫瑾被囚禁的第三天，躲在牆角瑟瑟發抖，大喊著不要不要。衛時卻慘無人道解下了褲子拉鍊！磨槍霍霍向小巫！」

再關閉，第三貼。

「衛選手暗戀小巫的第九十三天，克洛森基地，晴。衛選手又逃了兩節課，為巫選手精心烘焙了巧克力熔岩蛋糕……」

關貼，第四帖。

「春天到了，又到了去克洛森草坪捕獲小巫的季節。衛選手早早的準備好了胡蘿蔔，鉤網和三百句情話，加入捕獲小巫的練習生大軍之中……」

巫瑾終於發現問題所在。大家對大佬誤解太深——大佬是高嶺之花，怎麼會做出這種事情！而且……明明單箭頭是反過來的……

巫瑾一路向後，終於翻出一篇點擊寥寥的「錦衣衛」。

「巫瑾將衛時按在牆上，熱切追求了三個月後，終於在比賽名次公布的當天得手。他瞇著眼睛，虔誠地親吻衛時的臉頰，將他溫柔按到床上，『今晚，請把一切交給我』……」

巫瑾逐字逐句讀過，臉色騰然燒紅。寥寥幾句像是戳到心坎，和腦海中想都不敢想的隱祕思緒扣合。

大佬俊美無儔的臉因為隱忍而誘人到極致，自己忍不住撲過去一陣親親……

終端啪嗒一聲掉落在床上，巫瑾使勁揉臉幾乎形成虛影。

——行了！不許想了！適可而止！

巫瑾再度把自己翻了個面，整張臉埋到柔軟的枕頭裡，只露出兩隻紅撲撲的耳朵尖尖。

巫瑾對於拉燈之後瞭解不多，雖然腦補不出來，倒是不妨礙自我斥責：追求表白牽手親親是一步一步來的！自己強吻大佬已經很唐突了！雖然……大佬接受表白的可能性微乎其微，但自己還是要認真對待！過分腦補是對大佬的不尊重！

許久，巫瑾才從床上坐起，對著窗外出神。

大佬接受表白的可能性微渺，因為自己和大佬……還是差距太大了。

沒有實力，不能保護他，不能做他堅實的後盾。

巫瑾再次跳下床。檯燈亮起，淡淡的光線中，寢室牆上貼滿了巫瑾每一場比賽的學習計畫。

第一場淘汰賽：六月十一日靜態射擊四小時，背圖一小時，筆記整理零點五小時。備注：向佐伊哥請教壓槍……

第三場淘汰賽：八月一日動態射擊六小時……

巫瑾認真抽出一張紙，拿出筆開始寫新計畫，訓練時長比之前有過之而無不及。

兔子蹲在桌上，眼睛隨著巫瑾轉來轉去。

巫瑾笑咪咪把兔子抱走，「兔哥，勞駕。」

騰出來的地方，巫瑾把計畫貼好。

「我想要……追一個人。」

全力以赴去追。

練習生打完疫苗的第二天，針對新一輪淘汰賽的訓練正式開始。

曾經容納五百人的克洛森基地只剩下一半選手，按編號分為十組進行分組訓練。

早晨八點，凱撒正在食堂扯著嗓子誇張嚷嚷：「不就是用洗衣機洗了個球？那騷男什麼毛病！大清早往我門口扔個蘋果，還插了把水果刀！算他有點眼力見沒對爺爺的足球動手……」

佐伊敷衍嗯嗯啊啊，視線越過凱撒，看向從訓練室方向進來的巫瑾。

佐伊：「小巫什麼時候起床的？」

凱撒一問三不知，摸著腦袋，「七點那會兒我看到機器人在客廳遛兔子，估計小巫已經在訓練場了。」

佐伊向巫瑾遠遠打了個招呼，拉開椅子，特地給剝了個光溜溜的雞蛋，眼神慈祥看他啊嗚啊嗚吃下。

十一點，巫瑾關閉虛擬障礙場景，洗了個戰鬥澡，趕向克洛森山坡後的露天場地。

深綠的植被遮天蔽日，被玻璃罩嚴密遮擋，藤蔓如同它的觸手，在空中詭異蜷曲。

血鴿走進玻璃罩，在植被某處踹了一腳，將被藤蔓裹得嚴嚴實實、哇哇亂叫的某位選手放出，「評價D。你這個速度……不要求你能跑過伶盜龍，總不能連劍龍都跑不過吧？」

那選手失魂落魄：「劍龍只吃草……」

一旁劇務麻溜兒地給他扔了毛巾，又搬了個梯子，往剛才捆他的藤蔓上塗塗抹抹深層修復補水的護藤素之類，顯然對藤蔓比對選手上心得多。

一面抹一面閒聊：「吃草和咬你又不衝突。」

選手瞅著劇務給藤蔓做護理，終於忍不住開口：「這到底什麼東西？」

劇務：「巨型本內蘇鐵木注入豬籠草、茅膏菜、捕蠅草應激基因，哎你別戳它，人家還是小姑娘，才從保育室出來，還有含羞草基因呢！」

選手：「這保育室也夠大的……」

等到這位選手把身上黏液擦乾，上一組二十五名練習生已經盡數評測完畢。

該選手出門時還向巫瑾打了個招呼，巫瑾立刻想起這位大兄弟——在節制牌裡被他灌了好幾杯水，最後被井儀雙C淘汰出局。

血鴿走出玻璃罩，將呼吸過濾設備摘了，示意巫瑾等人圍著他坐下。

「第四輪淘汰賽場景，」血鴿敲了敲玻璃罩，「會重塑白堊紀中末期環境。你們所看到的任何生物都是基因復原的產物，是贊助公司的私有財產，不可損壞。比賽只有一種槍枝，麻醉槍。聽懂了嗎？」

練習生齊刷刷點頭。

血鴿投出虛擬螢幕，「比賽中，你們可以獲得幾乎任何能夠想到的高科技裝備——越野車、急救噴霧，甚至精準滑翔翼、恒溫艙、激素探測器。」

還沒等眾人激動完畢，血鴿補充：「但是。你們最大的敵人，是環境。」

一幅餅狀圖刷的一下投影在半空。

「白堊紀，氧氣含量百分之二十八，大於目前藍星百分之二十一的氧氣含量，二氧化碳是第一次工業革命前的六倍。」血鴿隨手點了一位練習生，「說說看，問題在哪裡？」

練習生揣摩上意：「天然氧吧，神清氣爽？」

「……」血鴿叫他坐下，「錯了，會缺氧。」

血鴿：「高濃度氧氣會致使換氣過度，加速二氧化碳攝入中毒。其次，人體內的高二氧化碳分壓會抑制肺泡氣體交換，穿透腦脊液屏障，血液結合碳酸呈現更強酸性，進一步降低氧氣結合能力。」

「一旦沒有呼吸設備協助，你們的存活能力會大幅度削減。」血鴿拿出剛才卸下的設備，示意：「這就是你們的初始裝備，只能支撐六個小時，之後會定點投放。」

巫瑾迅速反應過來。

呼吸過濾設備起決定性作用，第四場淘汰賽，物資遠遠比前三場重要。

血鴿解釋完畢，劇務已是開始分發裝備。

血鴿：「今天的訓練內容是十六分鐘快速越野，佩戴呼吸過濾裝置。一旦踩到障礙物，藤蔓會在兩秒之內攻擊目標。聽懂了就去右邊排隊準備，太陽下山之前會有一節大課，練不利索的會在所有人面前丟臉……」

巫瑾嗖的抬頭，下午有一節大課……

半節課後。

巫瑾蹭蹭從藤蔓中鑽出，身上沒有任何接觸障礙物的痕跡。

血鴿糾正了幾個動作後點點頭，算是對巫瑾勤奮努力的認可：「小巫可以先離開了，回去把基礎躲避再複習兩遍就行。」

巫瑾趕緊詢問：「導師，我能再練幾遍嗎？」

血鴿一愣，琢磨開口：「越野訓練實際應用占比不高，如果有時間，你可以放在近戰格鬥訓練上。」

巫瑾乖巧：「就……加強一下肌肉記憶。」

血鴿知悉，沒有收走巫瑾的呼吸設備，放任他在藤蔓裡鑽來鑽去。

分組訓練一晃而過。接近日落，兩百五十名練習生終於藤蔓區前齊聚。

十六分鐘越野並不難，藤蔓的攻擊頻次也給了選手一定反應區間。在掌握了適應裝置的呼吸頻率後，不少選手都有了質的突破，至少不會被轉基因綠色觸手輕易捲起。

克洛森秀山坡上。

薄傳火正站在藤蔓前面自拍，凱撒在人群裡到處找紅毛，紅毛卻躲在樹蔭下打通訊。

「遠古生物副本！哎哥我跟你說，搞不好有史前巨——大——豚鼠！」

「烤一下就是史前巨——大——烤豚鼠！哎哥你別掛別掛，我這不開玩笑嘛……」紅毛在視訊裡嘮著嗑，忽然神色謹慎，左右看看，悄悄摸到牆角，「衛哥要進第四個療程了啊？」

「行行，我知道。要多和外界接觸，穩定情緒，正面疏導，伴療者撫慰……撫慰？啊？貓已經在快遞過來的路上了？」

少頃，紅毛如閃電躥出，揪住一個工作人員就問：「這個，咱們基地給養貓嗎？喔登記下就行？啥品種？我也不知道啥品種，就那種能氣死人的貓！」

臺上，血鴿舉起喇叭，正在催促練習生排隊：「還跟原來一樣，二十五人一組藤蔓區越野，驗收一下今天的訓練成果，跑得最快的能給明天食堂點餐……」

臺下驟然炸開。

「干鍋美蛙」、「缽缽雞」、「白葡古鱘魚子」、「東坡肉」、「南十字肉夾饃」、「蟹黃小籠包」等等吵個不停。

趁著亂成一團的工夫，巫瑾在人群裡左躥右躥，終於擠到隊首，與大佬虛虛間隔幾十個人。

衛時遠遠向他看去。

少年臉色微紅，假裝沒有發現大佬，小捲毛向後撩起露出額頭，平時軟乎乎的小圓臉顯得俐落帥氣。

巫瑾有些緊張，雖然很快就平復情緒，為了盡可能想在大佬面前展示「更為成熟」的一面，他特地做了打理，訓練服袖子也學著大佬的樣子捲起。

像極了上學時，籃球場上憋足了勁兒想吸引女生注意的少年。

臺上，血鴿很快就撥了一批人預備進本，包括巫瑾在內。

血鴿：「比賽的規則就是沒有規則，好了應老師準備計時……」

巫瑾準備已久，嗖地一下躥出。比其他練習生多摸了幾遍藤蔓區，巫瑾早已熟門熟路，甚至還掌握了某種特殊技巧——利用兩秒植物反射和走位拖住同組選手，同時為自己肅清前路障礙。

臺下很快興奮鬧起。

凱撒一嗓門聲如洪鐘，比誰都明顯：「臥槽！小巫賊帥！」

就連明堯都給巫瑾叫好，啪啪鼓掌，鼓一半還突然想起什麼，看向自家隊長。

左泊棠笑道：「手是你自己的，看你隊長做什麼？」

藤蔓區，巫瑾在植被縫隙之中上竄下跳，被藤蔓掃過時突然矮身，憑藉柔韌有力的腹部肌肉又迅速彈起，離開後一腳精準踩在下一株植被上——兩道攻擊巫瑾的藤條猝然相撞。

肩臂微動，差點被扯落的訓練服外套再度穿好，衣襬因風激盪。

衛時瞇眼。凱撒繼續大吹特吹，薄傳火遠遠吹了個口哨。

應湘湘誇張捂住心口，「這個戰術動作，我不管它殺不殺得了史前巨獸，至少是在謀殺螢幕前億萬少女的心啊！生活終於對我這隻十七歲的小貓咪下手了！」

在血鴿疑惑開口前她迅速補充：「你閉嘴。」

九分十二秒，越野一圈之後，場地邊緣終於再次出現在巫瑾面前。

腳下是密密麻麻標有旗幟的定點雷區，繞過需要一分二十秒。

當然，還有一個冒險的方法——

巫瑾忽然看到了人群裡的衛時。劇烈運動、血液流速加快和溢出的多巴胺、腎上腺素讓他一秒做出了選擇。

他想在暗戀的大哥面前投個三分。

巫瑾縱身一躍，扯住藤蔓，一個急退後衝刺，藉著震盪憑空而起，越過無數旗幟標定的障礙帶、向他呼嘯而來的綠色觸手、踏過初秋打著旋兒的晚風——

終點就在一臂之遙。

巫瑾覺得，他已經起飛了！

身後是數個被障礙羈絆的對手，腳下幾百道目光灼灼聚焦——就像在校園裡，被圍堵得水泄不通的籃球場。校長PD笑咪咪看著，教導主任血鴿搖頭感慨，文化科導師應湘湘兩眼放光，同窗喧鬧起哄……

巫瑾一眼看到的，還是站在人群中的衛時。

憑虛御風，飄飄乎不知其所以。

離地四公尺。巫瑾驟然鬆手。腦海中構思敲定，他要穩穩當當下落，要單膝觸地在大哥面前著陸，要用最標準的速降滾翻減少百分之六十五的衝擊，要毫不狼狽地站起，佯作輕鬆向大哥走去……

場館外，一眾練習生突然瞪大了眼睛。

血鴿繼續搖頭，「這個，小巫啊……」

巫瑾眼神銳利，氣勢一往無前。

應湘湘忽然捂住眼睛。

巫瑾絲毫不為所動，似乎勝券在握——直到腳腕微涼。

巫瑾猝然回頭，瞳孔驟縮！鋪天蓋地的藤蔓自四面八方襲來，將少年自腳踝到脖頸嚴密困住，巫瑾原本的墜勢一頓，被托舉著向上推去。深綠藤蔓沒有劃破少年肌膚，卻在瓷白的底色上壓出道道紅痕。

巫瑾反應過來之後立時激烈掙扎，藤蔓卻如同巨蟒越纏越厲。被觸手糾纏不休的少年呼吸急促，從衣衫到碎髮一片凌亂，外套乾脆被捲到一邊，黑色的純棉底襯被扒了一半，腹肌、腰窩都若隱若現，原本因為想「表現成熟」而被撩起的瀏海在折騰中磨掉了定型，小捲毛順從自然軟塌塌落下，小圓臉霎時顯得可憐兮兮。

場外突然陷入沉默。一秒、兩秒。

衛時突然向前走去。

喧嘩驟然炸開。

「巫選手好好看啊……」有練習生神色恍惚。

「我是在基地待久了嗎，竟然會覺得……很中意小巫……」

「這植物成精了吧？臥槽厲害！」

繼而是凱撒嚷嚷：「看什麼看！這是我們家小巫，你中意就自己養一個去！在我們白月光，偷小巫是重罪！」

主席臺上，應湘湘臉頰泛紅，看似遺憾，實則喃喃發出奇怪的聲音：「突然從七頭身的小巫變成三頭身的小小巫了……啊啊啊啊！」

血鴿接過麥克風，嚴肅點評：「巫選手進步很大，就是太花裡胡哨了。好好跳下去多好，怎麼一會兒甩衣襬、一會兒玩外套的！咱們這一期還沒有女粉絲來基地參觀，這樣搞，胡鬧，沒用！行了，下一組……」

有了藤蔓拖延，前一組的九位選手陸續越過巫瑾抵達終點。

第二組選手連忙衝上去，同情看了眼還在天上舉著的巫瑾，在導師催促下慌不迭出發。

那廂，劇務從旁邊搬了個梯子正要進去放人，冷不丁揉了揉眼睛，「哎這位選手你是不是走錯了，越野賽道在那邊……等等，這位選手，你的呼吸裝置呢？」

衛時充耳不聞。他面無表情走到巫瑾失足的藤蔓旁，指節在根莖上一劃。

藤蔓突然歪斜，巫瑾纏著枝條翻滾而下，在離地半公尺處驟停。

兩人視線相對。

衛時像拆快遞一般嫻熟解開巫瑾身上的藤條，粗糙的指腹在少年被勒出紅痕的皮膚上有意無意摩挲，挺直的脊背擋住了身後所有視線。

巫瑾覺得自己要絕望極了，三分沒投中，還把自己給扣到球框裡爬不出來！還在大佬面前！

男人瞳孔如有火焰攢動，目光順著巫瑾裸露的皮膚一寸一寸上揚，又定格在巫瑾臉上。

就在巫瑾沮喪得快要鑽到地底的當口，衛時漠然脫下外套，遞了過去。

巫瑾：「大、大哥……」

衛時命令：「穿。」

巫瑾一個激靈，趕緊把大哥的外套穿好，腦海一片空白——打完籃球不是應該遞水嗎？天氣還不是很涼……為什麼大哥會送外套？

然而很快，熟悉的氣息激得他腦海咕嚕咕嚕冒泡，被藤蔓輕微劃破的手臂攥緊了衛時的訓練服。

看臺上，一眾練習生也傻了眼，霎時議論紛紛。

「衛選手夠義氣，知道先進去救兄弟再跑比賽！仗義！」

「等等，他好像沒戴呼吸設備？他進去多久了？有六分鐘了？講義上不是寫的三十秒嗎？還是屏住呼吸了？」

應湘湘看向臺下，卻似乎想到了什麼，露出些微疑惑的表情。

在場數量眾多的直男無一察覺。

血鴿倒是拿起麥克風，「血液分壓變化跟身體素質有關，三十秒是一般練習生的承受上限，衛選手能比你們更多點。」他看了眼體檢報告，「六分鐘才會出現氧結合抑制反應，九分鐘內必須佩戴裝置……」

那負責分發設備的場務趕緊向衛時揮了揮手，「這邊、這邊！」

七分鐘，巫瑾終於從藤蔓區披著外套走出。

八分鐘，兩人接近場地邊緣，那場務舉了一套設備，卻眼睜睜看著衛時往反方向走去，把巫瑾送到玻璃罩外。

巫瑾身上訓練外套拉鍊拉了大半，露出一小截鎖骨。

衛時忽然給他往上提了提，又勾勾手示意。

巫瑾反應不過來，下意識把腦袋往男人跟前湊了湊。

衛時抬臂，溫熱乾燥的手三兩下卸了巫瑾的呼吸裝置，戴到自己臉上。

原本乾淨的玻璃罩因為巫瑾先前劇烈運動而鋪了一層白霧，帶著軟乎乎甜絲絲的少年氣息。

衛時眼神淡淡，固定好裝置，最後看了眼傻愣著的小兔子精。

還帶著紅痕的肌膚被包裹得嚴嚴實實，裝置內殘留的呼吸餘溫暫時安撫了內心暴虐的躁動。

仗著這漫山遍野的鏡頭，他還真不怕被自己當場辦了。

衛時最後看向拉鍊，警告一眼，頭也不回向賽道走去。

玻璃罩外，巫瑾思維運轉滯緩。

大佬拿走了他的呼吸裝置。四捨五入……等於間接接吻……

心跳突兀加快，亂七八糟的情緒一應湧出，先是悄悄地慶幸，繼而是落地翻車的羞愧、沮喪、緊張、後悔。

巫瑾麻木走向等待區，一群練習生卻嗖地一下湧出。

「小巫好厲害！」

「就差一點！」

「巫選手太拚了……都是被食堂給欺負的！血鴿導師說了，跑得最快的能給明天食堂點餐。小巫最後那個炫技哪裡是耍酷，明明是太想吃好吃的了——被餓的！可以理解！」

巫瑾勉強露出笑容，「我……」

凱撒從斜刺裡衝出，一把摟住巫瑾，豎了個大拇指，「雖敗猶榮！等著，哥去給你跑個手抓餅回來！」

佐伊在人群外感慨：「衛選手對咱小巫真好。上次給小巫減麻醉氣體的也是他，這次把人放下來的也是他，衛選手之前當過護士吧？」

腳下，訓練場內。

有了巫瑾示範，第二批練習生無一不把「遊戲規則就是沒有規則」發揮到極致。繞著藤蔓埋伏人的也有、上躥下跳當人猿的也有。

巫瑾的視線緊緊跟隨衛時，大佬速度不慢，但究竟耽誤了太多時間，加上隱藏實力，最終在一組十人中排名第六。

臺上，血鴿的催促下，第三組再度跟進。

凱撒蹂身而上，還對著臺下比了比肌肉。剩餘的練習生頓時一片哄笑，鬧騰不止。

「手抓餅！」凱撒一聲怪叫向藤蔓衝去，一旁的明堯不甘示弱喊了聲「佛跳牆」，人群裡頓時一邊倒開始為明堯打CALL。

左泊棠笑咪咪抱臂看著，身後吵成一團：「麻辣香鍋」、「紅燒天鷹蟲獸」、「去他媽的蛋白粉，老子想吃刺身大鮑魚、紅燒小河豚、隕石香菇走地雞！」

不等血鴿催促，兩百餘名練習生前仆後繼向賽場奔去，有的甚至還蒙混過關試圖打第二次。

血鴿數人數得頭昏腦脹，正想回頭叫應湘湘幫忙，忽的發現應老師托著腮看向某個方向，滿臉寫著「有趣、有趣」。

血鴿：「……應老師拍戲呢？」

應湘湘一個回神，刷刷開始幫著數人，說道：「現在的直男，情商低也就算了，數都不會數了！」

克洛森秀後山一直熱鬧到太陽西下，眾人才恍然反應過來——障礙越野，大家成績七七八八，愣是沒有一個人能快得過人形兵器魏衍。

R碼娛樂的練習生都是精密儀器，平時營養靠藥物補充，不說刺身大鮑魚了，估摸著就連個鴨血粉絲湯都沒有吃過……

等到血鴿報完成績，場內瞬間陷入詭異沉默。

魏衍孤零零的站在山坡一側，周圍空無一人。

他抿著唇，面無表情，向血鴿導師輕輕點頭，愣是沒有一個練習生上去和他搭話。

應湘湘微微一嘆，正要開口，忽然一眼瞥到小樹林後面，薄傳火關了直播使勁兒從人群中擠過，她神色微亮，巫瑾卻是比薄傳火速度更快！

巫瑾噠噠跑到魏衍面前。

魏衍看向他。

巫瑾舉手，「我、我想要手抓餅！」

魏衍一頓，緩緩點頭。

接著是薄傳火：「哎，魏神，給加個鮑汁扣鵝掌唄！」

魏衍記下。

紅毛在人群中起哄：「上啊，媽的機會千載難得！這沙雕食堂，哥幾個吃窮它！」

山坡上頓時再度喧嘩，練習生鬧個不停，跟著「魏哥」、「魏大大」喊著。魏衍夾在人群中，看似面無表情記菜名，眼神卻可以算得上緊張。

基因改造體情緒不顯，除了同類，幾乎沒人能看得出來。

衛時收回目光，越過人群，望向巫瑾。

巫瑾正伸著頭往人群裡看著，起初沒有注意到衛時的目光，手卻始終美滋滋攥著外套。

他忽然一頓。脊背立刻挺直，不知道什麼時候又撩起來的瀏海下，小圓臉故作沉穩。

他轉頭，狀似不經意看到大佬，迎著夕陽的餘暉緩緩走去。

紅撲撲的耳朵正好被亂翹的碎髮擋住，看上去正經無比。

將近入夜。

紅毛去前臺登記了包裹預收，並準備了少許貓糧，表示門衛要是收到喵喵叫的快遞可以倒一點進去。

回寢路上，紅毛戴著耳機在克洛森基地夜跑，正聽到某浮空城廣播臺深夜情感諮詢欄。

「浮空城出版社精裝《和人氣愛豆談戀愛》第二部火速推出！第一部熱銷兩千本！提供全面售後服務，一對一戀愛班主任為您排憂解難，7×24小時無占線！雄厚諮詢團隊為您的情感護航！詳情諮詢069-419-……」

紅毛想了半天，聽到價格瞬間咂舌。神他媽熱銷兩千本，這一本書都能在二線星球買房了！賣書送顧問……倒是合情合理，營業稅改增值稅之後，比版稅高上不少。紅毛隨手將這家電臺的捆綁銷售舉報為偷稅漏稅，繼續留了半耳朵聽著。

「現在下單信用點八折，深空點七折！是的您沒有聽錯，是的就是七折！」

「只要買書，任何問題我們都能替您解決！真實案例一：有讀者向我們諮詢，明明已經和戀人互摘面具，確定關係，為什麼一親吻，戀人就會害羞逃跑？資深顧問回覆，您的戀人是否為內傾型人格呢？不用擔心喔，要循序漸進，用男友力讓對方敞開心扉，就能想怎麼親就怎麼親啦！適當的關心能讓戀人更依賴你，比如睡前晚安小短訊，提醒對方蓋好被子……」

紅毛忍無可忍換臺，「就這玩意兒還能賣兩千本？」

克洛森南塔。

巫瑾從訓練室出來，趕上最晚門禁。

寢室門剛一關上，巫瑾立刻精力充沛彈起。

幾小時前，他和大佬短暫探討訓練方案，並單方面「假裝忘記」了比賽翻車和之前的戲中吻。一切相當順利！

快速補全完訓練計畫後，巫瑾高高興興把自己捲進被子，任隨兔哥在他身上踩來踩去。

終端突然亮起。

衛時：手傷擦藥了？

巫瑾趕緊點頭回覆，加上六個驚嘆號，刷刷又刪掉四個。配一張圖，左手食指被繃帶包紮成胖乎乎的麵包樹。

衛時：嗯。

衛時：蓋好被子。

巫瑾對著麵包樹想了半天，最終還是把受傷的左手整個塞進被子裡。

蓋上被子，被子上面再蓋一層兔子。

巫瑾滿意睡去。

越野評測後，在克洛森基地的時間過得飛快，一切以大佬不蹺課為前提。

自評測第二天起，食堂人頭攢動，節目PD爽快實現了諾言，收了魏衍上交的兩百四十八行菜品清單，一天二十道分批兌現。

第六天，巫瑾心滿意足啃了手抓餅，又打包了一份蹦躂出去，許久傻樂著回來。

佐伊笑說：「小巫這是跟哪個小朋友去玩了？」

白月光隊長就著早餐打開終端，習慣性看了眼克洛森論壇，「今天流量怎麼爆了？喔對！小巫，你廣告要播了！」

克洛森秀論壇，八卦版面。

指北星科技的雙人救生艙宣傳片將在蔚藍時區中午十二點準時發布。

從凌晨開始，論壇氣氛歡騰如過年。各界圍巾少女活潑踴躍，大手積極產糧，版主維持秩序。有了巫瑾前一次跳主題曲的熱搜經驗，一眾管理顯得有條不紊。

「愛豆們第一次拍廣告，非專業演員模特，還請大家多多擔待。」

然而什麼都阻攔不了克洛森吃瓜觀眾的熱情。

「只要同框，管它什麼樣，咱都能吹出彩虹屁！再說還有顏值撐著！」

即便如此，一眾CP粉、巫粉、衛粉仍是緊張非常。

三〇一八年，逃殺秀風靡星際，職業選手的商業價值、附帶流量和選手能力一樣被各大戰隊以及資方看重。

指北星救生艙是兩人的第一支螢幕廣告，並且是在出道之前，對於兩位愛豆之後的商業活動有至關重要的參考作用。

十二點整。

指北星科技首頁搖身一變，整幅主機板色澤漸深，粼粼波光閃耀。虛擬場景像是進入幽深海域，銀白色的救生艙靜靜漂浮在水上。

隨著游標移動，海面微微起伏，產品參數浮現。

頁面頂端，宣傳片的時間軸逐漸拉開。

指北星科技的訪問流量瞬間飆升到巔峰，氤氳水汽中巫瑾首先出鏡。

故事起初是巫瑾一人的獨角戲。

他與暗戀已久的隊友在執行任務時遭遇海底火山，裂谷內的熔岩流噴發而出，很快將周圍海水加熱到四百度以上，形成超臨界流體，用於探測的儀器也一併融化。

最後的安全區內，衛時出現，將僅剩的救生艙讓給他。

黑暗的海水中，鏡頭掃過於兩人無聲的對視。

衛時面無表情，潛水目鏡卻映出巫瑾，與男人擰起的眉與深邃的眼重疊。巫瑾沉悶悶站著，肩膀明明挺直卻像下一秒就能爆發。

螢幕外，無數圍巾少女在同一時間鬆了口氣，繼而突然興奮——妥了！

廣告效果遠遠超出想像。

場景色調灰暗，偶一掃過巫瑾，極端鮮明的演技張力讓人完全移不開眼。衛時表情不多，氣場隔著螢幕都能感到壓迫，明明過於出挑，卻因為對視時的專注而平穩融入鏡頭。

不能同生、不能共死，必須有一個人活著把實驗資料送回去。

巫瑾最終低頭，眼眶發紅，回頭開艙時無聲說了一句：「等我。」

救生艙終於打開。銀白色的艙門內，遠遠比普通救生艙寬敞的內設在鏡頭前呈現，「定額：兩人」字樣放大，巫瑾驟然驚喜轉身！

視野突然被少年耀眼的笑容照亮，衛時被拉進救生艙，艙門緩緩關閉……

臨近結尾，克洛森論壇轉播間霎時瘋狂。

巫瑾演得太真實……他對微表情和肢體的控制幾乎到了讓人頭皮發麻的程度，甚至讓人無意識間忽略他的臉，從頭到尾情緒被帶動。

有征服力的演技，在逃殺選手身上，幾乎是匪夷所思的天賦。

「戀人梗啊啊啊！媽耶捂住心臟，投資方爸爸太懂了吧？嘴角瘋狂上揚！」

「給編劇大佬遞筆！看到暴風哭泣，眼神碰撞滿分，給所有互動爆燈！甜到暈厥！這兩個人只要距離零點五公尺以內，我特麼能磕這種鏡頭一輩子！」

「小巫……你不要嚇麻麻！明明可以靠演技吃飯，你竟然選擇去打逃殺秀？你是要蘇死我嗎？抱住小巫瘋狂搖肩！」

螢幕內。廣告在粼粼波光中收尾，指北星雙人救生艙圖宣浮現。

背景一鏡到底，視野揚出海面，又帶著水花沉入海底。月光自海水頂端投入，在深藍中映出明晃晃的鎏金，微微開合的救生艙內光影斑駁，隱約能見到最後定格。

擁抱一觸即分。

巫瑾抬頭看向衛時英挺的臉，視線緩慢、溫柔描摹。

「吹爆圍巾什錦嗚嗚嗚！謝謝時哥把救生艙讓給我家小巫！麻麻做主，這隻養得白白胖胖的小巫就許配給你了！瘋狂想按頭啵啵這麼甜真的不來了一個激吻，吻——」

鏡頭一隅。救生艙關閉的最後一刻。

巫瑾忽然翻身，微濕的衣衫勾勒出少年矯健的輪廓。他毫不猶豫將男人按在身下，托住男人肩膀的手似乎在發抖，眼神在於鏡頭擦過的一瞬微闔，像是歡愉像是決絕。

劫後餘生，醞釀已久的情緒在這一瞬終於爆發。戲中，作為暗戀者的巫瑾堅定低頭，在衛時乾燥的唇上虔誠印下……

艙門閉合。

兩人糾纏著隱入銀色艙體，在激蕩的水流中飄蕩、下沉，岩漿從裂縫中湧出，被海水迅速冷卻凝固為岩石，地貌翻天覆地，噴湧而出的岩體、海水、碎屑在轉暖的光調下分崩離析——

鏡頭拉遠，一行花體字自底部浮出：同舟共濟，摯愛之選。

克洛森秀論壇，評論似乎出現了短暫的幾秒延遲。

原本還在終端上敲字的粉絲出乎意料一致，無論之前寫了一半的是啥，最終只剩下一長串毫無文采的「啊啊啊啊啊——」

克洛森秀食堂，午飯時間。

佐伊饒有興趣將論壇版面投影到螢幕，一桌四人同時被滾動成虛影的新增主題晃花了眼。

「我愛兩位小哥哥一輩子啊啊啊啊——謝謝贊助商爸爸！謝謝克洛森秀！謝謝小巫衛哥給我們發糖！本來換工作+考試累成狗，收到發糖感動到哭泣！CP粉幸福爆炸！」

「感謝小巫衛哥的炸裂演技+1！親親了真的親親了……走在路上都在傻笑！」

「感謝小巫衛哥+2！雖然知道是借位，但完全滿足！簡直太寵粉了嗚嗚嗚！痲痲唯一的心願就是看你們結婚（笑），順便幫頂，寵粉歸寵粉不要去真人面前KY，能拍廣告已經敲感動了，第一要義還是要支持小哥哥出道！比心！」

佐伊欣慰點頭，再點開一貼。

「#圍巾同人-8.1【廣告】艙門閉合之後，衛時冷靜從內上鎖。小巫睜大了眼睛！小巫在瑟瑟發抖！小巫絕望哭泣『不是說好就借位嗎』——衛時冷酷解開褲子，冷靜地辦了小巫……」

白月光狙擊手措不及防，一個手速爆發關掉螢幕。

在論壇頻繁生子、頻繁被辦的巫瑾：「……」

佐伊一聲輕咳，憐愛地擼了把巫瑾的小捲毛。

巫瑾鼓起臉。

一旁，路過的練習生紛紛向巫瑾表達由衷敬意，一面心有餘悸——誰特麼知道劇本是這樣？還團綜遊戲，分明就是在砧板前選魚！巫選手和衛選手竟然被節目PD逼迫至斯！驚！痛心！辣雞克洛森秀，不僅賣藝還要賣身……

佐伊似乎想笑，趕緊予以鼓勵：「小巫演技可以啊。」

巫瑾趕緊搖頭。穿越前作為男團練習生，按照公司規劃，出道前期難免要去幾個偶像劇、網劇擔任男三男四男N混個臉熟。

廣告裡，與其說是演技不如說是……總之和科班演員們相差太遠。

佐伊繼續感慨：「氣勢上來了，咱小巫都能強吻人家選手了！」

巫瑾一呆：「我我沒沒沒……」

佐伊：「回頭給衛選手送點小零食，人家配合還真不錯。小巫多吃點，委屈你們倆了。」

巫瑾支支吾吾應下。

午餐後，巫瑾避開洶湧的練習生人潮，抄小路走到克洛森秀攝影組。

正在啃西瓜的劇務得知他想要無剪輯版原廣告視頻，在終端內翻翻找找給傳了過去。

巫瑾走後，小劇務又啃了個香瓜，跟同事叨叨：「巫選手真努力，還要回去就著原視頻磨練演技！」他吧唧吧唧吃著，又道：「還有衛選手，剛才他也來拷貝視頻來著……」

一週過去，隨著救生艙廣告播出，練習生課表再度微調，第四輪淘汰賽的理論導師終於從英仙座抵達。

這位「進化天平」生態改造實驗的高級研究員，是一位約莫五十來歲的慈祥女性，烏髮中摻雜少許銀絲，她的長髮盤成髮髻，手臂上紋有某種有機分子式和愛人的名字，笑起來眼角有細微紋路。

她的講義非常簡單，比起上週血鴿照本宣科的理論填鴨，教學方式也更為溫和。虛擬螢幕微亮，「生態位」三個大字投影在講臺正中。

「我叫夏薇，」簡短介紹後，這位導師直接切入正題：「生態位，種群在生態系統中占據的位置。或者說，一個種群存在的最小空間閾值。」

夏薇笑了笑，「從生物學角度延伸，開在路邊兩家完全一樣、形成同質競爭小店處於同一個生態位，統一時段的兩檔相似綜藝節目也處於同一生態位。在穩定的進化天平下，任何人為衝擊都可能導致物種生境破壞，生態位動盪，造成不可挽回的後果。」

螢幕微微一變，克洛森秀投票頁面再度出現。

教室內頓時熱鬧起來，巫瑾記筆記的手一頓——史前密林中巨獸叢生，頁面到處打得不可開交，小古貓正懶洋洋攤在劍齒虎肚皮上舔爪子。

劍齒虎不大動彈，只有短短的尾巴跟著一甩一甩。

夏薇解釋：「好比這樣。把各個生代的食物鏈頂層強行彙聚到一處。」

巫瑾心想，小古貓可不是食物鏈頂端……

夏薇笑咪咪戳了下小古貓和薄傳火的耀龍，「當牠倆除外。」

耀龍嘎嘎兩聲拎著尾巴就跑，小古貓則給了游標一爪子，劍齒虎立刻爬起來給牠壓陣。

這位導師關掉頁面，「即便是同一星球、同一世代，生態位也未必能抵抗衝擊。十九世紀，藍星一塊大陸通過船運引入家兔以供狩獵，在十九世紀末迅速繁衍到一百億隻。兔子沒有天敵——兔子的跑速在70km/h以上，是霸王龍的三倍——除了電影中的變異特效霸王龍。」

「當地人為了制約兔子，再度以船運引入狐狸、野貓。這兩類物種再次對原生態形成入侵。二十世紀，由於捕食者太多以至於影響畜牧，人類不得不再度捕殺狐狸、貓，並不可控地

『順便』滅絕了另一類同生態位捕食者，在一旁圍觀，無辜被牽連的土著袋狼。」

「以上，」夏薇揚眉，「生態位就是今天的課題。下面請大家將講義翻開……」

四小時，兩節課結束。

巫瑾合上筆記，再抬頭時發現夏薇正沉默看向魏衍。

似乎察覺到巫瑾目光，她轉過身來，和藹一笑。

巫瑾隱隱有種錯覺，夏薇導師看的不是魏衍，而是在透過他看別的什麼。

然而凱撒很快打斷：「哎，小巫，我記得食譜上有麻辣兔頭來著，是今天不……這課上得我都餓了！」

「……」佐伊把凱撒拎開，和巫瑾對照下一場淘汰賽的已有線索。

紅皇后定理，協同進化，物競天擇，史前環境，生物鏈，生態位，物種入侵。

巫瑾再度打開克洛森秀投票頁面。

佐伊：「在想什麼？」

巫瑾忙道：「佐伊哥，我在想……第四場淘汰賽入侵的物種。」

佐伊樂了：「這都能預測？」

巫瑾：「陸棲群居哺乳動物，具備一定野外生存以及團隊作戰能力。不過還不確定。」

佐伊給他豎了個大拇指，「慢慢來，不急！」

一日訓練一晃而過。巫瑾洗完澡，趴在床上軟乎乎寫訓練日記，順便擼了一把兔，表揚：

「兔哥，你竟然跑得比霸王龍還要快！」

兔子蹦到窗前，用屁股對著巫瑾。

此時接近宵禁，走廊上串門嘮嗑的一堆一堆，巫瑾努力思索，想要找個理由去大佬的寢室蹭一圈。

如果實在沒有理由——巫瑾一個翻滾下床，把兔子抱起。

「兔哥，走著！帶你去串門！」

「兔哥你怎麼在喵喵叫？」

巫瑾忽然一頓，愣愣回頭。

窗外，一張黑得跟煤炭似的貓臉貼在玻璃上，綠瑩瑩的貓眼看一會兒巫瑾又看一會兒兔，爪子對著玻璃就是一陣亂撓。

巫瑾瞬間認出這隻黑貓，喜上眉梢，「兔哥，咱們去給大哥獻貓！」

巫瑾打開窗，黑貓嗖地一下躥了進來，腦袋在巫瑾小腿肚子上頂啊頂。

雙子塔每層露臺、飄窗重重疊疊，這黑貓受過特訓，跳到七層毫不費力，一身皮毛油光水滑養尊處優，還時不時對著兔哥舔舔爪。

巫瑾將貓撈起，一手托兔、一手抱貓，兩隻毛茸茸的團子就勢靠近，黑貓忽然張嘴。

巫瑾低頭。黑貓正在熱心地給兔哥舔毛。

巫瑾打開門，正要轉身，黑貓一爪子如電伸向兔哥——

遠處薄傳火正串門回來，看向此處一愣，「喲，這拖把長得還挺像貓。」

電光石火之間，黑貓被巫瑾強行拎著脖子後面，從上往下拉成一條，聞言不斷掙扎。

巫瑾向薄傳火打了招呼，不得不再把黑貓捲成一團，揉好揣著，嚴肅教導黑貓：「這是兔哥，不是貓糧……」

與此同時，南塔302寢室。

紅毛趴在陽臺，正在向自家哥哥訴苦：「貓是送來了，可是衛哥不翻牌子，咱也沒辦法啊！衛哥不僅不擼貓，還把貓放出去到處跑。你說這貓平時在基地還會逮個熟人使喚，這克洛森秀，牠認識誰啊牠？」

通訊對面毫無聲響，紅毛顯然早已習慣這種「單方面」聊天：「實驗室那裡，說要給衛哥進第四個療程了？我聽阿俊說，衛哥是拒絕了伴療者參與？為啥啊？」

對面，毛冬青開口：「第四個療程，伴療者要幫助病人吸收負面情緒。」

紅毛：「啊？可衛哥看著也不像心疼這貓！衛哥對這貓根本沒啥感情……」

毛冬青不再多說：「這件事我會解決。」

紅毛：「哎，那我呢？我呢？」

毛冬青：「你去做貓飯。」

通訊應聲掛斷。

紅毛只得在櫃子裡翻翻找找，掏出一盒貓用泡麵用開水澆了。

同寢隔壁突然喵喵作響，紅毛伸頭一看，神色大喜：「哎，牠怎麼回來了！小巫別關門，等我——」

門內，守株待兔已久，正要伸手的衛時：「……」

紅毛擠進門，見衛時伸手接兔，立刻把在地上打滾賣慘的黑貓抄起來就遞了過去，「衛哥，您要不也一起抱抱這貓？」

半空中，巫瑾紅毛同時看向衛時，像捧著貢品朝覲的臣子。

白兔傻乎乎軟綿綿，黑貓故作矜持兩眼冒光——

衛時不為所動，漠然接過兔哥。

紅毛頓時傻愣，這貓還號稱是伴療者，連個克洛森海選的野兔都比不過！黑貓氣得嗷嗷亂叫，又見衛時上手擼兔，簡直委屈成了一顆喵喵炸彈。

作為爭寵對象的衛時漫不經心靠在沙發上。

男人剛洗完澡，壯碩有力的肌肉從頸部沒入睡袍之中，在昏暗的燈光下要了命的性感。

巫瑾恍惚，這哪裡是朝覲，分明是兩個妃子在用皇子固寵，等睡前翻牌子！

大佬揉起兔來氣勢十足，似乎龍顏大悅……

貓太子性情頑劣，巫貴妃教導兔皇子有方，重賞……

衛時掃了眼不知道走神到哪裡的巫瑾，正要開口時終端響起。

巫瑾趕緊接過兔皇子，抱好，視線不受控瞄過大佬刀削斧鑿的輪廓、近乎於完美的肌肉曲線——巫貴妃再度被美色所惑，耳後泛紅，七葷八素，恨不得再多過來送幾次貓、或者用兔哥固寵……

男人走進陽臺，關門擋住了巫瑾的視線。

南塔302寢室比北塔寬敞，陳設依然簡單。

桌上還有小半杯水，一旁的紙簍內扔了小板藥物包裝錫紙，藥品名與LOGO一併被抹去。

那廂，黑貓徑直從紅毛手中跳下，似乎終於認清事實，繼續用腦袋蹭巫瑾的小腿肚子——如同在夾縫生存、努力討好寵妃的廢太子。

紅毛在一旁納悶：「就這傻樣還怎麼陪伴治療……」

巫瑾聞言一頓。

一個月前浮空城訓練基地中，執法官就曾提及過「治療陪伴」。果然與巫瑾猜測的無差，黑貓和豚鼠一樣，都是情緒修復過程中的「陪伴者」。

紅毛倒也不避諱巫瑾，逕自呱唧呱唧說著：「行了，小巫你在這帶貓，看著點衛哥……」又用手比劃出貓爪子劃拉的動作，「主治醫生說了，要撫－慰，撫－慰！」

巫瑾一呆，磕磕絆絆：「怎、怎麼撫慰？」

紅毛：「按著貓讓衛哥摸，或者，拿著貓爪子往衛哥身上摸！」

巫瑾這才反應過來紅毛說撫慰，指貓不是自己。

頓時又開始自我唾棄，思想太……太不對！再說大佬是高嶺之花，怎麼能隨便摸摸！

巫瑾又低頭看了看貓爪子，羨慕至極。

【第十章】有巫哥帶飛，咱們這局妥了

陽臺，衛時掛斷了和毛冬青的通訊。

剛一進門，巫瑾就抱著貓趕緊起立，「大哥！」

黑貓身上最最軟乎、最最好摸的一部分正好被巫瑾空了出來。

巫瑾想得非常簡單，大佬不愛擼貓，但治療需要擼貓，自己就要為大佬做好充分的準備工作！

黑貓微微胖，肩胛經常運動，嫩度適中，缺點是一摸就跑；貓小排富大理石紋脂肪，但貓骨頭硌手；貓腿子肉質緊細，但踩來踩去沾了灰；貓肚子不讓摸；剩下來還有脊椎兩側的肋眼，絨毛細軟溫熱……

巫瑾趕快把黑貓轉了三十度角，以方便大佬摸到喵沙朗或者喵菲力。

衛時低頭。

粗糙乾燥的手落到黑貓脊側，手指修長、穩定，食指第一關節和虎口槍繭厚重，在油光水滑的皮毛上敷衍擼過，如同給槍上膛一般乾淨俐落。

巫瑾不時偷瞄大佬的手。

男人居高臨下，看向巫瑾。

少年的身上洋溢著洗澡後香甜的氣息，乖巧抱貓時像被馴化的小動物，勾得人從指腹到心底都微癢。小圓臉軟乎乎泛紅，似乎怎麼壓迫也不敢反抗，就連植物都能把他捲起來欺負個夠——逃命卻是比兔子還快。

親一下，下一秒就能跑得無影無蹤。

就這樹墩上撿回來的小玩意兒，竟然能慢慢拿起利劍，戴上王冠，露出鋼牙。

衛時伸手，按上被水汽沾濕的小捲毛。如同一潭死水的情緒微動，又被掌心的觸感熨帖撫平，幾分鐘前的對話閃回。

——「下一個療程，我們通常會建議伴療者輔助吸收負面情緒，處理環境壓力。」

——「不需要。」

巫瑾茫然被摸了腦袋，腦海中亂七八糟。

大佬又在獎勵小弟……大佬的手好暖和……不對！自己是來哄男神擼貓的！必須展現出讓人信賴的男友力！不能被這麼輕易被摸頭！

衛時就著凌亂的捲毛，把巫瑾腦袋向自己按了按，動作蠻橫不容反抗。

——「只要被治療者同意，我們可以保證伴療者安全……」

——「這件事和他無關。」

巫瑾睜大了眼睛。熾熱熟悉的氣息無孔不入湧來，少年抱著貓，貓的兩塊菲力一側貼在他的胸膛，一側貼在大佬肋骨。

少年的唇柔軟淺淡，茫然張開時像是在吸引狩獵者掠奪。

衛時托住少年後腦杓的手益發收緊，眼中情緒一閃而過。

第四個療程會在兩週後開始，四週後結束。最多一個月——

男人毫無徵兆俯身。

巫瑾脖頸條件反射泛紅，卻被衛時挾持一動不敢動。

大佬熾熱的吐息在肩側灼灼燒出一片緋紅，房間內幾乎安靜到了極致——懷裡是有節奏的喵喵叫，門外是走廊上哐噹哐噹的腳步，和紅毛做貓飯叮鈴咚隆的聲響。

衛時面無表情吸了一口暖烘烘的兔子精。

「下個月，浮空城秋祭。」男人突然開口。

巫瑾還沒給腦袋降溫，先小雞啄米式點頭。

衛時揚眉。

「啊！大哥玩得開心？」巫瑾茫然開口，突然反應過來：「我、我也能去？」

衛時點頭。

巫瑾立刻高興得像宣布秋遊的小朋友，絲毫未發覺男人眼底一閃而過的光。他一個激動，手肘收緊，黑貓不滿用爪子推搡。

巫瑾趕緊調整姿勢，順便羨慕地擼了一把黑貓。

做貓真好啊！可以被大佬吸！

於是在接下來的一刻鐘內，趁著大佬回頭喝水的工夫，巫瑾趕快埋頭也吸了一口。也算是和大佬吸過同一隻貓了！

宵禁前最後半小時，兩人在寢室內核對了既有的淘汰賽線索，衛時又順便檢查了巫瑾的訓練成果——絲毫不愧對包年指導教官的身分。

巫瑾則想盡一切理由在大佬寢室內拖延。一會兒跟著大佬後面兜兜轉轉，一會兒在寢室擦擦摸摸，勤勞得像個田螺練習生，為了追求極盡殷勤。直到雙子塔熄燈，他才抱著老實窩在飄窗上的兔哥戀戀不捨離去。

南塔梯井。

巫瑾腳步故作沉穩地從三樓走上四樓，又一步一飄走到五樓，繼而拔腿蹦躂歡脫躍進。

樓下正在刷牙的練習生疑惑抬頭，半天才咕嘟咕嘟漱口：「大半夜的，興奮個啥子喔！」

淘汰賽前的倒數第二週在訓練中飛速度過。

等到講義翻到末頁，最後一名練習生在二十分鐘內通過藤蔓障礙，基地門口再次停滿懸浮大巴，久違的假期悄然而至。

七天假期中，又有三天需要回公司報到。最後四天，白月光幾人走出公司大廈，適應了高強訓練節奏後，竟一時無所適從。

好在佐伊很快做出決策，拖著三人就直衝動物園。

「認真看，用心觀察，對下一場比賽至關重要……」佐伊囑咐一半，皺眉看向隔著玻璃和猩猩對打的凱撒。

凱撒嚷嚷：「看出啥玩意沒！」

佐伊：「看出來了，把你放進去把猩猩給換出來，估計飼養員路過幾趟都發現不了。」

動物園內植被繁茂，中控系統不斷向內輸送暖氣。幾人口罩墨鏡全副武裝，很快就吸引了路人注意。

在克洛森秀觀眾趕來之前，巫瑾連忙帶著隊友走進爬行動物展館。

正在養神的科莫多蜥蜴慢吞吞看了過來。

凱撒正對著蜥蜴一陣比劃，佐伊和文麟則在小聲探討面前巨蜥的毒性、跑速、弱點——直到管理員神色狐疑走過來。

巫瑾輕輕將手掌貼在玻璃上，仔細觀察巨蜥的體型、步態，許久才跟著隊友離開。

一週後。

克洛森秀基地再度從沉寂中進入繁忙，選手一一歸隊，雙子塔卻空無一人。

行李從各個娛樂公司的懸浮車上卸下，沒有被機器人搬運回塔，而是直接送往停泊在附近小型星港的星船，第四場淘汰賽前的「斷頭飯」也將在星船內供應。

臨登船前，練習生們在節目PD的主持下挨個兒抽籤。固定隊全部打散，直到六小時後降落在賽場的一刻，選手才會被告知隊友身分。

接駁口前。

巫瑾最後檢查了一遍物資——四小時呼吸過濾裝置、基礎六點三盎司麻醉槍、鎂條、火絨、降落傘和保暖防護服。

巫瑾走進隔離區，克洛森醫療隊的護士小姐姐笑咪咪地給他檢查完抗體，蓋戳放行。

星船內部，視野豁然開朗。

落地窗乾淨明亮，從餐桌前能看到窗外逐漸縮小的星港，和星船外層材料與大氣層摩擦出的火花。

早餐之豐盛，史無前例。

巫瑾默默往米飯上澆了一勺兒松露鮑魚炒海參。

和養精蓄銳的選手相比，克洛森秀的工作人員和導師輕鬆愉悅，如同郊遊。

節目PD和血鴿紛紛選擇蹭出差福利拖家帶口，星船內嬰兒車、小朋友到寵物狗亂七八糟跑了一地。

應湘湘則在和助理憂心議論：「我這個妝適不適合看恐龍，裙子會不會和始祖鳥撞色……」

「……」一旁的選手神情緊張，明明已經打飽嗝了還在不停地塞，顯然對比賽開場後能找到食物不抱信心。

五小時四十六分。

另一顆淡藍的星球突然在視野之中放大——星球直徑不大，周圍大氣氤氳，數十顆衛星環繞，為節目拍攝做好充分準備。

星船擦過薄薄的大氣層，塗層受熱滋滋作響。

船艙內，巫瑾迅速拉上作戰服，背上背包，和離他最近的文麟撞肩鼓勵。

六小時十二分。

艙門打開，恒壓裝置緩緩從選手座位撤離。

巫瑾戴上呼吸過濾裝置，跳傘前一瞬微微曲指。

空氣微涼，潮濕。恒星光正在向星球運轉的陰影處消失——意味著第四輪淘汰賽的第一個挑戰就是黑夜。

巫瑾縱身一躍。耳邊空氣呼嘯，腳下是黃昏中的原始密林，河水貫穿地形，山巒中有異獸悚然嚎叫。

密林比想像中更為單調。巫瑾開了傘，從半空中瞇眼看去，勉強能辨認出幾種——碩大詭異的節蕨、石松、蘇鐵。

幾分鐘後，隨身配備的小隊通訊裝置終於能勉強開啟。天空中依然有降落傘在源源不斷落下，選手之間間隔極遠。

通訊設備編碼簡陋，類似古早的電報機，隊友之間只能用摩斯碼交流。巫瑾在通訊中報出估計方位，與隨機抽籤的隊友商議落點，繼而快速降落、向河邊跋涉而去。

微風拂過，節蕨林中窸窣作響。

這裡所有的植物都沒有花，視野中只有一片單調的灰黑、深褐和綠。手背的風潮濕寒冷，林間偶能見到叫不出名字的爬蟲。

蕨類植物以一種可怖的態勢瘋長，代表空氣中的氧氣含量至少在百分之二十八以上，優渥的含氧氣環境能催生任何肆意生長的龐然大物。

呼吸過濾設備微閃，示意空氣中同樣有超標數倍的二氧化碳。這裡是異獸的天堂，對呼吸系統脆弱的人類來說卻是地獄。

巫瑾落點精準，很快就摸到了河岸，那裡正有一人抱著背包，神色緊張對暗號：「鮑、鮑魚炒海參？」

巫瑾一看差點樂了，這位隊友正是他在上一輪淘汰賽節制牌中強行灌了好幾杯水的大兄弟。

巫瑾趕緊對出下句：「吃完就飛升！」

那大兄弟終於鬆了口氣，三步併作兩步向巫瑾湊去，對抽籤結果相當滿意，趕緊上前拍馬屁：「有巫哥帶飛，咱們這局妥了！」

時隔一個月，再度聽到這位大兄弟厚著臉皮叫「巫哥」，巫瑾仍是半天反應不過來。

「你別……」巫瑾一頓。

耳畔，塑膠袋摩擦一般的聲音從遠處傳來。

另外兩位隊友落點還在遠處，附近也沒有見到其他選手降傘，原始星球上也怎樣都不會有塑膠袋。

或者說，比起塑膠袋，更像是翼膜鼓動的聲響。

似乎就在半空中、脖頸後，有長而窄的翅在震顫。巫瑾甚至能腦補出猙獰巨大的複眼、鮮紅充血的網狀翅脈……

那大兄弟瞳孔驟縮，看向巫瑾背後，接著顫抖著雙手就要掏槍！

巫瑾猝然回頭。

河岸附近埋藏的鏡頭在同一時間被啟動，離地四百公里的量子衛星也在攝影組的操縱下轉向。

此時整個克洛森工作組都已經在基地平穩駐紮，還未被陰影遮擋的恒星光下，剛才的星船正緩緩遠去。

身後的星球如同星河中孤獨的島。

衛星、碎石帶在孤島周圍懸立，大氣層內，天空中隱隱有電流滋滋作響，昭示著看似原始的生態實則人為培育，就連恒星光的折射都做了微調。

拍攝基地。計時器滴滴響起。

小劇務看了眼終端，「要下雨了。」

黃昏即將消退，烏雲在河岸附近聚集。

監控鏡頭下，巫瑾的隊友爆發出淒厲的尖叫——

節目PD一拍桌子，「趕緊的！直播流量夠了，該幹啥還用我教？」

小劇務連忙起身，指揮攝影師拉鏡頭、虛化背景，字幕duang得一下在螢幕正中央蹦出：克洛森秀第四場淘汰賽，進化天平生態改造實驗室贊助——顯生宙，隕滅與新生。

鏡頭圍繞著山川、密林與巨蕨低空盤旋，沿著象徵著生命脈絡的河流緩緩推移，就像是在俯瞰生命洪流的鷹。

克洛森秀直播間。

山谷深處，積蓄水汽的雲驟然打下雨點，將枝葉輪生的巨型節蕨層層壓下，露出在陰影中若影若現的凶獸。

彈幕霎時炸開。

「什麼東西？嚇死寶寶了啊啊啊！臥槽你們這期沒有PG13綠色兒童過濾版嗎？」

「大手筆……等等，血鴿老師剛才說啥？這場比賽選手都不知他們會遇到什麼！突然激動地搓手手！」

「開心！坐等我家兒砸打小怪獸。說起來克洛森秀真是太有錢了（露出了貧窮的目光）……」

導播室由巨大的透明玻璃包裹，似乎是建在某處遠離主賽場的山丘上。玻璃罩如同溫室的圍牆，其中數臺空氣篩檢程式將氧氣、二氧化碳與氮氣等進行嚴格配比後向內輸送，以保證節目組人員能夠舒適度假。

幾百公里外的鏡頭之內，練習生選手們則需要搶奪稀少的呼吸裝備才能避免被淘汰。

導播室的一角，兩個劇務核對好資料，卡著點按下了某個藍色中控按鈕。烏雲從山谷深處向外推去。

主賽場中央，被黃昏霞光漸染的雲層之上隱隱有電閃雷鳴，旋即再次隱沒。

航拍鏡頭最終停在了河流的源頭。河水發源之端插著泛著銀光的巨型輸送管，管道隱匿在層層疊疊的蕨類植物之後，金屬表皮上贊助商LOGO一閃而過。

如果將整個星球的地貌解剖——沉積岩之上幾乎看不到風化、剝蝕的痕跡，地表全為近十年內人為改造。

河流、海水由無數輸送管把控，大氣成分比例、風向乃至深埋地下的岩漿都被數據嚴密干涉。物種在孕育前會經過全自動化的基因校驗，只有被打上「合格」標誌的才有被孵化的權利。

基因產業、生物材料產業、旅遊業餘娛樂業在這座星球並行。

只要能站在中控臺前，就能成為整座星球的神祇。

導播室內，血鴿正在對著虛擬螢幕講解地圖。彈幕密密麻麻呼嘯而過，紛紛感慨殖民星球的暴利和資本積累，直播下方已經打出了這座星球的豪華八天七夜旅遊套餐價。

另一旁，應湘湘則在回答觀眾問題。

「滄龍和巨齒鯊打起來誰能贏？生存時代不同，條件不成立喔。」

「求應老師翻牌子，藏獒和霸王龍誰更厲害？你喜歡藏獒就藏獒吧，一獒殺三虎，三獒沉航母！」

「如果小巫掉到水裡嚶嚶哭泣，六隻殘暴的迅猛龍突然出現，魏衍和衛時是先去救小巫還是先打迅猛龍還是先向小巫求婚？導播，咱商量一下，能先篩選問題再放到大螢幕嗎？還有，迅猛龍大概只有一隻雞那麼大……」

鏡頭順著選手依次切過。

此時比賽初開，絕大多數選手都還在叢林中摸索，除非運氣太差。

攝影機從一處濕潤的土壤中探出，巨大的昆蟲頭部特寫占滿整個視框。這顯然是某種節肢動物，複眼由兩萬多隻小眼密密麻麻組成，眼泡大而鼓脹，除此之外還有感光的單眼、口器，且這隻昆蟲的大小遠遠超出正常認知。

彈幕驟然尖叫：「臥槽槽槽什麼鬼啊啊啊——」

攝影機另一端，突然被一隻手蒙住。

幾秒後，那隻手移開時，鏡頭已經朝向地面，只能看到半空中昆蟲投下的倒影。薄翅，體量細長。

遠處瑟瑟發抖的練習生終於找回理智，對著瞅了半天，「這不是蜻……」

巫瑾將最近的一隻昆蟲趕走，重新放好攝影機，「蜻蜓。」

他微頓：「準確來說，巨脈蜻蜓。」

機位恢復，翅展達七十公分的蜻蜓群如直升機般嗡嗡飛過，介於螺旋槳與塑膠袋摩擦之間的噪音刺耳至極。其中有幾隻還向巫瑾看了幾眼，最終向河邊飛去，捕食從水中露頭的蛜類。

鏡頭前，抓著降落傘納雨布的少年終於出現。

巫瑾眼神微凝。

但凡看過前幾期克洛森秀的觀眾都能認出這是他一個慣有的思考態勢，此時的巫瑾卻又與以往不同。

撩起的瀏海讓他顯出一種更為成熟的帥氣，沒有白月光佐伊幾人的保護，他比現任隊友更靠前兩步，擋住巨型蜻蜓，手中的降落傘在幾十秒前電光石火間被扯出，將兩人保護在七十公分直徑的螺旋槳下。

還用手擋住了鏡頭前讓昆蟲恐懼症者崩潰的畫面。

他的隊友又呆愣了幾秒：「這些史前的蜻蜓竟然吃吃吃吃肉……」

巫瑾努力糾正：「正常的蜻蜓都吃肉。」

那大兄弟反應過來：「巫哥，你你你不怕？」

巫瑾搖頭，又揚著小圓臉安慰：「不怕蟲子，我保護你。」

導播室，應湘湘眼角彎彎，彈幕嗷嗷叫成一片。

「兒砸是小紳士嗷嗷嗷！」

「知道大家都怕，給麻麻擋住機位，太乖巧了吧啊啊啊！這種性格以後跟女選手打比賽怎麼辦喔！麻麻擔心你！」

毫無男友力的血鴿只掃了一眼，心中稍微批判了一下擋住鏡頭的無效操作，開始講解巨脈蜻蜓：「巨脈蜻蜓，藍星上出現的最大昆蟲物種，生活在石炭紀和二疊紀……」

河流淺灘。蜻蜓從視野中消失，大兄弟正式向巫瑾介紹自己：「巫哥！我叫林客，之前在比賽裡被你灌了好幾杯水……」

巫瑾將降落傘收起，接一句的工夫林客能自顧自聊上十句八句。

林客：「這蟲子賊瘠薄大，要是出現兩公尺的咱是跑還是不跑？」

巫瑾搖頭，「不跑，最多七十五公分，巨脈蜻蜓是已知最大昆蟲物種。這場比賽，進化天平模擬的是史前生物，不是基因改造那種。」

林客趕緊點頭，「那咱不用躲蟲子，是不是防著點恐龍就能安全？」

巫瑾組織了下線索開口：「巨型蜻蜓出現於石炭紀，在古生代最後一個紀元二疊紀滅絕。林內除了蕨類外還有蘇鐵，基本符合二疊紀末期特徵，如果這裡模擬的是二疊紀，那恐龍還沒有出現。」

林客一愣：「但咱們講義上，還有之前打的疫苗不都是恐龍……」

巫瑾解釋：「比賽核心是物種進化。如果我沒有猜錯，隨著比賽推進，地質時代會改變，生物種類也會改變。還有，就算沒有恐龍，二疊紀也有食物鏈頂端的捕食者。走吧，現在最重要的是和其他隊友會合，找到呼吸設備、食物和避難所。」

林客哎了一聲趕緊跟上，「二疊紀，聽得咋這麼耳熟來著！喔我記得老電影裡面有一隻哥吉拉的設定也是二疊紀，然後怎麼後來消失了……」

巫瑾想了想，「二疊紀到三疊紀之間，有超過百分之九十的物種滅絕。」

兩人順著河岸一路向下，沿途撿到了兩個輕型物資包。內含繩索、皮筋、迴旋鏢種種，高級物資一樣沒有，巫瑾深切懷疑節目組是把他們當成了野人。

林客話說個不停，水分消耗也比常人要多。此時河中清澈平靜，然而林客總記著剛才蜻蜓用碩大的臀部蘸在河裡產卵的場景——他一個咬牙，最終還是把水用泥土濾了喝了。

巫瑾同樣濾了飲用水，低頭時，水中偶見形狀普通的魚與螈類。能在億萬年間悍然不動，躲過無數次滅絕天災。牠們的進化遠遠走在其他物種的前面。

身旁，林客喝飽了水再度活蹦亂跳。

此時已經接近和第三位隊友的會合點，從開場的降落傘分布無法判斷是否還有其他練習生在周圍，林客不得不壓低了說話聲。

就在巫瑾計算資源線的工夫，林客已經從哥吉拉東拉西扯到自家養的臘腸犬，然後又扯回到哥吉拉，誇張比畫，「光腳印就有這——麼——大！」

巫瑾又走了兩步，回頭看向忽然僵住的林客。

林客顫顫巍巍指向一個方向，「你看……」

靠近河道的一側軟沙深陷，一列腳印從密林深處出現，似乎只在沙灘探了一眼，就又回到密林之中。

腳印長達五十公分、深三十公分，第一趾和最後一趾偏短，中間三趾長。

巫瑾呼吸一促，迅速將手掌貼向地面，大地的遠處傳來沉悶震顫。

不止一隻。

從腳印推測，「牠」約莫有五公尺長，四足行走，與同伴成群結隊。緩慢行進的大型生物不具有狩獵者的突擊天賦，更多可能以附近最密集的蕨類為食。為了維持龐大的身體機能，「牠」必須一刻不停地吃——

巫瑾迅速追隨腳印進林，「跟。」

林客緊隨其後。

叢林內的腳印更加凌亂，但隨著樣本增多已能觀察出最基本的步態，巫瑾分析道：「後肢直立，前肢向兩側展開。蜥蜴，」巫瑾一瞬想起了兩天前動物園裡的蜥蜴：「步態是哺乳動物和蜥蜴的混合體。」

「這類步態是獸孔目的特徵，二疊紀優勢物種。」

「食草類。」巫瑾又補充：「和大象體積相似。」他仔細觀察沿途植被被啃食的痕跡，「頭部在三公尺左右，從重心來看，頭顱比重大……」

林客靈光一閃：「重心偏向頭顱，跑不快？」

巫瑾眼睛熠熠發亮。

林客同樣躍躍欲試：「反正跑不過咱們，咱隊友也在那個方向，要不要過去看看？」

巫瑾點頭，「我們走了有差不多半小時，資源線顯然不在河道。不在河道，所有選手都找不到，比賽中一定會給出提示……」他從泥濘的土地中站起，看向腳印，「不管是不是提示，我們先試試。」

兩人迅速在叢林中穿梭。

有了克洛森秀藤蔓區的訓練，茂密的蕨類叢林幾乎不構成任何障礙。

隨著沉悶的腳步聲益發明顯，巫瑾和林客都表現出了不同程度的興奮。他們即將看到的，即便不是恐龍，也是消失了近三億年的史前巨獸。

林客：「巫哥，我小時候可愛看這玩意兒，那時候最喜歡霸王龍，長大點喜歡滄龍！」

巫瑾立刻不甘示弱給自家愛龍打CALL：「我Pick風神翼龍！」

林客：「早知道當逃殺選手能親眼見到恐龍，我幼稚園都不上就來當練習生！我小時候還有一套AI恐龍公仔……」

兩人熱切交流著每一個直男年幼的愛好，順著腳印一路追去，直到水汽再度密集。

「河流分支？有湖？」林客猜測：「牠們這是去喝水？」

巫瑾低頭，腳印中又多出幾種不同形狀。

林客：「看著也不像幼崽……」

巫瑾開口：「混群。不同種種群聚在一起行動能最大程度抵禦狩獵者，比如長頸鹿會和斑馬、羚羊混群。很可能這附近的狩獵者也會過來喝水，準備戒備。」

林客對智腦嘆為觀止，又盯著新腳印看了幾眼。

兩人同時裝配好麻醉槍，又有巫瑾親自操刀微調了用量——林客腦袋大了也沒聽懂巫瑾是怎麼「從腳印推測食草獵物重量，再推測狩獵者重量，最後估算麻醉劑量」的。

茂密的叢林在幾百公尺後稀疏。遠處接近夜晚、最後一縷霞光下有巨大的黑影聳動。

臨踏出前，巫瑾驟然撥開視野。他心跳幾乎一頓。

深綠色、蜥蜴一般的巨獸成群結隊在湖岸行走，牠們四腳粗壯著地，長度在兩公尺到五公尺之間，腹部凸起，頭顱、尾巴沉重，在霞光下映出長長、深深的影。低沉、冗長的叫聲從牠們鼻腔中發出，在空氣中震盪。

牠們之間夾雜著一身骨質鱗甲、身材矮胖的巨齒龍科怪蜥，兩棲類在湖水邊沿異常活躍，蜻蜓再度出現，無數翅膀還未退化的昆蟲振翅而飛。

幾億年的世界自成方圓。

湖畔，就在巨獸喝水的地方，漆有克洛森秀標識的大型物資箱累成一座小塔。

巫瑾和林客的眼神驟然灼熱。

林客低聲問道：「巫哥，你說有沒有可能，還有其他選手跟著腳印過來。這些蜥蜴都遇到一起混群了，選手都降在附近，抬頭不見低頭見的……」

巫瑾正要回答，兩人同時向通訊耳機伸手。

消失許久的後兩位隊友終於出現，就在他們附近。

耳機中傳來倉促的敲擊，分不清是在傳達哪種訊息，摩斯碼斷斷續續，隱隱約約像是求救。巫瑾毫不猶豫端起麻醉槍，和林客對視一眼，「走，去接應。」

兩人身形如電在林中奔跑，距離信號發射點越來越近。

遠處湖面，正在喝水的草食巨獸忽然開始騷動，一隻介於鱷魚和狼之間的凶殘獵手突襲躍出，向著獵物狠狠咬去。

克洛森直播間，血鴿繼續進行他的科普小講堂：「蹼足獸，這片區域內最大的草食動物，獸孔目，體型和大象相仿；恐頭獸，肉食性狩獵者，叫安蒂歐獸，二疊紀最大的肉食動物之一……」

應湘湘笑咪咪地接話：「要拿到物資，首先要對付的就是這隻四公尺長的恐頭獸。當然還有其他選手。」

鏡頭挪轉。

彈幕突然振奮，一大串「yooooo」接二連三飄過。

鏡頭中央，巫瑾正低頭看向腕錶。

兩位隊友依然存活，距離他和林客不足三百公尺，不出意外再走幾步就能遇上。

林中窸窣有聲。

巨大的蕨葉被撥開，逆著最後的霞光，巫瑾下意識抬頭。

琥珀色的瞳孔一亮，巫瑾露出不可置信的神情，立刻又在鏡頭下繃緊了臉，除了精通表情管理的應湘湘，或許只有顯微鏡少女才能看出這一幀變化。

衛時一身作戰服，裝備堪稱豪華——麻醉槍、麻醉匕首齊全，腰間掛著第二套呼吸設備，顯然不愁剛需。

他透過蕨葉的光影看向巫瑾，指尖在匕首柳葉般的薄刃上摩挲。

就在此時，林中忽然跑出兩個衣衫凌亂面色驚恐的練習生。

當先一人正是井儀娛樂明堯，逮著巫瑾就是狂喜：「鮑魚炒海參吃完就飛升！別找了我就是你隊友！麻蛋剛才好不容易搶了個物資箱被人半路截胡了，是個硬茬，咱們先撤退再說別跟人撞上了……」

明堯忽然回頭，驚恐看向衛時，從牙縫裡吐出幾個字：「……就是他！」

叢林中一片寂靜。

咔擦一聲，衛時看也不看明堯，漠然給麻醉槍拉開保險。

零點五口徑的彈道中，裝有巴比妥類鎮定藥劑的皮下注射針泛著寒光。只要這把麻醉氣槍的扳機按下，載有注射針的飛鏢就會彈出，在與目標撞擊時推動栓塞注射——持槍的手修長、穩定，槍繭厚實，從手臂到指骨每一寸都像是精心設計的殺器。

明堯第一反應，就是嗖地一下躥到巫瑾身後！

這位衛時選手百分之九十以上的人氣來自於和巫瑾炒CP，其餘練習生還摸不清衛選手的實力，他卻是心中警鈴大作。

不說剛才這人搶了自己物資，就從上場淘汰賽「戀人牌」表現來看，能把隊長逼迫到那種境地……絕對棘手！

巫瑾身後颶風颾過，明堯已經穩妥藏好再不露頭。

巫瑾：「……」

明堯在他背後趕緊強調，像自己這樣的狙擊手可是很寶貴的！

那跟著明堯逃難過來的第四位隊友是一名罕見的E級練習生——能在五百進兩百五十中留到第四輪淘汰賽，不是有一技之長就是划水技能滿點。眼見明堯藏好，他立刻也跟著躲到巫瑾身後，正好和急吼吼的林客撞在一起。

林客卻同樣一眼認出了衛時。

他的想法比誰都簡單——人家都拿槍了！高級麻醉槍！己方四人還都是初始裝備白板！硬碰硬肯定不行，現在和衛選手關係最好的只有巫選手。巫哥在論壇上不是孕吐就是難產，都說一夜夫妻百夜恩，這人再殘忍也不至於對巫哥下手！

在鱗木叢生的巨蕨林中，巫瑾的三位隊友毫不猶豫抱團成了一個緊密的點，死死觀察事態發展。

巫瑾毫不猶豫掉頭就跑。

三位隊友：「……」

明堯不愧為A級練習生，想都不想就跟著逃命，一面上氣不接下氣：「為什麼要跑？」

巫瑾努力在勁風中開口：「打不過啊！沒好槍！」

明堯：「他不是你的那個……那個什麼……」他忽然住嘴。

逃殺秀裡直男局多，對炒CP反感的大有人在。有的練習生被形勢所迫、不得已在螢屏湊對，實際要是有機會保準打得更凶。巫瑾平時和衛時互動不多，很有可能兩人只在廣告裡虛情假意，實際早已反目成仇……

明堯大驚，趕緊加速跑到前頭，和巫瑾保持距離防止被牽連。

巫瑾心跳極快。呼吸設備因為劇烈運動而消耗加速，臉上分不清是因為大量耗氧還是因為激動泛出的紅暈。

腦海中電流窸窣而過，剛才大佬給槍上膛的動作蘇到他腿軟，逆光而站時就像是風神翼龍破開霞光降臨——巫瑾趕快搖了搖腦袋，不再想被多巴胺渲染成紫霞翼龍仙子的大佬，迅速觀察周圍形勢。

他們不是隊友，是對手。幾千臺攝影機就穿插在這座原始叢林之中，無論是出於向規則、還是向對手的尊重，大佬都不會對他放水。

兩把槍，一套呼吸設備。在比賽初期稱得上是豪華的裝備優勢，放眼整個賽程卻並不突出。大佬不可能用高級新手裝滅掉他們全隊，比起開戰，更像是在逼退、清場。

巫瑾突然在一處巨石後停步，順手扯住了跑得剎不了車的林客。

明堯同時反應過來，回頭看向身後。

衛時果然沒有追過來。

與此同時，幾人背側一翼發出劇烈奔跑聲響，枯枝被踩碎、又有一小隊被逼著向山脊回撤。

「他在……」明堯忽然開口，眼神凝重看向山谷湖泊，「在清場，他要下去拿物資了！這怎麼可能？下面全是……」

巫瑾一聲不吭，一眨不眨看向湖面。

兩隻長約三公尺的安蒂歐獸，像兩把重錘衝散了食草動物混群。這類巨大、爆發力強悍的捕食者有著得天獨厚的優勢。灰色帶褶皺、斑點的表皮不帶彈性，唯有在狩獵時因為四肢拉伸被扯開張平，頜骨上傾，露出尖銳的獠牙。

在恐龍沒有出現的紀元，食肉獸孔目作為哺乳動物的祖先，是食物鏈最頂端的統治者。湖邊與大象一般體型的麝足獸慌忙逃竄，然而龐大的噸位必須由四足落地支撐，這些獵物的速度比安蒂歐獸慢上不少。很快一隻行動緩慢的麝足獸被狩獵者孤立了開來。

最後一縷霞光隱去，圍繞著這顆殖民星的兩顆雙子衛星升起，兩輪弦月遠遠相隔，詭異靜謐。

就在此時，其中一隻安蒂歐獸終於得手，厚重的頭骨抵在麝足獸脂肪豐富的腹部得意嘶吼。

巫瑾驟然眯起眼睛，血液加速如沸騰。

弦月之下，衛時身如鬼魅出現。與裹得嚴嚴實實的多數練習生不同，他脫下厚重防護外套，只剩一件純黑低沉背心，結實的肌肉布滿裸露在外的後頸、肩臂，眼神漠然無波，身後是揉碎月光的粼粼湖水。

沒有人知道衛時是怎麼摸過來的，他身上潮濕的水氣有若實質，衣服卻乾燥如初。物資箱此時距離他不過十公尺，其中一隻正在麝足獸腿上撕肉的安蒂歐獸卻距離他更近。

衛時眼皮子都沒抬，徑直向物資箱走去。

五公尺、三公尺。

安蒂歐獸依然未察覺。

明堯倒吸一口冷氣，愣怔重複：「怎麼可能……」

巫瑾仔細看了許久，終於隱隱有了猜測。

安蒂歐獸隸屬恐頭獸類，有著強壯的下頜肌肉用於咬合食物，牠們在麝足獸身上撕出狹長的口，過於濃郁的血腥氣削弱了其對陌生氣息的覺察。

直到距離不足兩公尺。

安蒂歐獸緩緩抬起染血的獠牙，警惕向後扭去，衛時穩穩當當、手速如電打開物資箱，迅速搜刮之後向左一個俐落翻滾——

碰的一聲，伴隨被挑釁的怒吼，獠牙狠狠撞擊在物資箱驟然落下的鋼板上。

兩隻安蒂歐獸出擊，衛時卻比牠們更快。

湖水在月光下微微波動，他將物資背好，左手在物資箱上一撐，藉勢一躍。暗淡的光線下，他深邃的眼部輪廓如凶獸一般震懾，肌肉鼓出爆發性的賁張弧度，足底落點先是湖邊巨石、繼而是壘起的物資箱、匍匐在地的麝足獸，然後徑直踩上安蒂歐獸狹長、厚重的頭顱。

巨獸猝然驚怒哀嚎。

消失在巨蕨叢林之前，衛時忽然向某個方向看了一眼，一晃不見。

克洛森秀導播室，應湘湘呆呆睜大了眼，直到鏡頭掃來才秒速回復優雅。

彈幕卻遠遠沒有這位女導師的矜持。

「驚！你們克洛森秀的C級練習生都這麼凶悍嗎？我有個大膽的想法，不如星際聯賽都用C級練習生去打好惹！麻蛋好帥！」

「這是安蒂歐獸？不是兩隻獅子犬？我兒媳婦好像有點厲害的樣子——」

「抱緊我家小巫！啊啊啊帥也不原諒泥！用槍指著我家兒砸，你是想家暴還是怎麼滴！」

導播室內，應湘湘臉上洋溢著奇異的笑容。

血鴿只得接過解說：「衛選手的策略非常正確。他的清場線在湖邊二十五公尺——麻醉槍的最大射程是四十公尺，但有效射程只有六公尺。二十五公尺，以他的身體素質足夠躲過任何來自選手的伏擊。」

「衛選手沒有拿走全部物資。一個很簡單的公式，負重和行動速度成反比。那麼剩下的這部分物資只足夠武裝半個小隊，還有二十分鐘暴雨就將來臨……」

彈幕繼續肆無忌憚飄動——

「半個小隊！我家智腦兒砸妥妥夠用了！」

「你們直男不懂愛情！」

「這不是物資這是聘禮……」

應湘湘：嘿嘿嘿嘿……

血鴿默默看了應湘湘一眼。

螢幕中央，機位移開。導播慢悠悠把鏡頭轉向兩個河道之外正在鱷魚對面罵街、被濺了一身泥點子的薄傳火，天空隱約有閃電劃過。

山谷湖泊。

衛時的消失如同驟然按下的開關，將潛伏在暗處的選手們一應喚醒。

明堯還在神色嚴肅開口：「他看咱們這裡做什麼！小巫你沒惹到他吧！」看其表情，似乎分分鐘就能獻祭自家隊友逃命。明堯又緊接著為自己剛才的行為坦蕩解釋：「我不是怕死，只是在自發保護團隊的輸出核心——就是狙擊手我自己。」

「……」巫瑾揉完臉，用視線點過明堯，害怕一切昆蟲的林客，最後是第四位隊友。

那位E級練習生靦腆笑了笑，自我介紹：「索拉，偵查位。」

巫瑾趕緊點頭，同樣自我介紹，心中終於了然為什麼剛才這位隊友跑得比誰都快。

湖畔，兩隻安蒂歐獸嚴密守在死去的噼足獸獵物前，一隻還在試圖強硬掰開物資箱的鎖。四人小隊的另一側，已是有火光突然亮起。

巫瑾迅速瞇眼，「至少有三隊在附近守著……」

索拉和明堯同時開口：「四隊。」

巫瑾點頭，兩人作為職業練習生，經驗都比自己要豐富。然而很快他就發現三位隊友都眼巴巴看向自己。

巫瑾茫然。

明堯立刻提醒：「你是智腦啊！之前的比賽我都看了，就那種自動尋路、自動解謎什麼都特別自動的，還是說要先上個發條怎麼的……」

眼見明堯伸手，巫瑾一驚，嗖地一下跳起，鼓起小圓臉。

明堯只得收回手，喃喃開口：「早就想摸了，算了。要不咱們先下去搶個物資，只能由寶貴的狙擊手組成頭部了。」

他嫻熟舉起槍，對著空中嗖嗖模擬了兩下手感，把麻醉注射針調整到某個歪七扭八的角度，才勉強滿意。明堯對著身後一招呼，頭也不回就往山谷跑去，冷不丁旁邊刺溜一下躥出個小捲毛。

明堯愕然。

巫瑾示意他走到自己後面，指向自己，「我是突擊位。」

明堯樂了：「保護我啊這是？」

巫瑾點頭點頭，一面找了根枯枝，用鎂條火絨快速起火，「麻醉槍最大射程四十公尺，我們衝得快不用防點狙。恐頭獸理論上應該怕火，我給你攔著，你開箱，麻醉劑省著點能不用就不用……」

巫瑾忽然睜圓了眼，呼呼兩下捂住小捲毛。

明堯哈哈一笑，「就摸一下，別這麼小氣！哎你別說，我們隊長也想摸。我要是弄這個髮型，隊長會不會更疼我……哈哈你臉紅什麼！不對你剛才就臉紅了，你不是跟我一起蹲在那兒看怪獸嗎？怎麼看個怪獸還能臉紅……」

巫瑾心力憔悴，明堯不哭的時候，說話都不帶打逗號的，他只得使勁兒反駁：「你看錯了！沒臉紅！火光照的！」

身後，林客也舉了個火把跟上，還在小心防著旁邊的蟲子。

明堯用肩膀隨便推搡了下巫瑾，「哎，這槍在我手上，四十公尺也能給你點射。放心。」

巫瑾一頓，眼神驟然亮起。

井儀的狙擊手不僅是小隊核心，也是整個娛樂公司的核心。然而明堯能上手這把簡易麻醉槍還是讓他喜出望外。

明堯吹得歡脫了，繼續比劃，吹噓道：「要是我隊長，這把破槍，能給你狙個一百公尺！超出射程！」

巫瑾不再聽他放衛星，和剩下兩位隊友商量好戰術，舉著火把就從山上衝下。林客緊接著跟上，遠處索拉吹了聲口哨表示布置完畢，明堯在林間埋伏好，靜數三下——

異獸怒吼悚然響徹叢林，無數機位在此刻飛旋攀升。

火光將少年的臉龐映亮，與他同時衝入峽谷的還有兩人，湖水被火炬染成熾熱的紅，兩隻安蒂歐獸果不其然露出忌憚，退縮時太過倉促，黏膩無彈性的皮膚上壓出一道道褶皺，低吼中不斷露出犬齒威懾，又試探性向前逼近。

身長三公尺的龐然大物對火有著出自本能的戒備，然而危機卻並不源於此。

兩杆麻醉槍出乎一致對準最大的威脅——巫瑾。

「林客！」巫瑾毫不戀戰，一個前傾躲過槍襲，向兩隻巨獸奔去。

林客緊緊跟在他身後，乾燥的蕨葉、樹枝隨著他的動作快速在地上鋪開，轉瞬巫瑾完成了對兩隻巨獸的繞背。

少年終於站定。

與巫瑾遠遠相隔的練習生再次準備開槍，冷不丁一隻麻醉針角度刁鑽穿出。他猝然急退，驚懼看向躲在樹叢裡的明堯。

湖畔，安蒂歐獸縮在孱足獸的屍體旁邊，終於試探地向巫瑾逼去。

火炬究竟太過微渺，和二疊紀獸孔目傳承記憶中的森林山火相差甚遠。其中一隻雌獸比雄獸更為壯碩，身長甚至已經接近四公尺，沉重的頭部從粗壯的脖頸中探出，涎水順著獠牙淌下。

牠在挑釁火焰。生活在二點六億年前的二疊紀，牠需要經過漫長的進化、躲過無數次天災、滅絕，在一萬分之一的機率中走向哺乳動物族譜，才能在二點五億年後學會接納火、崇拜火。

但這一刻，牠四公尺、近乎八噸的體重足以讓牠忽視這一小簇火焰能帶來的傷害。

巫瑾緩緩放下火把。

林客終於扔完了最後一把乾枝，毫不吝嗇地將火絨撒下，如同夜空中飄浮的棉絮。

另外兩位練習生陡然擰眉，他們在上一輪塔羅牌陣的決賽高臺上見過幾乎完全一樣的一幕。

火焰騰然燒起。

雌性安蒂歐獸慢了半拍，踩在火星上，利爪驚懼縮回。牠的雄性臨時配偶立刻催促高吼，很快又被牠吼了回去。

在含氧量高達百分之二十八的二疊紀，火焰的燃速遠超所有人預料。兩隻異獸不得不被迫掉頭向反方向跑路——原本站在牠們背後、此時擋在牠們面前的練習生一顫，再不戀戰開始逃竄。

山谷一側已經被火線完全隔絕開來，代表著食物鏈頂端王座的湖畔終於被四人小隊清場。身後，明堯趕緊收了槍，「來了來了，真讓我開箱？我手黑可別怪我……」

天空忽然亮起。

巫瑾愕然抬頭，明堯硬生生嚥下去半句話，皺眉看向夜幕。

閃電破空劃過，滾滾烏雲蔽月。

「快。」巫瑾、明堯幾乎同時開口。

幾分鐘前還毫無徵兆，雙月高懸，突然電閃雷鳴明顯不符合常理。

巫瑾猛然反應過來，克洛森秀要真符合常理，他一個男團主舞，能在萬千星河外的殖民星、二疊紀、鬼知道怎麼被復原的麝足獸實體上舉著火把跳來跳去？

那廂，明堯毫不留情扒拉出僅有物資，和隊友分攤揣好。

閃電再次劃過，雨滴如利刃落下，火勢霎時被壓住。

山谷上方，索拉迅速報出方位，幾人神色凝肅向叢林衝去。

雨水打在巨大的蕨葉上像是子彈貫穿，極大干擾了幾人的聽力。

「先走，那兩隻恐頭獸還在後面。」負責偵查的索拉儘量大聲開口：「現在升不了火，往南邊走，看地貌有大量山岩。」

明堯也扯著嗓子回答：「成，還剩多少人存活來著……」他突然一頓，直著脖子看向前方，喉嚨動了動，顫抖著一個音都吐不出。

面前的山林被一群碩大的蜥蜴擋住，牠們眼睛呈駭人的血紅，背部無一例外鼓起。

明堯突然後退。

一片片鮮紅的骨立起，附著於蜥蜴背上的皮膚撐開，露出血管交錯的薄膜。所有蜥蜴都揚起了令人毛骨悚然的背帆。

閃電驟然劈過夜空，刀鋒一般的雨滴大顆大顆落下，幾乎在地上砸出深坑。

視野一片慘白。

蜥蜴共有約莫十三、四隻，最長接近三公尺，最小也超過一公尺。甚至比起蜥蜴牠們更像是鱷魚——腹部貼向地面，密密麻麻的角質鱗甲從腦袋武裝到尾巴，粗壯的下頜似乎和湖邊兩隻安蒂歐獸直系同源。

最讓人驚懼的還是牠們背部鮮紅黏膩、豎直高聳的帆。就像是血淋淋被剖開的肋排，被怪異插在了鱷魚的脊背上，帶著讓人作嘔的威懾。

林客喉嚨動了動，當場就要撕開嗓子驚叫。

明堯一把抓住他的腰，把人死死按下，一手捂住他的嘴，「祖宗！別……臥槽這他媽什麼玩意兒！」

巫瑾心跳到了嗓子眼，眼前一切完全超出他的推測。

「盤龍。」巫瑾啞聲道。

明堯：「什麼？」

講義中的理論材料在巫瑾眼前飛速閃過，記憶在快速搜索下化作無數條目索引，於電光石火之間翻頁、定位，將眼前的一幕解析、扣合。

不對，時間點不對，牠們怎麼會在這個時候……

當先的巨蜥抬頭，比安蒂歐獸要略小一號的腦袋同樣堅硬、壯碩，腥臭的涎水順著下頷滴下，與雨水彙聚，覆蓋鱗片的巨爪向前倏然探出！

「跑！」巫瑾再不猶豫，竭力發出短促的訊號。

身後，巨蜥的爆發力卻比幾人都快。

巨大的蕨葉被雨水擊打，轟鳴幾乎遮蓋了四人全部聽力，巫瑾仍是能清晰察覺到尾骨如節鞭掃過折斷鱗木的聲響。

四人中，明堯、索拉短跑最快，巫瑾其次，林客只能勉強跟在後面。臨過某個轉彎處，明堯與巫瑾忽然同時回頭，把林客往前扯了半步——刺啦一聲，衣角被犬齒撕咬，林客一個哆嗦脫掉了防護外套，再回頭時，堅韌的布料已經被當先那隻巨蜥啃得稀巴爛。

「要趕快找到掩體。」明堯神色陡變，「這玩意兒不好對付……」

巫瑾當機立斷：「上樹。」

明堯一頓，立刻露出喜色。

這噁心巴拉的玩意兒只會貼著地走，周圍都是幾十公尺高的參天巨木，作為哺乳動物中的人科人屬智人種逃殺練習生職業，他們有著絕對制空優勢。

趁著那一群怪獸叼著林客的防護服不放的當口，巫瑾一咬牙躥上了身後粗大的蘆木。

巨蕨叢林中，蘆木比任何植被都好攀爬，褐色的主幹每隔一段都有著竹子一般凹凸不平的節環。這類蕨類植物並沒有在之後逃離滅絕的命運，卻以煤炭、天然氣的形式頻繁出現在工業時代，甚至三〇一八年的復古火鍋店爐灶中。

巫瑾勉強爬了三、四公尺，作為有史以來第一個抱在蘆木上的男團主舞，眯眼向下看去。那群異獸沒有在防護服上咬下任何一塊肉，雙眼泛著血光再次於樹下圍攏。

蘆木直徑約有三公尺，幸運的是，二疊紀的狩獵者還沒有進化出腕龍、梁龍一樣撼天震地的巨型軀體。枝幹在異獸的圍攻下不斷搖動，牠們卻終究不能將巫瑾逼下。

同一棵樹上，明堯終於鬆了口氣。

他迅速用胯骨卡住樹枝，從背包裡拽出降落傘防水布擋住頭頂的雨水。此時他和巫瑾均是渾身濕透，披上防護之後，碩大的雨水依然砸得脊背生疼。

「你剛才說……這是什麼？」明堯問。

巫瑾看向樹下，「盤龍目。」

明堯一頓：「恐龍？現在就出現了？這是進化出來還是……」

巫瑾搖頭搖頭，「不是恐龍。合弓類，羊膜動物，盤龍目。長神經棘進化出背帆，用於求偶、恐嚇，牠存在的時代，牠就是食物鏈頂端。」

明堯瞬間想起山谷中被火驅走的安蒂歐獸，「剛才那兩隻不也是食物鏈頂端，牠們就隔得這麼近，都是捕食者……」明堯被雨水淋得頭皮發涼，卻驀地靈光一閃，活學活用：「生態位重疊了！」

棲息地相同，獵物相近。食物鏈頂端只有一個王座，這一至高無上的生態位也只能坐得下一個王者。

巫瑾驚訝看了明堯一眼，瞬間才反應過來——和凱撒組隊久了，習慣性單核CPU思考，竟然忘了並不是人人都像凱撒。

他立刻點頭，「對，生態位重疊了，但牠們不屬於同一個時代。盤龍是石炭紀末、二疊紀初的霸主，恐頭獸是二疊紀末——準確來說，盤龍是恐頭獸的祖先。」

明堯視線一凝，「時間線打亂了？現在不僅是二疊紀？」

巫瑾沒有直接回答，伸手虛虛比劃出盤龍的身長，「我傾向於還在二疊紀。」

「二點五公尺，盤龍。四公尺，恐頭獸。從石炭紀，到二疊紀、三疊紀、侏羅紀以及白堊紀，生物的進化遵循一個非常簡單的規則，物種攝取食物能力的優勢向體型優勢轉變。一旦在進化競爭中存在微薄領先，絕大多數物種會在第一時間向『巨型化』發展。」

「無論是盤龍還是恐頭獸，身量最大也無法和幾十公尺長的恐龍相比。如果牠們是食物鏈頂端，那現在最晚只能是二疊紀，且只會是二疊紀。」

明堯迅速在腦內過了一遍，「那盤龍和恐頭獸同時出現，會是什麼原因？」

巫瑾微頓：「我不確定。我猜——是因為時間軸拉得太快了。」

明堯張大了嘴，卻不意外巫瑾提到時間軸，「按照之前學過的講義，確實有可能在賽程裡從二疊紀一直往後推移到恐龍出現。」

巫瑾點頭，打了個最淺顯的例子。

「第四場淘汰賽，從紅皇后定理推測，主題是生物進化。這個過程最自然的時長是五億年。如果比賽完全復刻五億年，以看電影類比，每幀的變化都會非常緩慢，盤龍目會統治陸地長達四百萬年。而一旦電影加快，每幀的內容增多，超出人眼捕捉範圍就會形成虛影，像是瘋狂快進的鏡頭。」

「節目組控制星球生物的出現、滅絕不可能精確到五億年的細微性，也就是說某幾幀中，會有生存年代不重合、但是相近的物種同時存在。」

「好比盤龍和恐頭獸。」

明堯思維活絡，迅速打了個響指，「懂了，一部電影被壓縮成幾張幻燈片，幾百萬年的生物都會被壓到同一張裡面！」

樹下，幾隻盤龍依然在鍥而不捨地撞擊樹幹。

明堯揭開被自己裹成小被子的雨披，對著樹下瘋狂鄙視，「撞啊！撞有什麼用，都被壓到幻燈片裡了，你再撞也就是個自訂動畫！」

巫瑾不得不再次看向明堯。和在左泊棠懷裡哭唧唧的明堯相比，眼前的明堯相當釋放天性。他思維活絡，甚至還有點人來瘋，知識儲備比絕大多數克洛森秀選手都要豐富。

巫瑾忽然想起，一向不溫不火的井儀向來講究，養國子以道，教之六藝，五射為其一……明堯和左泊棠顯然都是箇中翹楚。

林中雨聲不斷，因為溫度濕度變化，明堯不得不再度低頭校槍。

他隨口問道：「巫啊，照你剛才說的，時間軸拉快了。現在突然往前推了個四百萬年，是要趕快結束二疊紀……」

明堯想到什麼，忽然一頓。

又一道閃電在此時劃過，烏黑的夜幕裂痕中悚然照亮慘白的枝幹、密密麻麻的蕨葉，不斷撕咬的盤龍和林中數不清的生靈。

巫瑾嗯了一聲。

少年的瞳孔被電光照得透亮，映出冷冽的光。他身形一口一起，冷靜陳述事實：「二疊紀結束的標誌，是P-Tr滅絕事件。百分之九十的物種消失，在地質年代中規模最為龐大，又被稱為大滅絕之母。」

林中一片沉默，許久明堯嘶的一聲吸氣，「玩大發了，我說節目組怎麼趕著往前推時間，這是要選手去送死啊！咱怎麼辦？」

巫瑾沒有給出準確答覆，第四場淘汰賽的環境太過複雜，且賽制到現在都沒有完全摸清，只能回道：「儘量多收集物資，還有，觀察看看。還有百分之十的物種活下來，牠們怎麼辦，我們就怎麼辦。」

蘆木繁茂規整的枝幹上，四人小隊終於短暫休整完畢。

背帆能幫助盤龍在極短的時間內適應溫度，卻也決定了牠們不能在冰涼雨水中僵持太久。約莫半小時後，那為首的異獸終於帶著其餘盤龍倉促離去。

巫瑾坐在枝幹的高處，躲在降落傘布面下看一長列血紅的背帆遠離。那些高聳、詭譎的扇形上隱約能看見還未進化完畢的恐嚇眼斑。

就像是第二場淘汰賽中的飛蛾。

從二疊紀到全新世，歷經無數湮滅、變遷，輪迴復始，生生不息。

雨接連不斷下了兩個小時，終於有所收斂。

直到雨勢減小，幾人才開始翻看從安蒂歐獸那裡搶來的物資。

克洛森秀賽制千奇百怪，在大地圖中，補給遠不止槍枝彈藥這麼簡單。且幾乎每一位練習生都知道不能讓補給受潮。

進水會對精密儀器造成不可扭轉的損害，水分提前進入加熱裝置也會過早釋放熱量，還有食物受潮變質——最慘痛的一次，某資源稀缺的比賽中，一位練習生千辛萬苦拿到了某「AOE範圍殺傷武器」，開瓶時正好遇到下雨。

該範圍武器又是克洛森秀敷衍塞到煤油瓶中的一大塊金屬鈉。

該選手當場被物理爆炸彈入救生艙，據說出來後差點因為「對節目PD有報復性行為」而開除參賽資格。

此時物資集中在明堯手裡。

幾人躥下樹，紛紛聚攏在狙擊手旁邊看他打開背包。

「拜託來個SSR唄，」林客雙手合十，不斷念叨：「非接觸性脊椎動物驅散激素超大瓶家庭裝……」

巫瑾也趕緊許願：「《口袋怪獸》裡那種探測器！滴的一下就能掃描物種優勢、弱點和捕捉方法！」

明堯哈哈大笑，表示巫瑾竟然會看這種幾百年前的過氣動畫，是不是還追過北京猿人刻在山洞上的漫畫連載。繼而又嚴肅許願想要一把A12中子武器。

背包打開。幾人表情齊齊呆滯。

八塊小立方體亂七八糟累在明堯的背包內，像某種代表點數的賭桌籌碼，除此之外再無別物。

首先一個哆嗦的就是明堯，忍不住說：「我費了這麼大勁，難道就搶了八塊……金屬沙琪瑪還是啥……」

巫瑾伸手，將一塊立方體扒拉出來。

立方體一側印著進化天平的實驗室LOGO，其中五面為金屬質地，另一面厚重透明。

巫瑾忽然摸到一處突出按鈕，摁下。

虛擬螢幕順著玻璃面緩緩投射而出，一長串清單浮現在半空中，小字密密麻麻，標題自零號排序。

零、呼吸設備
一、槍枝補給
二、線索圖鑑
三、食物、藥品……

林中一片靜默，繼而驟然炸開。

明堯一口氣說得完全不帶停：「這是兌換器？什麼都能換？臥槽賺翻了這玩意兒怎麼用咱們要不趕快武裝起來然後再搶點回來……咱先換幾把槍？」

林客卻是乖覺舉手，「我這裡暫時不用。」

索拉也跟著表示放棄。

巫瑾微微思索：「先換一把？」

明堯微微臉紅，「那個，你們真不用？」

巫瑾笑咪咪，「不是說要保護團隊的輸出核心，先武裝狙擊手。」

巫瑾徵詢隊友意見，把剩餘七塊中，三塊兌換器分給自己和另外兩名隊友，剩下則放在小隊統一保管。

此時天色已近漆黑，幾人沿著山坡向上，繼續向遠處的碎石掩體帶跋涉。

明堯把手中的兌換器研究了個飛快，轉眼喜色就消失了一半，「四十二把麻醉槍，只有兩把能兌換，其餘都是灰的。」

巫瑾眼神微動，似乎想到了什麼：「其他類別呢？」

明堯在虛擬螢幕上戳來戳去：「圖鑑、藥品、交通工具、護甲基本……八十種品目顯示可兌換的只有一至兩種；雜項三百六十六種，可兌換的只有八種。」

明堯說著，在兩把麻醉槍中挑選了一把。

虛擬螢幕搖身一變變為十五分鐘倒數計時器。

一刻鐘到，練習生齊齊看向半空。

之前幾場比賽中負責罰判非法組隊、消極怠戰的執法機器人滴溜溜自幾人上方飛過，降落，收了立方體，把麻醉槍交到了明堯手裡。

巫瑾若有所思看著，執法機器人臨走前又繞著他轉了兩圈，才晃晃悠悠飛走。

「我打賭這玩意兒絕對剛才偷拍小巫了！」明堯美滋滋收了槍，轉眼就開始唾棄執法機器人，又接著問：「……小巫在想啥？」

巫瑾謹慎等機器人消失，有點不好意思地小聲說道：「機器人飛得低。萬一、我是說實在沒有物資，可以趁它降落的時候直接用麻袋套了。」

明堯：「……」

暴雨褪去，雙月再次破烏雲而出。

藉著明朗的月光，四人在山脊上挖了個達科他生火洞，在烤淺褐色蜥蜴還是深褐色蜥蜴之間猶豫不決。

吃完晚飯，索拉自告奮勇放哨，明堯還在和林客理論「蜥蜴是不是恐龍的祖先」。

下半夜才需要守夜的巫瑾此時靠著火洞昏昏欲睡，手中的兌換器和掌心微微摩挲。

腦海中迷迷糊糊飄過胖乎乎的恐頭獸、胖乎乎的盤龍、胖乎乎的霸王龍、胖乎乎的兔哥、身材健碩的大佬、胖乎乎的小腕龍……手指不自覺捏了捏立方體。

大哥給的！

指腹在一側擦過，熟悉的紅皇后標識不用睜眼也能摸出來，旁邊還刻了一行淺淡的小字——巫瑾迷茫低頭看去。

不是做夢。

他迅速驚醒，籌碼似的立方體下當真有一行淺淡的字跡，先前黑暗中難以察覺，唯有此時在火光下若隱若現。

進化點：一點。

巫瑾愣愣看了許久，視線再度掃過一旁的紅皇后LOGO。

記憶翻動。紅皇后假說。物種要在生態系統中獲得有利地位，就要比別的物種跑得更快。從長遠來看，競爭者的勝利不是當前勝利，而是超出其他物種的、有預見性的進化潛力。

巫瑾驟然從火堆旁站起。

明堯一愣。

巫瑾舉起手中的立方體，「規則……比賽規則在這裡！」

（未完待續）

【特別收錄】

獨家紙上訪談第二彈，淘汰賽設定大公開

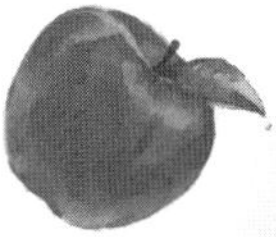

Q6：書中最大的亮點之一就是淘汰賽了，每個關卡的考據與知識量龐大，從生物科學橫跨到歷史藝術，甚至還有牌卡占卜的神祕學，並能將這些五花八門的知識設計成各種驚奇有趣的闖關題目，還兼具綜藝節目該有的娛樂性。很好奇您當初的靈感來源？花了多少時間查找資料？並如何將這些資料設計成闖關題目？

A6：初開文的時候，只想好了一個細胞自動機副本。寫的時候很忐忑，沒想到讀者竟然並不嫌棄，可以說是非常驚喜了！然後慢慢就有了後面的塔羅牌、小恐龍。

靈感的來源五花八門，風神翼龍是小時候的偶像；塔羅牌來自於路邊的占卜師；凡爾賽宮是買洗面乳時送的路易香水。

查資料的時間沒有刻意統計過，有時候一部紀錄片、一本相關書籍，一個晚上很快就過去，到處翻翻找找，很開心。

Q7：承上題，在設計這些關卡時有沒有遇到什麼困難？以及如何安排這麼多角色的闖關情節？

A7：副本源於現實生活。現實事物之間有複雜的邏輯關係，抽象成副本之後，必然要在「趣味性」和「邏輯性」裡做出取捨。如何做到平衡，白白還在努力。

角色在描出來之後，屬於他們的情節、互動都會順水推舟一氣呵成。比如小明喜歡挨著隊長；衛哥總是嗖地出現一下，再突然消失；凱撒隨機遊走攔都攔不住；薄傳火在的地方一定要有鏡頭。

其實整個布局就像是細胞自動機，把每個粒子的特質規劃完之後，他們自己會寫出朝氣蓬勃的生命故事XD。

Q8：在設計的這麼多場淘汰賽裡，有沒有哪個是您最滿意或最得意的設計？哪個是您寫得最開心的淘汰賽？

A8：每個副本都有滿意和遺憾，作為作者很難選擇。開心的有很多，白月光小隊在塔羅牌副本裡像猴子疊羅漢一樣爬戰車、凱撒及魏衍被迫女裝……這些情節，寫的時候都是笑咪咪的。

Q9：如果小巫等人要繼續參賽，您有想過接下來會找哪方面的知識來設計關卡嗎？大概會是什麼型態的比賽？

A9：職業聯賽的話，理應比訓練賽更加布局龐大。畢竟選手們的征途是星辰大海XD。如果我是主辦方，大概會希望選手在蒼穹星幕中鏖戰，在荒星上用有限的資源基建，從零創立卡達謝夫I型文明。或者模擬人造智慧叛亂，星系湮滅和意識消散。當然，中間也要穿插一些娛樂賽、團綜和廣告，這個時候需要聘請克洛森秀的PD來指導大家如何折騰選手。

（未完待續）

愛呦文創
愛呦文創
星卡大師
STAR DECK
GRANDMASTER
全六冊
蝶之靈 ◎著 Leila ◎繪
天才腹黑選手寵妻攻 X 製卡創意爆表皮皮受
人氣作者蝶之靈自創全息卡牌對戰網遊
歷史人物紛紛化身卡牌，超乎想像的技能嗨翻全宇宙！

i小說 024

驚！說好的選秀綜藝竟然2

國家圖書館出版品預行編目（CIP）資料

驚！說好的選秀綜藝竟然2/ 晏白白著. -- 初版. --
臺北市 :
愛呦文創, 2020.08
冊； 公分. --（i小說；024）
ISBN 978-986-98493-8-8（第2冊：平裝）

857.7 109006111

愛呦文創

作　　者　晏白白
封面繪圖　六　零
Q版繪圖　魅　尨
責任編輯　高章敏
特約編輯　劉怡如
文字校對　劉綺文
行銷企劃　羅婷婷

發 行 人　高章敏
出　　版　愛呦文創有限公司
地　　址　10691台北市忠孝東路四段59號10-2樓
電　　話　（886）2-25287229
郵電信箱　iyao.kaoyu@gmail.com
愛呦粉絲團　https://www.facebook.com/iyao.book

總 經 銷　聯合發行股份有限公司
電　　話　（886）2-29178022
地　　址　231新北市新店區寶橋路235巷6弄6號2樓

美術設計　廖婉禎
內頁排版　洸譜創意設計股份有限公司
印　　刷　沐春行銷創意有限公司
初版一刷　2020年8月
初版三刷　2021年6月
定　　價　360元
I S B N　978-986-98493-8-8

愛呦文創

愛呦文創